KNAUR

Über die Autorin:
Anna Herzblum liebt Schokolade, Tee und ihre Wahlheimat Berlin. Bevor sie mit dem Schreiben von witzigen, charmanten und schwungvollen Romanen begann und ihr Publikum im Sturm eroberte, studierte sie Medizin und reiste quer durch die Welt. Jetzt arbeitet sie als Ärztin und schreibt herzerwärmende Liebesromane, die alles in sich vereinen sollen, was das Leben ausmacht: Liebe, Schmerz und die unsterbliche Hoffnung auf ein Happy End.

Anna Herzblum

Die Liebe wohnt im zweiten Stock links

Roman

KNAUR

Besuchen Sie uns im Internet:
www.knaur.de

Aus Verantwortung für die Umwelt hat sich die Verlagsgruppe Droemer Knaur zu einer nachhaltigen Buchproduktion verpflichtet. Der bewusste Umgang mit unseren Ressourcen, der Schutz unseres Klimas und der Natur gehören zu unseren obersten Unternehmenszielen. Gemeinsam mit unseren Partnern und Lieferanten setzen wir uns für eine klimaneutrale Buchproduktion ein, die den Erwerb von Klimazertifikaten zur Kompensation des CO_2-Ausstoßes einschließt. Weitere Informationen finden Sie unter: www.klimaneutralerverlag.de

FSC
www.fsc.org
MIX
Papier aus verantwortungsvollen Quellen
FSC® C014496

Originalausgabe Juni 2020

Knaur Taschenbuch
Ein Imprint der Verlagsgruppe
Droemer Knaur GmbH & Co. KG, München

Dieses Werk wurde vermittelt durch die
Literarische Agentur Michael Gaeb.
Covergestaltung: Annadel Hogen
Coverabbildung: Annadel Hogen
unter der Verwendung von Motiven von depositphotos.com
Satz: Adobe InDesign im Verlag
Druck und Bindung: GGP Media GmbH, Pößneck
ISBN 978-3-426-52572-2

2 4 5 3 1

Sommer lag in der Berliner Luft, als Lucy kurzerhand beschloss, sich ihre halblangen Haare abschneiden zu lassen.

»Wie kurz soll es denn werden?«, fragte Jan, ihr Friseur, und hielt einen Langhaarschneider hoch.

Unwillkürlich zuckte Lucy zurück, und Jan lachte. Selbst trug er eine ausgefallene Frisur mit einem halben Irokesen auf der einen Seite und langen Haaren auf der anderen.

»Na ja, etwas kürzer.« Lucy machte eine vage Handbewegung.

»Gut so?« Jan hielt Lucys Haare auf eine mögliche neue Höhe.

Unentschieden biss sich Lucy auf die Unterlippe, denn seit Ewigkeiten trug sie ihre Haare immer gleich. Aber gerade veränderte sich alles in ihrem Leben, und außerdem stand der Sommer vor der Tür. Vorsichtig nickte sie.

Jan, der Lucy seit ihrem allerersten Tag in Berlin kannte, beruhigte sie. »Keine Sorge, Lucy, ich plane keine zu drastische Veränderung. Wie wäre es mit einem schönen Bob? Ungefähr kinnlang und minimal angestuft? Das bringt viel Schwung in deine Haare und ist gleichzeitig nicht zu kurz.«

Eine Millisekunde zögerte Lucy, doch der Vorschlag klang genau richtig, und so willigte sie ein.

»Wie wäre es außerdem mit Strähnchen?«, erkundigte sich Jans neue Kollegin und blickte interessiert auf Lucys gleichmäßig hellbraune Haare. »Oben Grau und Rosa in den Spitzen? Das ist sehr im Kommen und könnte todschick bei dir aussehen.«

Lucys Augen weiteten sich, und Jan lachte erneut. »Nein, keine zu dramatische Neuerung. Aber ein paar Strähnchen könnten wirklich sehr schön aussehen, sie bringen Schimmer und Glanz in die Haare. Komm, ich lade dich darauf ein, Lucy.«

»Ich mische euch die Farbe«, bot die neue Kollegin an, während Lucy sich noch im Spiegel musterte.

Ein wenig Schimmer in den Haaren, das wäre doch schön, auch wenn Robert immer sagt, er liebt mich so, wie ich bin, überlegte sie.

Der bloße Gedanke an ihn reichte, und Lucy spürte, wie die Aufregung in ihrem Bauch zunahm. Nicht nur würden sie nächste Woche zusammenziehen, nein, sie glaubte auch, dass er heute Abend …

»Wovon träumst du?«, unterbrach Jan ihre Gedanken, während er ihre Haare durchzukämmen begann.

»Ich glaube, dass Robert mir heute Abend einen Antrag machen wird«, gestand Lucy und dachte daran, wie Robert sich geradezu verausgabt hatte, um einen Tisch in dem auf Monate ausgebuchten Restaurant zu ergattern. Ständig hatte er betont, dass sie etwas Wichtiges zu besprechen hätten. Allein in der letzten Stunde hatte er ihr drei Nachrichten geschickt, um sie an ihr Treffen heute Abend zu erinnern. Dabei hatte er fast schon nervös gewirkt, und das war ungewöhnlich bei Robert, der sich sonst nicht gerade leicht aus der Fassung bringen ließ.

»Ich liebe Verlobungen und Hochzeiten«, seufzte Jan.

Lucy lächelte. Bisher war ihr dieses Thema nicht so wichtig gewesen, aber jetzt, mit Robert an ihrer Seite, sah es auf einmal ganz anders aus. Überhaupt waren ihr die letzten Wochen wie ein einziger Traum erschienen. Lucy liebte Berlin, und sie war verliebt in das neue Leben, das vor ihrer Tür stand. Natürlich liebte sie auch Robert, der selbstbewusst, erfolgreich und sehr einnehmend war. Am Anfang hatte es sie überrascht, dass er schon nach einem Jahr Beziehung mit ihr zusammenziehen wollte, aber er konnte einfach sehr überzeugend sein.

Die neue Friseurin brachte eine schwarze Schale mit einer Farbe, die weißlich glänzte. Jan nahm sie entgegen und wandte sich an

Lucy: »Was darf ich dir zu trinken anbieten, Lucy? Einen Kaffee, Latte macchiato oder lieber einen Prosecco?«

»Ein Latte macchiato wäre wunderbar.« Jetzt schon fühlte sich Lucy so kribbelig, starker Kaffee oder Alkohol wäre schlicht zu viel.

Die Friseurin ging, um das Getränk zu holen, und Jan begann sorgfältig, feine Strähnen in Lucys Haare einzuarbeiten. Lucy dachte an Robert und all die Aufregung, die ihr Leben im Moment bot, und wäre am liebsten aufgesprungen und hätte laut gejuchzt.

»Das muss jetzt einwirken«, erklärte Jan nach einer Weile und legte Lucy einen Stapel ihrer Lieblingszeitschriften hin. »Sicher, dass du nicht doch noch einen Prosecco möchtest? Schließlich ist es Freitagabend, und Feste sind zum Feiern da.«

Lächelnd schüttelte Lucy den Kopf, denn schon bei dem Gedanken, dass sie nachher vielleicht mit Robert auf ihre gemeinsame Zukunft anstoßen würde, flatterte eine ganze Horde Schmetterlinge durch ihren Bauch.

Jan ging nach hinten – und kam wie von der Tarantel gestochen kurze Zeit später wieder nach vorne gestürmt. In der Hand hielt er eine Tube. »Das hast du aber nicht für Lucy verwendet, oder?«, fragte er seine Kollegin entsetzt.

»Doch«, kam die gelassene Antwort zurück. »Du willst doch einen Effekt sehen.«

Geradezu panisch zog der Friseur Lucy von ihrem Stuhl hoch und schob sie so hastig zum Waschbecken, dass sie fast über ihre eigenen Füße stolperte. Im Eiltempo wusch er ihr die Haare, erst mit einem, dann mit einem zweiten Shampoo. Anschließend klatschte er noch einen Conditioner auf ihre Haare und brachte sie zu ihrem Stuhl zurück. Als er das Handtuch von ihrem Kopf zog, entdeckte Lucy in ihren nassen Haaren helle, seltsam farblose Strähnen.

Prompt musste sie daran denken, wie sich Robert vor einiger Zeit über Zebra-Strähnen lustig gemacht hatte, und eine leichte

Panik begann sich in ihr auszubreiten. Natürlich würde er sie weiter lieben, auch wenn ihre Haare nicht perfekt waren, aber das war nicht der Plan gewesen.

»Wir bekommen das wieder hin«, schwor Jan. Immer wieder strich er durch ihre Haare und schaute und überlegte.

Schließlich verschwand er und kam mit einer weiteren Farbmischung zurück.

»Das wird es kaschieren«, versprach er und trug die Farbe diesmal flächig auf.

»Kaschieren« war nicht gerade das, was Lucy im Sinn gehabt hatte, als sie zum Friseur gegangen war, und sie fühlte sich leicht verunsichert. Als sie auf die Uhr blickte, sah sie, dass es bereits Viertel nach sieben war. Um acht war sie mit Robert verabredet, also blieb nicht mehr viel Zeit.

Die ganze Einwirkphase wartete Lucy unruhig ab, den abgekühlten Latte macchiato unberührt vor sich. Immer wieder musterte sie sich im Spiegel, als könne die merkwürdige dunkle Farbe, die jetzt auf ihren Haaren klebte, ihr verraten, wie sie im Endeffekt aussehen würde.

Vorsichtig und sehr gründlich wusch Jan ihr anschließend ein zweites Mal die Haare. Wie einen Turban schlang er dann ein Handtuch um ihren Kopf und führte sie an ihren Platz zurück. Lucy hielt die Luft an, als er das Handtuch löste und sie auf ihre Haare blickte.

Sie sahen aus wie … immer.

»Ich sehe aus wie vorher«, meinte sie überrascht.

Vorsichtig nickte Jan.

Lucy warf einen Blick auf ihre Uhr. »Nur dass wir leider keine Zeit mehr für einen Haarschnitt haben.«

Sie schaute in den Spiegel und konnte es kaum glauben. Es war zu verrückt! Da wollte sie sich verändern, kam aber genauso heraus, wie sie hineingegangen war.

»Dann bleibe ich eben ich.« Probeweise versuchte sie ein kleines Lächeln, dann lächelte sie noch etwas breiter, schließlich begann sie zu lachen. Sie hob die Hände in einer Geste gespielter Verzweiflung, aber sie lachte.

Als sie den Friseursalon mit einem Gutschein für einen Haarschnitt verließ, grinste Lucy immer noch über die Absurdität dieses Friseurbesuches. Auf ihrem Gesicht und in ihren Haaren spürte sie die angenehme Sommerwärme und das Versprechen von Sonnentagen, das das schöne Wetter mit sich brachte. Mit einer geübten Bewegung strich sie sich eine Strähne hinter das Ohr und ging dann langsam in Richtung des Ortes, der ihr Leben für immer verändern sollte.

Das schrille Läuten der Türklingel riss Lucy aus ihrer kummervollen Erstarrung.

Das ist Robert, war ihr erster Gedanke.

Allein diese Hoffnung brachte sie dazu, aus dem Bett zu springen, sich eine Jeans und ein Shirt überzuziehen und in den Flur zu hasten. Dort strich sie sich schnell durch die Haare und klopfte sich auf die Wangen, um wenigstens nicht ganz so blass auszusehen. Dann öffnete sie. Die Gegensprechanlage war defekt, und es gab keinen Aufzug, also musste Lucy ewig warten, bis ihr Besucher endlich die Treppe herauf und im vierten Stock angelangt war.

Unruhig trat sie von einem Fuß auf den anderen. In der Eile hatte sie vergessen, sich Socken anzuziehen, und bekam langsam kalte Füße. Warum dauerte es nur so lange? Schließlich bog nicht Robert um die Ecke, sondern drei Möbelpacker mit einem riesigen Sofa.

Lucy schloss die Augen und fühlte, wie ihr das Herz sank. Das Sofa hatte sie völlig vergessen. Es war der einzige Einrichtungsgegenstand, bei dem Robert und sie sich nicht hatten einig werden können. Lucy hatte sich einen bequemen, kuscheligen Zweisitzer gewünscht, Robert hingegen hatte sich für ein wahres Ungetüm entschieden. Er war geradezu in Erregung geraten, als er es entdeckt hatte, dabei war es ein lederbezogenes Monster mit einer bronzefarbenen Sockelleiste und einer Sitzfläche, auf der nach Angabe des Herstellers vier Erwachsene nebeneinander Platz hatten. Es sah klobig und uneinladend aus und erinnerte Lucy an die Chesterfield-Sofas aus alten Detektivfilmen. So gut sie konnte, wehrte sich Lucy gegen das Sofa, doch Robert versicherte ihr, schon immer von einer solchen Couch geträumt zu haben. Schließlich hatten sie sich geeinigt: Lucy bekam die Bücherregale für das Wohnzimmer, die sie sich wünschte, und Robert das Sofa. Kurz hatte es noch so ausgesehen, als neige sich das Glück in Lucys Richtung, als sich die Couch als absolut unbezahlbar entpuppte. Doch dann fand Robert im Internet ein Einzelstück zu einem deutlich reduzierten Kaufpreis, das als Unikat mit leichten Fehlern beschrieben war. Er überlegte nicht lange, bezahlte das Sofa und gab als Adresse Lucys Wohnung an, da es sofort geliefert werden musste und sie häufiger zu Hause war als er. Nun, wie es aussah, hatte er vergessen, ausgerechnet diese Bestellung zu stornieren.

Die Möbelpacker schwitzten und fluchten, während sie das Sofa zunächst durch die Eingangstür und anschließend durch die Wohnzimmertür bugsierten.

»Runter!« Vorsichtig senkten sie das Sofa ab.

»Wo sollen wir es genau hinstellen?«, fragte der Vorarbeiter. Seine Stimme klang professionell und routiniert, und auf dem Kopf trug er ein blaues Käppi, auf das die Worte »unser Boss« eingestickt waren.

Sein deutlich korpulenterer Kollege wischte sich den Schweiß mit dem Ärmel von der Stirn. »Viel Auswahl gibt es nicht, das Ding ist ja riesig.«

In ihrem Wohnzimmer wirkte das Sofa noch größer als damals im Laden, und Lucy fragte sich, was um alles in der Welt sie damit anfangen sollte.

»Ich habe das nicht bestellt«, protestierte sie.

»Aber Sie sind doch Lucy Waldner?« Der Vorarbeiter zog den Lieferschein aus der Brusttasche seines Overalls.

»Bitte sagen Sie nicht, dass Sie es nicht sind und wir das Teil wieder runterschleppen müssen«, stöhnte der dritte Möbelpacker, ein hochgeschossener, hagerer Mann, der aus luftiger Höhe auf die ganze Szene hinunterblickte.

Für einen Augenblick sah Lucy ihre Rettung aufblitzen. Wenn sie sich als jemand anders ausgab, müssten die Männer das Sofa wieder mitnehmen. In wen konnte sie sich verwandeln? In ihre eigene Nachmieterin? In eine ahnungslose Untermieterin? In eine noch ahnungslosere Fremde auf Besuch in Berlin?

Doch dann blickte sie in die Gesichter der drei Möbelpacker, und ihre Ehrlichkeit siegte.

»Doch, doch, das bin ich«, gab sie mit einem unterdrückten Seufzer zu.

»Dann müssten Sie bitte noch hier unterschreiben.« Der Vorarbeiter hielt ihr den zerknitterten Lieferschein unter die Nase.

Unterdessen machten sich seine Kollegen daran, die Transportverpackung des Sofas zu entfernen. Folie raschelte, und Styropor knisterte, und darunter kam etwas zum Vorschein, was scheußlicher war als alles, was Lucy je gesehen hatte.

»Was ist denn das?«, fragte der hagere Möbelpacker, und seine Stimme überschlug sich fast.

Hypnotisiert starrte Lucy auf die Sitzfläche des überdimensionalen Sofas. Robert hatte irgendetwas von Rotbraun gesagt, aber die Farbe des Sofas hatte nichts mit Rot oder Braun zu tun. Stattdessen war es ein neonfarbenes, Augenschmerzen verursachendes, quietschgrelles Pink.

»Krass«, urteilte der dickliche Möbelpacker.

»Nehmen Sie es wieder mit«, flehte Lucy entsetzt.

Aber der Vorarbeiter schüttelte nur den Kopf. »Keine Chance.

Sehen Sie, was hier auf dem Lieferschein steht? Umtausch und Reklamation sind ausgeschlossen.«

Fast panisch wählte Lucy Roberts Nummer, doch der ging nicht ans Telefon. In ihrer Verzweiflung rief sie in seinem Büro an, aber seine Sekretärin erklärte nur, er sei in einem Termin und derzeit auf keinen Fall erreichbar. Erschüttert legte Lucy auf.

»Tja, dann viel Freude damit«, meinte der hagere Möbelpacker und kratzte sich am Kopf.

Die beiden anderen griffen nach der Umverpackung.

»Können Sie es nicht doch wieder mitnehmen? Ich zahle Ihnen auch die Unkosten. Oder möchten Sie es vielleicht geschenkt bekommen?«

»Dieses Ding? Nee, danke«, erwiderte der Vorarbeiter.

»Die Farbe ist schon etwas grell«, meinte sein kräftiger Kollege.

»Aber danke für das Angebot«, fügte der Hagere hinzu.

Ohne weitere Worte gingen sie an Lucy vorbei, aus dem Zimmer, aus der Tür und aus dem Haus.

Das Sofa blieb.

Langsam ging Lucy davor in die Knie. Wie ein Monument stand das Sofa in ihrem Wohnzimmer, als wäre es nicht schon schlimm genug, dass Robert sie so plötzlich und unerwartet verlassen hatte.

Ich dumme Nuss habe allen Ernstes gedacht, er wolle mir einen Antrag machen.

Aber Robert hatte nur vor sich auf den Tisch gestarrt und irgendetwas davon gemurmelt, dass er sich nicht mehr sicher sei, dass sie die richtige Frau für ihn wäre. Wenn Lucy nur daran dachte, hatte sie einen bitteren Geschmack im Mund und spürte eine grenzenlose Niedergeschlagenheit.

Als könne man sich je wirklich sicher sein. Sie war sich auch nie sicher gewesen, bis Robert gekommen war und ihr so etwas wie ein Grundvertrauen vermittelt hatte. Doch das hatte er ihr mit einem einzigen krassen und brutalen Gespräch wieder entrissen.

Jetzt saß sie da ohne eine neue Wohnung, ohne einen Plan, wie es weitergehen sollte, und mit nur noch drei Tagen Zeit, bis sie ihre eigene Wohnung räumen musste, denn zu allem Überfluss hatte sich ihr Vermieter geweigert, ihre Kündigung wieder zurückzunehmen.

Lucy brauchte das Sofa nur anzusehen und spürte eine ganze Woge von Entsetzen über sich zusammenschlagen. Die Tränen kamen schneller, als sie blinzeln konnte, und wie bei einem Wolkenbruch ergossen sie sich über Lucys Wangen, tropften auf den Boden und bildeten nach und nach eine kleine Pfütze vor dem hässlichsten Sofa der Welt.

»Aufstehen, Lucy, Mut fassen, wir gehen gleich los.«

Neni, Lucys beste Freundin, erwies sich – wie schon so oft – als Retterin in größter Not. Unweit des Savignyplatzes in Charlottenburg gehörte ihr ein kleines Café, und als klar wurde, dass Lucy es niemals alleine schaffen würde, rechtzeitig eine Wohnung zu finden, mobilisierte Neni alle ihre Gäste und versprach demjenigen einen Jahresgutschein für einen täglichen Milchkaffee, der Lucy eine Wohnung vermittelte. Zwei Tage vor Lucys unausweichlichem Auszug landete Neni einen Treffer. Eine Stammkundin berichtete von einer Wohnung in ihrem Haus, aus der gerade der Mieter ausgezogen sei. Neni wäre nicht Neni gewesen, hätte sie sich nicht direkt die Nummer der Hausverwaltung besorgt und den Mann dort so lange bequatscht, bis sie für denselben Abend noch eine Wohnungsbesichtigung vereinbaren konnte.

Nun stand sie vor Lucys Wohnungstür.

»Wo willst du denn hin?«, fragte Lucy, die blass und unglücklich aussah. Zu einer vollkommen formlosen Jogginghose, die vor langer Zeit einmal dunkelgrün gewesen war, trug sie ein orangefarbenes T-Shirt, das vorne einen Fleck und hinten ein Loch hatte, und ihre nach wie vor langen Haare hingen wie verkochte Spaghetti von ihrem Kopf herunter.

Energisch riss Neni das Schlafzimmerfenster auf, warf die Unmengen von vollgeheulten Taschentüchern in den Müll und schob Lucy liebevoll, aber unerbittlich ins Badezimmer.

»Duschen, Haare waschen, anziehen. In dieser Reihenfolge, und bitte beeil dich.«

Während Lucy im Bad versuchte, mit Nenis Auftrag klarzukommen, hörte sie ihre Freundin in der Küche werkeln. Geschirr klapperte, das quietschende Fenster wurde geöffnet, und irgendwann gesellte sich zu allem das Geräusch der laufenden Waschmaschine. Die Geräusche beruhigten Lucy, denn es war, als halte das normale Leben wieder Einzug in ihre Wohnung. Als sie zehn Minuten später aus dem Badezimmer kam, war sie so blass wie zuvor, hatte aber immerhin gewaschene Haare und fühlte sich nicht mehr ganz so wackelig auf den Beinen.

Die Wohnungsbesichtigung fand unweit von Nenis Café in einem Eckhaus statt. Es war ein Gründerzeitaltbau mit hohen Stockwerken, jedoch ohne jegliche Verzierung an seiner grauen Fassade. Einnehmend war einzig die Lage in einer wunderschönen Seitenstraße, die nicht zu breit und nicht zu schmal und von Linden gesäumt war, die jetzt im Frühsommer mit ihren grünen Blättern alles bekränzten. Doch Lucy fühlte sich komplett unwirklich und nahm die Schönheit der Bäume kaum wahr. Allerdings war sie Neni für ihre liebevolle Zuwendung so dankbar, dass sie sich zumindest bemühte, den Hausverwalter höflich zu begrüßen und das Positive zu sehen, obwohl sie am liebsten davongelaufen wäre.

Zu dritt betraten sie das Gebäude. Das Treppenhaus war alt und staubig. Am geschnitzten Geländer und an den bunt verzierten Fenstern zum Hof konnte man erkennen, dass das Haus glanzvolle Zeiten hinter sich haben musste, jetzt jedoch war der Läufer auf der Treppe verschlissen, und es war kaum mehr auszumachen, dass er ursprünglich rot gewesen sein musste. Das Treppenhaus teilte das Haus in zwei Hälften, einen rechten und einen linken Flügel, und die leer stehende Wohnung lag im zweiten Stock auf der linken Seite. Die Wohnungstür war alt und schmucklos und knarrte, als der Hausverwalter sie aufsperrte.

»Es ist noch nicht renoviert«, erklärte er.

»Kein Problem«, antwortete Neni, als Lucy schwieg.

Lucy nahm all ihren Mut zusammen und betrat die Wohnung. Doch ihre Niedergeschlagenheit wuchs, als sie sich umsah. Die Wohnung war als Zweizimmerapartment beschrieben worden, aber sie war absolut winzig und schien nur aus Wänden zu bestehen. Schon der Flur war so schmal, dass Lucy mit halb ausgestreckten Armen die Wände auf beiden Seiten gleichzeitig berühren konnte. Lange war nicht mehr gestrichen worden, und alles wirkte unglaublich eng und abgewohnt. Es war vollkommen anders als in Lucys großzügiger Wohnung in Schöneberg und grundlegend anders als in dem fantastischen Apartment in Mitte, in das Robert mit ihr hatte ziehen wollen.

»Schöne hohe Decken«, versuchte Neni etwas Gutes hervorzuheben.

»Und schöne Fußböden«, ließ sich der Hausverwalter vernehmen.

Lucy schaute nach unten. Es stimmte. Im Flur lagen alte, charmante helle Dielen, deren Holzzeichnung dem Boden etwas Lebendiges gab.

»Sehen Sie sich nur in Ruhe um«, bot der Hausverwalter an, und Lucy fragte sich, ob das ein Witz sein sollte, denn alles war derart klein, dass man einen Rundgang in null Komma nichts absolviert hatte.

Aber Neni bemühte sich, die Vorzüge zu finden, und Lucy folgte ihr in das Schlafzimmer, das geradeaus vom Flur abging. Es hatte einen hübschen rechteckigen Erker mit altmodischen, doppelflügeligen Kastenfenstern hinaus zur Straße, war aber insgesamt so schmal, dass gerade einmal Lucys altes Bett hineinpassen würde. Auf dem Boden lagen auch hier helle Holzdielen, die bei jedem Schritt leise knarrten. Die Wände waren schmucklos, aber hoch, und diese Höhe war es, die dem Raum durchaus etwas Luft gab. Lucy blickte sich um und versuchte, eine Idee davon zu entwickeln, wie man diese Wohnung schön gestalten könnte, aber es gelang ihr nicht. Rasch ging sie daher hinüber in das Wohnzimmer. Es war ein klein wenig breiter als das Schlafzimmer, aber ebenfalls schlauchförmig geschnitten. An der Wand, knapp unterhalb der Decke, lief eine hübsche Stuckbordüre einmal rundherum, darunter hatte sich jedoch die Tapete gelöst und hing wie ein zerrissenes Segel nach unten. An der Stirnseite des Wohnzimmers waren ein schmales Fenster und eine Tür, die auf einen winzigen Balkon hinausführte.

»Der ist doch hübsch«, lobte Neni, als sie hinausschaute.

Lucy blickte neben ihr aus dem Fenster und nickte halbherzig.

Auf der anderen Seite des Schlafzimmers lag die Küche. Sie war ebenfalls klein und schmal. Über einem alten, verkalkten Edelstahlwaschbecken hing ein altmodischer Heißwasserbereiter, der direkt aus den Fünfzigerjahren zu stammen schien, und auch der Elektroherd wirkte kaum jünger. Die Küchenschränke waren vor langer Zeit einmal weiß gewesen und sahen jetzt gelblich und abgestoßen aus. Das einzig Schöne war ein abgetretener, aber in elegantem Grau marmorierter Terrazzoboden.

Ein unglücklicher Seufzer entfuhr Lucy.

»Du kannst dir das hier schön einrichten. Mit etwas Farbe auf den Küchenschränken und deinen Bildern an den Wänden wird es gleich viel besser aussehen«, gab Neni zu bedenken.

Gemeinsam gingen sie weiter. Von der Größe her war das Badezimmer der einzige wirklich annehmbare Raum in der ganzen Wohnung. Ungewöhnlicherweise waren der Boden und die Wände vollständig schwarz gefliest. Die Fliesen reichten bis über Lucys Kopf und schluckten fast alles Licht, das die funzelige Badezimmerlampe abstrahlte. Es gab eine altmodische Toilette, einen großen Waschtisch, der sich unverständlicherweise direkt hinter der Tür befand, und eine lange, tiefe Badewanne.

»Hier werde ich Schwimmübungen machen können«, meinte Lucy.

»Es gefällt Ihnen also?«, erkundigte sich der Hausverwalter, der Lucys letzte Worte gehört hatte.

Als Lucy nicht sofort reagierte, lobte Neni an ihrer Stelle die Wohnung über den grünen Klee.

»Möchten Sie sie mieten?«

Wieder reagierte Lucy nicht gleich, und Neni gab ihr einen kleinen Stups, woraufhin Lucy mühsam ein leises »Ja« hervorbrachte.

»Wunderbar.« Der Hausverwalter holte die notwendigen Unterlagen aus seiner Tasche, die Lucy langsam ausfüllte und unterschrieb.

»Sobald Sie die Kaution überwiesen haben, bekommen Sie den Schlüssel.«

»Danke«, antwortete Lucy höflich, obwohl sie in den Tiefen ihres Herzens immer noch hoffte, dass es nie dazu kommen und sich alles schlicht als schlechter Scherz entpuppen würde.

Vor dem Haus drückte Neni sie fest an sich. »Immerhin wohnst du hier in meiner Nähe. Das ist doch schön, und wer weiß, vielleicht bringt dir die neue Wohnung ja Glück?«

»Du meinst, so wie mir deine Freundschaft Glück bringt?« Ein erstes, vorsichtiges Lächeln zeigte sich auf Lucys Gesicht.

»Ach, Lucy, was soll ich denn sagen, ich kann mir keine bessere Freundin als dich wünschen«, antwortete Neni und drückte Lucy ein weiteres Mal.

»Auch wenn ich immerzu nur heule und jammere?«, fragte Lucy.

»Das tust du ja gar nicht, das ist nur zurzeit so und wird wieder besser. Sonst bist du witzig, lustig und fröhlich und die beste Zuhörerin, die ich kenne.«

»Es ist so lieb, dass du das sagst.« Für einen Augenblick fühlte sich Lucy tatsächlich ein bisschen besser.

»Hier wird es auch schön«, erklärte Neni überzeugt.

»Glaubst du das wirklich?«

»Ich spüre es«, erwiderte Neni mit Nachdruck, und Lucys Lächeln wurde einen Hauch breiter, denn sie hatte noch nie erlebt, dass Neni mit ihrem Gefühl falschlag.

Als Lucy nach Hause kam, hatte die Wirkung von Nenis Optimismus schon wieder etwas nachgelassen, und sie hatte keinen sehnlicheren Wunsch, als sich direkt in ihrer Wohnung zu verkriechen. Pflichtschuldig leerte sie trotzdem zuerst den Briefkasten, der mittlerweile von Postwurfsendungen und Reklame überquoll. Während sie langsam die Treppe hinaufstieg, blätterte sie durch die Post. Dabei entdeckte sie einen Brief, der in einer zarten, sehr kleinen Handschrift an Lucille Waldner adressiert war. Weder erkannte Lucy die Handschrift, noch fand sie einen lesbaren Absender auf Vorder- oder Rückseite des Kuverts. Vorne, oben links stand irgendetwas, aber das war so klein geschrieben, dass sie es nicht entziffern konnte.

Seltsam, dachte sie. Lucille war ihr eigentlicher Name, aber es gab niemanden, der sie so nannte. Ihre Grundschullehrerin hatte es einmal versucht, und ihre Klassenkameraden hatten gelacht, aber ansonsten benutzte absolut niemand den Namen, der in ihrem Pass stand. Vorsichtig wog sie den Brief in ihrer Hand, aber er war einfach nur dünn, leicht und glatt. Schließlich öffnete sie ihn und zog eine einzelne, gefaltete Seite heraus, die sie aufklappte.

Liebe Lucille,
mein ganzes Leben lang habe ich gehofft, dass wir uns kennenlernen könnten. Jetzt kreuzen sich unsere Wege vielleicht. Bitte hab keine Angst vor mir, ich möchte Dir nichts wegnehmen, ganz im Gegenteil.
Bitte melde Dich, am besten erreichst Du mich unter der angegebenen Adresse.
Deine Jenny

Lucy las den Brief zweimal, und in ihrem Bauch breitete sich ein merkwürdiges Gefühl aus. Wer war diese Jenny? Sosehr sie auch überlegte, sie kannte niemanden, der Jenny hieß. Und mehr noch: Sie kannte niemanden, der so hieß und sie außerdem Lucille nennen würde. Es konnte sich lediglich um eine Verwechselung handeln, der Brief musste eigentlich für jemand anders bestimmt sein. Energisch stopfte Lucy den Brief zurück in den Umschlag und legte ihn in ihre Tasche. Dann sperrte sie ihre Wohnungstür auf und betrat den Flur, aber nach zwei Schritten hielt sie inne. Diese Jenny hatte nicht nur ihren Namen gekannt, sondern auch ihre Adresse. Offensichtlich wusste sie also etwas über sie. Aber warum um alles in der Welt sollte Lucy Angst vor ihr haben? Wieder holte Lucy den Brief aus ihrer Tasche und las ihn ein weiteres Mal. Doch nichts wurde dadurch klarer, und sosehr sie sich auch bemühte, sie konnte die Anschrift auf dem Umschlag einfach nicht entziffern. Nicht einmal der Poststempel war auf der bunten Briefmarke auszumachen, nur dass die Post aus Österreich kam, konnte Lucy mit Sicherheit sagen.

Sie legte den Brief zur Seite und schaute die restliche Post durch. Neben allerhand Unbrauchbarem und mehreren Rechnungen war ein weiterer handschriftlich beschrifteter Brief darunter. Lucys Herz zog sich zusammen, als sie entdeckte, dass er an Robert und sie gemeinsam adressiert war. Langsam öffnete sie den Umschlag. Es war ausgerechnet eine Hochzeitseinladung.

Für einen Augenblick musste sich Lucy an der Wand anlehnen, während der ganze Kummer erneut über ihrem Kopf zusammenschlug. Erst die Besichtigung einer Wohnung, in die sie überhaupt nicht ziehen wollte, nun diese Post.

Wo bin ich da nur hineingeraten?, fragte sie sich mit einem aufsteigenden Gefühl von Panik. Wie kann mein wunderschönes Leben so vollkommen aus dem Ruder laufen – und das nur wegen Robert und seinen plötzlichen Bindungsängsten?

Unkontrolliert begann sie zu schluchzen. Die Rechnungen und die Hochzeitseinladung fielen ihr aus der Hand und blieben auf dem Boden liegen. Lucy war es gleichgültig. Ohne weiter nachzudenken, stieg sie über die Briefe hinweg und kroch in ihr Bett, als ob es der letzte Zufluchtsort auf Erden wäre.

Stunden verstrichen, es wurde dunkel und wieder hell, aber diesmal hatte sie das Gefühl, dass der Schmerz überhaupt nicht mehr abebbte. Warum hatte Robert sie nur verlassen? Was war mit ihr nicht in Ordnung, dass sich die wichtigsten Menschen in ihrem Leben einfach so umdrehten und gingen? Lucy wälzte sich unruhig hin und her. Dabei war es doch Roberts Idee gewesen, zusammenzuziehen. Sie erinnerte sich, wie er ihr die Wohnung als ein glänzendes Pfand für ihr weiteres gemeinsames Leben präsentiert hatte. Mit verbundenen Augen hatte er sie hineingeführt und den Schal erst abgenommen, nachdem er alle Lichter angeschaltet hatte und auf diese Weise die gesamte Wohnung zum Funkeln und Glänzen gebracht hatte. Dabei hatte er so sicher, so überzeugt gewirkt. Überzeugt von dem neuen Zuhause, von ihr, von ihrer gemeinsamen Zukunft. Von beiden war es Lucy gewesen, die zuerst zögerlich reagiert hatte, doch dann hatte sie sich darauf eingelassen, und was war geschehen? Robert hatte sich umgedreht und sie verstört und einsam zurückgelassen.

Ich glaube, du bist doch nicht die Richtige für mich, war seine einzige Erklärung gewesen.

Warum nur, warum?, fragte Lucy sich wieder und wieder und grübelte stundenlang, was sie falsch gemacht haben könnte.

Wie können Gefühle, die derart stark sind, sich auf einmal in Luft auflösen? Lucy war sich sicher, dass sie sich Roberts Liebe nicht nur eingebildet hatte, schließlich hatte er immer wieder von Hochzeit und Kindern gesprochen.

Nur jetzt nicht mehr mit mir, schoss es ihr durch den Kopf, mir bleibt nichts anderes übrig, als in eine Schuhschachtel nach Charlottenburg zu ziehen! Niemals wäre sie freiwillig dorthin gezogen. Mitte, das ging ja noch. Aber Charlottenburg? Das war das Viertel der Spießer und Spielverderber.

Ein Hauch von Wut mischte sich bei diesem Gedanken in ihren Liebeskummer, und für einen Augenblick war sie versucht, Robert anzurufen und ihm so richtig die Meinung zu sagen. Doch die Wut verrauchte, noch bevor sie nach ihrem Handy gegriffen hatte, und an ihre Stelle trat eine tiefe Sehnsucht. Lucy vermisste Robert und seine selbstbewusste Art, die überzeugte Sicherheit, mit der er durchs Leben steuerte. Sie selbst war so viel leichter zu verunsichern – er hingegen schien das Wort »Unsicherheit« nicht einmal zu kennen. Von Anfang an hatte sie seine scheinbare Sorglosigkeit unglaublich anziehend gefunden. Einige ihrer Freunde bezeichneten Robert als arrogant, aber das war er nicht. Er teilte eben nur selten die Befürchtungen, die andere Menschen plagten. Seine Grundsicherheit hatte sich in ihrer gemeinsamen Zeit auf Lucy übertragen, und Robert hatte die Fähigkeit gehabt, alles richtig erscheinen zu lassen, auch für Lucy an seiner Seite. Das vermisste sie mehr als alles andere.

Fröstelnd zog sie sich die Decke bis unters Kinn. Ihr war kalt, obwohl sie angezogen in ihrem Bett lag und draußen die Sommersonne schien. Lucy wusste, dass sie aufstehen und etwas tun musste, aber es gelang ihr nicht, auch nur den kleinen Zeh zu bewegen. Stattdessen lag sie Stunde um Stunde einfach nur da und hoffte auf ein Wunder. Aber es geschah nicht, und irgendwann am Nachmittag kroch Lucy aus dem Bett, zog sich etwas Frisches an und machte sich daran, den ersten Karton zu packen.

In den letzten Wochen hatte sie romantische Vorstellungen davon gehegt, wie sie ihre Sachen für Roberts und ihr neues Zuhause zusammensuchen würde. Jetzt sah sie sich mit einer unendlich wirkenden Fülle von Kram konfrontiert, der sich in den mehr als zehn glücklichen Jahren in dieser Wohnung angesammelt hatte. Jede Menge Gläser, Porzellan und eine auch sonst sehr gut ausgestattete Küche nannte sie ihr Eigen. Ihr Kleiderschrank war bis zum Bersten gefüllt – auch wenn es sich nicht so anfühlte –, und im Flur staute sich eine ansehnliche Schuhsammlung, von der sie etliche Paare schon seit Jahren nicht mehr getragen hatte. Den größten Posten aber machten die Bücher aus, die sich in ihren Regalen stapelten. Lucy liebte es, zu lesen. Sie genoss das Gefühl, ein Buch in Händen zu halten und in eine andere Welt einzutauchen. Robert hatte den Kopf darüber geschüttelt, dass man sämtliche Bände von Tolstoi oder Shakespeare in Buchform besitzen musste, wenn man sie auch – zusammen mit Tausenden anderen – als elektronische Kopie platzsparend auf einem winzigen Lesegerät speichern konnte. Das wiederum konnte Lucy nicht verstehen, da es für sie kaum etwas Schöneres gab, als einen neuen Roman aufzuschlagen oder eines ihrer Lieblingsbücher ein weiteres Mal zu lesen.

Kummervoll seufzte sie und schichtete langsam ein Buch nach dem anderen in einen Karton. Als sie ihn gerade bis zur Hälfte gefüllt hatte, fiel ihr die Karte in die Hände, die ihr Robert zu ihrem letzten Geburtstag geschenkt hatte. Allein der Anblick fühlte sich wie ein Faustschlag in den Magen an, und Lucy musste sich zusammenreißen, um nicht wieder zu heulen. Langsam ließ sie sich auf den Boden sinken und blieb einfach dort sitzen, den halb vollen Karton neben sich wie ein gebrochenes Versprechen an eine goldene Zukunft.

»Müssen wir aus der Flasche trinken, oder sind noch Gläser da?«

Lucy konnte sich nicht erinnern, sich je mehr gefreut zu haben, ihre Freundin und Arbeitskollegin Julia zu sehen. Julia besaß ein Engelsgesicht, einen tiefschwarzen Humor und eine unnachahmlich energische Art und war somit genau die Person, die Lucy gerade am dringendsten brauchte. Außerdem hatte sie eine Flasche Prosecco mitgebracht. Munter stiefelte sie an Lucy vorbei ins Wohnzimmer und blieb dort wie angewurzelt stehen, als sie das Sofa entdeckte.

»Irres Teil!« Postwendend zog sie ihr Handy heraus und knipste ein Foto davon. »Wie ist Robert denn ausgerechnet darauf gekommen?« Lachend und mit Schwung ließ sich Julia auf die Sitzfläche fallen und hüpfte dann darauf herum, als ob sie einen Stabilitätstest durchführen wollte. »Er muss farbenblind sein, aber immerhin ist es erstaunlich bequem.« Sie machte noch einen gewaltigen Hopser, der ihre langen, blonden Haare hochfliegen ließ.

Bei der Erwähnung von Roberts Namen musste Lucy heftig schlucken, aber Julia schien es nicht zu bemerken, stattdessen öffnete sie die Flasche Prosecco so schwungvoll, dass der Korken gegen die Decke knallte.

»Holst du Gläser?«, fragte sie und presste die flache Hand auf die Flaschenöffnung, um den schäumenden Prosecco daran zu hindern, ungebremst auf den Boden zu fließen.

Sofort eilte Lucy in die Küche, kam mit zwei Gläsern zurück und wäre fast auf der Proseccopfütze zu Julias Füßen ausgerutscht, aber ihre Freundin hielt sie gerade noch fest, lachte fröhlich und goss die Gläser voll. Mit einer großen Armbewegung erhob sie ihres.

»Auf eine grandiose Zukunft, Lucy! Ein neues Viertel, eine neue Wohnung, jede Menge neuer Männer!«

Sie stießen an.

»Danke«, sagte Lucy, aufgemuntert von Julias Unterstützung. »Um ehrlich zu sein, habe ich aber nicht die geringste Lust auf neue Männer.«

»Ach was, die Lust kommt schon wieder. Schau mich doch an. Vor zwei Jahren noch hätte ich geschworen, dass ich nie wieder jemanden in mein Leben lassen würde, und jetzt sieht es schon wieder ganz anders aus …«

Lucy erinnerte sich an Julias entsetzliche Trennung, als ihr Freund plötzlich und für Julia völlig unerwartet verschwunden war und sie nie wieder von ihm gehört hatte. Damals war Julia am Boden zerstört gewesen, doch irgendwann war sie wieder aufgestanden und hatte sich zur absoluten Femme fatale gewandelt, die Männer wie Preise sammelte.

»Ich weiß ja, dass die Trauer vorbeigehen soll, aber ich kann es mir einfach nicht vorstellen.« Lucy spürte, wie sich ihre Augen unwillkürlich mit Tränen füllten.

»Kein Mann ist es wert, dass man ihm nachjammert«, mahnte Julia, »wenn jemand das beurteilen kann, dann bin ich das.«

»Du hast ja recht, aber …«

»Nein, wirklich keiner. Also, Schluss mit dem Gejammer, jetzt machen wir dich startklar für dein neues Leben.« Sie ging zu Lucys altmodischer Stereoanlage, stellte sie an und suchte eine CD mit allen möglichen Hits längst vergangener Tage heraus. Während sie an der Lautstärkeregelung herumspielte, trank sie ihr Glas in einem Zug aus. »Los geht's, jetzt wird gepackt.«

Nach einem kurzen Blick auf Lucy kam sie zu ihr herüber, legte ihr den Arm um die Schultern und drückte sie an sich. »Komm, Lucy, lass dich nicht unterkriegen, du schaffst das.«

Wie von selbst lächelte Lucy, denn das waren genau die Worte, die sie vor zwei Jahren zu Julia gesagt hatte. Und wenn man Julia so ansah, musste man sie einfach glauben, denn sie sah strahlend und froh und nicht im Geringsten traurig oder verloren aus.

Wie ein Kommandant auf einem Schlachtfeld stieg Julia auf das Sofa und schaute sich um. »Als Erstes wirfst du alles weg, was dich an Robert erinnert«, entschied sie und kletterte wieder herunter.

Beide blickten auf das Sofa.

»Ich kann doch unmöglich einfach dieses Sofa wegwerfen«, erwiderte Lucy schockiert.

»Nein, aber es verschenken, spenden, sonst etwas damit machen.« Julia goss Lucy und sich Prosecco nach.

»Darüber habe ich noch gar nicht nachgedacht, es ist doch eigentlich Roberts Sofa …« Lucys Stimme verstummte. Wie sollte sie Julia erklären, dass sie eigentlich hoffte, dass Robert vielleicht doch, eines Tages, in nicht allzu weiter Ferne …

»Also gut, dann behältst du eben das Sofa«, gab Julia nach. »Aber alles andere verschwindet: Erinnerungsstücke, Fotos, Briefe, Telefonnummer.«

»Warum?« Zweifelnd sah Lucy Julia an.

»Um seine Spuren aus deinem Leben zu tilgen, denn danach wirst du dich besser fühlen, ich habe das damals auch gemacht.«

Zwar war Lucy nicht ganz überzeugt, aber Julia schien sich ihrer Sache so sicher, dass sie schließlich nachgab.

»Im Übrigen hast du eh viel zu viele Sachen. Wir müssen dringend aussortieren, was willst du nur mit diesem ganzen Zeug?«, wollte Julia wissen.

»Weiß ich nicht, brauche ich aber alles.« Lucy griff nach einem kleinen Plüschbären mit nur einem Ohr, den sie vor Jahren auf dem Oktoberfest gewonnen hatte.

Ihre Freundin schüttelte nur den Kopf. »So ein Unsinn. Am besten nimmst du nur mit, was du wirklich benötigst, okay?«

Lucy nickte, aber es erinnerte mehr an ein Kopfschütteln.

»Mensch, Lucy, das ist doch ’ne tolle Chance, du wirfst einfach alles Überflüssige weg. Wenn du aussortierst, was du ein Jahr lang nicht in Händen hattest, bist du jede Menge unnützen Ballast los und fühlst dich garantiert viel leichter und sattelfester für ein ganz neues Leben.«

»Aber ich will kein neues Leben.« Kleinlaut klang Lucys Protest, und Julia lachte nur: »Bist du verrückt? Jeder will ein neues Leben. Warte nur ab, du kommst auch schon noch auf den Geschmack.«

Und mit diesen Worten begann sie Stück für Stück hochzuhalten, was sie für überflüssig hielt: hässliche Erbstücke, ungeliebte Klamotten, niemals verwendete Küchenutensilien. Lucy stimmte zu oder lehnte ab. Am Anfang war es mühsam, aber mit jeder Entscheidung wurde das Aussortieren leichter, und Lucy ertappte sich dabei, wie sie sogar ein- oder zweimal herzhaft lachen musste, als Julia irgendeinen Gegenstand besonders witzig präsentierte.

Müllsack um Müllsack aussortierter Dinge schleppten sie nach unten, und ein ganzer Berg von Klamotten und Schuhen sammelte sich auf dem Stapel für die Kleidersammlung. Unter Julias Regiment lichtete sich das Chaos in der Wohnung tatsächlich, und mithilfe ihrer blendenden Laune und des Proseccos war das Einpacken auch gar nicht so schlimm. Irgendwann verschwand Julia kurz zum Spätkauf gegenüber und kam mit einem Arm voller Süßigkeiten zurück.

»Oh, Lakritzschlangen«, rief Lucy entzückt.

»Ja, und Saure Apfelringe, Colafläschchen und Snickers.«

»Du bist ein Schatz.«

»Ich weiß.« Julia lachte. »Komm, den Rest schaffen wir auch noch.«

Als Julia sich lang nach Mitternacht verabschiedete, wartete ein Berg von gepackten Kartons auf die Fahrt nach Charlottenburg.

»Danke, Julia, ohne dich hätte ich das nicht geschafft!« Lucy umarmte ihre Freundin und hätte sie am liebsten gar nicht losgelassen.

Julia schien das zu spüren. »Das bekommst du hin«, sagte sie mit Nachdruck.

Lucy biss sich auf die Unterlippe.

»Und dann wird alles gut. Komm her, lass dich noch mal drücken.« Lucy fühlte sich in eine von Julias Bärenumarmungen gezogen. »Versprich mir, dass du dich nicht unterkriegen lässt.«

»Das tue ich.« Lucy versicherte es mehr sich selbst als Julia. Und so schwer es ihr auch fiel, sie versuchte sich tatsächlich daran zu halten, als sie tapfer bis zum Morgengrauen die letzten Sachen einpackte.

»Ich sollte dich wirklich wegwerfen.« Unzufrieden blickte Lucy auf das scheußliche Sofa von Robert, das sie quer in ihr neues Wohnzimmer hatten stellen müssen, um überhaupt genug Platz für ihre Regale zu haben.

Das Sofa schwieg.

»Du bist mit Abstand das Hässlichste, das ich je gesehen habe.«

Das Sofa zeigte weiterhin keine Regung.

»Du bist blöd, so saublöd wie Robert, du solltest verschwinden.« Lucy gab dem Sofa einen Tritt. Das Sofa kassierte den Schlag ohne nennenswerte Regung seiner Lederbespannung und sah anschließend genauso hässlich aus wie zuvor.

Doch auch wenn Lucy es laut beschimpfte und sogar trat, wünschte sie sich eigentlich nichts sehnlicher, als sich in Roberts Arme zu werfen und mit ihm und dem Sofa in alle Ewigkeit glücklich weiterzuleben.

»Ach, hau doch ab«, fauchte Lucy das Sofa schließlich an, drehte sich um und griff nach ihrem Wohnungsschlüssel.

Während ganz Berlin dieses erste warme Sommerwochenende am Wannsee, Müggelsee und in den Freibädern verbrachte, verging es für Lucy in einem Wirbel aus Umzug, Herrichten der alten Wohnung und Ankommen in der neuen. Leider war die neue

Wohnung nicht nur winzig im Vergleich zur alten, sondern fühlte sich auch abweisend und ungewohnt an. In einer Hauruckaktion hatte Neni mit ihren beiden Brüdern die Tapete im Wohnzimmer repariert und die Wände im Schlaf- und Wohnzimmer weiß gestrichen. Doch obwohl es so viel heller und freundlicher war, fühlte Lucy sich weiterhin fremd, und nicht einmal das Auspacken der Kisten vermittelte ihr eine Spur von Zuhause. Stattdessen fühlte sie sich wie eine Puppe in einer zu voll gestellten Puppenwohnung.

Warum nur, warum?, ging es ihr wieder und wieder im Kopf herum.

Um wenigstens irgendwie das Gefühl zu bekommen, dass sie jetzt tatsächlich hier lebte, befestigte sie an ihrer Wohnungstür und am Briefkasten im Erdgeschoss jeweils ein Schildchen mit ihrem Namen. Dabei entdeckte sie, dass ihre Etagen-Nachbarn »Hartenstein« hießen. Während sie vom Briefkasten wieder nach oben ging, überlegte sie, wie die Hartensteins wohl aussehen könnten. Vor sich sah sie ein ältliches Ehepaar, würdig und grauhaarig mit einer weißen Angorakatze und einem Faible für den englischen Five o'Clock Tea.

»Har-ten-stein«, murmelte Lucy leise.

Vielleicht war Herr Hartenstein auch ein älterer Geschichtsprofessor, spezialisiert auf die Stadtentwicklung des frühen Mittelalters, oder ein Chemiker, der stets leicht nach Schwefel roch. Oder eine Dame mit grauen Ringellöckchen, die die Wohnung von ihrem Vater geerbt hatte, der vor über hundert Jahren der Bauherr des Hauses gewesen war. Allen Personen in ihrer Fantasie war gemein, dass sie alt, würdevoll und ernst waren. Ein Baby mit dem Namen Hartenstein konnte sich Lucy beim besten Willen nicht vorstellen.

Sie blickte sich auf dem Treppenabsatz um. Auf ihrer Seite des Hauses gab es im zweiten Stock außer ihrer Wohnungstür nur noch eine weitere Tür.

Hier wohnen also nur Hartensteins und ich, überlegte Lucy. Die hartensteinsche Wohnung muss riesig sein, wenn nur noch meine Schuhschachtel danebenpasst, und in ihrem Kopf entstand das Bild, wie das ältliche Ehepaar Hartenstein auf Rollschuhen durch seine riesige Wohnung sauste.

Lucy schloss die knarrende Wohnungstür hinter sich und lehnte sich dann von innen dagegen.

»Ich will nach Hause«, sagte sie laut und wusste dabei selbst nicht genau, ob sie damit ihre alte Wohnung in Schöneberg, das Apartment in Mitte oder einfach nur das Leben an Roberts Seite meinte.

Immerhin würden gleich Neni und Julia zu Besuch kommen, und das war wenn schon nicht die Rettung, so doch immerhin das Beste, was sich Lucy im Moment vorstellen konnte. Ein Blick auf die Uhr zeigte ihr, dass sie noch schnell duschen konnte, wenn sie sich beeilte. Daher holte Lucy ein Duschgel und ein Shampoo aus dem Karton mit der Aufschrift »Bad«, zog sich aus und stieg in die Badewanne. Der Duschvorhang war noch nicht montiert, aber Lucy hoffte, dass es bei den riesigen Ausmaßen der Wanne auch so gehen würde. Der emaillierte Boden unter ihren Füßen fühlte sich kalt an, daher drehte sie schnell den Wasserhahn auf. Das Wasser kam erst kalt aus der Leitung, wurde dann aber erfreulich rasch wärmer.

Wenigstens etwas, dachte Lucy und hielt sich den Duschkopf über den Kopf.

Einen Augenblick später schoss das Wasser plötzlich kochend heiß heraus.

»Verdammt!« Instinktiv drehte Lucy den Duschkopf von sich weg. Der Wasserstrahl traf die gegenüberliegende Wand. Glücklicherweise zwar hauptsächlich dort, wo sie gefliest war, aber auch im Bereich darüber. Kleine Rinnsale begannen von der gestrichenen Fläche herunterzutropfen.

Eilig bemühte sich Lucy, die Temperatur anzupassen. Für einen Augenblick war es wieder angenehm, dann jedoch wurde es mit einem Mal eiskalt. Diesmal erwischte es die andere Wand, als Lucy den Duschkopf abrupt von sich weghielt.

Erneut versuchte sie sich an der Temperatureinstellung.

Wo war sie nur gelandet? Zwar war sie mittlerweile ziemlich nass, aber als duschen konnte man das, was hier passierte, wirklich nicht bezeichnen. Genau in diesem Moment ertönte auf der anderen Seite der Wand ein lauter Rums, gefolgt vom Schrei einer Männerstimme. Lucy erschrak so sehr, dass sie den Duschkopf ganz fallen ließ. Er stürzte so unglücklich, dass er erst gegen ihr Knie knallte, ihr Wasser in die Augen spritzte und dann den Badezimmerfußboden mit einem großzügigen Wasserguss erfreute.

»Auauau«, jammerte Lucy und meinte damit nicht nur ihr Knie, sondern vielmehr die Gesamtsituation. Sie wischte sich über die Augen und angelte nach dem Duschkopf, der sich aber unter dem Wasserdruck als erstaunlich wendig erwies und einen Schwall Wasser nach dem nächsten durch das ganze Badezimmer jagte. Schließlich gab Lucy ihren Versuch auf, den Duschkopf zu bändigen, und stellte das Wasser ganz aus. Sie hatte genug von dieser eigenwilligen Form der Körperreinigung. Offenkundig war es ja auf der anderen Seite der Wand auch nicht besser, wenn man dem Schrei von gerade eben trauen durfte.

Vorsichtig blickte Lucy über den Badewannenrand. Auf dem Fußboden stand das Wasser in großen Pfützen, und von den Wänden und vom Spiegel tropfte es munter herab. In diesem Moment wurde ihr klar, dass sie kein Handtuch hatte. Zwar hatte sie vorhin die Duschtücher ausgepackt, aber auf einem Stapel im Flur liegen lassen. Ihre Füße machten plätschernde Geräusche auf dem Fußboden, und als sie die Badezimmertür öffnete, schwappte ein kleiner Schwall Wasser über die Schwelle in den Flur. Lucy hangelte nach einem Handtuch. Immerhin das war so weich und kuschelig, wie sie es mochte. Genüsslich wickelte sie sich darin ein, schloss die Augen und hoffte einfach, dass sich ihre Probleme freundlicherweise in Luft auflösen würden.

In diesem Moment klingelte es viermal an der Tür. Dreimal zu klingeln war Nenis Zeichen. Dass es viermal geschellt hatte, schrieb Lucy der Tatsache zu, dass sich Neni noch nicht an ihre neue Klingel gewöhnt hatte. Die Aussicht, ihre Freundin zu sehen, ließ Lucys etwas durchweichte Laune schlagartig wieder steigen. Sie zog das Handtuch fest und drückte auf den Summer. Wenigstens der schien zu funktionieren. Lucy wickelte das Handtuch noch etwas enger und öffnete dann die Tür.

Erschrocken fuhr sie zurück. Sie hatte niemanden auf ihrer Türschwelle erwartet, doch direkt dort stand ein blonder Mann. Der Fremde war groß, breitschultrig und unglaublich gut aussehend. Je genauer Lucy ihn musterte, umso klarer wurde ihr, dass er nicht nur großartig aussah, sondern möglicherweise der bestaussehende Vertreter des männlichen Geschlechts war, auf den sie je einen Blick geworfen hatte. Sein Gesicht hatte perfekte, harmonische Züge, seine Schultern waren breit und die Hüften schmal, und seine blauen Augen leuchteten so intensiv, dass sie womöglich noch im Dunkeln zu sehen waren. Zu allem Überfluss trug er eine Pilotenuniform mit vier goldenen Streifen am Ärmel.

Wow, dachte Lucy und bemerkte einen Augenblick später, dass ihr der Mund offen stehen geblieben war.

Anscheinend war der Fremde jedoch an solch atemlose Bewunderung gewöhnt, denn er reagierte mit genauso wenig Befremden darauf wie auf die Tatsache, dass Lucy halb nackt vor ihm stand und das Wasser aus ihren nassen Haaren auf den Boden rann.

In diesem Moment kam Neni gemeinsam mit Julia die Treppe hoch.

»Hallo«, sagte der Unbekannte.

Seine Stimme ließ Lucy zusammenfahren, denn sie klang seltsam hoch und quietschend, vollkommen anders, als Lucy es erwartet hatte. Es war so, als belle ein großer, massiger Bernhardiner auf der Tonhöhe eines kleinen Chihuahuas. Aus dem Augenwinkel sah Lucy, dass Neni auch zusammengezuckt war, und sie musste sich zusammenreißen, um nicht in Lachen auszubrechen.

»Hallo«, antwortete sie daher etwas gepresst.

Julia schien keine Probleme mit der Stimme des Mannes zu haben, denn sie kam näher und flötete ihm ein »Oh, hallo« in ihrem verführerischsten Tonfall zu.

»Guten Tag«, antwortete er höflich mit einem leichten Quietschen in der Stimme.

Lucy sah, wie Neni auf dem Treppenabsatz die Augen verdrehte, und das Lachen in ihrem Bauch nahm zu.

»Du bist doch die neue Nachbarin, oder?«, erkundigte sich der Pilot bei Lucy.

Sie nickte. Durch ihre Kopfbewegung lief das Wasser aus ihren Haaren schneller nach unten und fühlte sich kalt in ihrem Nacken an.

»Es freut mich, dich kennenzulernen. Ich bin Dominik Hartenstein, und wie heißt du?«

Lucy brauchte etwas länger als gewöhnlich, um seinen Satz zu verarbeiten, da ein Teil ihres Gehirns damit beschäftigt war, mit dem hohen, fast schrillen Klang seiner Stimme fertigzuwerden. Das sollte außerdem Herr Hartenstein sein? Zu ihrem eigenen Entsetzen merkte sie, wie sie zu kichern begann.

Reiß dich zusammen, befahl sie sich streng, denn schließlich kann Dominik Hartenstein nichts für seine Stimme. Trotzdem spürte sie weiterhin das Lachen wie ein Gluckern tief in ihrem Bauch.

»Ich bin Julia, und das ist Lucy«, steuerte Julia zur Unterhaltung bei, und Lucy war ihr sehr dankbar für ihren ernsten Tonfall, der ihr half, sich auch wieder zu fangen.

»Lucy, obwohl wir uns noch nicht richtig kennengelernt haben, möchte ich dich gleich um einen Gefallen unter Nachbarn bitten. Ich muss heute ganz überraschend fliegen und wollte dich fragen, ob du die Blumen in meiner Abwesenheit gießen könntest?«

Kurz schaute Lucy zur Seite, und ihr Blick traf Nenis. Neni grinste, und das Lachen in Lucys Bauch nahm gefährliche Ausmaße an. Schnell biss sie sich auf die Zunge und versuchte ihre Aufmerksamkeit ganz auf Dominik Hartensteins Gesicht zu richten.

»Aber natürlich«, antwortete sie, so ernst es ihr gelang.

»Außerdem wäre es sehr freundlich, wenn du jeden Morgen Brötchen vom Bäcker holen und bei mir in die Küche legen könntest, das Geld hierfür gebe ich dir. Kann ich dir alles kurz zeigen?«

»Was? Jetzt?« Lucy blickte an sich hinunter, sah das Handtuch und die kleine Wasserpfütze, die sich um ihre Füße gebildet hatte.

»Es geht auch ganz schnell«, antwortete er unbewegt.

Lucy schaute hoch und suchte in Dominik Hartensteins Gesicht nach einem Anzeichen, dass er gerade einen Witz gemacht hatte, doch sie fand keines.

Stattdessen blickte er auf die Fliegeruhr an seinem Handgelenk. »Leider habe ich es wirklich unglaublich eilig und muss gleich los.«

»Ich beeile mich«, versprach sie, aber im Handtuch würde sie nicht durchs Haus stapfen.

Rasch verschwand Lucy in der Wohnung und griff in ihrem Schlafzimmer nach dem ersten Kleidungsstück, dessen sie habhaft werden konnte. Es war ein etwas altmodisches Abendkleid in einem ungewöhnlichen Braunton, das Julia aussortieren, Lucy aber unbedingt behalten wollte. Eilig streifte sie es über und schlüpfte dann in ihre lila Flipflops.

»Super«, meinte Dominik, als sie wieder auftauchte, und warf ihr in ihrem Abendkleid dann doch einen irritierten Blick zu. Mit großen Schritten ging er voraus, schloss auf, und gemeinsam betraten sie seine Wohnung. Sie kamen in einen großen, rechteckigen Eingangsbereich, der bis auf ein schmales, modernes Glastischchen an der gegenüberliegenden Wand vollkommen leer war.

»Auf den Tisch kannst du die Post legen«, erklärte Dominik. »Der Schlüssel für den Briefkasten ist am Schlüsselbund.«

»In Ordnung.« Blumen gießen und Post holen, das sollte sie schaffen. Was ihr deutlich weniger gelang, war, sich an Dominiks hohe, quietschende Stimme zu gewöhnen. Jeder Satz aus seinem Mund warf sie wieder völlig aus der Bahn, und sie kam sich in seinem Schlepptau vor wie ein kichernder Teenager auf Klassenfahrt.

»Das hier sind meine Zimmer.« Dominik öffnete die erste Tür auf der linken Seite, und Lucy warf einen Blick in ein sehr großes, aber fast vollständig leeres Arbeitszimmer. Es gab einen Schreibtisch, einen Stuhl, einen schwarzen Aktenschrank und zwei große gerahmte Zeichnungen von Flugzeugbauteilen an den Wänden. Dicht am Fenster stand eine beeindruckende Palme in einem großen, chinesisch anmutenden Porzellantopf. Sonst gab es nichts. Keinen Stift, kein Stück Papier, kein Buch, einfach nichts. Das Zimmer war unnatürlich leer und aufgeräumt, und Lucy musterte Dominik mit neu erwachtem Interesse. Wer lebte in einem dermaßen sterilen Umfeld? Unter seinen schönen blonden Haaren sah sie sein perfektes Profil und konnte sich keinen Reim darauf machen.

»Die Palme müsste alle zwei Tage gegossen werden, aber bitte nur wenig. Dem Dienstplan nach werde ich mindestens fünf Tage lang unterwegs sein, und du könntest sie bitte übermorgen zum ersten Mal versorgen.«

»Ja, klar, kein Problem.« Lucy fiel ein, dass Dominik auch etwas von Brötchen gesagt hatte. Gerade als sie ihn fragen wollte, für wen die gedacht waren, wenn er doch verreist war, verlor sie einen Flipflop und musste stehen bleiben und ihn wieder anziehen.

»Mein Wohnzimmer.« Dominik betrat das nächste Zimmer, und Lucy eilte hinterher.

Ja, dachte sie augenblicklich, in diesem Zimmer kann man wirklich Rollschuh laufen. Zwar war Dominik überhaupt nicht so, wie sie sich die Hartensteins vorgestellt hatte, aber seine Wohnung war tatsächlich so gigantisch, wie sie angenommen hatte. Auch in diesem Zimmer gab es kaum Möbel, nur eine elegante, aber unbequem aussehende Couch und einen überdimensionierten, gebogenen Flachbildfernseher, in dem sich die Stuckdecke spiegelte. Ansonsten keine Fotos, kein Nippes, kein Regal, kein Buch. Das einzig Lebendige war eine weitere Topfpalme, die hinter dem Sofa stand.

Wie kann man so nur leben?, fragte sich Lucy und dachte an ihre kleine und komplett vollgestopfte Wohnung. Doch Dominik sah nicht so aus, als litte er Mangel.

»Übermorgen bitte gießen, dann täglich nach ihr sehen«, erklärte er höflich quietschend, wies auf die Pflanze und ging voraus in das nächste Zimmer, das man direkt vom Wohnzimmer aus betreten konnte. Wie Lucy unschwer an dem riesigen Bett erkennen konnte, war es ein Schlafzimmer.

»Die Blumen hier brauchst du nur im Notfall zu gießen.«

»Im Notfall?« Fragend blickte Lucy ihn an.

»Ich meine damit, wenn ich länger fortbleibe. Komm, ich zeige dir noch schnell die Küche.« Zum ersten Mal vernahm Lucy eine leichte Unruhe in seiner Stimme, was zu noch mehr Quietschen und Kieksen führte.

Die Küche war groß, um nicht zu sagen riesig. Küchenelemente aus Stahl standen auf dem alten Parkett, und es gab vier große Fenster und einen Balkon. Der Raum war lichtdurchflutet und beherbergte eine Vielzahl von Topfpflanzen und Kräutern, die dicht gedrängt auf den Fensterbrettern standen. Es gab kleinere und größere Pflanzen, Küchenkräuter, Zierblumen und sogar einen Bonsai, der seine kleinen, knorrigen Äste ausstreckte.

»Es wäre schön, wenn du auch hier die Blumen gießen könntest«, bat Dominik.

»Wie oft?«

»So häufig wie nötig.«

Lucy wunderte sich, dass er diesmal keine genauen Angaben machte, und warf rasch einen Blick umher. Die Küche war ein wunderschöner Raum, und Lucy konnte sich vorstellen, wie fantastisch man hier kochen und essen konnte, aber seltsamerweise wirkte sie vollkommen unbenutzt. Als einzige Ausnahme standen zwei geöffnete Flaschen Wasser auf einem alten, hölzernen Küchentisch an der Wand. Darüber hing das große, schöne Porträtfoto einer älteren Frau.

»Meine Oma«, erklärte Dominik, der Lucys Blick folgte.

»Ach so«, antwortete Lucy. Also war doch jemand da, der die Brötchen brauchte. Mit Interesse musterte sie das Bild.

»Bitte leg die Brötchen hierher auf den Tisch. Wenn noch etwas gebraucht wird, findest du eine Nachricht vor.« Dominik schaute ebenfalls kurz auf das Bild, dann zog er zwei Hunderteuroscheine aus der Hosentasche. »Für die Brötchen.«

»Wie viele soll ich denn kaufen?« Lucys Augen wurden groß.

»Drei weiße Brötchen jeden Tag.«

»Willst du monatelang fortbleiben?«

»Nein, der Rest ist nur in Reserve.« Dominik drückte Lucy das Geld in die Hand. »Vielleicht kannst du mir deine Nummer geben, und ich melde mich, sollte ich länger verreist sein?«

»Natürlich.« Lucy diktierte sie ihm und eilte ihm dann wieder hinterher.

Neben der Wohnungstür warteten ein Pilotenkoffer und ein großer Alukoffer, den sie vorher beim Reinkommen nicht wahrgenommen hatte. Dominik griff danach, dann wandte er sich zu Lucy um.

»Bitte öffne nur die Türen, die ich dir gezeigt habe. Kann ich mich darauf verlassen?«

Lucy stutzte: War seine Oma ein so schwieriger Mensch?

»Ja, natürlich«, antwortete sie. »Soll ich besser klingeln, wenn ich komme?«

»Nein, das ist nicht nötig.« Dominik reichte ihr den Wohnungsschlüssel, und Lucy nahm ihn vorsichtig entgegen.

Dominik lächelte sie an. »Das ist echt nett von dir!«

Das Lächeln machte sein sowieso schon nahezu perfektes Gesicht wunderschön.

Es ist erstaunlich, wie sehr ein Lächeln Menschen verändern kann, überlegte Lucy und nahm sich fest vor, auch wieder mehr zu lächeln.

»Oh mein Gott«, sagte Julia, kaum dass Lucy die Tür von ihrer neuen Wohnung hinter sich geschlossen hatte. »Dieser Mann ist ja unglaublich. Noch nie habe ich jemand so Gutaussehendes gesehen. Wie war er? Wie war seine Wohnung? Du musst uns einfach alles erzählen.«

»Gleich, ich ziehe mir erst mal was Vernünftiges an.« Lucy legte Dominiks Schlüssel und das Geld auf den Umzugskarton im Flur, der als temporäre Ablagefläche diente.

»Vielleicht kannst du mir auch helfen aufzuräumen«, kam Nenis Stimme aus dem Badezimmer.

Die Überflutung im Badezimmer hatte Lucy ganz vergessen! Sofort schaute sie um die Ecke, wo Neni gerade dabei war, den letzten Rest Wasser mit einem völlig durchweichten Handtuch aufzuwischen.

»Was hast du denn hier veranstaltet? Das Wasser ist ja bis in den Flur gelaufen.«

»Ich habe versucht zu duschen. Danke, dass du dich der Sache angenommen hast, du bist ein Schatz«, antwortete Lucy.

»Ja, ja, ich weiß. Ich würde allerdings empfehlen, dass du in der Badewanne duschst und nicht auf dem Badezimmerfußboden.« Neni grinste breit, und Lucy lachte. Sie schilderte ihr Missgeschick, bis sie zu der Stelle mit dem lauten Rums von nebenan kam.

»Ich glaube, dieses Problem hatten schon andere vor dir«, meinte Neni.

»Den Rums von nebenan?«

»Nein, die Schwierigkeiten mit der Temperatureinstellung.« Neni hängte das klitschnasse Handtuch über den Wannenrand und wies auf den Wasserhahn. »Schau mal hier.«

Interessiert beugte sich Lucy über die Badewanne und entdeckte, dass tatsächlich jemand auf der Warmwasserseite einen Strich in das Metall der Armatur geritzt hatte.

»Ich nehme an, dass du den Hahn genau auf diese Stelle drehen musst«, überlegte Neni.

»Was würde ich nur ohne dich tun?«, fragte Lucy und strich ihrer besten Freundin über die wilden dunkelbraunen Locken.

»Was würde ich nicht alles für Dominik tun«, seufzte Julia im Flur.

Neni und Lucy lachten. Julias Männerverschleiß war nahezu legendär, und es war kaum zu glauben, dass sie die gleiche Person war, die noch vor zwei Jahren brav, ja fast bieder erschienen war. Manchmal dachte Lucy, dass die Verwandlung ihrer Freundin vielleicht ein wenig zu weit gegangen war, aber meistens war sie einfach nur begeistert von der neuen Julia.

»Hast du was dagegen, wenn ich es mir bequem mache, denn ich war den ganzen Tag lang auf den Beinen?«, fragte Neni.

»Mach das unbedingt. Ich ziehe mir nur schnell etwas anderes an, und dann gibt es auch etwas zu trinken. Lass dich bitte nicht von der Unordnung stören.«

»Ich?« Neni lachte.

Lucy erinnerte sich an die aufgeräumten, ja fast schon nackten Zimmer von Dominik. Nun, bei mir ist das definitiv anders, dachte sie und stieg über einen großen Haufen Krimskrams, der auf ihrem Schlafzimmerboden lag. Gerade als sie dabei war, sich das braune Abendkleid über den Kopf zu ziehen, ertönte im Wohnzimmer ein Ausruf des Entsetzens. Augenblicklich stürzte Lucy nach nebenan.

»Was ist denn das?« Nenis ausgestreckter Zeigefinger wies auf das Sofa, auf dem Julia halb sitzend lag und etwas in ihr Handy tippte.

»Das ist meine Freundin Julia«, antwortete Lucy und zog zum Spaß die Augenbrauen hoch. »Sie ist sehr nett. Du musst nicht schreien, wenn du sie siehst.«

»Das ist ja grauenhaft. Ist das das Sofa von Robert?« Neni konnte sich gar nicht beruhigen, und nur zu gut erinnerte sich Lucy an den Schock, als sie es selbst zum ersten Mal gesehen hatte.

»Was ist denn das für eine schreckliche Farbe?« Wie wild gestikulierte Neni mit ihren Händen.

»Aber es ist bequem«, ließ sich Julia vernehmen. »Probier es aus. Wenn man draufsitzt, ist es gar nicht mehr so furchtbar.«

»Hm«, machte Neni, was so viel heißen konnte wie: Da setze ich mich im Leben nicht drauf, denn womöglich erblinde ich, wenn ich mich dieser Farbe weiter nähere.

»Das ist ja typisch Robert«, fügte sie hinzu, als sie schließlich ganz vorsichtig auf der Kante Platz nahm.

»Wie meinst du das?«, fragte Lucy, die augenblicklich das Bedürfnis verspürte, Robert zu verteidigen.

»Ach, ich habe das nur so dahingesagt, vergiss es einfach.« Neni machte eine beschwichtigende Handbewegung und lehnte sich dann vorsichtig nach hinten.

Aber Lucy wusste, was Neni meinte, denn sie hatte Robert nie besonders gemocht, auch wenn sie das niemals so ungeschönt formuliert hätte. Nicht nur einmal hatte Lucy deshalb unglücklich zwischen ihrer besten Freundin und Robert gestanden, zumal Robert Nenis mangelnde Begeisterung ihm gegenüber mit einer heftigen Abneigung quittiert hatte. Lucy war immer davon ausgegangen, dass sich die beiden mit der Zeit schon noch anfreunden würden, stattdessen war Robert aus ihrem Leben verschwunden, und das Thema hatte sich von selbst erledigt. Unglücklich spürte sie, wie sich der elende Liebeskummer wieder meldete und ihr zudem kalt wurde. Immerhin war Neni ihr geblieben, und sie warf ihrer besten Freundin einen dankbaren Blick zu.

Dann schlurfte sie zurück ins Schlafzimmer, wo sie sich ein T-Shirt und einen Rock anzog und sich schnell durch die Haare kämmte, die ungleichmäßig getrocknet waren.

Als sie zurück ins Wohnzimmer kam, präsentierte sich ihr eine Szene schönster Eintracht. Neni hatte sich neben Julia gesetzt, und gemeinsam blätterten sie durch ein altes Fotoalbum von Lucy.

»Meine Zeit, Lucy, was sind denn das für Frisuren, die du früher getragen hast?« Julia lachte und drehte das Album um, sodass Lucy das Foto sehen konnte.

Auf dem Bild trug Lucy einen Pulli mit einer Fünf darauf und zwei Zöpfe, die oberhalb ihrer Ohren stramm vom Kopf wegstanden.

»Mein Vater war nicht allzu geschickt beim Haareflechten«, erklärte Lucy zurückhaltend.

»Deshalb wurden dir kurz darauf die Haare gleich ganz abgeschnitten?« Julia blätterte weiter und wies auf eine Aufnahme, auf der Lucy eine Frisur trug, die man bestenfalls als Topfschnitt bezeichnen konnte. Die kleine Lucy auf dem Bild lächelte und ließ eine schöne große Zahnlücke sehen.

»Ach komm, lass Lucy in Ruhe«, sprang Neni ihrer Freundin auf der Stelle bei, »in dem Alter sahen wir doch alle furchtbar aus.«

»Du bestimmt nicht«, erwiderte Julia. »Deine Mutter hat dich bestimmt immer perfekt angezogen und frisiert.«

»Hm«, erwiderte Neni unbestimmt. »Es gibt auch von mir ausgesprochen unvorteilhafte Bilder.«

Julia grinste. »Die gibt es von jedem, aber du musst zugeben, dass man Lucy mit diesen Fotos bestimmt erpressen könnte.«

»Erpressen?«, fragte Lucy, die von den Kinderbildern an eine nicht ganz so glückliche Zeit in ihrem Leben erinnert wurde und die das Album lieber schnell wieder beiseitegelegt hätte.

»Wie wäre es mit einem Sekt oder noch besser Champagner, um deine neue Wohnung zu begießen?«, schlug Julia vor und klappte das Album mit Schwung zu.

»Da habe ich eine bessere Idee«, unterbrach sie Neni. »Ich lade euch zum Einstandsessen ein. Hier in der Nähe gibt es ein ausgezeichnetes Sushi-Restaurant, das auch liefert. Wie wäre das?«

»Das wäre wunderbar«, erwiderte Lucy, die prompt spürte, wie hungrig sie war.

»Großartig«, stimmte auch Julia zu.

Neni scrollte durch die ellenlange Kontaktliste in ihrem Handy, auf der sich zahllose Telefonnummern befanden. Niemand aus Lucys Bekanntenkreis war auch nur annähernd so gut vernetzt wie sie. Als sie die gesuchte Nummer fand, rief sie dort an und bestellte kurzerhand eine Platte für vier Personen und eine Flasche Prosecco.

»Aber wir sind doch nur drei«, erinnerte Julia sie, als sie aufgelegt hatte.

»Das essen wir garantiert auch zu dritt auf, ich habe einen Mordshunger. Aber wenn es dir lieber ist, könnten wir auch noch jemanden einladen, einer meiner Brüder hat bestimmt Zeit.«

»In dieses Chaos hier? Ach, bitte nicht.« Schon der Gedanke war Lucy unangenehm.

»Also ich finde das eigentlich eine gute Idee«, überlegte Julia laut. »Wie heißt dein gut aussehender Bruder noch mal?«

»Sie sehen beide gut aus, aber du meinst wahrscheinlich Samir. Den habe ich allerdings schon für Lucy vorgesehen.« Neni warf einen auffordernden Blick in Richtung ihrer besten Freundin.

»Nein danke. Ich habe genug von den Männern.« Lucy machte eine resolute Handbewegung, um ihre Absicht dauerhafter Abstinenz klar zu unterstreichen.

»Du hast für immer genug?« Julias Stimme klang so ungläubig, dass Neni laut lachen musste und sich sogar Lucys Mundwinkel nach oben bewegten.

»Wie kann man denn genug von den Männern haben, wenn solche Dominiks nebenan wohnen? Hast du seine Augen gesehen und sein breites Kreuz? Der könnte dich wahrscheinlich auf Händen tragen – mit ausgestreckten Armen wohlgemerkt. Meine Güte, für so einen Mann würde ich alles stehen und liegen lassen.«

»Aber mal ganz ehrlich, was willst du mit dem?«, erkundigte sich Neni interessiert. »Willst du wirklich einen Mann, der so fantastisch aussieht?«

»Ertappt!« Triumphierend grinste Julia. »Du findest also auch, dass er gut aussieht.«

»Natürlich sieht er gut aus, ich bin doch nicht blind. Nur finde ich das nicht so beeindruckend wie du.« Neni zuckte die Achseln und strich sich die Locken aus dem Gesicht.

»Er war toll bis auf die Stimme«, mischte sich Lucy ein. »Die war alles andere als perfekt.«

»Die war sogar ziemlich grauenhaft«, pflichtete Neni ihr bei. »Meint ihr, die klingt immer so? Stellt euch nur mal vor, wenn er im Flugzeug die Durchsage macht: ›Hier spricht der Kapitän.‹ Die Leute werden gar nicht wissen, wie ihnen geschieht.«

»Oder sie werden denken, sie befänden sich in den Händen eines Teenagers im Stimmbruch.« Julia grinste. »Trotzdem ist er toll.

Also Hand aufs Herz, Neni: Du würdest ihn doch auch nicht von der Bettkante stoßen, oder?«

Neni überlegte einen kleinen Moment. »Sagen wir so: Ich würde ihn gar nicht erst dorthin einladen.«

»Aber warum?« Julia sah Neni zweifelnd an, und auch Lucy wartete gespannt auf Nenis Antwort.

»Weil alle Welt ihn so toll findet. Mit ihm hättest du keine ruhige Minute, ständig wäre jemand da, der Interesse an ihm bekundet. So wie du, und das meine ich jetzt nicht böse. Du weißt nichts über ihn, du weißt nicht, ob er eine Freundin oder einen Freund hat, ob er nett ist oder auch nur erträglich. Trotzdem hast du gleich ein festes Bild von ihm, wodurch er gar keine Chance hat, seinen eigenen Eindruck bei dir zu hinterlassen.« Neni legte die Hände aufeinander. »Das ist alles.«

»Puh. Aber ehrlich gesagt, weiß ich nicht, ob ihn das stören würde«, entgegnete Julia und legte sich quer auf das Sofa.

»Aber mich würde es stören«, antwortete Neni ehrlich.

»Also, Neni, wer mal deinen Segen erhält, muss ja perfekt sein«, witzelte Julia.

»Ach, du übertreibst, aber jetzt rutsch mal rüber, damit ich mich auch auf dieses Sofa legen kann. Denn eines ist absolut gewiss, dieses Sofa ist himmlisch bequem«, sagte Neni und lächelte.

Einige Zeit später schellte es an der Tür, und das bestellte Sushi wurde geliefert. Neni nahm es entgegen und bezahlte, wobei sie dem Fahrer ein großzügiges Trinkgeld gab.

»Hurra, das Sushi ist da!«, jubelte Julia. »Wo wollen wir essen?«

»Auf dem Balkon?«, schlug Neni vor. »Der ist echt klein und süß.«

»Außer dem Badezimmer ist hier alles klein«, erwiderte Lucy. »Aber der Balkon ist wirklich zu eng. Wie wäre es mit einem

Abendessen an meinem winzigen Küchentisch in meiner ebenfalls winzigen Küche?«

»Sehr gute Idee.« Neni ging mit den Tüten voran.

»Es ist wirklich eng hier«, bemerkte Julia, als sie versuchten, es sich zu dritt in der Küche bequem zu machen.

»Kaum zu glauben, Julia«, Neni zog die Augenbrauen hoch, »was dir alles so auffällt.«

Julia lachte. »Okay, du gewinnst. Aber egal, was Lucy sagt, die Wohnung ist wirklich süß, klein und niedlich.«

»Niedlich? Na, vielen Dank auch«, gab Lucy zurück, aber sie grinste.

Zu dritt quetschten sie sich an Lucys Küchentisch, und jedes Mal, wenn Lucy etwas holen wollte, musste Neni aufstehen und zur Seite gehen, um sie durchzulassen. Trotzdem spürte Lucy, dass die Zeit mit ihren Freundinnen tatsächlich ihr Wohlbefinden in der Wohnung steigerte – enge Räume hin oder her. Gerade als sie alles aufgetan und Neni den Prosecco eingeschenkt hatte, polterte es in der Nachbarwohnung. Wie zuvor, als Lucy geduscht hatte, nur noch lauter.

Julia, die an der Wand saß, ließ erschrocken ihr Glas sinken. »Mit wem, hast du gesagt, lebt Dominik zusammen?«

»Mit seiner Oma.«

»Seiner Oma?« Julia und Neni klangen beide verdutzt.

»So hätte ich ihn gar nicht eingeschätzt«, meinte Neni erstaunt.

»Ich auch nicht«, stimmte Julia ihr zu.

»Glaubst du, dass seine Oma auch so gut aussieht?«, fragte Neni mit großen Augen.

Lucy lachte. »Von ihr hängt ein Bild in der Küche, und darauf sieht sie freundlich aus, aber nicht fantastisch. Allerdings habe ich es nur ganz kurz angeschaut.«

»Erzähl mir mehr über Dominiks Wohnung!«, wünschte sich Julia und blickte Lucy auffordernd an.

»Sie ist riesig. Ich glaube, dass meine Wohnung eigentlich früher mal nur als Abstellkammer zu seiner Wohnung gedacht war.« Lucy grinste, und ihre Freundinnen grinsten zurück. »Und sie ist fast vollständig leer.«

»Keine Möbel?« Neni, deren Wohnung sehr vollgepackt war, konnte sich das offenkundig gar nicht vorstellen.

»Nur einzelne Möbelstücke, dazu kaum Bilder, keine Fotos, keine Bücher.«

»Keine Bücher?« Nun klang auch Julia entsetzt.

»Na, lässt deine Euphorie schon nach?«, frotzelte Neni.

»Vielleicht sind die Bücher irgendwo in Schränken«, mutmaßte Julia. »Denn mal ehrlich: Könnt ihr euch ein Leben ohne Bücher überhaupt vorstellen?«

»Außerdem will er, dass ich nur seine Zimmer betrete und die Küche, die aber bis auf etliche Pflanzen genauso leer ist«, fuhr Lucy fort.

»Ehrlich?« Julia legte ihre Stäbchen beiseite und nahm sich mehr von der Sojasoße.

»Warum möchte er das?«, erkundigte sich Neni.

»Vielleicht sind die anderen Zimmer von der Oma, für die ich übrigens jeden Tag Brötchen holen soll.«

»Warum macht sie das nicht selbst?« Julia klang mehr als verwundert.

»Vielleicht kann sie es nicht?« Lucy zuckte die Achseln.

»Aber von Brötchen alleine kann man nicht leben«, überlegte Neni und nahm sich ein Lachs-Nigiri. »Was ist mit den anderen Mahlzeiten?«

»Ich habe nicht die geringste Ahnung, vielleicht ist das restliche Essen eingefroren? Oder wird geliefert?«, überlegte Lucy.

»Auf alle Fälle ist es spannend dort nebenan«, meinte Julia und reichte Lucy den Ingwer.

»Apropos spannend«, hakte Neni ein. »Habt ihr Lust, mal wieder ins Kino zu gehen?«

»Gute Idee«, antwortete Lucy, und das Gespräch drehte sich augenblicklich um die neuesten Filme und die spannendsten Bücher.

Währenddessen aßen sie mit Appetit und Vergnügen. Die Platte für vier war ausgesprochen großzügig bemessen, und als sie fertig waren, versicherten alle drei, dass sie absolut satt geworden waren.

Plötzlich dachte Lucy an Robert, und ihr Herz setzte einen Schlag aus. So sehr wünschte sie sich, es würde an der Tür klingeln und er würde zu ihr zurückkommen. Doch dann fiel ihr ein, dass er ja ihre neue Adresse überhaupt nicht hatte.

»Meint ihr, ich sollte Robert meine neue Adresse schicken?«, fragte sie in die Runde.

Das Glas Prosecco, das sich auf halbem Wege zu Nenis Mund befunden hatte, hielt plötzlich an. »Bist du verrückt? Wozu?«

Überraschenderweise war es die sonst oft eher unverblümte Julia, die die behutsameren Worte fand. »Wenn er dich finden möchte, wird er es tun. Aber Lucy, dein Leben geht weiter, und es gibt noch eine Vielzahl anderer Männer, sogar gut aussehende, wie du an Dominik gesehen hast.«

»Aber ich will keinen anderen als ihn.« Lucy hörte selbst, wie weinerlich das klang.

»Das wissen wir doch«, erwiderte Julia freundlich. »Aber das Leben spielt nicht immer mit, so wie wir es am liebsten hätten.«

»Das stimmt«, pflichtete Neni Julia bei und schob ein kleines Geschenk über den Tisch. »Das ist übrigens für dich.«

Vorsichtig wickelte Lucy das kleine Päckchen aus. Darin befand sich ein wunderschöner Schlüsselanhänger in Form eines Herzens, das in allen Farben schillerte. Lucy stand auf und holte ihren neuen Schlüssel. Mit dem Herzen daran sah der Schlüsselbund gleich viel schöner aus.

»Danke!« Über den Tisch hinweg umarmte sie Neni. »Überhaupt danke euch für alles.«

»Keine Ursache, wir sind immer für dich da.« Neni lächelte, als sie das sagte, und Julia nickte.

Noch einmal drückte Lucy sie an sich und umarmte danach Julia. »Wie viel Glück ich mit euch habe!«

Als sie viel später die Tür hinter ihren Freundinnen schloss, fand Lucy, dass doch nicht alles schlecht in ihrem Leben war. Neni und Julia waren auf alle Fälle großartig, und vielleicht, ganz vielleicht würde sie sich ja auch eines Tages in dieser Wohnung wohl- und zufrieden fühlen.

Spätabends in der Dunkelheit kam der Liebeskummer mit aller Macht zurück. Ohne das Bollwerk von Julias guter Laune und Nenis unerschütterlicher Ausstrahlung von Sicherheit war Lucy dem nagenden Gefühl von Verlust schutzlos ausgeliefert und fühlte sich zunehmend einsam und verzweifelt. Unglücklich wälzte sie sich auf die andere Seite, und die alten Dielen knarrten unter ihrem Bett, das sie so oft geborgen durch die Nacht gebracht hatte, sich jetzt aber unbequem und hart anfühlte.

Warum ist Robert gegangen? Diese Frage, die sie seit dem fatalen letzten Abendessen mit ihm permanent begleitete, wollte einfach nicht verschwinden.

Was er wohl gerade macht? Sollte ich ihn nicht besser noch einmal anrufen?

Je mehr sie darüber nachdachte, desto weniger wahrscheinlich kam es ihr vor, dass seine Wankelmütigkeit ihr gegenüber einfach aus dem Nichts gekommen war. Irgendetwas musste passiert sein, auch wenn er ihr nicht gesagt hatte, was es war.

Sollte ich ihn nicht besser fragen? Lucy setzte sich auf und griff nach ihrem Handy, doch dann zögerte sie.

Auf einmal war ihr viel zu warm unter ihrer Decke, und sie

schlug sie zurück, nur um sich wenige Momente später wieder darunter zu verkriechen.

Ich habe nichts zu verlieren, beruhigte sie sich selbst. Im Übrigen wird es vielleicht genau dieser Anruf sein, der alles wieder ins Lot bringt.

Ungeduldig drückte Lucy auf die Favoriten in ihrer Telefonliste. Zwar hatte sie Julia beim Packen in der alten Wohnung versprochen, dass sie Roberts Kontakt löschen würde, es dann aber doch nicht übers Herz gebracht.

Es klingelte viermal, bis überhaupt etwas passierte. Viermal war unnatürlich lange für Robert, der praktisch mit dem Handy in der Hand lebte, und Lucy kam es wie eine Ewigkeit vor. Schließlich wurde ihr Anruf weggedrückt, einfach so, ohne eine nachfolgende Nachricht, ohne eine Erklärung. Einen Augenblick lang war Lucy so erschüttert, dass sie es kaum glauben konnte, dann ließ sie langsam ihr Handy sinken. Also wollte er nicht einmal mit ihr sprechen.

Du bist so dumm, schalt sie sich selbst, und eine Welle von Selbsthass überrollte ihr Gemüt. Eigentlich war doch klar gewesen, dass sie keine Antwort bekommen würde. Wie hatte sie sich selbst nur so anlügen können, dass ein Anruf eine gute Idee wäre? Mit einem Schluchzer vergrub sie sich unter ihrer Decke und versuchte, gegen die sich ausbreitende Hoffnungslosigkeit anzukämpfen.

Um sich abzulenken, fing sie irgendwann an, darüber nachzudenken, was die Oma nebenan wohl gerade machte. Seit dem lauten Rums beim Abendessen hatte sie nichts mehr von drüben gehört. Ob sie wohl früh zu Bett ging und schon tief und fest schlief oder sich wie Lucy in ihrem Bett herumwälzte? Ob sie nett war oder doch eher von schwierigem Charakter? Auf dem Bild hatte sie sehr freundlich ausgesehen, aber das bedeutete ja nichts.

Vielleicht lerne ich sie ja morgen kennen, überlegte Lucy, vielleicht sollte ich mich auch noch bei den anderen Nachbarn vorstellen?

Als sie von München nach Berlin gezogen war, hatte sie das auch getan. Aber damals hatte sie sich auch wie eine Gewinnerin auf dem Sprung in ein neues, spannendes Leben gefühlt und nicht als Verliererin und Versagerin wie jetzt.

Draußen begann es leicht zu regnen, und Lucy hörte die Regentropfen auf die blechernen Fensterbretter klopfen. Die alten Kastenfenster waren schön, aber nicht perfekt dicht, und der Hauch eines kühlen, feuchten Luftzugs wehte durchs Zimmer.

Ich brauche dringend Vorhänge, entschied Lucy, konnte sich aber im Moment nicht vorstellen, dass sie jemals wieder genügend Energie haben würde, um solch ein Projekt anzugehen.

Ihr Handy klingelte. Augenblicklich griff Lucy danach und ließ es vor Aufregung fast fallen. Als sie jedoch auf das Display blickte, sah sie, dass es ihr Vater war, der anrief. Lucy liebte ihren Vater, trotzdem spürte sie die Enttäuschung wie einen bitteren Geschmack. Krampfhaft schluckte sie und nahm dann ab.

»Hallo, Papa!«

»Guten Abend, Engelchen! Entschuldige, dass ich so spät noch störe, aber ich wollte dir nur schnell Bescheid geben, dass ich zurück bin.«

»Kein Problem, ich war sowieso noch wach. War es schön auf Tournee?« Obwohl sie die Antwort gut kannte, fragte Lucy. Schließlich liebte ihr Vater es, mit seinem Cello und dem Orchester an den unterschiedlichsten Orten der Welt zu musizieren.

»Es war großartig! Aber wie geht es dir, Engelchen? Steht jetzt nicht irgendwann der große Umzug an?«

Lucy hatte ihm nichts von Roberts schmählichem Verschwinden erzählt, zu groß war ihre Sorge gewesen, dass sie in Tränen ausbrechen würde und nicht mehr mit dem Weinen aufhören könnte. Außerdem wollte sie ihrem Vater keinen Kummer bereiten, denn auch er hatte seinen Teil von Verlassenwerden hinter sich, und sie wusste, wie sehr er mit ihr litt, wenn es ihr nicht gut ging. Überdies hatte sie sich geschämt, wenn sie ganz ehrlich war.

»Ich bin schon umgezogen«, erklärte sie leise.

»Tatsächlich? Und wie ist die neue Wohnung?«

»Klein«, erwiderte Lucy wahrheitsgemäß.

»Klein? Hatte Robert nicht von einer großen, hellen Neubauwohnung gesprochen?« Ihr Vater klang überrascht.

Lucy spürte, wie sich ein Kloß in ihrem Hals bildete. »Das mit Robert hat nicht geklappt«, meinte sie so leichthin, wie sie konnte.

»Warum denn nicht? Robert verfügt doch über beste Kontakte.«

»Ich habe mich anders entschieden«, flunkerte Lucy mit klopfendem Herzen. »Ich wohne jetzt doch nicht mit Robert zusammen. Weißt du was, ich gebe dir jetzt als Erstes meine neue Adresse. Du könntest mich hier besuchen kommen.«

Doch dann dachte sie an ihre beengte Situation, in der ihr Vater notgedrungen auf der scheußlichen Couch schlafen müsste.

»Ich habe jetzt auch ein Sofa.« Wenn schon keinen Mann mehr, ergänzte sie in Gedanken.

»Ein Sofa, wie schön.« Ihr Vater war der netteste und liebenswürdigste Mensch, den Lucy kannte, und er sah immer das Positive.

»Und du?« Lucy wollte die Gedanken an das Sofa, Robert und alles, was damit zusammenhing, schnellstmöglich in den hintersten Winkel ihres Gehirns verbannen.

»Ich habe auch ein Sofa, ein Schlafsofa sogar. Und eine Tochter, die mich viel zu selten besuchen kommt.«

»Du hast ja recht, Papa«, gab Lucy zu. »Aber du bist doch auch ständig unterwegs. Das Orchester, deine Kammermusikgruppe, deine Studenten. Da bleibt doch gar keine Zeit für mich.«

»Für dich habe ich immer Zeit, Lucy, das weißt du doch!« Auf einmal klang die Stimme ihres Vaters ganz ernst.

Ja, das wusste Lucy, denn an jedem wirklich wichtigen Moment ihres Lebens war er für sie da gewesen.

»Ich komme bald«, versprach sie.

»Das wäre schön, Engelchen. Du kannst Robert mitbringen, wenn du möchtest.«

»Hm.«

Draußen wurde der Regen stärker.

»Am besten erzählst du mir einfach alles, wenn du kommst«, schlug ihr Vater nach kurzem Zögern vor.

In der Dunkelheit des Zimmers legte Lucy die Hand aufs Herz. »Versprochen.«

»Bis bald, Engelchen.« Lucy ahnte, dass ihr Vater ihr Unglück spürte. Vielleicht war er zu zurückhaltend, um nachzufragen, aber er wusste es.

»Bis bald, Papa.« Sie fühlte sich wieder wie das kleine verschüchterte Mädchen, das sie mit fünf Jahren gewesen war.

Dann legte sie auf. Um nicht zu weinen, biss sie sich fest auf die Unterlippe.

Eines Tages würde sie ihrem Vater die Geschichte mit Robert erzählen. Aber nicht jetzt. Auch nicht morgen. Und danach würde sie weitersehen.

Unausgeschlafen und mit nur halb geöffneten Augen kletterte Lucy aus dem Bett und trat als Erstes auf eine herumliegende CD-Hülle, die splitternd unter ihrem Fuß brach.

»Mist!« Lucy hob sie auf. Ärgerlicherweise war es auch noch eine Aufnahme ihres Vaters. Sie legte sie auf ihr Bett und schlappte ins Badezimmer.

Zwar hatten sich die Regenwolken über Nacht verzogen, und ein strahlender Sommersonnentag war heraufgezogen, trotzdem verspürte Lucy nicht die geringste Lust, arbeiten zu gehen. Dabei wartete die Wort-Agentur bereits sehnlichst wieder auf sie, schließlich hatte sie mehrere Tage lang gefehlt und die Geduld ihrer Chefin Sylvia arg strapaziert.

Der Duschvorhang, den sie am Vorabend noch mit Neni und Julia angebracht hatte, hing schief über der Badewanne, trotzdem hoffte Lucy, dass er seine Funktion zu ihrer Zufriedenheit erfüllen würde. Auf keinen Fall wollte sie erneut eine Überflutung erleben, und es blieb ihr auch definitiv keine Zeit, um nach dem Duschen das Badezimmer trocken zu wischen, da sie ja noch Brötchen für die Oma von nebenan holen musste. Vorsichtig stieg sie in die Wanne und richtete sorgfältig den Wasserhahn an der Kerbe auf der Armatur aus, dann stellte sie ihn an. Wie das letzte Mal auch kam das Wasser zunächst eiskalt aus der Leitung, wurde nach einer Weile wärmer und pendelte sich bei einer tatsächlich nicht unangenehmen Temperatur ein. Für Lucy hätte es ein klein wenig kälter sein können, aber sie wagte keine Experimente und duschte sich schnell ab. Am Schluss drehte sie den Hahn auf kalt, danach war sie wach.

Anschließend suchte sie in ihrem Schrank und in den beiden noch nicht fertig ausgepackten Kisten nach etwas Passendem zum Anziehen. Lucy war nicht übermäßig anspruchsvoll, und ihre Arbeit erforderte auch keinen besonderen Kleidungsstil, sie wollte einfach nur gut und ordentlich aussehen. Julia war deutlich experimentierfreudiger und kam nicht selten in ausgesprochen gewagten Outfits ins Büro, die sich Lucy nie anzuziehen getraut hätte. Nachdem sie eine Weile herumgekramt hatte, entschied sie sich für ein blau-weiß geringeltes Shirt aus der Bretagne, das sie schon ewig besaß und innig liebte. Dazu wählte sie eine leichte, weiße Caprihose und hoffte, dass es dafür schon sommerlich genug sein würde, aber die Sonnenstrahlen vor dem Fenster ließen das Beste erwarten.

Nach zwei misslungenen Versuchen, in der Funzelbeleuchtung des Badezimmers einen geraden Lidstrich zu ziehen, wich Lucy ins Wohnzimmer aus, wo der Anblick des Sofas ihrer Laune allerdings sogleich einen Tiefschlag versetzte. Kurz erwog Lucy, das Sofa doch zum Verkauf in die Zeitung zu setzen, dann aber warf sie schnell ihre Schminksachen und den Schlüssel der Nachbarwohnung in ihre Handtasche und machte sich auf den Weg, noch ehe sich das erste Stimmungstief des Tages festsetzen konnte.

Draußen war es sonnig, aber deutlich kühler, als Lucy erwartet hatte. Die Vögel sangen, und die Lindenblätter wehten in einem lauen Lüftchen. Zum ersten Mal seit ihrem Einzug schaute sich Lucy mit Interesse die Häuser in der unmittelbaren Nachbarschaft an. Darunter waren viele imposante Altbauten mit Giebeln, Erkern und stuckverzierten Fassaden, dazwischen standen kastenförmige Häuser aus den Sechzigerjahren mit niedrigen Stockwerken und hässlichen Eingangsbereichen, die deutlich unansehnlicher alterten als ihre pompöseren, weitaus älteren Nachbarn. Schräg gegenüber von ihrem Haus lag ein großer Spielplatz, der aber jetzt am Morgen noch unbesucht war. Die Sonne spiegelte sich in der Rutsche, und die Schaukeln pendelten einladend im Wind. Alles war ruhig und friedlich, nur ab und zu knatterte ein Motorrad die sonnige Straße hinunter, oder ein Auto fuhr vorbei.

Der Bäcker lag an der nächsten Ecke. Eine breite rote Markise beschirmte den Laden, und die Aufschrift darauf versprach beste Backwaren in Bioqualität, ein buntes Schild verkündete zudem, dass Erdbeerkuchenzeit war. Drinnen, vor der Brötchentheke, hatte sich schon eine Schlange gebildet, und ein einzelner Verkäufer steckte mit geradezu meditativ bedächtigen Bewegungen eine Schrippe nach der anderen in die Tüte. Immer wieder drosselte er sein sowieso schon langsames Tempo zusätzlich, um alles in das

Kassensystem einzugeben. Statt sich zu ärgern, nutzte Lucy die Zeit, sich in aller Ruhe umzusehen. Die Bäckerei war von innen deutlich größer, als sie erwartet hatte, und es gab nicht nur Brot und Brötchen, sondern auch eine große Auswahl süßer Törtchen und deftig belegter Brote.

Als Lucy endlich an der Reihe war, ging der Verkäufer zum Ofen und nahm mehrere Bleche heraus. Lucy drang der wunderbare Geruch frisch gebackener Rosinenbrötchen in die Nase. Sie konnte nicht widerstehen und kaufte nicht nur drei schöne weiße Brötchen für ihre Nachbarin, sondern auch ein süßes Splitterbrötchen, ein Franzbrötchen und ein warmes Rosinenbrötchen für Julia und sich.

Mit beiden Tüten in der Hand ging sie den kurzen Weg nach Hause. Im zweiten Stock kramte sie in ihrer Handtasche nach Dominiks Schlüssel, der sich zwischen ihrem Portemonnaie und den Schminkutensilien verkeilt hatte, und sperrte dann die Wohnungstür der Hartensteins auf. Drinnen war es still. Leise ging Lucy durch den Flur und öffnete die Küchentür. Das Parkett knackte, als sie über die Schwelle trat.

Wie am Vortag sah die Küche wieder wunderschön, aber gleichzeitig vollkommen unbenutzt aus. Die Kräuter auf dem Fensterbrett verströmten ein würziges Aroma, und Lucy sah draußen vor dem Fenster einen Lavendel, der sich im Wind wiegte. Als sie sich weiter umschaute, blieb ihr Blick an dem Foto der Oma hängen. Es war eine stilvolle, fast schon künstlerische Aufnahme in einem dunklen Sepiaton. Die Oma hielt etwas in der Hand, das sich bei genauerer Betrachtung als Akkordeon entpuppte. Verblüfft schaute Lucy ein zweites Mal hin, denn ein Akkordeon war in der Tat ein ungewöhnliches Accessoire! Unter dem Bild auf dem Küchentisch standen drei ungeöffnete Flaschen Wasser, und unter einer klemmte ein Zettel.

Bitte öffnen, stand darauf. Sonst nichts.

Die Schrift war ungleichmäßig und krakelig, so als hätte die Verfasserin Mühe gehabt, auch nur diese beiden Wörter zu Papier zu bringen. Was Lucy aber noch mehr wunderte, war der Umstand, dass diese kurze Bitte mit Füller geschrieben war. Offenkundig hatte die Oma ein altmodisches Modell verwendet, denn der Zettel war mit mehreren großen und kleineren Tintenklecksen verziert. Außerdem hatte die Schreiberin über die äußerste Ecke von »öffnen« gewischt, und die Tinte war an dieser Stelle verschmiert.

Wie ungewöhnlich, dachte Lucy, denn sie kannte nur noch wenige Personen, die überhaupt Tinte verwendeten, und noch weniger, die auch Alltagszettel damit schrieben.

Abermals blickte Lucy zu dem Foto hoch.

Wer bist du?, fragte sie die Oma neugierig. Aber die lächelte nur geheimnisvoll, und Lucy blieb keine Zeit, weiter über ihre Nachbarin nachzugrübeln.

Rasch griff sie nach ihrer eigenen Brötchentüte und eilte davon, da sie keinesfalls zu spät zur Arbeit kommen wollte.

Es war zehn nach neun, als sie durch die Bürotür hechtete.

Verflixt, dachte Lucy, zu spät.

Leonida und Constanze waren schon da, und wie immer, wenn sie als Erste im Büro waren, hatten sie Musik angestellt und alle Bürofenster geöffnet, sodass Lucys Unterlagen auf ihrem Schreibtisch wild durcheinandergeweht worden waren.

»Guten Morgen«, grüßte Lucy, als hätte sie nur einen Tag und nicht viel länger gefehlt.

Unisono grüßten Leonida und Constanze zurück. Leonida war dabei, sich die Fingernägel golden zu lackieren, und Constanze blätterte durch etwas, was verdächtig nach *InTouch* aussah.

»Schönes Wochenende gehabt?«, erkundigte sie sich, ohne von den Bildern der Schönen und Reichen aufzusehen.

»Ging schon«, antwortete Lucy unbestimmt und ging zu ihrem Platz am Fenster hinüber. Ihre Azalee sah elend aus, aber irgendwer hatte sich zumindest die Mühe gemacht, den Hibiskus hin und wieder zu gießen. Behutsam legte Lucy die Brötchentüte auf ihren Schreibtisch und schloss das Fenster an ihrem Arbeitsplatz. Eine Sekunde später öffnete sie es wieder, weil Leonidas Nagellack so furchtbar stank.

Das Büro lag im vierten Stock eines alten Fabrikgebäudes. Dort, wo früher Glühbirnen zusammengeschraubt worden waren, lagen jetzt loftähnliche Büroräume mit unverputzten Backsteinwänden und sehr großen Fenstern. Lucys und Julias Schreibtische standen Kopf an Kopf direkt an dieser Fensterfront, was ihnen einen weiten Blick über die ganze Straße bis hinauf zum Berliner Himmel ermöglichte. Lucy setzte sich und schaltete ihren Computer an. Dabei warf sie einen Blick umher und entdeckte, dass ein neues Plakat für eine Spree-Party neben dem Eingang hing, an deren Organisation Leonida und Constanze beteiligt waren. Ansonsten standen die altmodischen Aktenschränke genauso unverändert da wie die schönen Buchregale aus dunklem Holz, gefüllt mit einer Sammlung von Gedichtbänden, Märchen, Theaterstücken und Romanen, die man nach Vorstellung von Lucys Chefin Sylvia stets um sich haben sollte. Insgesamt war die Agentur auch ansonsten eher altmodisch und die Technik geradezu vorsintflutlich, wie Julia fand. Aber Lucy liebte ihre Arbeitsstelle, so wie sie war, und nahm nicht selten einen der alten, teils sogar uralten Bände in die Hand, um zu sehen, wie vor Jahren, wenn nicht Jahrhunderten die Menschen ihre Gedanken in Worte gefasst hatten.

Aus dem Lautsprecher an Constanzes Computer dröhnte irgendein Hit der Neunzigerjahre, den Lucy eigentlich für erledigt gehalten hatte. Fröhlich sang Leonida mit, wenn sie nicht gerade über ihre Fingernägel pustete, um den Lack schneller trocknen zu lassen. Am liebsten hätte sich Lucy die Ohren zugehalten, bevor sich der Refrain als Ohrwurm in ihr Gehirn einbrannte, aber es war schon zu spät. Lalalllalaaaaa dröhnte es durch das Zimmer, Lalalllalaaaaa echote es in ihrem Kopf.

Warum war sie auch erst jetzt gekommen? Zwischen Leonida und Constanze auf der einen und Julia und ihr auf der anderen Seite herrschte das ungeschriebene Gesetz, dass derjenige Musik oder einfach Stille wählen durfte, der zuerst da war, und das waren heute leider eindeutig Leonida und Constanze gewesen.

»Sind das Brötchen, die du da mitgebracht hast?« Leonida wedelte mit ihrer Hand durch die Luft.

»Ja?«, fragte Lucy überrascht.

»Bist du verrückt?« Entsetzt blickte Constanze von ihrer Zeitschrift auf. »Solche Kohlenhydratbomben sind doch extrem ungesund.«

Leonida nickte so heftig zu dem, was Constanze sagte, dass ihre Extensions wippten. »Am besten entsorgst du die Tüte gleich draußen vor der Tür.«

»Wie bitte? Das sind leckere, frisch gebackene Brötchen, die werde ich ganz sicher nicht wegwerfen.« Lucy klang so empört, wie sie sich fühlte. Schließlich befand sich in der Tüte alles, was ihr den Vormittag im wahrsten Sinne des Wortes versüßen würde.

»Lass sie«, meinte Constanze zu Leonida und schüttelte den Kopf. »Sie weiß eben nicht, was sie tut.« Mit Inbrunst wandte sie sich wieder ihrer Lektüre zu.

Früher hatten Lucy und Julia das ganze große Büro für sich alleine gehabt. Das waren wahrhaft paradiesische Zustände gewesen. Ihre Chefin Sylvia, weit über sechzig und mit dem perfekten Gespür für das passende Wort zur richtigen Zeit, saß nebenan in einem kleinen Büro und schaute nur gelegentlich zu ihnen herüber. Als die Mieten stark gestiegen waren, hatten Sylvia, Lucy und

Julia kurzzeitig mit nur einem einzelnen Büro experimentiert, was aber aus einer Vielzahl von Gründen schwierig gewesen war. Schließlich zog ein Eventplaner, dessen Geschäft florierte, in die benachbarten Räume auf demselben Stockwerk. Er überredete Sylvia, zwei seiner Mitarbeiterinnen in Lucys und Julias großem Büro unterzubringen, im Gegenzug durften sie seinen eleganten Besprechungsraum für ihre Kundentermine nutzen. Bis zu diesem Zeitpunkt war es immer eine Herausforderung gewesen, die teilweise vertraulichen Kundengespräche und die normale Arbeit in einem Raum nebeneinanderher zu koordinieren. Das wurde durch das neue Arrangement tatsächlich deutlich einfacher, aber um welchen Preis!

Besonders Julia hatte eine tiefe Abneigung gegen Leonida und Constanze und ließ keine Gelegenheit ungenutzt, es die beiden spüren zu lassen. Lucy hatte sich mit der Situation zumindest halbwegs arrangiert, aber es gab etliche Momente, in denen sie sich nach früher sehnte.

Um den Tag gut durchzustehen, beschloss Lucy, sich gleich zu stärken, und öffnete die Brötchentüte. Ohne hinzusehen, griff sie nach dem erstbesten Teilchen und biss hinein, doch unerwarteterweise schmeckte es trocken und fad, gar nicht so, wie ein Splitterbrötchen, ein Franzbrötchen oder ein Rosinenbrötchen schmecken sollten. Lucy blickte hinunter und erstarrte.

Oh nein, ich habe die falsche Tüte bei Hartensteins liegen lassen!

Jetzt hatte sie nur drei langweilige weiße Brötchen, und – schlimmer noch – die Oma mit der zittrigen Schreibhand erlitt wahrscheinlich einen Zuckerschock. Unwillkürlich runzelte Lucy die Stirn, schließlich hatte sie sich auf ihre geliebte Portion Süßes am Morgen gefreut, auch wenn Leonida und Constanze schworen, dass es sich nur ohne Gluten, Laktose und Zucker so richtig gut leben ließ. Ein weiteres Mal biss Lucy von dem Brötchen ab, aber der Geschmack wurde nicht besser, und ohne Belag blieb es eine ziemlich trockene Angelegenheit.

Constanze wechselte die Musik, und jetzt ertönte ein Elektropopsong, den Lucy mindestens so unerträglich fand wie das Stück zuvor.

In der Wort-Agentur wurde alles erledigt, was auf irgendeine Weise mit Wörtern, Sätzen und Texten zu tun hatte. Sylvia, Lucy und Julia schrieben Slogans für Werbeagenturen, verfassten Briefe, Geschäftsschreiben und Texte für ihre Kunden und unterstützten Autoren, die unter einer Schreibblockade litten. Julia schrieb gerade als Ghostwriterin an der Autobiografie eines Unternehmers, der zwar jede Menge spannender Erlebnisse schildern konnte, aber keinerlei Geschick beim Formulieren hatte. Lucy übernahm traditionell alles, was mit dem Thema Liebe zu tun hatte, und hatte in den letzten Jahren Dutzende, wenn nicht Hunderte von Liebesbriefen, Liebes-E-Mails und Antworten auf Kontaktanfragen bei Datingportalen verfasst. Sie war Meisterin darin, die richtigen Worte für Liebeskranke zu finden und die feinen Nuancen zu Papier zu bringen, die manchmal zwischen Erfolg und vergeblichem Bemühen in Liebesdingen entschieden.

Anscheinend hatte Julia jedoch mit Sylvia gesprochen, und die beiden hatten beschlossen, Lucy mit dem Thema Liebe zu verschonen, denn Lucy fand zwar eine lange Liste von Aufträgen auf ihrem Schreibtisch vor, von denen aber keiner auch nur im Entferntesten mit romantischen Gefühlen zu tun hatte. Stattdessen standen zwei Nachrufe auf dem Programm, gefolgt von einem Artikel über einen neu gegründeten Kunstverein, einer Werbebotschaft für eine Bäckerei in Franken und der Zusammenfassung eines Fünfhundert-Seiten-Opus eines Theologieprofessors, der seine Überlegungen ohne Inhaltsverlust gerne um ein Viertel gekürzt wissen wollte. Lustlos starrte Lucy auf die Liste. Womit sollte sie beginnen?

»Hit me Baby one more time«, schallte es von Constanzes Schreibtisch herüber.

Seufzend schlug Lucy das Werk des Theologieprofessors auf.

Gerade als sie das erste Kapitel durchgelesen hatte, unterbrach Leonida ihren Lesefluss. »Heute früh hat übrigens Robert angerufen.«

»Wie bitte?«, fragte Lucy, obwohl sie Leonidas laute Stimme klar und deutlich gehört und jedes einzelne Wort verstanden hatte.

»Ich bin an euer Telefon gegangen, weil es nicht zu klingeln aufgehört hat«, erklärte Leonida.

»Soll … soll ich ihn zurückrufen?«, stammelte Lucy, und ihre Gedanken, abrupt aus der theologischen Welt in die reale zurückgeholt, rasten. Vielleicht will Robert sich entschuldigen? Vielleicht möchte er alles wieder ins Lot bringen?

Doch Leonida wirkte herzlich wenig überzeugt. »Von einem Rückruf hat er nichts gesagt.«

»Was hat er denn gesagt?« Lucy bemühte sich, locker und leicht zu klingen, obwohl sie Leonida am liebsten gedrängt hätte, Roberts Sätze schnellstens Wort für Wort zu wiederholen. Aber ihre Taktik funktionierte nicht, und sie sah nur, wie Leonida und Constanze einen bedeutungsschweren Blick wechselten.

»Och, er hat nicht so viel gesagt«, antwortete Leonida gedehnt. »Ich denke, er hat sich vielleicht verwählt.«

»Verwählt?«, antwortete Lucy und hörte selbst den Unglauben in ihrer Stimme. Robert war niemand, der sich verwählte, im Übrigen rief meistens seine Sekretärin an und verband dann.

»War er selbst am Telefon?«, fragte sie und spürte, wie ihr Herz noch schneller schlug.

In dem Fall muss es ihm wirklich wichtig gewesen sein.

Leonida antwortete nicht gleich, und Lucy merkte, dass sie selbst vor Aufregung begonnen hatte, die oberste Seite der theologischen Abhandlung zu zerknüllen. Schnell ließ sie von ihr ab.

»Hm«, machte Leonida unbestimmt. »Der Anruf hat echt nur zwei, drei Sekunden gedauert, ich dachte nur, du solltest es vielleicht wissen.«

»Du brauchst echt nicht zurückzurufen«, mischte sich nun Constanze ein und klang dabei unerwartet energisch, »der meldet sich schon wieder, wenn er will.« Und sie warf Leonida einen Blick zu, der aus Lucys Perspektive zumindest warnend aussah.

»Okay«, meinte Lucy und versuchte, es entspannt und beiläufig klingen zu lassen.

Doch als sie sich wieder ihrer Arbeit zuwandte, konnte sie sich auf kein einziges Wort mehr konzentrieren. Robert hatte angerufen, ihr Robert! Als sie das hörte, war augenblicklich die Hoffnung auf ein Happy End in ihr aufgeflammt, aber es war noch ein anderes Gefühl dazugekommen, und außerdem hatte sie sehr wohl die Blicke gesehen, die zwischen Leonida und Constanze hin und her gegangen waren. Vielleicht hatte sich Robert also wirklich nur verwählt?

Unsicher starrte Lucy auf die theologische Abhandlung vor sich. Soll ich ihn nicht trotzdem sicherheitshalber zurückrufen?

Doch dann erinnerte sie sich an den vergangenen Abend – Robert hatte ihren Anruf nicht nur ignoriert, sondern sogar weggedrückt –, und das Gefühl von Unwohlsein machte sich in ihrer Brust immer breiter. Keinesfalls wollte sie sich noch einmal derart abgespeist, ja missachtet fühlen. Unsicher verschränkte Lucy ihre Hände, um sie gleich darauf wieder zu lösen. Je mehr sie darüber nachgrübelte, desto mehr kamen nämlich auch all die anderen unangenehmen Empfindungen aus ihrer Vergangenheit zurück, von denen sie gehofft hatte, sie hinter sich gelassen zu haben: der Herzschmerz, der Kummer, das Gefühl von Verlassensein und Verlassenwerden. Ihr Hals war plötzlich wie von einem dicken Kloß verschlossen, und das alles nur, weil sie erfahren hatte, dass Robert in der Agentur angerufen hatte.

Ach verdammt, dachte sie, ich kann doch nicht immer nur traurig sein!

Obwohl sie mit aller Macht versuchte, sich auf die Arbeit zu konzentrieren, fiel es ihr unglaublich schwer, und dieses eine Mal konnte sie nicht Constanzes Musikauswahl dafür verantwortlich machen.

Vielleicht sollte ich ihn doch kontaktieren, dachte sie wieder und wieder, aber einem unerklärlichen Gefühl der Vernunft folgend, tat sie es nicht. Stattdessen beschäftigte sie sich mit Gott und dem Sündenerlass und der Frage, wie man dieses unendlich komplexe Problem in wenige, knappe Sätze verpacken könnte.

Als Lucy das Büro verließ, war sie in ihrem Gefühlschaos insoweit ein Stück weitergekommen, als sie es sich verbat, häufiger als alle zehn Minuten an Robert zu denken. Außerdem hatte sie beschlossen, die ganze Sache mit Neni zu besprechen und Robert dann erst – wenn überhaupt – zurückzurufen. Draußen hatte die Sonne die ganze Stadt erwärmt, und Lucy konnte gar nicht anders, als sich langsam, aber sicher wieder besser zu fühlen. Während sie durch den Sonnenschein nach Hause schlenderte, plante sie ihren Abend. Leider hatte Neni montags nie Zeit, weil sie am Ruhetag ihres Cafés entweder ihre Eltern besuchte oder ihrem Bruder Samir in einem seiner Restaurants half. Julia hatte sich den ganzen Tag nicht blicken lassen, wahrscheinlich hatte sie sich zu Hause bis über beide Ohren in das Manuskript des Unternehmers vergraben, und so beschloss Lucy, sich nach ihrem ersten Arbeitstag und dem ganzen Umziehen und Räumen der letzten Tage einen ruhigen Abend zu gönnen. Unweit von ihrem neuen Zuhause entdeckte sie einen Bio-Supermarkt, in dem sie reichlich Lebensmittel, Kekse, Tee und Fruchtsaft-Gummibärchen kaufte. Schwer bepackt mit vier vollen Tüten, wankte sie anschließend heimwärts.

Gerade als sich Lucy auf der Treppe zwischen dem ersten und zweiten Stock befand, wurde über ihr eine Tür geöffnet und anschließend mit Schwung ins Schloss geworfen. Der Richtung des Geräusches nach musste es die Wohnungstür der Hartensteins gewesen sein, und eine Frau kam laut schimpfend die Treppe herunter.

Ist das die Oma?, fragte sich Lucy.

Doch die Frau war zu jung dafür, und über der Schulter trug sie eine Tasche mit dem aufgeprägten Namen eines Pflegedienstes. Am Treppenabsatz blieb sie stehen, um Lucy mit ihren Tüten passieren zu lassen. Im Vorbeigehen sah Lucy an ihrem Gesichtsausdruck, dass sie wirklich zutiefst verärgert sein musste.

»Kommen Sie von Hartenstein?«, erkundigte sie sich vorsichtig.

»Ja, aber ab sofort nicht mehr«, antwortete die Frau und lief die Treppe hinunter, ohne sich noch einmal umzudrehen.

Kritisch runzelte Lucy die Stirn. War die Oma so ein komplizierter Mensch?

Hoffentlich sind nicht meine süßen Brötchen schuld, schoss es Lucy durch den Kopf, als sie an ihrer Wohnungstür die Tüten abstellte und aufsperrte.

Vielleicht sollte ich mal nach der Oma sehen?, fragte sie sich leicht besorgt, während sie ihre Einkäufe in der Küche auspackte. Sie überlegte, ob das eine gute Idee wäre.

Bisher sind Dominik und seine Oma ja auch ohne mich klargekommen, beruhigte sie sich selbst. Trotzdem wurde sie den Gedanken nicht los, dass sie nach ihrer Nachbarin schauen sollte. Also suchte sie Dominiks Wohnungsschlüssel heraus und ging mit einer Packung Kekse bewaffnet hinüber.

Als sie die hartensteinsche Wohnung betrat, war es ganz still, aber im Flur lag etliches auf dem Boden, das vorher nicht da gewesen war. Lucy sah einen Berg nasser Handtücher und ein aufgeschlagenes Buch, das so aussah, als sei es voller Wut über das

Parkett geschleudert worden. Ein Fitnessband lag auf dem Glastisch, und eine Menge Papiere waren überall verstreut, zum Teil in kleine Stücke zerrissen. In einer Ecke des Flurs entdeckte Lucy einen kleinen gelben Ball. Was war denn hier passiert? Sie blickte sich um und verspürte für eine Millisekunde den Drang, aufzuräumen.

Genau in diesem Moment setzte in einem der Zimmer auf der rechten Seite Musik ein. Durch die geschlossene Tür drang sie in den Flur, und Lucy erkannte als Tochter eines Cellisten auf Anhieb eine Symphonie von Mozart.

Immerhin hat die Oma Geschmack, dachte sie.

Langsam ging sie in die Küche hinüber, doch dort erschien alles wie immer. Selbst der Zettel von morgens mit dem *Bitte öffnen* lag noch da, nur die Flaschen und Brötchen waren verschwunden. Lucy legte die Kekse auf den Tisch. In der Ecke eines Fensterbrettes entdeckte sie einen Kuli. Mit ihm schrieb sie unter die verschmierte Tintenschrift auf den Zettel: Brauchen Sie etwas?

Dann legte sie die Kekse so dazu, dass sie ihren Satz unterstrichen. Bevor sie die Küche verließ, warf Lucy der Frau auf dem Foto noch einen Blick zu, aber die lächelte nur wie eine Sphinx und lieferte keine Erklärung.

»Pass gut auf dich auf, und melde dich, wenn du Hilfe brauchst«, sagte Lucy leise.

Im Flur lauschte Lucy noch kurz der Musik und ging dann zurück in ihre eigene Wohnung. Dort setzte sie Nudelwasser auf und kochte sich ein leckeres, absolut nicht Leonida- und Constanzetaugliches Abendessen, nämlich Nudeln mit köstlicher Schinken-Sahne-Soße.

Am nächsten Morgen glänzte die Sonne wieder verheißungsvoll über Berlin. Obwohl Lucy die halbe Nacht an Robert gedacht und den Rest unruhig geschlafen hatte, konnte sie sich doch dem Sommerzauber nicht entziehen. Entzückt hielt sie ihr Gesicht in die Sonnenstrahlen, die sich frühsommerlich warm auf ihrer Haut anfühlten. Auf dem Weg zum Bäcker summte sie *Wochenend und Sonnenschein,* und auf dem Rückweg pfiff sie *Veronika, der Lenz ist da.* Die alten Schlager passten wunderbar zu den Sonnenstrahlen, die sich in der Stadt ausbreiteten.

Bei Hartensteins im Flur war es wieder ordentlich, und nur ein paar kleine Fitzelchen Papier auf dem Fußboden erinnerten noch daran, dass es hier gestern Abend ganz anders ausgesehen hatte. Diesmal achtete Lucy peinlich genau darauf, die richtige Tüte mit den drei weißen Brötchen in die Küche zu bringen. Auf dem Tisch standen wieder drei geschlossene Wasserflaschen, und unter Lucys Hilfsangebot hatte jemand *Kein Mitleid!* geschrieben. Die Schrift war noch krakeliger als am Vortag, und die Kekspackung, die danebenlag, sah so aus, als habe jemand draufgeschlagen. Verunsichert blickte Lucy zu dem Bild der Oma, die dort oben stoisch und unbewegt vor sich hin lächelte. Natürlich wollte Lucy niemandem ihr Mitleid aufzwingen, schließlich wusste sie selbst zur Genüge, wie ätzend unerwünschtes Mitgefühl sein konnte. Sie hatte schließlich nur ihre Hilfe anbieten wollen, aber zumindest für die Kekse war das nicht gut ausgegangen. Lucy schaute die halb zerquetschte Packung an und fragte sich einmal mehr, was für ein Mensch die Oma wohl war. Auf alle Fälle schien sie nicht besonders angepasst, denn welcher ältere Mensch reagierte schon mit der Aussage *Kein Mitleid!* auf das Hilfsangebot einer Nachbarin? Gleichzeitig musste Lucy zugeben, dass ihr dieses *Kein Mitleid!* imponierte. Der Füller war beim Aufstrich des M bei Mitleid mit so viel Nachdruck geführt worden, dass ein feiner Tintensprühnebel daneben auf das Papier herniedergegangen war, und bei aller Krakeligkeit sah die Schrift energisch und willensstark aus.

Also gut, kein Mitleid, dachte Lucy und schraubte die Flaschen auf. Dabei fiel ihr auf, wie schwer das ging, etwas, was sie zuvor noch nicht bemerkt hatte. Einer plötzlichen Eingebung folgend, schrieb sie mit dem Kuli vom Fensterbrett auf den Zettel neben das Kein Mitleid!: *Versprochen. Aber etwas anderes?*

Zwar mochte die Oma eine tobsüchtige Cholerikerin sein, aber Lucy gefiel der Wunsch, von Mitleid verschont zu bleiben, immer besser, je länger sie darüber nachdachte. Es sprach für den Willen, Unabhängigkeit zu bewahren, und für eine ungebrochene innere Stärke, und es bestärkte sie in ihrem eigenen Wunsch, der Oma irgendwie zu helfen. Doch als sie sich umschaute, war auf den ersten Blick nichts zu erkennen, das sie hätte machen können. Die Küchenelemente aus Stahl funkelten in der Morgensonne, und alles schien so blitzblank, dass sie allen guten Absichten zum Trotz nichts zu tun fand.

Nur die Blumen könnte ich gießen, überlegte Lucy. Die kleinen Pflänzchen auf den Fensterbrettern sahen so aus, als würde ein Schluck Wasser ihnen guttun. Allerdings sah Lucy keine Gießkanne und auf den ersten Blick auch sonst nichts, was sie als Wassergefäß verwenden konnte. Sie blickte auf ihre Uhr. Wenn sie nicht schon wieder nach Leonida und Constanze ins Büro kommen wollte, musste sie sich wirklich beeilen und hatte keine Zeit, jetzt nach etwas zu suchen.

Ich komme heute Nachmittag zum Blumengießen, wo ist die Gießkanne?, notierte sie daher noch ganz unten auf dem Zettel.

Dann verließ sie die Wohnung ihrer Nachbarn und machte sich im Eilschritt auf in Richtung Arbeit.

Dienstag war »Besuchstag in der geschlossenen Abteilung«, wie Julia es nannte, und man konnte ohne vorherige Terminvereinbarung in die Wort-Agentur kommen. Dienstags erhielten sie oft die allerverrücktesten Aufträge, und Lucy liebte diesen Tag, weil er stets voller Überraschungen steckte. Daher ging sie schwungvoll im Frühsommersonnenschein die Straße hinunter, bis ihr an einer roten Ampel plötzlich einfiel, dass es auch ein Dienstag gewesen war, an dem sie Robert kennengelernt hatte.

Am Anfang ihrer Beziehung haben sie Dienstage sogar gefeiert, erinnerte sie sich und spürte einen scharfen Schmerz im Brustkorb. Dabei war es reiner Zufall gewesen, dass sie sich überhaupt über den Weg gelaufen waren. Robert hatte sich im Stockwerk vertan und war zufällig in der Wort-Agentur gelandet. Lucy wiederum hatte ihn für einen ihrer Kunden gehalten, ihn hereingebeten, ihm einen Platz und einen Kaffee angeboten und sich ihm dann mit ihrem Block und einem erwartungsvollen Blick gegenübergesetzt.

Robert, der das Angebot für einen Immobilienverkauf erwartete, hatte sie ebenso erwartungsfroh angesehen, und keiner von beiden hatte etwas gesagt.

In aller Ruhe hatte Lucy ihn betrachtet, denn sie wusste, dass mancher Kunde länger brauchte, bis er mit der Sprache herausrückte. Dabei war ihr aufgefallen, wie angenehm selbstsicher dieser Mann ihr gegenüber wirkte und wie einnehmend seine Gesichtszüge waren. Robert hatte offenkundig auch Gefallen an ihr gefunden, denn er hatte zunächst ebenfalls wortlos abgewartet und sie dann ziemlich überraschend gefragt, ob sie ihm zusätzlich zum Verkaufspreis auch noch die Zahlen ihrer Telefonnummer nennen würde.

Das hatte Lucy völlig aus dem Konzept gebracht. Niemals gaben sie ihren Kunden ihre privaten Telefonnummern, und außerdem wusste sie nicht, von welchem Verkaufspreis er sprach. Sie hatte ihn so zweifelnd angesehen, dass er sie schließlich fragte, ob sie nicht Frau Brückner wäre. Einen Augenblick später hatten sie das Missverständnis aufgeklärt, und Robert hatte sich vorgestellt, anschließend formvollendet entschuldigt und war aufgestanden. Einem plötzlichen Impuls nachgebend, hatte Lucy ihre Telefonnummer auf einem Zettel notiert und ihm herübergereicht. Am selben Nachmittag noch hatte er sie angerufen, und am Abend waren sie zusammen etwas trinken gegangen.

Jetzt stand sie an einer roten Ampel, und vom Zauber dieser ersten Begegnung war nichts mehr übrig geblieben. Lucy bemühte sich, langsam ein- und auszuatmen. Die Ampel, an der sie stand, wurde grün und anschließend wieder rot.

Die Sonne scheint, und es ist alles gut, versuchte sie sich selbst zu beruhigen.

Doch es gelang ihr nicht. Energisch blinkerte sie gegen die Tränen an. Sie war keine Psychologin und grübelte normalerweise nicht ständig über ihr Leben nach. Dennoch ahnte sie, dass Robert ihr etwas gegeben hatte, das verloren gegangen war, als sie fünf Jahre alt gewesen war. Damals war ihre Mutter aus dem Haus gegangen und nie mehr zurückgekehrt. Kein einziges Mal hatte sie sich mehr gemeldet, und Lucy hatte nie wieder von ihr gehört. Das hatte all ihre Selbstsicherheit zerstört, auch wenn ihr Vater nichts unversucht gelassen hatte, ihr den Verlust zu ersetzen. Jetzt war Robert aus ihrem Leben verschwunden, ohne ihr einen glaubhaften, verständlichen Grund dafür zu nennen, und Lucy fühlte sich wieder so hilflos wie als kleines Mädchen. Es war fast wie eine Erinnerungsschleife, aus der sie nicht entkam.

Verzweifelt schloss sie die Augen und bemühte sich, weiter tief durchzuatmen. Ein und aus, immer wieder. Die Vögel sangen, doch das verstärkte nur Lucys Gefühl von Einsamkeit. Eine Weile später öffnete sie die Augen langsam wieder. Plötzlich musste sie an das *Kein Mitleid!* ihrer sonderbaren Nachbarin denken, und es war, als ob diese beiden Worte ihr einen kleinen Motivationsschub gaben. Wenn die alte Frau ohne Mitleid durch ihr wahrscheinlich nicht einfaches Leben gehen konnte, dann schaffte sie, Lucy, das auch. Außerdem war sie sicherlich nicht der einzige Mensch auf Erden mit Kummer. Noch einmal holte Lucy tief Luft, dann riss sie sich zusammen und ging bei der nächsten Grünphase über die Ampel und weiter in Richtung Büro.

Als Lucy die Tür der Wort-Agentur öffnete, schlug ihr eine verkrampfte, unglückliche Stille entgegen. Offenkundig gab es auch hier Kummer. Leonida und Constanze saßen an ihren Plätzen und hörten weder laute Musik, noch sprachen sie in ihrer üblichen Lautstärke miteinander, stattdessen warfen sie immer wieder vorsichtige Blicke zu Julia, die mehr über ihrem Schreibtisch hing als saß und todmüde und abgekämpft aussah.

»Guten Morgen«, grüßte Lucy in die Runde.

»Hallo«, nuschelte Leonida leise, und Constanze nickte ihr nur zu.

Julia sagte nichts, sondern starrte weiter auf den Bildschirm vor sich. Lucy ging zu ihrem Platz und legte die Brötchentüte ab.

»Hallo, liebe Julia, was ist los?«, fragte sie, als sie ihren Computer anstellte.

Julia blickte kurz auf, und es wirkte, als nähme sie Lucy jetzt überhaupt erst wahr.

»Hallo, Lucy, entschuldige, ich bin so müde und frustriert«, sagte sie und hörte sich auch genauso an.

Über den Schreibtisch hinweg schob Lucy Julia die geöffnete Brötchentüte zu. »Rosinenbrötchen gefällig?«

Jetzt erschien ein winziges Lächeln in Julias Mundwinkeln. »Du weißt einfach, was mich glücklich macht, Lucy, Rosinenbrötchen sind immer willkommen.« Sie brach ein Stück davon ab und schob es sich in den Mund. »Hm, köstlich.«

Währenddessen griff Lucy nach dem Terminkalender, der traditionell auf der Kante zwischen Julias und ihrem Schreibtisch lag und über dessen altmodisches Format sich Julia regelmäßig empörte.

»Was ist denn passiert?«, fragte sie ihre Freundin, während sie nach den gebuchten Terminen in der laufenden Woche schaute.

»In den letzten zwei Monaten habe ich doch das idiotische Manuskript für diesen schwierigen Unternehmer verfasst, und jetzt erklärt er mir einfach so, dass er ganz andere Erlebnisse zu einem Buch verarbeitet sehen möchte. Also war die ganze Arbeit bisher für die Katz, dazu kommt, dass ich heute Nacht unter Zeitdruck noch einen anderen Auftrag fertig machen musste und zu allem Überfluss auch noch Männerprobleme habe.« Julia seufzte.

Voller Mitgefühl blickte Lucy sie an. »Gibt es irgendetwas, was ich tun kann?«

Julia erwiderte ihren Blick, und ein breites, typisches Julia-Lächeln breitete sich auf ihrem Gesicht aus. »Du bist echt lieb, aber ich fürchte, das muss ich selbst erledigen.«

Lucy kannte Julias Anwandlungen, manchmal die einsame Heldin geben zu müssen. Offenkundig hatte sie auch Leonida und Constanze damit verschreckt, denn die verhielten sich weiterhin ungewöhnlich still. Als sollte Julias Entschluss zum Einzelkämpferdasein auf der Stelle geprüft werden, klingelte in diesem Moment das Telefon der Agentur. Julia schaute auf das Display und nahm dann das Gespräch an. Ihr ganzes Gesicht drückte Genervtheit aus, aber sie klang trotzdem einigermaßen höflich, was Lucy zu der Annahme verleitete, dass ein Kunde am Telefon war.

»Ich habe alle Unterlagen vorhin schon losgeschickt. Als bester Werbeslogan erscheint mir ›Wohnen wie im Himmel‹«, erklärte Julia, woraufhin ihr Gesprächspartner etwas antwortete, was Lucy nicht hören konnte.

»Nein, das möchte ich nicht«, erwiderte Julia und klang unerwartet energisch dabei.

»Nein, wirklich nicht.« Nun bekam ihre Stimme sogar einen stählernen Unterton, und Lucy sah aus dem Augenwinkel, wie Leonida und Constanze einen Blick wechselten.

»Nein, ich werde es mir nicht anders überlegen, sicher nicht. Die Rechnung ist bei den Unterlagen. Also tschüss.« Mit diesen Worten beendete Julia energisch das Gespräch.

»Himmel«, empörte sie sich, »du kannst dir gar nicht vorstellen, wie hartnäckig …« Sie brach mitten im Satz ab. »Was schaut ihr denn so?«, fuhr sie stattdessen Leonida und Constanze an, die ihre Augen fest auf Julias und Lucys Schreibtisch geheftet hatten. Wie ertappt schauten beide sofort weg und begannen, sich eilig mit irgendetwas anderem zu beschäftigen.

»Wer war das?«, erkundigte sich Lucy, die wusste, dass Julia sonst ausgesprochen freundlich mit ihren Kunden umging.

Aber Julia, deren dunkle Augenringe mittlerweile fast ihre ganze obere Gesichtshälfte einzunehmen schienen, winkte nur ab. »Nicht wichtig.«

Sie sieht so gequält aus, fand Lucy und bot ihrer Freundin auch noch das Franzbrötchen an.

»Du bist ein Schatz.« Auch das zweite Teilchen vertilgte Julia in null Komma nichts. »Eigentlich bin ich heute dran mit Dienstagsdienst, aber könntest du mich vielleicht vertreten? Ich würde so gerne etwas schlafen.«

Lucy nickte sofort. »Klar, mache ich.«

Julia fuhr ihren Computer herunter und nahm ihre Jacke. »Falls das Telefon klingelt, brauchst du nicht dranzugehen, es ist nur nerviges Zeug.«

»Okay«, antwortete Lucy leicht befremdet. Das war ja etwas ganz Neues. Doch ihr blieb keine Zeit, sich über Julias komische Empfehlung zu wundern, denn in diesem Moment wurde die Tür geöffnet, und ein großer, spindeldürrer Mann mit einem flachen, braunen Karton unter dem Arm betrat das Büro.

»Ist hier die Agentur Wort?«, fragte er und sprach jedes einzelne Wort überdeutlich aus.

»Ja.« Lucy stand auf. Ihr erster Dienstagskunde war da. Rasch griff sie nach ihrer Mappe, warf Julia eine unauffällige Kusshand zu und bat den Kunden, sie in den Besprechungsraum zu begleiten.

Vorsichtig balancierte Lucy den Karton auf dem Arm zurück ins Büro. »Mamma Mia« hallte es ihr schon im Flur entgegen. Anscheinend hatten Leonida und Constanze ein ABBA-Revival begonnen, nachdem Julia nach Hause gegangen war. Unwillkürlich seufzte Lucy, doch dann musste sie lächeln, schließlich hatte sie jetzt einen wirklich ungewöhnlichen, spannenden Auftrag an der Angel. Der Kunde war ein menschenscheuer Chemiker gewesen, der um eine Abschrift der Tagebücher seiner verstorbenen Großmutter gebeten hatte. Ungewöhnlich daran war zum einen, dass die Tagebücher in Sütterlin geschrieben worden waren, und zum anderen, dass es dem Kunden derart eilig damit war, dass er Lucy den doppelten Stundensatz zugesichert und ihre Arbeitskraft exklusiv gebucht hatte. Das kam wirklich selten vor.

»Fernando«, schmachtete es aus Constanzes Boxen, als Lucy den Karton auf ihrem Schreibtisch abstellte. Genervt verdrehte Lucy die Augen, doch dann musste sie über sich selbst lachen, denn beim Sütterlinentziffern würde auch ABBA nicht stören.

In der kleinen Küche kochte Lucy einen Tee und machte sich dann an die Arbeit. Aus dem Karton, der mit »Vorsicht Glas« beschriftet war, nahm sie das oberste Tagebuch. Es war ein dünnes schwarzes Heft ohne Zeichnungen oder Bilder, nur von vorne bis hinten mit einer zarten Frauenhandschrift gefüllt. Eine Heftnummerierung fand Lucy nirgends, weder in diesem noch in einem der Dutzend anderen Notizbücher, die Lucy nacheinander durchsah. Also würde sie herausfinden müssen, in welcher Reihenfolge die Tagebücher geschrieben worden waren, denn der Kunde wünschte nicht nur eine komplette Abschrift, sondern auch eine Analyse des Ganzen. Aus dem Regal holte sich Lucy ein Buch über verschiedene Handschriften. Nach einigem Blättern fand sie das Kapitel über Sütterlin und suchte sich eine tabellarische Aufstellung der einzelnen Buchstaben heraus. Während ABBA »Waterloo« anstimmte, begann sie, langsam und etwas mühevoll den ersten Satz des obersten Tagebuches zu entziffern.

Heute habe ich für die Kinder Milchreis gekocht. Dafür habe ich ein halbes Pfund Reis und 3/8 Liter Milch verwendet, einen Schuss Sahne, wie meine Mutter es gemacht hat, und eine Prise Salz.

Es folgte eine detaillierte, fast schon absurd genaue Beschreibung des Kochvorgangs.

Das ist nicht gerade erhebend, dachte Lucy enttäuscht. Weder stolperte sie in die Aufschrift einer spannenden Liebesaffäre, noch hielt sie ein literarisches Meisterwerk in Händen.

Die Kirschen dazu haben nicht gut geschmeckt. Ganz anders als zu Hause. Ich erinnere mich an den Geschmack von Weichseln, direkt vom Baum auf unserer Wiese am Tor. Köstlich! Ich kann mich genau entsinnen, an jede einzelne Nuance. Aber damit ist es vorbei, und wunderbar ist jetzt nichts mehr.

Ein Blick auf die Uhr zeigte Lucy, dass sie für diesen kurzen Abschnitt mehr als zehn Minuten gebraucht hatte. Wenn sie in diesem Tempo weitermachte, würde dieser Auftrag endlos viel Zeit in Anspruch nehmen. Ihre einzige Hoffnung blieb, dass sie sich an die Schrift gewöhnen und so ihre Geschwindigkeit steigern könnte. Rasch tippte sie ab, was sie entziffert hatte, und fuhr dann fort.

Um die Mittagszeit verließen Leonida und Constanze das Büro für ein streng veganes Mittagessen, sodass es wenigstens ausnahmsweise einmal komplett still im Büro war. Doch auch in der absoluten Ruhe kam Lucy alles andere als zügig voran. Sie las über die anstrengende Kochwäsche, die immer montags stattfand, und Tante Hildegard, die stets viel zu lange zu Besuch blieb. Lucy lernte, dass der Ehemann der Schreiberin Herbert und die Kinder Valentin und Clementine hießen. Aber die Angehörigen blieben merkwürdig blass in den Tagebucheinträgen, so als wären sie nur hinter einem feinen Stoffvorhang zu bewundern.

Hoffentlich wird das noch spannender, dachte Lucy und gähnte. Im Vergleich dazu ist ja der Schinken des Theologen ein echter Reißer.

Am Nachmittag kam Sylvia. Mit stets perfekt ondulierten grauen Haaren und wunderschöner Kleidung war sie der Inbegriff einer eleganten Chefin, und ihre Ausstrahlung war beeindruckend, gerade weil sie niemals aufdringlich schien oder laut wurde. Stattdessen verströmte sie eine echte Herzlichkeit und eine unverstellte Ehrlichkeit. Sylvia sprach das schönste Deutsch, das Lucy je gehört hatte, und ihre Aussprache war absolut makellos. Leonida und Constanze vergingen fast vor Ehrfurcht, wenn Sylvia im Zimmer war, und auch Lucy, die ihre Chefin schon lange kannte und sehr schätzte, bemühte sich automatisch, alles besonders gut zu machen. Stets wirkte Sylvia so, als gäbe sie sich selbst ganz besonders viel Mühe mit dem, was sie gerade tat, und Lucy bewunderte Sylvias Fähigkeit, immer den richtigen Ton zu treffen, unabhängig davon, ob es um ein Kundengespräch oder das geschriebene Wort ging. Niemals war sie taktlos oder fordernd, stattdessen erzeugte sie eine Atmosphäre großer Offenheit, in der die Klienten gerne zu ihr kamen.

»Lucy, Liebes, wie geht es dir?«

»Wieder besser«, antwortete Lucy und klappte das Tagebuchheft zu.

»Wie ich mitbekommen habe, hast du herausfordernde Zeiten hinter dir. Bitte sag mir, wenn ich etwas für dich tun kann.«

Dankbar sah Lucy ihre Chefin an. Es war so typisch für sie, dass sie nicht neugierig nachhakte, sondern ihr schlicht ihre Hilfe anbot. Lucy berichtete ihr von dem neuen Auftrag, und mit Interesse sah sich Sylvia die schwarzen Hefte an und schlug dann eines auf.

»Oh, hier geht es um die besten Marillen der Welt«, sagte sie und schmunzelte.

Lucy lächelte ebenfalls, denn sie hätte sich denken können, dass Sylvia Sütterlin lesen konnte.

»Wachsen sie auf der Obstwiese hinter dem Haus?«, erkundigte sich Lucy und dachte an die vielen Beschreibungen von Obstsorten, über die sie in der kurzen Zeit schon gestolpert war.

Sylvia las ein paar Zeilen weiter, dann nickte sie.

»Die Schreiberin mag Obst, aber ich hoffe, es kommt noch etwas anderes«, sagte Lucy, die nicht gerade euphorisch bei dem Gedanken an so viel Früchte wurde.

»Wer weiß«, ein Lächeln umspielte Sylvias Mund, »in Tagebüchern könnten ja unerwartet spannende Geschichten verborgen sein.«

Nachdem Sylvia in ihr Büro gegangen war, grübelte Lucy darüber nach, warum sie vorhin eigentlich gesagt hatte, dass es ihr besser ging. Es stimmte zwar einerseits, doch noch am Morgen war sie andererseits so deprimiert und traurig gewesen. Trotzdem fühlte sie sich jetzt tatsächlich wieder etwas sonniger. Vielleicht wurden die elenden Phasen des Liebeskummers einfach etwas kürzer und die Zeiten, die ihr blieben, um sich zu erholen, etwas länger. Vielleicht war es aber auch einfach der Sonnenschein vor den Fenstern.

Den restlichen Nachmittag lang quälte sich Lucy weiter durch das Tagebuch, erfuhr, dass Herbert sein Sonntagsei gerne sehr weich aß, Clementine eine schlechte und mäkelige Esserin war und Valentin zu urplötzlichen, heftigen Wutausbrüchen neigte. Zwischen den Zeilen schimmerte die Melancholie der Schreiberin und ein unstillbares Heimweh nach früher durch, das von nichts und niemandem gelindert werden konnte. Ob sie wollte oder nicht, musste sich Lucy eingestehen, dass die Verfasserin der Tagebücher wenn auch keine begnadete Schriftstellerin, so doch eine sehr gute Beobachterin war und ihre Zeilen bei Lucy die ungreifbare Motivation hinterließen, es in ihrem eigenen Leben besser zu machen.

Ich muss viel mehr handeln und gestalten, nahm sie sich fest vor. Aber wie? Die Kochwäsche wurde jetzt bequem von der Waschmaschine erledigt, Milchreis konnte man fertig und abgepackt aus dem Kühlregal kaufen, und richtig leckere Kirschen hatte Lucy auch schon seit Ewigkeiten nicht mehr gegessen.

Plötzlich dachte sie an den Zettel der Oma und ihr *Kein Mitleid!*. Lucy bemerkte, wie ihr Gesicht sich entspannte. Wenn die Oma das konnte, dann konnte sie es auch. Kein Mitleid!, nicht einmal übergroßes Selbstmitleid – daran würde sie sich von jetzt an halten.

Es erschien Lucy nur logisch, als Erstes zu Hartensteins zu gehen, wenn die Oma und ihre Lebensweisheit sie schon so beeinflussten. Die Küchentür stand offen, aber ihre Nachbarin war nirgends zu sehen. Lucy fand es verrückt, dass sie sich noch nicht begegnet waren und sie außer dem Foto an der Küchenwand nichts von ihr kannte. Doch als sie darüber nachsann, merkte sie, dass das nicht ganz stimmte. So wusste sie, dass die Oma mit Tinte und einer krakeligen, aber energischen Handschrift schrieb, dass sie kein Mitleid wollte und zu ziemlich heftiger Wut neigen konnte. Durch diese Informationsbruchstücke kam sie Lucy merkwürdig vertraut vor, und Lucy blickte sich mit Interesse in der Küche um, als könne sie auf diese Weise noch mehr über sie in Erfahrung bringen. Die lädierte Keksschachtel war vom Küchentisch verschwunden, dafür stand an der Stelle jetzt eine Gießkanne, und daneben lag ein neuer Zettel. Diesmal war er am Computer geschrieben worden, wie Lucy überrascht registrierte. Welche Oma verfasste schon Nachrichten am Computer?

Hallo, Unbekannte. Danke. Ich will und brauche keine Hilfe. Aber wenn Du unbedingt etwas tun möchtest, kannst Du die Wäsche in die Reinigung (Reinigung Perfekt) bringen. Einfach auf den Namen Hartenstein abgeben, wir haben dort ein Guthabenkonto.

Nichts weiter. Kein Name, kein Gruß, keine Unterschrift. Neben dem Küchentisch lag ein prall gefüllter Sack aus grauem Leinen. Lucy runzelte ihre Stirn.

Seltsam, dachte sie, die Oma weiß auch kaum etwas über mich, nicht einmal meinen Namen.

Kurz entschlossen holte sie sich den Kuli vom Fensterbrett und schrieb auf den Zettel unter die Nachricht der Oma: *Hallo, ich heiße Lucy.*

Das war ein vernünftiger Einstieg, aber was sollte sie noch dazuschreiben?

Ich wohne nebenan in einer winzig kleinen Wohnung, leide unter Liebeskummer und hasse Wutausbrüche?

Das war zwar wahr, aber völlig bescheuert, außerdem würde sich die Oma vielleicht zurechtgewiesen fühlen, denn sie neigte ja eindeutig zu heftiger Wut.

Ich wohne nebenan, liebe Wörter und finde Ihre Handschrift mit dem Füller sehr schön.

Das stimmte ebenfalls, klang jedoch nicht viel besser. Dafür, dass sie den ganzen Tag mit Worten jonglierte, fand Lucy ihre Formulierung selbst ziemlich schwach. Schließlich entschied sie sich für eine einfache und gleichzeitig ehrliche Version:

Ich mag Ihre Handschrift, Ihr Foto und Ihren Blick auf die Welt. Es wäre schön, wenn wir uns mal kennenlernen könnten. Einen schönen Tag noch.

Dann goss sie die Blumen in der Küche und die Palmen in Dominiks Zimmer.

Als sie fertig war, stellte sie die Gießkanne zurück in die Küche und hob den Wäschesack hoch. Er war unerwartet schwer, und sie musste zweimal nachgreifen, bis sie ihn richtig zu fassen bekam. Irgendwie hatte sie angenommen, dass die Oma nur leichte Blüschen trug, aber anscheinend hatte sie sich in diesem Punkt getäuscht, und die Oma bevorzugte auch im Sommer dicke, schwere Kleidungsstücke und Strümpfe mit Bleifäden. Zumindest stellte sich Lucy das so vor, während sie den grauen Wäschesack die Treppe hinunter in die Reinigung schleppte.

Auf dem Heimweg kaufte sich Lucy bei einem kleinen Obstladen mit dem malerischen Namen »Obstinsel« einen frisch gepressten Orangensaft mit Mango. Er schmeckte köstlich, und Lucy genoss ihn in vielen kleinen Schlucken, während sie langsam nach Hause schlenderte. Im Hauseingang fiel ihr ein, dass sie nach der Post sehen könnte. Dazu stellte sie ihren Fruchtsaft oben auf der Briefkastenreihe ab und schloss ihr Fach auf. Anscheinend war der Nachsendeantrag in Kraft getreten, denn zum ersten Mal lag Post darin.

Es handelte sich nur um ein einzelnes Schreiben, ein schmaler Brief, der, wie Lucy auf den ersten Blick erkannte, noch an ihre alte Adresse adressiert worden war. Neugierig nahm Lucy ihn heraus. Er war leicht und dünn, und sein weißes Kuvert war mit einem zarten roten Rand verziert. Vorne, in der linken oberen Ecke, standen ein Name und eine Adresse. Die Schrift war jedoch winzig, und Lucy konnte nur »Jenny«, »Servitengasse« und »Wien« entziffern. Wieder ein Brief dieser Unbekannten! Unwillig schlug Lucy die Tür ihres Briefkastens zu. Das tat sie jedoch zu heftig, und die ganze Briefkastenreihe begann zu wackeln. Wie in Zeitlupe sah Lucy den Fruchtsaftbecher umfallen. Instinktiv streckte sie ihre Arme aus, um ihn festzuhalten, und stieß dabei mit dem Ellenbogen so unglücklich an den Briefkasten, dass der Becher ganz herunterfiel und sich der restliche Saft über den Briefumschlag in ihrer Hand ergoss und auf ihr weißes Oberteil spritzte. Augenblicklich durchweichte der farbige Saft das dünne Papier des Umschlags.

»Mist«, schimpfte Lucy.

Es gelang ihr nur schwer, mit orangensaftverschmierten Händen ihre Tasche zu öffnen, und als sie sie endlich aufbekommen hatte, fand Lucy nur ein einsames Taschentuch darin. Es reichte gerade mal, um ihre Hände und den Briefkasten abzuwischen, den Brief konnte es nicht retten. Hektisch riss Lucy den Umschlag auf, doch ein Großteil des Papiers war bereits durchtränkt, und sie konnte nur noch einzelne Wörter entziffern.

So hatte die Absenderin wieder an »Lucille« geschrieben. Das Wort »dringend« stach heraus und etwas, was aussah wie »kein Betrug«. Das unwohle Gefühl, das Lucy schon beim ersten Brief der Fremden gehabt hatte, nahm zu. Was wollte diese Jenny nur von ihr?

Lucy schüttelte den Brief, um ihn schneller trocknen zu lassen. Dabei entdeckte sie, dass aus dem Nachbarbriefkasten diverse Umschläge herausragten, und sie erinnerte sich, dass sie Dominik ja auch versprochen hatte, sich um seine Post zu kümmern. Also legte sie Jennys Brief ab und sperrte mit dem Schlüssel vom Hartenstein'schen Schlüsselbund den zweiten Briefkasten auf. Darin steckten etliche Werbesendungen, Briefe und eine Zeitschrift. *GQ*. Lucy grinste. Das war sicher Dominiks Bettlektüre, denn beim besten Willen konnte sie sich nicht vorstellen, dass ausgerechnet die Oma diese Zeitschrift abonnierte. Als sie den Briefkasten schließen wollte, bemerkte sie, dass sie eine Sendung übersehen hatte, ebenfalls eine Zeitschrift: *Astronomy & Astrophysics.* Als Adressat stand nur der Name Hartenstein darauf.

Das passt ja wie die Faust aufs Auge zur *GQ*, überlegte sie verblüfft. Dominik muss zwei sehr unterschiedliche Seiten seiner Persönlichkeit haben, genau wie sein fantastisches Aussehen und seine schreckliche Stimme. Mit Dominiks Post in der einen und ihrem eigenen klebrigen orange verschmierten Brief und dem leeren Fruchtsaftbecher in der anderen Hand stieg sie die Treppe hinauf in den zweiten Stock. Die hartensteinsche Post deponierte sie bei ihren Nachbarn im Flur auf dem Glastisch, dann ging sie hinüber in ihre eigene Wohnung. Dort wusch sie sich gründlich die Hände und zog ein hellgrünes Sommerkleid an. Anschließend sah sie sich abermals den Brief von Jenny an, der allerdings in der Zwischenzeit noch unleserlicher geworden war, weil der Orangensaft auch noch die gegenüberliegenden Seiten hatte zusammenkleben lassen.

Ich muss mit Neni darüber sprechen, beschloss Lucy und entschied sich, direkt ins Café ihrer Freundin zu gehen.

»Perfekt, dass du kommst«, begrüßte Neni sie. »Gerade wollte ich dich anrufen, aber ich habe nicht die geringste Idee, wo mein Handy sein könnte.«

Entschuldigend hob Neni die Schultern hoch, und Lucy grinste, denn sie kannte das Problem zur Genüge. Neni war eine Meisterin darin, ihr Telefon irgendwo liegen zu lassen und es dann ewig zu suchen.

Nenis Café, das den wunderbaren Namen »Kaffeemode« trug, war ein ehemaliges Schneideratelier, und Neni hatte die Vorgeschichte des Ladens in die Einrichtung einfließen lassen. So waren die Wände in einem kräftigen Altrosa gestrichen und dienten als Hintergrund für unzählige alte Modefotografien und Modezeichnungen. Auf dem Tresen stand eine altmodische schwarz-goldene Nähmaschine, und die Tische waren schlichte, helle Zeichentische aus Massivholz. Als Farbtupfer leuchteten die Stühle in unterschiedlichen Pastellfarben. Neni liebte ihr Café, was deutlich zu spüren war und den kleinen Laden zu einem Treffpunkt für Kaffeeliebhaber und Menschen machte, die sich gerne eine Zeit lang so richtig wohlfühlen wollten.

Als Neni vor zwei Jahren verkündet hatte, dass sie ein Café zu eröffnen beabsichtigte, war niemand überrascht gewesen. Schließlich stammte sie aus einer Familie erfolgreicher Hoteliers und Gastronomen. Ihre Eltern besaßen ein Hotel, das zu den besten der besten gehörte, Nenis ältester Bruder war ebenfalls im Hotelgeschäft tätig, und ihr älterer Bruder Samir hatte vor Kurzem sein drittes Restaurant eröffnet. Nenis Cafépläne stießen also auf volle Zustimmung. Ihr Vater organisierte ein leer stehendes Lokal, ihre Mutter schickte ihre beste Innendesignerin, und Samir ließ seinen Patisseriechef eine Auswahl an Gebäckstücken vorbereiten, mit denen er Nenis Café beliefern könnte. Neni sah sich alles an und machte dann etwas, was keiner erwartet hatte. Freundlich, aber bestimmt sagte sie ihren Familienmitgliedern ohne Ausnahme ab und gestaltete stattdessen alles selbst.

Als Erstes mietete sie das alte Atelier in einer kleinen Seitenstraße unweit des belebten Savignyplatzes und richtete es so ein, wie es ihr gefiel. Dann investierte sie fast ihr ganzes Kapital in eine exzellente italienische Kaffeemaschine und in eine professionelle Küchenausstattung. Schließlich machte sie sich daran, mit »Kaffeemode« die Welt zu erobern. Großzügig verteilte sie Frei-Kaffees an die Studenten der nahe gelegenen Universität und an die Angestellten der umliegenden Büros und versprach jedem Gast, der sie weiterempfahl, ein Frühstück aufs Haus. Innerhalb kürzester Zeit füllte sich das kleine Café, und Nenis Familie schaute mit Stolz auf ihr Küken.

»Was gibt es denn, das du so eilig mit mir besprechen möchtest?«, fragte Lucy und umarmte Neni, die an ihrem Lieblingstisch in der Ecke saß und die Abrechnung machte.

»Samir hat angerufen und lädt uns jetzt gleich zum Essen ins ›Avec des Amis‹ ein«, verkündete Neni mit einem Lächeln.

»Das ist ja herrlich!« In Lucys Bauch hatte sich augenblicklich ein Riesenhunger breitgemacht, und bei Samir konnte man einfach himmlisch essen. »Ein wunderbarer Abend mit euch, etwas Besseres kann ich mir im Moment gar nicht vorstellen. Wann geht's los?«

»Jeden Moment kann es losgehen, denn Samir schickt uns seinen Wagen.« Neni wirkte sehr erfreut, doch dann zog ein kleiner Schatten über ihr Gesicht. »Allerdings kommt Samirs neue Flamme auch.«

»Das ist eine schlechte Nachricht?«, erkundigte sich Lucy überrascht.

»Gestern Abend hat Samir sie uns vorgestellt, und sie ist mir leider ziemlich unsympathisch.« Nenis Worte klangen nicht dramatisch, aber ihr Gesichtsausdruck sprach Bände.

Lucy ließ sich neben ihr auf einen Stuhl fallen. »Und warum?«, fragte sie verwundert, denn sonst begegnete Neni der endlosen Folge von Samirs Freundinnen mit Gleichmut und Humor.

»Ich weiß nicht, wie ich es beschreiben soll. Alles an ihr wirkt künstlich und unecht.«

Auf Anhieb dachte Lucy an Silikonimplantate, aufgespritzte Lippen und andere Schönheitsoperationen. »Du meinst, ihre Nase ist gemacht?«

Für einen Augenblick sah Neni verdutzt aus, dann brach sie in ein herzliches Lachen aus. »Nein, nein. Ich meinte ihre Art, nicht ihr Aussehen. Sie benimmt sich, als wäre sie der größte Vamp der Welt.«

»Neni, dein Bruder ist der größte Frauenheld, das passt doch zusammen.« Lucy grinste ihre Freundin an. Sie mochte Samir, seine übersprudelnde Fröhlichkeit und seine Fähigkeit, alle Menschen zu seinen Freunden zu machen.

»Ach, ich weiß nicht.« Neni hob die Hände in einer Geste der Hilflosigkeit. »Ich finde das Theater, das sie abzieht, vollkommen übertrieben und fühle mich merkwürdig deplatziert daneben.«

»Dann lass uns doch Julia mitnehmen, die verdient den Titel ›größter männermordender Vamp‹ ebenfalls«, schlug Lucy vor.

Schlagartig hellte sich Nenis Gesicht auf. »Das ist eine ausgezeichnete Idee. Rufst du sie an?«

Zwar hatte Lucy ihren Vorschlag eigentlich nicht ganz ernst gemeint, aber als sie Nenis Reaktion sah, zog sie ihr Handy aus der Tasche und wählte Julias Nummer.

Die war wiederum entzückt von der Einladung. »Klar komm ich mit ins ›Avec‹! Besonders jetzt, wo ich ausgeschlafen habe. Ich zieh mir nur schnell was Schickes an und komme rüber.«

Plötzlich fiel Lucy der verklebte orangefarbene Brief und Roberts merkwürdiger, angeblich verwählter Anruf in der Agentur wieder ein.

»Neni, mir ist etwas Merkwürdiges passiert«, begann Lucy, aber genau in diesem Moment fuhr Samirs Wagen vor.

»Können wir das nachher besprechen?«, bat Neni.

»Ja klar, es ist ja auch nicht wichtig.« Doch als Lucy diesen Satz ausgesprochen hatte, merkte sie, dass er nicht der Wahrheit entsprach. Robert war ihr immer noch wichtig, auch wenn sie seinetwegen nicht mehr vollkommen zerstört am Boden lag.

Als Neni mit Lucy im Schlepptau aus dem Café trat, öffnete der Fahrer die Autotüren für sie. Auf dem Rücksitz saß eine sehr schlanke Frau mit langen blonden Haaren. Vor Ewigkeiten hatte Lucy sie einmal im Fernsehen gesehen und erinnerte sich, dass sie eine Dokumentationsreihe über Dialekte und Brauchtum in den verschiedenen Teilen Deutschlands moderiert hatte. Damals hatte Lucy die Sendung nur angesehen, weil die Batterien ihrer Fernbedienung leer gewesen waren und sie sich wegen einer Magen-Darm-Grippe viel zu schlapp gefühlt hatte, um zum Fernseher zu kriechen und auf ein anderes Programm umzuschalten.

»Hallo, Süße«, begrüßte die Blondine Neni wie eine alte Freundin. Ihre Stimme klang unecht und etwas zu hoch, aber gleichzeitig so, als habe sie unzählige Stunden Sprechunterricht hinter sich.

»Hallo, Mindie«, antwortete Neni etwas reservierter. »Darf ich vorstellen: Das ist meine beste Freundin Lucy.«

»Oh, beste Freundinnen«, juchzte Mindie, und ihr Satz endete in einer Art Jodler, der ihre Begeisterung unterstreichen sollte, aber Neni zusammenzucken ließ.

»Neni hat dir bestimmt schon von mir erzählt, Lucy, aber vielleicht hast du mich auch erkannt?«

»Äh, ja«, antwortete Lucy vorsichtig.

»Oh, wie schön«, begeisterte sich Mindie. »Schaust du meine Show jede Woche?« Ohne eine Antwort abzuwarten, fügte sie hinzu: »Bestimmt werden wir beide auch so dicke Freundinnen wie du und Neni.«

Lucy, die auf dem Beifahrersitz Platz genommen hatte, warf einen Blick nach hinten und sah Mindie in ihrem weißen Jump-Suit, mit aufwendig gestylten Haaren und einem sehr vorteilhaften Make-up, und daneben Neni, die ungewöhnlicherweise schwieg, und Lucy ahnte, was Neni störte. Alles, was Mindie sagte, war einfach einen Tick zu viel, zu laut, zu herzlich.

Eine Weile fuhren sie schweigend, und überall entdeckte Lucy Baustellen, die dem Straßenbild das typische Berliner Aussehen gaben. Sie liebte Stadtfahrten, besonders wenn sie nicht selbst am Steuer saß. Durch die Budapester Straße ging es und dann das Lützowufer hinunter. Nach einer Weile konnten sie in der Entfernung den Fernsehturm und den Potsdamer Platz sehen. Lucy ließ ihre Gedanken fließen und dachte an ihren letzten Besuch im »Avec des Amis«. Damals hatte Robert sie begleitet, und für einen Augenblick trübte sich ihre Laune, aber wirklich nur für einen Moment, und darauf war Lucy stolz.

Vor dem »Avec des Amis« hielt der Wagen in zweiter Reihe, und sie stiegen aus. Es hatte sich schon eine Traube von Menschen vor dem Eingang versammelt, aber Mindie ging einfach an der Schlange vorbei. Dabei trug sie die höchsten Absätze, die Lucy je gesehen hatte, und sie war beeindruckt, dass Mindie ihr Gleichgewicht in dieser schwindelerregenden Höhe überhaupt halten konnte und nicht vornüberkippte.

Als sie gemeinsam das Restaurant betraten, kam Samir sofort herbeigeeilt. Er hatte die dunklen Locken und Augen seiner Schwester, nur dass seine gerade vor Verliebtheit glänzten.

»Mindie«, rief er und klang so herzerfrischend glücklich, dass Lucy ihm einen erstaunten Blick zuwarf. Samir hatte ein Faible für schöne Frauen, aber für gewöhnlich zeigte er seine Gefühle nicht so offen. Dieses Mal jedoch schien er keinen Hehl aus seiner Begeisterung machen zu wollen, und er begrüßte Mindie wie jemanden, auf den er schon sein Leben lang gewartet hatte. Anschließend umarmte er Lucy und Neni. »Schön, dass ihr da seid! Da habe ich alle meine wunderbaren Frauen beisammen.«

»Ach, Samir«, antwortete Neni in genervter Schwester-Manier, aber Lucy lachte. Selbst wenn Samir es nicht wirklich ganz genauso meinte, wie er es sagte, klangen seine Komplimente immer wunderbar.

»Unser Platz ist gleich da drüben.« Samir wies auf den schönsten Tisch im ganzen Restaurant.

Das »Avec des Amis« bestand aus drei mittelgroßen Räumen, die ineinander übergingen. Die Wände waren in einem dunklen Anthrazit gestrichen, und als Beleuchtung dienten große, goldene Schalen, die das Licht indirekt an die Decke warfen. Japanische Tuschezeichnungen von großen bunten Vögeln schmückten die Wände und gaben den Räumen einen Hauch von exotischer Farbe. Die Tische waren nicht sehr hoch, und als Stühle dienten niedrige, breite tiefschwarze Sessel. Samir führte sie an ihren Tisch, und Lucy und Neni setzten sich nebeneinander, gegenüber von Samir und Mindie, die ständig knutschten oder zumindest Händchen hielten. Lucys Verwunderung nahm immer weiter zu, denn so hatte sie Samir wirklich noch nie erlebt.

Es war voll, und das ganze Restaurant schien zu summen und zu brummen, dennoch war die Stimmung gelöst und ausgesprochen angenehm. Tief ließ sich Lucy in ihren bequemen Sessel rutschen und atmete unwillkürlich aus. Sie spürte, wie sie sich entspannte, und selbst Neni, die gerade noch einen ziemlich verkrampften Eindruck gemacht hatte, sah wieder wie sie selbst aus. Eine Kellnerin brachte die Karten, und Lucy studierte mit Vergnügen die große Auswahl. Samir hatte ein Händchen für Kombinationen, und so gab es derzeit französisches Essen mit einem indonesischen Einschlag zu den passenden Cocktails.

»Oh, Samir«, hauchte Mindie. »Gibt es auch etwas, was absolut frei von Konservierungsstoffen ist?«

»Wasser«, ertönte die trockene Antwort direkt hinter ihnen.

Lucy drehte sich um und sah Julia, die gerade hereingekommen war. Zu einem knielangen dunkelgrünen Oberteil mit einem Ausschnitt fast bis zum Bauchnabel trug sie schlichte schwarze Leggings und eine lange Kette, deren große goldene Glieder ihr Dekolleté noch zusätzlich betonten. Die Haare hatte sie offen gelassen, und mit ihrem dunklen Augen-Make-up sah sie großartig aus.

»Hallo, Julia«, begrüßte Samir sie.

»Danke für die Einladung«, antwortete Julia fröhlich. »Es war herrlich, an der langen Schlange vor der Tür vorbeigehen zu können und zu wissen, dass man hier garantiert einen Platz bekommt.« Sie lächelte Samir mit einem Fünfhundert-Watt-Lächeln an, und am Nachbartisch fiel ein Glas um, gefolgt von einem unterdrückten Fluch.

»Es ist mir ein Vergnügen«, antwortete Samir galant und zog einen Sessel für sie heraus.

»Julia, du alte Schmeichlerin«, tadelte Neni vergnügt. »Aber ich muss zugeben, dass du recht hast, das ›Avec‹ ist wirklich der Hit. Was wird heute eigentlich empfohlen?«

»Für mich nur rohes Obst und Gemüse, heute ist mein Tag als Frutarierin«, erklärte Mindie ernsthaft.

Neni verdrehte die Augen, Lucy wusste nicht, was sie sagen sollte, und selbst Samir schien für eine Millisekunde aus dem Konzept gebracht zu sein, nur Julia lachte herzlich. »Ich hätte nicht gedacht, dass ich je in meinem Leben eine echte Frutarierin zu Gesicht bekomme, ich dachte immer, die gibt es nur im Film und auf Wikipedia. Aber ich muss sagen, es steht dir gut.«

Für eine Millisekunde sah Mindie verunsichert aus, aber dann erkannte sie Julias wohlwollendes Amüsement und lächelte zurück. Zusammen waren Mindie und Julia ein gewaltiger Hingucker, und Lucy beobachtete die beiden fasziniert.

»Ihr solltet auch mal versuchen, euch an jedem Wochentag nach einem bestimmten Prinzip zu ernähren, es ist so gut für Körper und Seele«, erklärte Mindie und machte mit ihrer Hand eine Bewegung über ihren Körper hinweg, die man gut und gerne als obszön bezeichnen konnte. Lucy hörte, wie sich am Nachbartisch jemand verschluckte und laut zu husten begann.

Samir strahlte Mindie an. »Du hast einen wirklich wunderbaren Körper.«

»Und meine Seele erst«, ergänzte sie mit einem glücklichen kleinen Lachen.

Julia lachte schallend. »Du bist aber keine Freundin der höflichen Untertreibung.«

Mindie stutzte und grinste dann. Julias entspannter Umgang schien nicht nur sie zu entwaffnen, sondern auch Neni zu beruhigen, und Lucy sah sie sogar einmal vorsichtig in Mindies Richtung lächeln.

Gleich nach der ersten Runde Cocktails wurde die Vorspeise, direkt gefolgt von der Hauptspeise, serviert. Das Essen war wunderbar fein abgeschmeckt, und Lucy konnte bei jedem Bissen noch besser verstehen, warum Samir mit »Avec des Amis« solche Erfolge feierte. Mindie bekam ihre Rohkostplatte, die so farbenfroh und köstlich aussah, dass alle zugeben mussten, dass es auch Vorteile hatte, zumindest gelegentlich eine Frutarierin zu sein.

Während sie eine Karotte mümmelte, erzählte Mindie einen Witz über einen Hasen und seine Mohrrübe. Samir war der Erste, der die Pointe verstand und schallend zu lachen begann, und seine Erheiterung brachte auch Lucy zum Grinsen. Der Witz war absolut bescheuert, aber Mindie hatte ihn großartig erzählt.

»Samir ist richtig hin und weg«, flüsterte Lucy Neni zu, »ich kann mich nicht erinnern, ihn je so glücklich gesehen zu haben.«

»Du hast recht«, gab Neni ebenso leise zurück, aber Lucy konnte an ihrem Gesichtsausdruck sehen, dass sie hin- und hergerissen war. Hingerissen von der verliebten Begeisterung ihres Bruders und hergerissen von Mindies grenzwertig übertriebenem Verhalten. Lucy legte ihrer besten Freundin die Hand auf den Arm, und Neni lächelte zurück.

Dann wurden die Teller abgeräumt, und Samir signalisierte der Kellnerin, dass sie eine Flasche Champagner bringen sollte.

»Was gibt es zum Nachtisch?«, erkundigte sich Julia. »Ich habe mir sagen lassen, dass die Desserts die besten der ganzen Stadt sind.«

»So ist es«, erwiderte Samir fröhlich und ließ die Karten reichen.

»Puh, ist das eine schwere Entscheidung, am liebsten würde ich alles bestellen«, seufzte Julia.

»Für mich ist es ganz leicht, ich esse nur Obst, denn das ist das einzig Wahre für den Teint«, verkündete Mindie.

»Also ich nehme das warme Schokoladentörtchen mit dem flüssigen Kern«, antwortete Lucy, »denn das ist das einzig Wahre für mein Lebensgefühl.«

»In diesem Fall nehme ich die Mousse au Chocolat, verfeinert mit indonesischem Kaffee«, beschloss Neni.

»Dann esse ich das Maracuja-Törtchen mit Krokant, und wir können alle bei allen probieren«, entschied Julia und sah dabei aus wie eine Katze, die sich auf einen großen Becher Sahne freut.

Samir grinste. »Du kannst gerne auch zwei oder drei Nachspeisen nehmen, Julia, aber dafür musst du auch einen Witz erzählen.«

»Einverstanden.« Julia streckte ihre Hand aus, um die Abmachung zu besiegeln, und Samir schlug ein.

Ihren Teil der Vereinbarung erfüllte Julia sogleich und erzählte Lucys Lieblingswitz. Obwohl Lucy den Witz schon unzählige Male gehört hatte, musste sie wieder kichern, und selbst Mindie lachte so, dass ihr sorgfältig aufgetragenes Make-up verschmierte und sie auf einmal geradezu menschlich aussah.

»Wo hast du das denn her?«, erkundigte sich Neni und wischte sich eine Lachträne aus dem Augenwinkel.

»Den hat Robert doch neulich erzählt«, antwortete Julia lässig und spielte mit den goldenen Gliedern ihrer Kette.

»Robert?«, erkundigte sich Neni überrascht.

»Robert?«, fragte Lucy schockiert und fühlte sich, als habe sie gerade unverhofft einen Schlag ins Gesicht erhalten.

»Da warst du doch auch dabei, kannst du dich nicht erinnern?« Jetzt klang Julia erstaunt. Es schien ihr überhaupt nicht bewusst zu sein, dass sie Lucy mit ihrer Aussage verletzen könnte.

Krampfhaft bemühte sich Lucy, irgendwie die Ruhe zu bewahren. Für einen Augenblick war es so, als wäre die ganze Schönheit des Abends mit Erwähnung dieses einen Namens zerstoben.

»Nein, ich erinnere mich nicht«, antwortete sie gepresst und spürte eine Mischung aus Frust, Wut und Kummer.

»Das macht ja nichts, man kann ja mal etwas vergessen«, versuchte Mindie sie zu trösten, »was meinst du, wie oft mir das vor der Kamera passiert. Aber wer ist denn Robert?«

Niemand antwortete, und selbst Samir, sonst immer Quell unerschütterlich guter Laune, schaute leicht betreten.

»Auf alle Fälle war der Witz großartig«, entschied Mindie und ging nahtlos zum nächsten Thema über.

»Sorry«, sagte Julia zu Lucy. »Ich wollte dich nicht …«

»Ist schon okay«, antwortete Lucy, obwohl sie sich überhaupt nicht gut fühlte. Aber sie konnte ja nicht ihr Leben lang bei der Erwähnung von Roberts Namen in die Knie gehen.

Kein Mitleid!, erinnerte sie sich streng.

Zum Glück wurden in diesem Moment die Desserts gebracht, und die süßen Köstlichkeiten wirkten wie ein Neustart für Lucy. Das Schokoladentörtchen war köstlich und die cremige Füllung so zart und fein, dass sie geradezu im Mund schmolz, und nachdem sie zwei Bissen davon gegessen hatte, fühlte sie sich wieder mit der Welt versöhnt.

»Darf ich die wunderschönen Frauen an diesem Tisch kurz stören?«, fragte eine Männerstimme hinter Lucy.

Überrascht drehte sie sich um und sah einen lächelnden Mann mit kurzen dunkelbraunen Haaren und einem fröhlich funkelnden Blick, der an ihren Tisch getreten war.

»Bitte entschuldigt meine Aufdringlichkeit, aber mein Kollege da drüben«, er wies zum Nachbartisch, an dem sieben nicht mehr ganz nüchterne Männer vor einer ansehnlichen Sammlung an Gläsern saßen, »traut sich nicht, selbst herüberzukommen.«

Lucy blickte in die Richtung und entdeckte einen blonden jungen Mann, der kirschrot geworden war und so aussah, als wäre er am liebsten im Boden versunken.

Der dunkelhaarige Mann neben Lucy lächelte charmant in die Runde und fügte entschuldigend hinzu: »Ich habe ihm versprochen, als Hermes für ihn zu fungieren.«

»Hermes?« Mindie klang irritiert.

»Der Götterbote, nicht der Paketdienst.« Der Mann lachte vergnügt, und Lucy sah ein sehr einnehmendes Lächeln in seinem Gesicht aufblitzen. »Auf alle Fälle möchte mein Kollege gerne wissen, ob er die bezaubernde Dame in Grün«, er blickte zu Julia, »um ein Date bitten dürfte?«

Mit einem betörenden Augenaufschlag sah Julia zu dem dunkelhaarigen Mann auf. »Fragen darf der Kollege natürlich, aber ich stehe mehr auf so coole Typen wie dich.« Sie lächelte so liebreizend und gleichzeitig lasziv dabei, dass Lucy fast die Spucke wegblieb.

»Was für ein charmantes Angebot«, erwiderte der Dunkelhaarige, »allerdings muss ich gestehen, dass ich mit der Absicht herübergekommen bin, um meinerseits Lucy um eine Verabredung zu bitten.«

Alle blickten zu Lucy, und sie sah verwundert auf. »Mich?« Sie hörte den Unglauben in ihrer eigenen Stimme. »Kennen wir uns?«

Mit neu gewecktem Interesse betrachtete sie den Mann und entsann sich dunkel, ihn tatsächlich schon einmal irgendwo gesehen zu haben.

»Du erinnerst dich nicht an mich?«, fragte er leichthin.

Entschuldigend zuckte Lucy die Achseln.

»Wahrscheinlich habe ich einfach nicht so einen großen Eindruck auf dich gemacht wie du auf mich«, meinte er locker. »Aber vielleicht bekomme ich die Gelegenheit, einen bleibenderen Eindruck zu hinterlassen?«

Da fiel ihr wieder ein, wo sie ihm schon einmal begegnet war. Es war auf einer Feier von Freunden gewesen, und Robert hatte sie damals begleitet.

Plötzlich stand Roberts Bild ihr wieder so lebhaft vor Augen, dass sie nicht wusste, was sie sagen sollte. Eigentlich wollte sie sich mit niemand Neuem verabreden, egal wie charmant er auch war, und charmant war dieser Mann wirklich.

»Vielleicht gebe ich dir einfach meine Nummer, und du meldest dich, wenn du Lust hast? Das würde mich sehr freuen.« Lässig zog er eine Visitenkarte aus seiner Hosentasche und reichte sie ihr. Dr. med. Michael Dillenberg – Facharzt für Chirurgie – stand darauf.

»Kommst du endlich wieder zurück, Michael?«, rief jemand herüber. »Wir haben hier schließlich Teammeeting.«

»Teammeeting?«, fragte Julia und zog die Augenbrauen hoch.

»Ist doch ein schöner Rahmen hier«, erwiderte Michael und ließ sein Lächeln noch einmal sehen. »Einen schönen Abend noch!«

Als Michael außer Hörweite war, beugten sich Mindie und Julia sofort zu Lucy hinüber. »Warum triffst du dich nicht mit ihm?«

»Der sah doch nett aus«, ergänzte Julia.

»Nicht nur nett, der sah richtig lecker aus«, betonte Mindie.

»Ja, schon, aber …«, antwortete Lucy langsam. Unsicher blickte sie zu Neni, und ihre Freundin nickte ihr kaum merklich zu, und Lucy fühlte sich ein wenig getröstet von ihrem Verständnis.

»Also, ich würde mir die Nummer gut aufheben«, erklärte Mindie. »Natürlich nur an deiner Stelle, denn ich habe mit Samir schon meinen Seelenbruder gefunden.« Dabei legte sie ihm den Arm um die Schultern und zog ihn zu sich herüber, wofür er sich in einem ungünstigen Winkel über die Sessellehnen beugen musste.

»So ein Kitsch«, meinte Julia vergnügt, aber Lucy fand, dass Samir tatsächlich so glücklich wirkte, als habe er eine Seelenverwandte gefunden.

Als besondere Nettigkeit von Samir schätzte Lucy es, dass er Neni und ihr seinen Wagen auch für die Heimfahrt lieh. Mindie blieb bei ihm, und Julia ließ sich überreden, sich doch noch für einen Cocktail mit an den Chirurgentisch zu setzen. So fuhren Lucy und Neni alleine durch das nächtliche Berlin nach Hause.

»Das war ein schöner Abend«, sagte Neni zufrieden.

»Insgesamt war Mindie gar nicht so übel«, antwortete Lucy und blickte aus dem Fenster hinaus in die vorbeihuschenden Lichter.

»Sie ist auch nicht übel, ich bin mir nur nicht sicher, ob sie die Richtige für Samir ist.« Bei diesen Worten klang Neni ernst und fast etwas entmutigt.

»Aber er wirkt so glücklich.«

»Deshalb habe ich ja auch solche Angst, dass sie ihm wehtun könnte«, erwiderte Neni plötzlich mit so viel Nachdruck, dass Lucy fast zusammenzuckte.

»Aber warum? Diese Sorge hattest du doch bisher bei all den anderen auch nicht.«

Neni schaute zu Lucy. »Sonst lässt er auch niemanden so dicht an sich heran. Was glaubst du denn, warum er so einen ständigen Wechsel hat? Ich finde es schrecklich, wenn die Menschen, die ich liebe, leiden, so wie du gerade, das möchte ich einfach nicht.«

»Und so wie du selbst gelitten hast?«, fragte Lucy, obwohl sie die Antwort kannte.

Neni drehte ihren Kopf zum Fenster, und für einen Augenblick wirkte sie wieder wie mit fünfundzwanzig, hilflos und verletzt. »Es ist so lange her …«

»Aber es ist trotzdem nicht vorbei, oder?«, fragte Lucy. Seit einer Ewigkeit hatten sie nicht mehr darüber gesprochen.

»Es wird nie vorbeigehen«, antwortete Neni ruhig. »Elie war die Liebe meines Lebens, so etwas gibt es nur ein Mal.«

»Aber Neni, findest du nicht, dass du die Vergangenheit irgendwann mal hinter dir lassen solltest?« Schon als sie ihre Frage aussprach, wusste Lucy, dass sie sich unerträglich seicht anhörte.

»Für mich ist er nicht vergangen«, antwortete Neni schlicht, und auf einmal sah Lucy förmlich, wie schwach und schal ihre Liebe zu Robert neben Nenis immer noch gelebter wirkte.

Neni drehte sich wieder zu ihr, und es war, als könne sie Lucys Gedanken lesen. »So eine Liebe gibt es eben nicht für jeden.«

»Was sollen wir anderen dann machen?«, fragte Lucy und sah ihre Freundin an.

»Sich verlieben, aber in den Richtigen.« Das war und blieb Nenis Credo.

»Aber das funktioniert doch nicht«, hielt Lucy dagegen. »Schau dir Julia an, die sucht, seit sie damals verlassen wurde, nach der großen Liebe.«

»Nein, Julia sucht schon ewig nach dem Partner, der perfekt ihrem Abbild von einem idealen Mann entspricht. Das ist etwas anderes.«

Lucy blickte zu der Ampel vor ihnen, die gerade auf Grün schaltete.

»Natürlich muss man suchen, aber man muss auch finden wollen«, ergänzte Neni. »Einfach zu hoffen, dass es schon passen wird, reicht einfach nicht.«

Bei diesen Worten fühlte sich Lucy seltsam ertappt. Dabei hatte sie das bei Robert doch gar nicht getan. Oder?

Der Fahrer blinkte und bog dann in Lucys Straße ein. Die Rückfahrt von Kreuzberg nach Charlottenburg war wie im Flug vergangen und war Lucy viel kürzer vorgekommen als die Hinfahrt. Kurz darauf bremste der Fahrer geschmeidig vor Lucys Haus.

Neni legte Lucy den Arm um die Schultern und drückte sie an sich. »Ich möchte einfach, dass du glücklich bist – auf Dauer. Und Samir auch.«

»Danke«, sagte Lucy und umarmte sie fest. »Das wünsche ich dir auch.«

»Lucy, mein Glück ist vergangen.« Neni sagte das ganz ruhig, ohne Pathos und ohne Heischen nach Mitleid.

»Ja«, antwortete Lucy und hielt Neni noch fester.

Dann stieg sie aus und ging langsam zur Haustür. Noch während sie die Treppe hinaufstieg, wirbelten die Gedanken in ihrem Kopf herum.

Werde ich je so eine Liebe finden wie Neni? Bin ich überhaupt bereit dazu, wenn ein solcher unendlicher Kummer der Preis dafür sein kann?

Ja, antwortete sie sich selbst ernst, als sie ihre Wohnungstür aufschloss und das Dunkel ihres schmalen Flures betrat. Aber ganz so sicher war sie sich nicht.

Mitten in der Nacht schreckte Lucy atemlos auf. Auf gruselige Weise war Robert durch ihren Traum gegeistert und hatte sie gefragt, warum sie ihn verlassen hatte. »Aber das habe ich doch gar nicht«, hatte sie ihm wieder und wieder geantwortet. Trotzdem hatte er sich umgedreht und war weggegangen, und vergeblich war sie ihm hinterhergelaufen, bis ihre Lungen brannten und sie keinen einzigen Schritt mehr hatte tun können.

Im Bett setzte sich Lucy auf. Kurzzeitig fühlte sie sich etwas besser, als sie merkte, dass es nur ein Albtraum gewesen war, doch als sie gar nicht wieder einschlafen konnte, schlug sie irgendwann die Decke zurück und ging hinüber in ihre kleine Küche. Draußen vor dem Fenster mischten sich die ersten Vorboten der Morgenröte in das Dunkel der Nacht. Lucy sah die Zweige der Linden schwarz vor dem Himmel, der am Horizont schon heller wurde. Im Halbdunkel setzte sie Wasser auf und nahm dann an ihrem kleinen Tisch Platz, um hier die letzten Geister des Angsttraums zu vertreiben.

Nebenan polterte etwas, und Lucy dachte sofort an die Oma. Litt sie auch unter Schlaflosigkeit? Irgendjemand musste auf alle Fälle wach sein, denn nebenan lief auch Musik, und das ziemlich laut. Etwas irritiert blickte Lucy zur Wand. Waren das nicht die Toten Hosen? Sie war sich ziemlich sicher, »Cokane in My Brain« zu erkennen, aber sie konnte sich beim besten Willen nicht vorstellen, dass die Oma das hörte. Der Weg von Mozart am Nachmittag zu den Toten Hosen in der Nacht war doch recht weit.

Na ja, sie schreibt auch Nachrichten am Computer, rätselte Lucy. Sie versuchte noch genauer hinzuhören, aber ihr Wasserkocher pfiff, und kurze Zeit später wurde nebenan die Musik abgestellt. Lucy goss sich einen Tee auf und nahm ihn mit zum Tisch. In der Nachbarwohnung wurde es ganz still, nur ab und zu knackte irgendwo ein Balken oder eine Diele.

Langsam, Schluck für Schluck, trank Lucy den heißen Tee. Dabei ebbte das Gefühl der Verzweiflung, das der Traum gebracht hatte, ab, und irgendwann beschloss Lucy, zurück ins Bett zu gehen. Sie kroch unter ihre Decke und schlief fast augenblicklich wieder ein.

»Ja?«, fragte Lucy verschlafen.

Sie war davon aufgewacht, dass ihr Handy nicht zu läuten aufhörte.

»Ich bin es, Julia. Ich kann heute nicht zur Arbeit kommen, ich glaube, ich habe die Grippe oder den schrecklichsten Kater meines Lebens. Leider habe ich aber zwei Kundengespräche, kannst du die bitte übernehmen?« Julia klang so heiser, dass Lucy Mühe hatte, sie überhaupt zu verstehen.

»Klar«, antwortete Lucy und setzte sich langsam auf.

»Du bist ein Schatz. Gestern habe ich das meiste schon vorbereitet und schicke dir gleich die Unterlagen. Du musst sie nur noch ein bisschen aufhübschen, aber dafür hast du genügend Zeit.«

Lucy schielte auf ihren Wecker.

»Wann kommen denn die Kunden?«

»Der erste um 10.30 Uhr.«

»Oh.« Da blieb Lucy alles andere als genügend Zeit. »Gut, ich beeil mich«, versprach sie.

»Ach, und Lucy? Verabrede dich mit diesem Michael, er ist echt nett.«

»Was?« Lucy hatte das Gefühl, doch noch nicht so ganz wach zu sein.

»Ich weiß, dass du zögerst, Liebeskummer und so, aber du brauchst Ablenkung, und Michael ist wirklich attraktiv.«

»Hm, ich weiß nicht«, meinte Lucy und gähnte.

Doch Julia ließ sich von Lucys Zögern nicht beeindrucken. »Ruf ihn an, vielleicht beginnt ja heute deine Zukunft. Meine Zukunft ist jetzt auf alle Fälle erst mal das Bett. Ich danke dir für deine Hilfe, Lucylein!« Sie legte auf, bevor Lucy irgendetwas erwidern konnte.

In den folgenden Minuten putzte sich Lucy in Rekordzeit die Zähne, duschte und zog sich an. Sie wählte ein himmelblaues Sommerkleid, das sie vor Jahren mit Neni im Urlaub in Paris gekauft hatte, und eine leichte fliederfarbene Jacke zum Überziehen. Hastig stopfte sie ihre Sachen in die Tasche. Dabei fiel ihr der Zettel mit dem Wäschereiauftrag von den Hartensteins wieder in die Hände.

Oh, Brötchen muss ich ja auch noch holen!

Doch dafür hatte sie heute beim besten Willen keine Zeit, vielleicht konnte sie es in der Mittagspause nachholen. Hals über Kopf stürzte sie in ihre Küche und suchte nach irgendetwas, was sie anstelle des gewünschten Backwerks auf den Küchentisch bei Hartensteins legen könnte. Aber sie fand nichts Passendes, Brot hatte sie keines, und ihre Kekse hatte sie schon nach drüben gebracht. Schließlich griff sie nach der Packung Gummibärchen. Die hatten zwar mit Brötchen absolut nichts zu tun, waren aber immerhin eine Zuckerquelle. Rasch kritzelte Lucy auf einen Zettel: *Entschuldigung, die Brötchen verspäten sich heute, ich hoffe, Gummibärchen gehen zur Überbrückung auch.*

Mit dem Zettel und den Gummibärchen in der Hand düste sie zu ihren Nachbarn. Im Augenblick hörte die Oma weder Mozart noch die Toten Hosen, und es herrschte absolute Ruhe. Als Lucy am Glastisch im Eingangsbereich vorbeikam, sah sie, dass die Astronomische Fachzeitschrift, die sie gestern dort abgelegt hatte, vom Poststapel verschwunden war.

Also liest doch die Oma dieses Magazin, dachte Lucy erstaunt, aber ihr blieb keine Zeit, sich darüber weiter zu wundern. Stattdessen legte sie Gummibärchen, die Quittung von der Reinigung und ihren Zettel auf den Küchentisch und öffnete die Flaschen, die dort wie immer auf sie warteten. Dabei sah sie, dass die Oma ihr ebenfalls eine neue Nachricht auf den Tisch gelegt hatte. Irgendetwas Krakeliges stand darauf, zusammen mit Klecksen und Kreisen.

Lucy stopfte den Zettel von der Oma in ihre Tasche und war schon wieder aus der Tür, bevor noch das Zischen des Sprudelwassers ganz aufgehört hatte.

Natürlich waren Leonida und Constanze schon im Büro und arbeiteten bei ihrer üblichen Lautstärke. Lucy startete ihren Computer und wartete ungeduldig, bis er hochgefahren war. Dann sah sie sich die Unterlagen an, die Julia für die Kunden vorbereitet hatte. Keinesfalls waren sie schon fertig, und Lucy musste sich mächtig beeilen, sie zu ergänzen. Gestresst fuhr sie sich dabei mit der Zunge über die Lippen und merkte, dass sie sowohl hungrig als auch noch ungeschminkt war. Ein Blick auf die Uhr zeigte ihr ferner, dass ihr die Zeit davonlief. Also bearbeitete Lucy die Tastatur ihres Computers, als wolle sie einen neuen Weltrekord in Anschlägen pro Minute aufstellen, und brachte – als ihr die Zeit verrann – einfach noch einige alte Formulierungen von sich unter. Drei vor halb elf. Lucy sprang auf, griff nach ihrer Tasche und kramte ihre Schminkutensilien hervor. In einer leichten Kniebeuge vor dem kleinen Spiegel, der in einem der Aktenschränke hing, klatschte sie sich die Mascara auf die Wimpern, warf sich Rouge auf die Wangen und tupfte etwas, was wie ein sehr unscheinbarer Lippenstift aussah, auf den Mund. Leonida und Constanze beobachteten Lucys Bemühungen kritisch.

»Sieht nicht besser aus als vorher«, meinte Leonida irgendwann.

»Immerhin auch nicht schlechter«, gab Lucy genervt zurück.

Überrascht hielt sie inne. Das war der perfekte Slogan für den Airbag-Hersteller, den sie gleich treffen würde. »Sieht nicht besser aus als vorher, aber immerhin auch nicht schlechter!«

»Danke«, rief sie der erstaunten Leonida zu, änderte rasch die Präsentation und spurtete dann, so schnell sie es vermochte, hinüber in den Besprechungsraum.

Nach dem Stress der Vorbereitung verliefen die Gespräche absolut unkompliziert, und Lucy kam am frühen Nachmittag zurück ins Büro, wo sie sich erst einmal zufrieden und erschöpft auf ihren Stuhl fallen ließ und ein Sandwich verspeiste, das sie sich aus dem Café gegenüber geholt hatte.

»Schau mal, Lucy«, unterbrach Leonida ihre kurze Entspannung. »Das ist dir vorhin runtergefallen.«

Sie hielt die Nachricht von der Oma hoch, die Lucy morgens nur eingesteckt und noch gar nicht genauer angesehen hatte. Leonida gab sich gar keine Mühe, ihre Neugierde zu verhehlen, und studierte sie interessiert. Genervt stand Lucy auf und ging zu ihr hinüber. Fast ein wenig unwirsch nahm sie ihr den Zettel aus der Hand, wobei sie sich nicht sicher war, was sie mehr störte: dass Leonida ihre wohlverdiente Pause störte oder dass sie sich zu sehr für ihre persönlichen Angelegenheiten interessierte.

Lucy schaute auf den Zettel. Mit ihrer bisher krakeligsten Schrift hatte die Oma *Danke (32605) Lucy* draufgeschrieben. Darüber hatte sie etwas gemalt, was Ellipsen ähnelte. Das, was auf den ersten Blick wie unmotivierte Kleckse erschien, entpuppte sich beim näheren Hinsehen als ausgemalte Kreise. Weder die Worte noch die Zeichnung ergaben für Lucy einen Sinn, und sie fragte sich, ob die Oma vielleicht manchmal geistig verwirrt war. Sicherlich nicht immer, denn ihr Wunsch nach einem Leben ohne falsches Mitleid war Lucy absolut vernünftig vorgekommen, aber dieser Zettel war zumindest merkwürdig.

»Zeig mal her«, mischte sich nun auch Constanze ein, »ich glaub, ich weiß, was das ist.«

Lucy blickte zu ihr, und der Unglauben musste ihr ins Gesicht geschrieben stehen, denn Constanze bekräftigte sofort: »Doch wirklich. Das ist ein Sternbild.«

»Wie bitte?«, erkundigte sich Lucy verblüfft.

»Das ist eine Grafik von Umlaufbahnen. Kein klassisches Sternbild, nur eine Skizze, dazu die Nummer von einem Stern. Lass mich mal sehen.«

Vorsichtig reichte Lucy ihr den Zettel, und Constanze gab etwas in ihrem Computer ein. »Siehst du, es stimmt, was ich sage. (32605) Lucy ist ein Asteroid des äußeren Hauptgürtels.«

»Ach ja?« Ein Asteroid des äußeren Hauptgürtels? Für einen Augenblick fragte sich Lucy, wer verrückter war: die Oma oder Constanze.

»Woher weißt du so etwas?«, erkundigte sie sich skeptisch.

»Ich habe mal ein Semester Physik studiert, und da gab es einen Kurs zu Astrophysik.«

»Du hast was?« Schwer verwundert blickte Lucy zu ihrer meist mit Frauenzeitschriften beschäftigten Bürogenossin.

Doch die winkte nur ab. »War nicht das Richtige für mich.«

Lucy ging zurück an ihren Tisch und nahm wieder ihr Sandwich in die Hand, doch sie konnte den Blick nicht von der Skizze auf dem Zettel lösen. Offenkundig interessierte sich die Oma wirklich für Astronomie, außerdem hatte sie sich zum ersten Mal bei Lucy bedankt. Das war neu.

Es gibt einen Stern, der heißt wie ich, dachte Lucy dann und fand das einen erstaunlich wohltuenden Gedanken.

Gerade als Lucy ihr Sandwich aufgegessen hatte und erwog, jetzt schnell noch einmal zu Hause vorbeizugehen und der Oma ihre drei weißen Brötchen zu bringen, klingelte das Agentur-Telefon.

Automatisch griff Lucy nach dem Hörer und hob ab. Als sie sich melden wollte, fiel ihr ein, dass Julia ihr abgeraten hatte, ans Telefon zu gehen. Vor einem Jahr hatten sie schon einmal einen nervigen und ekelhaften Anrufer gehabt, der immer überlaut ins

Telefon gerülpst hatte. Daher zögerte Lucy, ihren Namen zu nennen.

»Hallo, ist da jemand?«, fragte eine ungeduldige männliche Stimme.

Das war Robert, es war eindeutig Roberts Stimme.

Vor Schreck ließ Lucy fast den Hörer fallen.

»Robert?«, fragte sie unsicher.

Auf einen Schlag brachte seine Stimme Tausende Erinnerungen zurück – tolle gemeinsame Erlebnisse, glückliche Momente –, aber auch den letzten Satz, den er zu ihr gesagt hatte: »Könntest du bitte aufhören zu weinen?« In einem supernoblen Restaurant hatten sie sich gegenübergesessen, und er hatte ihr eröffnet, dass er sich ein Leben mit ihr an seiner Seite nicht mehr vorstellen könnte. Natürlich hatte sie geweint, wer würde das nicht tun? Komisch, dass sie seitdem kein einziges Mal mehr daran gedacht hatte.

»Robert?«, fragte sie noch einmal.

»Oh sorry, verwählt«, antwortete er und legte auf.

Wie vom Donner gerührt blieb Lucy mit dem Hörer in der Hand sitzen. Sie war sich ganz sicher, dass das Robert gewesen war, niemals hätte sie seine Stimme verwechselt. Und er behauptete einfach, er habe sich verwählt. Was sollte denn das?

Lucy spürte einen Ärger in sich aufwallen, wie sie ihn selten erlebt hatte. Robert hatte sie abgekanzelt und abserviert, und jetzt wagte er es auch noch, sie einfach anzulügen? War ihre ganze Beziehung nichts weiter als ein unbedeutender Fehler für ihn gewesen? Einfach nur verwählt im ursprünglichen Sinn des Wortes?

Mit Empörung warf Lucy den Hörer auf die Gabel, aber nur um ihn sofort wieder abzuheben. Was dachte sich dieser Mann eigentlich? Dass sie sich so abspeisen lassen würde? Auf der Stelle würde sie ihn zurückrufen und ihm die Meinung sagen.

Kein Mitleid, dachte sie und fühlte sich unerwartet stark.

Doch die Gefühle von Sicherheit und Stärke verpufften rasch wieder. Was könnte sie sagen, um Robert zur Einsicht zu bringen? Und was bedeutete Einsicht in diesem Fall überhaupt?

Unglücklich sah sie auf das Telefon und den Hörer in ihrer Hand und blickte dann aus dem Fenster. Schließlich tat sie etwas, womit sie selbst am allerwenigsten gerechnet hatte. Rasch legte sie den Hörer wieder auf und kramte Michael Dillenbergs Nummer aus ihrer Tasche. Bevor sie es sich noch anders überlegen konnte, schrieb sie ihm eine Nachricht und schickte sie ab.

Ich würde Dich gerne treffen. Wann passt es Dir? Lucy

Langsam atmete sie danach aus. Wenigstens gab es einen Menschen, der sich gerne mit ihr treffen wollte. Doch dann kamen ihre Zweifel zurück, und sie bereute, die Nachricht abgeschickt zu haben.

Am besten spreche ich mit Neni, denn die weiß sicher, was ich tun soll, überlegte Lucy.

Also fuhr sie direkt nach der Arbeit mit dem Bus zu Nenis Café. Zwar war es schon geschlossen, aber die Tür war noch nicht abgesperrt. Lucy grüßte Anita, Nenis wunderbare Hilfe, die hinter dem Tresen stand und Gläser einräumte.

»Ist sie in der Küche?«

Anita nickte, und Lucy ging direkt in einen großen, hellen Raum hinter dem eigentlichen Café. Dort stand Neni an der Arbeitsplatte und dekorierte etwas, was wie eine luxuriöse Hochzeitstorte in Grün aussah.

Lucy schluckte. Nenis Erfolgsgeschichte mit ihrem Café hatte einen winzigen Haken: Alle liebten ihren Kaffee, ihre Tees, ihre hausgemachten Salate und ihre wunderbar fruchtigen, frischen Smoothies, doch kaum jemand mochte die Torten, die Neni mit Begeisterung und viel Kreativität herstellte. Vielleicht war sie in diesem Bereich einfach zu experimentierfreudig, denn nicht selten enthielten ihre Kuchen Bärlauch, Pilze oder grüne Oliven. Neni fand, dass das ganz ausgezeichnet zu süßen Cremes passte, aber das war eine Meinung, der sich Lucy einfach nicht anschließen konnte.

»Hallo, Süße«, begrüßte Neni sie fröhlich. »Du kommst gerade im richtigen Moment: Meine neueste Erfindung ist gerade fertig geworden.«

Unwillkürlich machte Lucy einen Schritt rückwärts, denn in den letzten Monaten hatte sie sich schon durch die erstaunlichsten Geschmackskombinationen ihrer Freundin probiert, doch auf eine Torte in Grün hatte sie nicht den geringsten Appetit.

»Ich habe sie ›Liebesglück‹ getauft. Du musst gleich ein Stück kosten«, meinte Neni.

Vorsichtig musterte Lucy, die eigentlich nichts lieber tun wollte, als mit Neni über Roberts Anruf zu sprechen, die Torte. Was sie mit »Liebesglück« gemeinsam haben könnte, erschloss sich Lucy nicht, denn sie sah eher so aus, als passe sie zu der gegen die Wand gefahrene Beziehung von Robert und ihr.

»Warum ist sie grün?«, erkundigte sie sich skeptisch und erinnerte sich mit Grausen an Nenis Backwerk auf Spinatbasis.

»Setz dich rüber, ich bringe dir gleich ein Stück, und dann kannst du es selbst herausfinden«, erwiderte Neni vergnügt. »Heute habe ich außerdem frische Limettenlimonade mit einem Schuss Holunderblüte im Programm, möchtest du ein Glas davon?«

»Sehr gerne!« In diesem Punkt log Lucy nicht, denn Nenis Limonaden waren wirklich großartig. Sie ging zurück in den Caféraum und setzte sich an Nenis Lieblingstisch in der Ecke. Anita war gerade fertig und band ihre Schürze ab.

»Ich gehe jetzt schnell«, rief sie Neni in der Küche zu, und ein »Alles klar, bis morgen« schallte zurück.

Einige Minuten später kam Neni aus der Küche. Sie ging zum Tresen und wechselte die Musik. Jetzt sang Melody Gardot von der

Liebe und den Sternen, und Neni servierte Lucy mit einer gekonnten Armbewegung ein Stück Torte und ein hohes, schmales Glas mit der Limonade. Es war mit einer kleinen Holunderblüte verziert, und Lucy war wieder einmal beeindruckt davon, wie Neni es schaffte, die Dinge auf so einfache Weise so perfekt aussehen zu lassen.

Auch für sich selbst holte Neni ein Glas Limonade und einen Teller mit Kuchen, dann setzte sie sich Lucy gegenüber und legte voller Wohlbehagen die Beine hoch.

»Langer Tag?«, erkundigte sich Lucy, die es eilig hatte, über Robert zu sprechen, die Torte jedoch nicht probieren wollte.

»Normal«, gab Neni zurück und schob sich den ersten Bissen in den Mund. »Und du?«

»Hm«, antwortete Lucy abgelenkt. Sie konnte sich keinen anderen Ort als Nenis Café vorstellen, an dem sie im Moment lieber gewesen wäre … wäre da nur nicht dieser Kuchen.

Jetzt, dachte Lucy, jetzt muss ich Neni einfach die Wahrheit sagen, dass ihre Torten furchtbar sind.

Aber Neni sah sie so erwartungsvoll und offenherzig an, dass Lucy es einfach nicht über sich brachte. Stattdessen meinte sie nur: »Robert hat heute in der Agentur angerufen.«

»Was?«, fragte Neni und schaute ungläubig. »Warum?«

»Das weiß ich nicht. Als ich ihn gefragt habe, meinte er, er habe sich verwählt.«

»Verwählt?« Falls überhaupt möglich, sah Neni jetzt noch ungläubiger aus. »Warum sollte er sich bei der Agentur verwählen?«

»Warum sollte er überhaupt anrufen?«, formulierte Lucy laut die Frage, die ihr die ganze Zeit schon im Kopf herumging.

»Na ja, wenn er sich wirklich verwählt hat, dann wollte er nicht anrufen«, erwiderte Neni nüchtern und schob den Kuchenteller ein wenig dichter zu Lucy.

»Komm, iss was Süßes, das hilft.«

Lucy blickte auf die grünliche Schnittkante der Torte und musste sich zusammenreißen. Das würde garantiert nicht helfen.

»Was hat er denn gesagt?«, fragte Neni.

»Nichts, er hat einfach aufgelegt.« Mit der Gabel stocherte Lucy in der Kuchenspitze herum.

»Wirklich?« Neni schnaubte. »Das ist so schwach, aber …«

»Was denn?«, fragte Lucy und sah Neni unglücklich an.

»Ich habe es nicht anders erwartet«, vollendete Neni ihren Satz. »Lucy, du brauchst einen starken, aufrechten Mann. Jemanden, den du lieben kannst und der zu seinen Prinzipien steht, nicht jemanden, der beim kleinsten Problem ausweicht und das Weite sucht.«

»Aber Robert …« Doch Lucy brachte den Satz nicht zu Ende.

»Es tut mir leid, ich wollte dir das eigentlich nie sagen, aber Robert ist einfach kein tapferer, aufrechter Mensch.«

Das bin ich auch nicht, dachte Lucy und erinnerte sich an die unzähligen Lügen, die sie Neni bisher über ihre Torten erzählt hatte.

Wie um es wiedergutzumachen, brach sie ein winziges Stück von dem Kuchen ab und schob es sich in den Mund. Der erste Geschmack war grässlich, und nach und nach wurde es immer schlimmer. War das zarte Buttercreme mit Anis und …?

»Ist da Salbei drin?«, erkundigte sich Lucy, nachdem sie mühsam runtergeschluckt hatte.

»Wie gut du das erkannt hast! Ich dachte, dass man dieses wunderbare Gewürz zu Unrecht beim Backen verschmäht.«

Mit einem großen Schluck Limonade versuchte Lucy den leicht seifigen Geschmack hinunterzuwaschen. Himmel, das schmeckte ja noch schlimmer als sonst!

Aber Neni schien ihr offensichtliches Unbehagen nicht auf die Torte zu beziehen. »Lucy, Robert hat wirklich seine guten Seiten, aber große Willensstärke gehört nicht dazu.«

Eilig nahm Lucy noch einen Schluck Limonade. In ihrem Kopf ging alles durcheinander, der Geschmack von Salbei, Anis und Buttercreme und das, was Neni ihr da gerade erklärte.

»Aber warum hast du mir das denn nicht früher gesagt?«, fragte sie ihre Freundin, als sie ihre Empfindungen so halbwegs wieder sortiert hatte.

»Weil er wirklich über viele großartige Eigenschaften verfügt und er dich glücklich gemacht hat. Warum hätte ich dich also sinnlos warnen sollen?« Neni stand auf. »Möchtest du gleich noch mehr Torte?«

»Nein danke«, erwiderte Lucy mit unerwartet viel Vehemenz und lächelte sofort entschuldigend hinterher.

»Vielleicht etwas Deftiges?« In Nenis Welt gab es nichts, was man mit Essen nicht zumindest ansatzweise besser machen konnte.

»Gerne«, antwortete Lucy, und Neni verschwand in der Küche.

Lucy grübelte über Nenis Worte nach. Irgendwie hatte sie gehofft, dass Neni ihr die perfekte Lösung liefern würde, aber sie hatte angenommen, dass sie anders aussehen würde als die bloße Erkenntnis, dass – ja was eigentlich? Dass Robert nicht perfekt war? Das war ihr immer bewusst gewesen, alles andere wäre ja auch absurd.

Kurze Zeit später kam Neni mit zwei Schalen ihres bunten Couscous-Salats zurück.

»Du findest nicht, dass ich Robert noch einmal anrufen sollte?«, erkundigte sich Lucy vorsichtig, als Neni den Couscous-Salat vor sie hinstellte.

»Nein«, erwiderte Neni, ohne zu zögern.

Bei Nenis entschiedenem Tonfall musste Lucy plötzlich an die Oma denken, ohne dass sie gewusst hätte, warum. Aus ihrer Tasche holte sie den Zettel mit den Ellipsen.

»Schau mal«, sagte sie zu ihrer besten Freundin und reichte ihr den Zettel.

Während die beiden den köstlichen Couscous-Salat mit Pekannüssen, Cranberrys und Karotten aßen, erzählte Lucy, was sie in den letzten Tagen mit ihrer erstaunlichen Nachbarin erlebt hatte.

»Das nenne ich mal charakterstark«, sagte Neni anerkennend, und Lucy grinste, denn das war genau das, was sie auch schon gedacht hatte.

Wie immer bei einem Treffen mit Neni blieb es nicht bei einem kurzen Besuch, sondern Lucy verließ das Café erst, als es draußen schon dunkel war. Sie fühlte sich leichter und beschwingter als zuvor und ging mit einem fröhlicheren Blick durch die Straßen. Vom ersten Tag an hatte die Freundschaft mit Neni sie wie ein wunderbarer Schutzschild gegen den Kummer des Lebens begleitet, und es gelang Neni immer wieder, Lucy zurück auf die Sonnenseite zu ziehen. So war es auch jetzt, und Lucy betrachtete die alten Charlottenburger Gaslaternen vor sich auf dem Gehsteig zum ersten Mal mit einem Gefühl von Heimat und Zugehörigkeit.

Hier ist es doch nicht so übel, dachte sie überrascht und schritt durch das warme, fast goldene Licht der altmodischen Straßenbeleuchtung. Auf seiner Abendrunde kam der eine oder andere Hundebesitzer Lucy entgegen, und an einer Ecke entdeckte sie einen Spätkauf, der auf seinem Schild frische Brötchen anpries.

Die Brötchen, erinnerte sich Lucy plötzlich. Dummerweise hatte sie die Brötchen für die Oma komplett vergessen! Nach den Kundengesprächen am frühen Nachmittag hatte sie sogar noch daran gedacht, aber dann hatte Robert sich gemeldet und sie mit seinem Anruf komplett aus der Bahn geworfen. Und eben hatte sie sogar mit Neni über die Oma gesprochen und trotzdem ihren Brötchendienst ganz verdrängt. Kurz entschlossen öffnete sie die Tür des Spätkaufs. Neben Bier, Wein und Zigaretten gab es hier ein ganz erstaunliches Sammelsurium von Dingen, die man in einem Berliner Haushalt brauchen konnte, und der Verkäufer schien sehr darum bemüht, es den Kunden nett und angenehm zu machen. Fotos von der Südsee zierten die Wände, und die Waren lagen und standen offenbar liebevoll nach Farben und nicht etwa nach Zusammengehörigkeit in den Regalen sortiert.

»Es ist schon spät, aber haben Sie noch Schrippen?«, erkundigte sich Lucy.

Der Verkäufer ging nach hinten und kam mit einer kleinen Papiertüte zurück. »Es sind nur noch drei da, aber die können Sie gerne zum Sonderpreis haben.«

Drei Brötchen, das passte ja perfekt, dachte Lucy erfreut. Sie bezahlte und ging dann mit der Papiertüte in der Hand nach Hause. Im Hauseingang war es ziemlich düster, denn die Lampe im Eingangsbereich war ausgefallen. Trotzdem sah Lucy, dass sich im Briefkasten ihrer Nachbarn schon wieder sehr viel Post angesammelt hatte. Rasch leerte sie ihn und schloss dann ihren eigenen Briefkasten auf. Dass er leer war, erfüllte Lucy mit einer seltsamen Erleichterung, hatte sie doch fast schon befürchtet, dass diese seltsame Jenny erneut geschrieben haben könnte.

Mit der Post in einem Arm und den Brötchen im anderen stieg Lucy die alte Treppe nach oben in den zweiten Stock. Vor der Tür der Hartensteins stockte Lucy kurz und überlegte, ob sie nicht lieber sicherheitshalber klingeln sollte, schließlich konnte sie ja um so eine Zeit nicht einfach in eine fremde Wohnung spazieren. Aber ihre Sorge überwog, die Oma am Ende zu stören. Wenn sie wirklich die halbe Nacht wach gewesen war, schlief sie vielleicht schon, und Dominik hatte ja ausdrücklich versichert, Lucy brauche nicht zu klingeln. Daher schloss Lucy die Wohnungstür möglichst leise auf.

Drinnen im Flur waren die Halogenstrahler in der Decke angeschaltet und leuchteten den Eingangsbereich perfekt aus. Lucy, die den Flur bisher nur im gedämpften Tageslicht bei rundherum geschlossenen Türen gesehen hatte, stellte auf einmal fest, dass die Wandfarbe nicht weiß war, wie sie zunächst angenommen hatte, sondern aus einem ganz hellen Grau bestand, das mit einer weißen Kante abgesetzt war.

Wie hübsch, dachte Lucy und fragte sich, ob es wohl die Oma gewesen war, die diese Farbkombination gewählt hatte. Aus einem der Zimmer kam Musik, aber so leise, dass Lucy nicht erkennen konnte, was es war. Es war eine erstaunlich behagliche Abendatmosphäre, und ein wenig fühlte sich Lucy wie ein Eindringling.

Soll ich doch lieber noch klingeln?

Für einen Augenblick zögerte sie, dann entschied sie, nur schnell die Post abzulegen und die Brötchen in die Küche zu bringen. Nachdem sie die Briefe eilig auf dem Glastisch deponiert hatte, ging sie zur Küche hinüber. Die Küchentür stand eine Handbreit offen, aber in der Küche selbst war es dunkel. Schwungvoll öffnete Lucy die Küchentür und ging in ihrer Eile vielleicht ruppiger vor, als sie es sonst getan hätte. Auf der Stelle spürte sie einen Widerstand, und es gab ein krachendes Geräusch, gefolgt von einem Stöhnen.

Unwillkürlich machte Lucy zwei Schritte rückwärts, zurück in den hellen Flur.

»Wer ist das?«, fragte eine tiefe, dunkle Stimme von der anderen Seite der Küchentür.

Zu Tode erschrocken, ging Lucy noch einen Schritt rückwärts. Das war eindeutig nicht Dominiks Stimme und sicherlich auch nicht die von der Oma. Unwillkürlich fasste sie sich mit ihrer freien Hand an den Hals.

»Ich bin es, Lucy, die Nachbarin. Was ist denn passiert?«, fragte sie, und ihre Stimme klang dabei ganz zittrig.

Die Küchentür ging auf, und ein großer, eindrucksvoller Mann, den Lucy noch nie gesehen hatte, kam in den Flur. Mit der rechten

Hand hielt er sich die Nase, und von seiner Handkante fiel ein Tropfen Blut.

»Um Himmels willen.« Lucy ließ die Brötchentüte fallen, die mit einem satten Platsch auf dem Boden landete. Sofort beugte sie sich herunter, um sie wieder aufzuheben. Als sie aufschaute, sah sie, dass der Mann Dominik ähnelte, nur dass seine Haare etwas dunkler und seine Gesichtszüge noch markanter waren und er nicht ganz so makellos schön wirkte. Aber seine Augen hatten dieselbe intensiv blaue Farbe wie Dominiks. Immer noch hielt er sich die Hand über die Nase, und Lucy sah, dass sich sein weißes Poloshirt vom heruntertropfenden Blut rot färbte. Geradezu panisch begann sie, in ihrer Handtasche nach etwas zu suchen, das sie ihm geben könnte.

»Warum war denn kein Licht an?«, fragte sie, als würde das etwas erklären.

»Die Sicherung ist gerade rausgeflogen«, antwortete der Mann knapp.

Lucy fand eine Packung Taschentücher und hielt sie ihm hin.

»Ich kann nicht.« Er hielt die rechte Hand weiter auf die Nase gepresst, die linke hing bewegungslos herunter.

»Erst mal muss ich mich setzen«, meinte er dann, machte zwei Schritte zur Seite und ließ sich an der Flurwand herunterrutschen. Der Halogenstrahler direkt über ihm beleuchtete ihn und sein Nasenbluten, und Lucy musste sich abwenden. So schnell es ging, fummelte sie die Taschentücher aus der Packung und reichte sie ihm. Als er nicht danach griff, legte sie sie ihm vorsichtig auf seine Beine, die er angewinkelt hatte. Er war barfuß und trug eine graue Jogginghose, und Lucy entdeckte eine noch nicht vollständig verheilte Narbe über seinem rechten Knöchel. Kurz ließ er seine Nase los, um nach den Taschentüchern zu greifen, und Lucy bemerkte, dass das Blut förmlich aus seiner Nase strömte. Dunkel erinnerte sie sich, dass man bei Nasenbluten etwas Kaltes in den Nacken legen sollte. Nur was?

»Wir brauchen etwas zum Kühlen«, sagte sie, und ihre Stimme klang noch zittriger als zuvor.

Unsicher warf sie einen Blick auf die blutige rechte Hand des Mannes, drehte sich dann abrupt um und verschwand in der dunklen Küche. Etwas Mondschein fiel durch die Fenster, aber in dieser nächtlichen Beleuchtung sahen alle Küchenschränke gleich aus. Hastig drückte Lucy auf den Lichtschalter, aber dann fiel ihr ein, dass die Sicherung ja rausgeflogen war.

Wo könnte der Kühlschrank sein? Hastig begann Lucy eine Tür nach der nächsten aufzureißen. Die meisten Schränke waren leer, aber schließlich fand sie eine Tür, hinter der sich tatsächlich der Gefrierschrank verbarg. Darin lag eine fürstliche Sammlung von Eispackungen, abgepacktem Tiefkühlessen, eine Flasche Wodka. Und sonst … nichts. Kein Coolpack, keine Tüte Erbsen oder sonst etwas, was man zum Kühlen bei Nasenbluten hätte verwenden können. Kurz entschlossen griff Lucy nach dem Wodka und lief zurück in den Flur. Der Mann hatte sich an die Wand gelehnt und den Kopf in den Nacken gelegt. Sein T-Shirt hatte er hochgezogen und drückte es mit der rechten Hand auf die Nase, aber die Blutung hatte immer noch nicht aufgehört.

»Hier«, sagte Lucy.

»Spinnst du?« Dabei sah er sie an, als wäre sie geisteskrank. »Ich will nichts trinken.«

»Das ist zum Kühlen«, erklärte Lucy und blickte sich nach etwas zum Einwickeln um, entdeckte aber nichts. Kurz entschlossen zog sie ihre fliederfarbene Jacke aus und wickelte die Wodkaflasche dorthinein, während der Mann weiter sein Poloshirt mit der Hand auf die Nase presste. Vorsichtig machte Lucy zwei Schritte auf ihn zu.

»In den Nacken legen, damit die Blutung aufhört«, erklärte sie und fand, dass sie sich so abgeklärt wie eine Ausbilderin beim Erste-Hilfe-Kurs anhörte.

Er antwortete nicht, beugte aber seinen Kopf nach vorne, und Lucy legte ihm behutsam das eiskalte Paket in den Nacken. Aus der Nähe konnte sie sehen, dass er überall Narben hatte: eine breite am Bauch, mehrere schmale an der rechten Hand und am linken Unterarm. Dazu eine am Hals, die wie ein kleiner, schmaler Strich aussah. Die Narben wirkten wie seltsame Souvenirs auf seinem sonst eher muskulösen Körper.

»Geht es?«, erkundigte sie sich nach einer kleinen Weile.

»Ja«, klang es knapp durch das T-Shirt hindurch.

»Es tut mir so leid. Sollen wir die Oma holen?«

»Welche Oma?«, kam die undeutliche Antwort.

»Dominiks Oma?«, fragte Lucy unsicher.

Nun sah der Mann zu Lucy auf, und sein Gesichtsausdruck wechselte von abweisend zu erstaunt. »Unsere Oma ist seit zehn Jahren tot.«

Jetzt war es an Lucy, überrascht zu sein. »Wie?«, erkundigte sie sich verwirrt.

»Verstorben«, erwiderte der Mann und sah sie an, als sei sie nicht ganz richtig im Kopf.

»Aber ich dachte …«

Der Mann ließ das ehemals weiße T-Shirt sinken und nahm die eingewickelte Wodkaflasche aus seinem Nacken. Die Blutung hatte tatsächlich aufgehört, aber das Hemd war rot verkrustet von seinem Blut, und auch seine rechte Hand sah blutverschmiert aus. Lucy spürte, wie ihr flau wurde.

»Setz dich hin, einfach auf den Boden. Schnell.« Der Mann zog an ihrer Hand, und Lucy tat wie ihr geheißen. Einen Augenblick lang fühlte sie sich wie in einem Tunnel. Ihr Kopf sackte leicht nach vorne, aber jemand hielt sie an der Schulter fest, und sie ließ sich nach hinten sinken. Ihr Hinterkopf berührte die Wand, und Lucy spürte, wie angenehm kühl sie war.

»Was ist nur los?«, fragte sie, und ihre Stimme klang verwaschen.

»Erst hast du versucht, mich k.o. zu schlagen, dann wurde dir beim Anblick meines Blutes schlecht«, kam die nüchterne Antwort. »Wodka gefällig?«

»Wie bitte?« Lucy riss die Augen auf.

Sie blickten sich an. Lucy schaute in blaue Augen, die so leuchteten, wie sie es noch nie gesehen hatte. Das restliche Gesicht ihres Gegenübers wirkte ernst, aber trotzdem ausgesprochen gut aussehend und sympathisch. Dazu trugen auch ein Grübchen am Kinn und ein feines Netz von Lachfältchen um die Augen bei.

»Ich glaub, du brauchst was zu trinken, du bist ein bisschen bleich um die Nase.« Er hielt ihr die Flasche in ihrer Jacke hin. »Ist immerhin gut gekühlt.«

Lucy überlegte, dass sie jetzt kaum hier auf dem Boden neben diesem Fremden anfangen könnte, Wodka zu trinken. Das würde diese seltsame Situation vollkommen absurd machen. Sie errötete leicht.

»Ich sehe, dein Blutkreislauf kommt wieder in Gang«, bemerkte er, und seine Stimme klang voll und tief, so ganz anders als Dominiks. Doch dem Aussehen nach mussten sie Brüder sein oder sonst irgendwie verwandt.

Mit einem entschuldigenden Gesichtsausdruck sah Lucy ihn an. »Es tut mir leid, ich hätte hier nicht einfach so hereinplatzen sollen. Ich wollte nur schnell die Brötchen bringen und nach der Oma sehen, weil ich doch heute ...« Ihr Satz wurde zum Ende hin immer langsamer, und schließlich verstummte sie ganz, denn der Mann hatte ihr ja gerade gesagt, dass die Oma nicht mehr lebte.

»Ach so. Die Gummibärchen waren auch okay. Frische Brötchen sind toll, denn die liefert mir niemand, und ich kann das Aufbackzeug nicht mehr sehen.«

»Und warum gehst du nicht selbst zum Bäcker?«

Schon als sie die Frage aussprach, wusste Lucy, dass es falsch war, sie zu stellen. Der Gesichtsausdruck des Mannes, davor noch offen, verschloss sich augenblicklich.

Mit der rechten Hand stützte er sich ab und kam etwas mühsam auf die Beine. Als er stand, sah Lucy, dass er noch größer und eindrucksvoller als Dominik war.

Kurz nickte er ihr zu. »Danke für deine Mühe. Wenn dir das mit den Brötchen zu viel wird, lass es bleiben. Gute Nacht.« Abrupt drehte er sich um und humpelte zu der nächsten Tür.

Wie angewurzelt blieb Lucy sitzen. Das war also die hartensteinsche Oma? Das war der Mensch, der ihr die Nachrichten geschrieben hatte? Das war die Person, die kein Mitleid wollte? Langsam wickelte sie die Wodkaflasche aus ihrer Jacke, stand auf und trug sie zurück zum Gefrierschrank. Unaufhörlich dachte sie dabei an die Begegnung gerade eben. Dieser Mann war vierzig Jahre jünger, vierzig Zentimeter größer und vierzig Kilogramm schwerer als die Person, die sie sich vorgestellt hatte. Mitten in der dunklen Küche blieb Lucy stehen. Aber der Fremde hatte die schönste Stimme gehabt, die sie je gehört hatte, und auch dass er am Schluss unfreundlich und kurz angebunden geklungen hatte, änderte daran nichts.

In ihrer Wohnung tat Lucy etwas, was sie bisher immer vermieden hatte: Sie setzte sich auf das scheußliche Sofa von Robert. Im ersten Moment war es ein komisches Gefühl, aber dann stellte sie fest, dass es wirklich so bequem war, wie Julia und Neni versichert hatten. Vorsichtig lehnte sie sich nach hinten, legte sich dann auf die Seite und probierte schließlich die gesamte Sitzfläche aus. Doch was sie auch tat, es blieb dabei – das Sofa war atemberaubend hässlich, aber herrlich bequem.

Ihr Handy meldete den Eingang einer Nachricht, und sie holte es mitsamt ihrer ganzen Tasche aus dem Flur. Als sie sie neben sich auf die Sitzfläche legte, hielt sie kurz inne und betrachtete dann das scheußliche Sofa. Es bot so viel Platz, dass sie alle Handtaschen, die sie besaß, drauflegen konnte, zusammen mit einem riesigen Stapel Bücher und einem Samowar, wenn sie keine Lust mehr hatte, sich den Tee tassenweise zu kochen.

Selbst dann würde noch Neni danebenpassen, überlegte Lucy und musste unerwartet über diesen Gedanken grinsen.

Ein Blick auf ihr Handy verriet ihr, dass Michael geantwortet hatte.

Lucy,
Du kannst Dir gar nicht vorstellen, wie sehr ich mich über Deine Nachricht gefreut habe! Sehr gerne treffe ich mich mit Dir – passt Dir Freitag? Aktuell bin ich gerade im OP – kurze Pause zwischen zwei Operationen – und kann Dir daher kein Programm vorschlagen, aber das liefere ich gleich morgen nach, wenn Du magst.
Einen wunderbaren Abend noch!
Michael

Im ersten Moment zuckte Lucy innerlich fast zurück. Sie wollte sich …

Doch dann verdrängte sie alle Gedanken an Robert und erinnerte sich stattdessen daran, dass Julia gemeint hatte, Michael wäre ein wirklich netter, attraktiver Mann und sie, Lucy, brauche dringend Abwechslung.

Energisch reckte Lucy ihr Kinn, tippte eine Antwort und schickte sie schnell ab, um gar nicht erst in die Versuchung zu kommen, einen Rückzieher zu machen. Unverzüglich meldete ihr Handy den erfolgreichen Versand. Für einen Moment starrte Lucy noch auf das Display.

Ja, sehr gerne. Ich freue mich auch!

Nur Sekunden später erhielt sie eine Antwort.

Perfekt! Ich melde mich morgen. Gute Nacht! Michael

Lucy legte das Handy neben sich und griff in ihre Tasche. Dabei fiel ihr der merkwürdige, orangensaftverschmierte Brief dieser Jenny in die Hand. Vorhin hatte Lucy ganz vergessen, mit Neni darüber zu sprechen, aber jetzt lag der Brief wie eine Mahnung in ihrer Hand, und alle unangenehmen Gefühle, die er hervorgerufen hatte, kamen erneut hoch.

Wer ist diese Frau, und was kann sie von mir wollen? Lucy schaute sich die wenigen Worte an, die sich noch entziffern ließen, doch sie ergaben keinen Sinn.

Es muss ein Missverständnis sein, versuchte sich Lucy zu beruhigen. Vielleicht hatte diese Jenny ihre Adresse irgendwo entdeckt, oder sie schrieb in ihrer Freizeit gerne an Wildfremde und jagte ihnen einen Schrecken ein. Trotzdem wurde Lucy das seltsame Gefühl in ihrem Bauch nicht los. Kurz erwog sie, ihren Vater anzurufen, um ihn zu fragen, ob er eine Jenny kannte, aber dann fiel ihr ein, dass es Mittwochabend und damit Kammermusikzeit bei ihm war. Also legte sie den Brief beiseite, holte sich ein Buch und in Ermangelung eines Samowars eine einzelne Tasse Tee und legte sich quer auf das Sofa. Während sie zum unzähligsten Mal den Anfang von »Anna Karenina« las, versuchte sie, die seltsame Post zu verdrängen und sich stattdessen auf das zu konzentrieren, was Tolstoi so gut beschrieb wie kaum ein anderer: das Aufflammen einer Liebe.

Später, als sie schon im Bett lag, kam Lucy in den Sinn, dass sie ganz vergessen hatte, nach Dominiks Palmen zu sehen. Doch dafür war es jetzt zu spät, und keinesfalls würde sie noch einmal zu nachtschlafender Zeit nebenan auftauchen. Kurz dachte sie an den Mann, mit dem sie Wand an Wand lebte. Ob er heute Nacht wohl wieder die Toten Hosen hören würde?

Ich weiß gar nicht, wie er heißt, fiel ihr auf.

Mit dem Gedanken daran und an die verschiedenen Musikstücke, die sie drüben schon gehört hatte, schlief sie ein.

»Engelchen, demnächst geben wir ein Konzert mit einem wirklich schönen Programm, und ich würde mich freuen, wenn du mein Gast wärst.«

»Guten Morgen, Papa«, antwortete Lucy und versuchte ein Gähnen zu unterdrücken. Wie konnte ihr Vater schon am frühen Morgen dermaßen fit sein?

»Unsere Jungmusiker sind in ihr Probejahr gestartet, und das ist ihr erster großer Auftritt«, fügte ihr Vater fröhlich hinzu.

»Betreust du auch wieder jemanden?« Lucy dachte an die vielen Cellisten, die an der Seite ihres Vaters ihre Karriere begonnen hatten und von denen viele bis heute Freunde geblieben waren.

»Ja, eine großartige Cellistin, und es wird viel Freude machen, mit ihr zu arbeiten.«

»Und wann machst du mal Pause?« Dass ihr Vater sich nicht genügend Freizeit gönnte, war ihre einzige Sorge.

»Lucylein, wenn ich dich sehe, ist das Erholung genug.«

»Also gut, ich verspreche dir, dass ich komme. Diesmal wirklich!«

Noch beim Zähneputzen dachte Lucy an ihren Vater und sein großes Herz. Vor Jahrzehnten war er auch einer dieser begabten Jungmusiker gewesen und hatte mit Ende zwanzig bereits mit den besten Orchestern der Welt unter den berühmtesten Dirigenten konzertiert. Doch dann war von einem Tag auf den anderen seine Frau verschwunden, und das hatte alles komplett über den Haufen geworfen.

Obwohl Lucy es meist vermied, daran zu denken, entsann sie sich noch genau an den Tag, an dem ihre Mutter gegangen war.

Zwar konnte sie sich nur noch schemenhaft an ihr Aussehen erinnern, aber bis heute stand ihr glasklar vor Augen, dass es Kartoffelsalat mit Würstchen zum Mittagessen gegeben hatte. Danach hatte ihre Mutter sie in ihr Zimmer gebracht und gesagt, Lucy solle dort schön ruhig spielen und sie würde bald wiederkommen. Doch das war nicht passiert, stattdessen war ihr Vater irgendwann panisch in die Wohnung gestürzt, und Lucy hatte augenblicklich gespürt, dass etwas Grundsätzliches nicht mehr in Ordnung war. Einige Wochen später hatte er seine Solistenkarriere aufgegeben und als Orchestermusiker angefangen, um nicht mehr so viel reisen zu müssen. Niemals hatte er Lucy wissen lassen, wie viel ihn dieser Verzicht gekostet hatte, und stattdessen immer wieder betont, dass sie jedes Opfer wert gewesen sei.

Ob es am Sonnenschein vor ihrem Fenster lag oder an etwas anderem, wusste Lucy nicht, aber heute betrübte sie der Gedanke an früher nicht so sehr wie sonst. Trotzdem beschloss sie, sicherheitshalber ihr allerliebstes Kleid anzuziehen. Es war blau-grau geringelt und sah so aus, als könne man darin direkt einen Urlaub am Meer beginnen. Da Lucy noch nichts wegen der funzeligen Glühbirne im Badezimmer unternommen hatte und keine Lust hatte, sich wieder auf den kleinen Spiegel im Büro zu verlassen, schminkte sie sich heute im Halbdunkel. Kritisch begutachtete sie das Ergebnis, aber da auch das nur im Dämmerlicht geschah, konnte sie es nicht wirklich beurteilen. Das Einzige, was eindeutig hervorstach, war, dass sie wirklich so langsam mal wieder zum Friseur musste, denn ihre Haare hingen nur noch herunter. Nach dem desaströsen Friseurbesuch bei Jan und dem noch katastrophaleren Abend danach mit Robert war es ihr irgendwie egal gewesen, aber jetzt beschloss sie, etwas zu unternehmen. Als Übergangslösung flocht Lucy ihre Haare sorgfältig zu einem französischen Zopf und machte sich dann auf, um für den Fremden in der Nachbarwohnung Brötchen zu holen.

Draußen vor dem Haus sangen die Vögel, und Lucy bemerkte, dass sich die Blätter an den Bäumen schon intensiv grün gefärbt hatten. Die Zeit der lindgrünen Frühlingstöne war vorbei, und die Vegetation und die ganze Stadt steuerten mit aller Macht auf den Hochsommer zu. Liebend gern ließ Lucy sich von den Sommergefühlen mitreißen. Beim Bäcker kaufte sie drei weiße Brötchen und eine Johannisbeer-Streuselschnecke für sich und kurz entschlossen auch eine für ihren Nachbarn. Sorgfältig deponierte sie beides auf dem Küchentisch in der hartensteinschen Wohnung. Dort wartete heute kein Zettel auf sie, sodass Lucy sich damit begnügen musste, die weiße Brötchentüte als Papier zu verwenden.

Guten Morgen! Heute gibt's nicht nur Brötchen, sondern auch eine Johannisbeer-Streuselschnecke, weil der Sommer endgültig vor der Tür steht. Nachmittags schaue ich noch mal vorbei, um Dominiks Palmen und die Blumen in der Küche zu gießen. Nur damit Du Bescheid weißt und ich Dich nicht noch mal mit der Tür k. o. schlage. Wie heißt Du eigentlich? Lucy

Dann öffnete sie die wartenden Wasserflaschen und stellte sie neben die Brötchentüte. Auf dem Rückweg durch den Flur fiel ihr auf, dass jegliche Blutspuren von gestern verschwunden waren. Welches Chaos auch entstand, offenkundig war ihr Nachbar akribisch bei der Spurenbeseitigung, und mehr noch als zuvor fragte sich Lucy, was für ein Mensch er wohl sein mochte.

♡♡♡

Leider war Julia immer noch nicht wieder richtig fit und konnte unmöglich zur Arbeit kommen. Doch sie war gerne bereit, Lucy mit allerlei launigen Mitteilungen abzulenken, und da sie ausgesprochen gut darin war, absurde Meldungen, witzige Nachrichten und allerhand Unsinn aufzutun, kam Lucy aus dem Lachen kaum heraus. Fast undenkbar war es auf diese Weise für sie, konzentriert die Sütterlin-Tagebücher abzuschreiben.

Dazu kam, dass Rosamunde Schnitters, wie die Schreiberin der Tagebücher hieß, sich in epischer Länge über die Zubereitung der Weihnachtsgans ausließ. Das passte nicht nur wie die Faust aufs Auge zum Sommerwetter draußen, sondern klang auch an sich etwas seltsam. So schien Rosamundes Faible für Obst auch vor den klassischen Feiertagsgerichten nicht haltzumachen, und mit Schaudern las Lucy, dass sie ihre Gans mit Pflaumen, einer Spur von Zimt und Williamsbirnen füllte. Gar nicht ausmalen wollte sich Lucy, was für einen Matsch diese Füllung ergeben musste. Die andere Überraschung, die das Rezept bereithielt, war die Tatsache, dass sich die Köchin anscheinend schon in den Sechzigerjahren dem Kochen auf niedriger Temperatur verschrieben hatte. Mehr als einmal betonte sie, dass die Temperatur bei der Zubereitung 73,8 Grad Celsius nicht überschreiten dürfe, und Lucy stellte sich vor, wie die Weihnachtsgans bei solch milden Temperaturen wahrscheinlich Tage im Ofen verbringen musste und dann wahrscheinlich irgendwann zu einem zähen, trockenen Stück Braten verkam. Auf alle Fälle klang es keinesfalls so, wie sie sich eine Weihnachtsgans vorstellen mochte. Dennoch schrieb sie brav Zeile um Zeile von Rosamundes kruden Ideen ab, konnte sich aber beim besten Willen nicht vorstellen, dass ihr Auftraggeber irgendeine Freude daran haben würde.

Wahrscheinlich wird er zutiefst enttäuscht sein, überlegte Lucy. Nicht nur passiert nichts Spannendes, sondern die Rezepte kann man auch vergessen.

Um die Mittagszeit meldete sich ihr Handy, diesmal aber nicht mit einer Albernheit von Julia, sondern mit einer Nachricht von Michael:

Liebe Lucy, morgen Abend findet im Literaturhaus eine Lesung zu den philosophischen Entwicklungen der letzten 100 Jahre statt. Hättest du Lust? Wenn Du magst, könnten wir uns dort um 19.15 Uhr treffen. Ich freue mich schon sehr darauf, dich zu sehen! Michael

Überrascht zog Lucy die Augenbrauen hoch, und als Julia ihr kurze Zeit später vorwurfsvoll schrieb: *Warum meldest du dich nicht mehr?*, leitete Lucy ihr einfach Michaels Nachricht weiter. Keine zwei Sekunden später klingelte ihr Handy.

»Philosophische Entwicklungen«, krächzte Julia ins Telefon. »Himmel, dem muss es ja echt ernst mit dir sein!«

»Meinst du?« Lucy fühlte sich noch beeindruckter, als sie es sowieso schon von der ganzen Dating-Geschichte war, zumal sie nicht die geringste Ahnung von den neueren philosophischen Strömungen hatte. Wenn sie ehrlich war, hatte sie bisher sogar angenommen, dass die alten Griechen die Philosophie schon weitgehend erfolgreich abgehandelt hätten.

»Das ist ein tolles Thema, wenn du nicht gehst, mache ich das sofort«, sagte Julia heiser. Da fiel Lucy wieder ein, dass Julia Philosophie studiert hatte und somit der perfekte Coach für die Vorbereitung des Dates war.

»Du meinst also, ich sollte da hingehen?«, erkundigte sie sich vorsichtig.

»Ja, klar, der Typ ist echt prima, wirst schon sehen, entspannt und fröhlich, genau das, was du jetzt brauchst.« Julia wollte anscheinend noch mehr sagen, aber ihr Krächzen ging nahtlos in einen Hustenanfall über.

»Ich lass dich lieber mal in Ruhe«, sagte Lucy mitleidig.

Als nur ein kräftiges Husten als Antwort zurückkam, legte sie auf.

Julia meint also, dass ich wirklich hingehen soll, ging es Lucy durch den Kopf, aber so ganz überzeugt war sie noch nicht. Also entschied sie sich für das einzig Vernünftige in dieser Situation und rief Neni an. Es dauerte, bis ihre Freundin ans Telefon ging, und Lucy konnte am Hintergrundlärm erkennen, dass Nenis Café rappelvoll sein musste.

»Hallo, Liebes«, begrüßte Neni sie trotzdem fröhlich. Lucy bewunderte Nenis Fähigkeit, in jeder Art von Stress noch entspannt zu wirken.

»Michael hat geschrieben und ein Treffen im Literaturhaus vorgeschlagen, aber ich weiß nicht, ob ich hingehen soll, und außerdem habe ich nichts anzuziehen.« Letzteres war Lucy erst eingefallen, als sie den ersten Teil des Satzes schon ausgesprochen hatte.

Neni lachte. »Keine Frau hat je etwas anzuziehen.«

»Aber ich wirklich nicht«, beteuerte Lucy, obwohl sie wusste, dass das absurd war, schließlich steckte ihr Kleiderschrank von unten bis oben voller Klamotten.

»In diesem Punkt kann ich dir helfen. Vor ein paar Tagen hat Adiba mir ein paar tolle Kleidungsstücke vorbeigebracht, warum kommst du heute Abend nicht vorbei, und wir schauen, was dir davon passt? Alles andere können wir dann auch besprechen.«

»Ja, gut«, stimmte Lucy zu und fühlte sich auf der Stelle wieder entspannter.

»Jetzt entschuldige mich, ich habe hier Full House und muss rennen. Bis später!«

Kaum legte Lucy auf, da piepste ihr Handy schon wieder. Diesmal mit einer Nachricht von Julia.

Bitte, liebe Lucy, geh hin, es wird dir so guttun! Versprochen von jemandem, der weiß, wovon er redet äh krächzt.

Lucy spürte, wie ihre Mundwinkel nach oben wanderten.

Also gut, dachte sie, wenn meine Freundinnen so überzeugt davon sind, dann mache ich es eben, und ohne weiter darüber nachzugrübeln, schrieb sie an Michael und willigte in das Treffen im Literaturhaus ein.

Im Laufe der folgenden Stunden hatte Lucy jedoch reichlich Gelegenheit, ihre Entscheidung zu bereuen und zu überlegen, wie sie am besten aus dieser ganzen Verabredungsgeschichte wieder herauskam.

»Ich will nicht«, sagte sie laut zu sich selbst und erntete dafür einen befremdeten Blick von Leonida und Constanze. Aber eigentlich wollte sie doch, oder?

So unsicher und voller Selbstzweifel fühlte sie sich, dass es ihr zwischenzeitlich geradezu absurd vorkam, dass sie in das Ganze eingewilligt, ja es eigentlich sogar angestoßen hatte. Was Robert wohl dazu sagen würde, wenn er hörte, dass sie wieder ausging? Ob es ihn traurig machen würde – was Lucy natürlich hoffte, sich jedoch beim besten Willen nicht vorstellen konnte. Oder ob er es nicht einmal zur Kenntnis nehmen würde? Seine komische Verwählt-Nummer am Telefon kam ihr wieder in den Sinn, und auch wenn Neni ganz klar der Meinung gewesen war, dass er sich wirklich verwählt haben musste, konnte Lucy es nicht ganz glauben. Nicht bei Robert, der doch so ein Kontrollfreak war und Tag und Nacht genau wusste, was er tat.

Außer bei dem scheußlichen Sofa und bei mir, dachte Lucy mit einem plötzlichen Aufwallen von Bitterkeit, da hatte er anscheinend nicht gewusst, was er tat. Plötzlich musste sie an ihren Nachbarn denken, der den Flur wieder aufgeräumt hatte. Ob er auch ein Kontrollfreak war? Und wie er wohl aussah, wenn er lächelte?

Es muss an den Tagebüchern voller Obst liegen, dass ich mir die ganze Zeit so komische Gedanken mache, überlegte Lucy und war heilfroh, als sie noch einen Kundentermin von Julia übernehmen konnte, bei dem es nicht um Gefühle, sondern ausschließlich um eine verständliche Bedienungsanleitung für eine ausgesprochen kompliziert zu bedienende Labormaschine ging.

Es war schon später Nachmittag, als Lucy nach Hause kam und sich entschied, als Erstes die Blumen bei Hartensteins zu gießen. Dort waren alle Zimmertüren zum Flur hin geschlossen bis auf die Küchentür, durch die Wärme und Sonnenlicht bis in den Flur strömten. Der Ausschnitt des Parketts, der vom Licht aus der Küche beleuchtet wurde, glänzte hell, und in der Küche selbst war es so warm und sonnig, dass Lucy für einen Augenblick die Augen zusammenkneifen musste. Dann öffnete sie zwei Fenster und hörte das Summen einiger Bienen, die ganz euphorisiert vom Lavendel auf dem Fensterbrett herumflogen.

Mit Bedacht legte Lucy ihre Tasche auf dem Küchentisch ab und sah sich nach irgendeiner Nachricht um. Aber es wartete kein Zettel auf sie, und die Brötchen und die Schnecke waren kommentarlos verschwunden. Nur eine geöffnete Wasserflasche und die Gießkanne standen noch da. Aus dem Nachbarzimmer kam Musik, diesmal weder Mozart noch die Toten Hosen, sondern irgendein undefinierbarer Discohit. Der Rhythmus war ansteckend, und zusammen mit dem warmen Sonnenschein beflügelte er Lucy. Sie machte ein paar kleine Tanzschritte, während sie die Gießkanne füllte und sich daranmachte, die zahllosen größeren und kleinen Pflänzchen mit Wasser zu versorgen. Beim dritten Blumentopf ertappte sich Lucy dabei, wie sie leise mitsang und gar nicht umhinkam, auch die Hüften zu schwingen. Mit einem Grinsen fuhr sie fort und hatte gerade die letzte Pflanze auf dem ersten Fensterbrett gegossen, als der Mann vom Vorabend in die Küche kam. Wieder trug er ein weißes Poloshirt, aber diesmal eine kurze dunkelblaue Hose, und sah so verschwitzt aus, als habe er gerade Sport getrieben. Er schien Lucy nicht gleich wahrzunehmen, und sie beobachtete ihn und bemerkte sein rechtsseitiges Hinken und das Narbengeflecht über seinem rechten Knie.

»Bitte nicht erschrecken, ich bin es nur, Lucy«, warnte sie.

Sofort drehte er sich zu ihr um und lächelte sie an. Fast erschien es wie ein instinktives Lächeln, aber es öffnete sein ganzes Gesicht und ließ ihn auf einen Schlag großartig aussehen. Doch einen Augenblick später verschwand das Lächeln wieder und machte Platz für den ernsten, fast abweisenden Gesichtsausdruck, den Lucy schon kannte.

»Ich habe mich nicht erschreckt«, antwortete er kühl.

»Wie geht es deiner Nase?«, erkundigte sich Lucy und sah, dass sich der blaue Fleck von seiner Nase wie nach einer Schlägerei bis unter sein rechtes Auge ausgedehnt hatte.

»Nicht dramatisch, sie ist nicht gebrochen.« Seine Antwort war sachlich, aber seine Stimme klang wieder so voll und warm, dass Lucy fast eine Gänsehaut bekam.

»Das mit der Tür tut mir wirklich leid«, erklärte sie.

»Wie schon gesagt, es ist keine Katastrophe und hat nur so geblutet, weil ich nach einer Knie-OP im Moment noch einen Blutverdünner bekomme.«

Unwillkürlich blickte Lucy nach unten. Es stimmte, eine der ganzen Narben auf seinem Knie sah frischer aus als die anderen. Beinahe hätte sie nach dem Grund für die OP gefragt, doch dann biss sie sich auf die Zunge, denn sie hatte nicht das Gefühl, dass ihre Neugierde hier besonders gut ankommen würde.

»Übrigens heiße ich Henrik. Danke für die Streuselschnecke«, sagte er. Mit der rechten Hand griff er nach der geöffneten Wasserflasche und humpelte dann ohne weitere Worte aus der Küche. Die Musik nebenan wurde lauter, und Lucy schaute auf die unzähligen Blumen auf der Fensterbank.

Was Henrik wohl zugestoßen war?

Nenis Wohnung war wie ihre Besitzerin auch liebevoll chaotisch und hoffnungslos überladen. Wenn Lucy ihre Behausung schon zu voll fand, lag das nur daran, dass sie längere Zeit nicht mehr bei Neni gewesen war.

Marie Kondo würde hier in Ekstase geraten, überlegte Lucy, als Neni einen riesigen Berg Krimskrams auf dem Sofa zusammenschob, um Platz für ihren Besuch zu schaffen. Aber genau wie Neni selbst verströmte auch ihre Wohnung eine solche Atmosphäre von Wohlbehagen und entspanntem Wohlgefühl, dass Lucy ein Aufräumen oder sogar Ausmisten niemals vorgeschlagen hätte. Stattdessen nahm sie es gerne in Kauf, Slalom um Gegenstände auf dem Fußboden zu laufen und manchmal auch über größere Hürden zu klettern, wenn sie ins Bad oder in die Küche wollte.

»Aus dem Café habe ich ein paar Kleinigkeiten mitgebracht«, kündigte Neni an und holte aus ihrer Küche ein Tablett, auf dem sie mehrere kleine Tellerchen und Schälchen mit verschiedenen Salaten und Gebäckstücken angerichtet hatte. Rasch musterte Lucy alles, aber die grüne Torte war nicht dabei und auch sonst nichts, das nach einer ungenießbaren Geschmackskombination aussah.

»Julia kommt auch, ich habe sie angerufen, weil sie sich mit effektvoller Kleidung deutlich besser auskennt als wir beide zusammen«, erklärte Neni und brachte auch noch drei Gläser mit ihrer köstlichen Maracujalimonade. »Zwar kann sie noch nicht wieder richtig sprechen, aber für Daumen hoch und Daumen runter wird es wohl reichen.« Dabei grinste Neni so fröhlich, dass Lucy einfach zurücklächeln musste. Zwar sah sie sich nicht unbedingt in »effektvoller Kleidung«, aber wenn Julia zur Unterstützung kam, würde es sicher nicht schaden.

Tatsächlich klingelte es schon kurze Zeit später, und Julia – mit einem dicken Schal und ohne ihren obligatorischen tiefen Ausschnitt – segelte herein. Durch das ganze Zimmer konnte Lucy den Geruch nach Menthol, Ingwer und Zitronenpastillen wahrnehmen, den sie verströmte.

»Ich umarme keine von euch, um euch nicht anzustecken«, krächzte Julia und ließ sich unzeremoniell auf den Boden vor dem Sofa nieder, wo noch ein kleiner freier Fleck auf dem Teppich gewesen war.

»Möchtest du vielleicht ein Stück Torte? Ich habe sie mit Salbei gebacken, was deinem Hals sicher guttut«, bot Neni liebevoll an.

Sofort machte Lucy Julia hinter Nenis Rücken wilde Zeichen, dieses Angebot unbedingt auszuschlagen, aber entweder sah Julia es nicht, oder der Salbei erschien ihr für ihren Hals so attraktiv, dass sie es gerne annahm. Neni verschwand in ihrer Küche, und Lucy fragte sich, ob sie Julia nicht vor dem furchtbaren Geschmack dieser grünen Torte warnen sollte.

»Was willst du denn morgen anziehen?«, fragte Julia und klang, als habe sie nicht nur einen Frosch, sondern eine besonders fette Kröte im Hals. Dabei nestelte sie an ihrem Schal herum, der verrutscht war. An der Seite ihres Halses wurde genau in dem Moment ein breiter violett schimmernder Abdruck sichtbar, als Neni mit einem riesigen Stück Torte auf einem Teller wieder zurückkam. Genau wie Lucy starrte sie auf den Abdruck.

»Sag mal, Julia, ist das ein Knutschfleck?«, überwand Lucy ihre Überraschung zuerst.

»Was?«, fragte Julia heiser und besaß den Anstand, tatsächlich zu erröten.

»Ein Knutschfleck?«, fragte Neni und lachte laut. »Meine Zeit, wie lange ist das her, dass ich so was gesehen habe. Wo hast du denn den her?«

Julia antwortete nicht und bemühte sich stattdessen, den Schal schnell wieder an Ort und Stelle zu befestigen. Lucy und Neni wechselten einen amüsierten Blick.

»Und ich dachte, du liegst die ganze Zeit todkrank im Bett«, frotzelte Lucy, während Neni Julia das Tortenstück wie einen Köder hinhielt. »Du bekommst den Kuchen nur, wenn du gestehst«, meinte sie vergnügt.

Julia griff nach dem Teller, aber Neni zog ihn schnell aus ihrer Reichweite. »Komm schon, Julia, dein Leben ist einfach das spannendste, lass uns doch daran teilhaben.«

»Okay«, krächzte Julia, und es hörte sich rau und heiser, aber ungewöhnlich glücklich an. »An dem Abend im ›Avec‹ … da war doch dieser Chirurg …«

»Wenn ich mich richtig erinnere, war der ganze Tisch voller Chirurgen«, meinte Neni und schien zu überlegen.

»Welcher war es denn?«, erkundigte sich Lucy neugierig und beobachtete dann voller Erstaunen, wie die abgebrühte Julia zum zweiten Mal innerhalb von drei Minuten rot wurde.

»Lass mich raten, war es etwa der Blonde?«, fragte Neni.

Nun war es an Julia, überrascht zu sein. »Woher weißt du das?«

Neni lachte. »Er sah so aus, als sei er wirklich hin und weg von dir, und obwohl er jemand anders vorgeschickt hat, wirkte er so, als würde er sich einsetzen für das, was ihm wichtig ist. Stimmt's?«

Julia schüttelte erst langsam den Kopf, doch dann lächelte sie. »Mensch, Neni, was du immer alles siehst.«

»Und?«, wollte Lucy wissen. »Wie heißt er? Wie ist er? Her mit den Details.«

»Also, er heißt Laurenz und ist nett«, sagte Julia und sah auf einmal trotz Schal deutlich weniger krank und dafür eher verliebt aus.

»So nett, dass du ihn auch noch ein zweites Mal getroffen hast?«, erkundigte sich Lucy.

»Äh ja«, gab Julia zu.

»Und sogar ein drittes Mal?«, wollte Neni wissen und grinste.

»Äh ja«, gestand Julia und grinste ebenfalls. »Erfreulicherweise hat er keine Angst vor meiner Erkältung und hat mich daher mit heißer Hühnersuppe und Vitaminen versorgt. Wie hätte ich da Nein sagen können?«

»Ja, wie?«, antworteten Lucy und Neni gleichzeitig, und die drei Freundinnen lächelten sich an.

»Darauf sollten wir anstoßen«, meinte Neni und verschwand ein weiteres Mal in der Küche, um kurze Zeit später mit einer Flasche Weißwein und drei Gläsern zurückzukommen.

»Aber für mich nur einen Schluck«, protestierte Julia heiser, ließ sich dann aber doch ein volles Glas geben.

»Auf die Liebe«, sagte Lucy und hob ihr Glas.

»Auf die Liebe für uns alle«, krächzte Julia und stieß mit ihr an.

»Das wäre schön«, antwortete Neni leise, und für einen Augenblick sah Lucy eine tiefe Wehmut in ihren Augen schimmern.

»In welchem Stil willst du dich anziehen?«, erkundigte sich Julia. Langsam schob sie sich ein Stück Torte in den Mund.

Atemlos wartete Lucy auf einen Ausruf des Entsetzens oder ein Entgleisen ihres Gesichtsausdrucks, aber nichts dergleichen geschah. Julia kaute, schluckte etwas mühsam und nahm dann noch einen Bissen.

»Ist irgendwas? Warum starrst du mich so an?«, erkundigte sie sich bei Lucy.

»Ich starre doch gar nicht«, protestierte Lucy flugs und viel zu vehement.

»Ist etwas nicht in Ordnung?«, fragte Neni und schaute besorgt, aber Lucy und Julia beruhigten sie sofort.

»Ehrlich gesagt weiß ich nicht einmal, ob ich überhaupt hingehen soll«, erklärte Lucy vage und sah weiter fast fassungslos zu, wie Julia Happen für Happen das ganze Stück Torte aufaß.

»Was?«, meinte Julia, und ihre Stimme quakte dabei. »Du

kannst den armen Typen doch nicht versetzen, Lucy. Das macht man einfach nicht, und er ist obendrein auch noch richtig nett.«

»Ich wollte ihn ja nicht versetzen, ich wollte absagen.« Lucys Stimme wurde im Verlaufe des Satzes immer unsicherer.

»Aber doch nicht wegen Robert, oder?«, fragte Julia mit solchem Entsetzen, dass sich ihre Stimme überschlug.

Unwillkürlich musste Lucy an Dominik und seine merkwürdige Stimme denken.

»Ach, übrigens, die Oma ist gar keine Oma, sondern der Bruder oder so ähnlich«, erklärte sie, dankbar für einen Themenwechsel.

»Was?«, fragte Julia.

»Du sprichst in Rätseln, liebe Freundin«, erklärte auch Neni und blickte mit gespieltem Ernst auf das Etikett der Weißweinflasche. »Ist der dir schon zu Kopf gestiegen?«

»Was ich sagen wollte: Mein Nachbar ist keine alte Frau, sondern viel jünger«, erklärte Lucy.

»Entschuldige, vielleicht liegt es an meiner Erkältung«, krächzte Julia, »aber ich verstehe kein Wort.«

»Dominik Hartensteins Oma ist keine alte Frau, sondern ein junger Mann«, sagte Lucy und dachte an ihren dunkelblonden Nachbarn mit seiner unglaublich wohlklingenden Stimme. »Er heißt Henrik«, fügte sie hinzu, als ob das etwas erklären würde.

»Ah ja«, erwiderte Julia immer noch ungläubig, »und warum bringst du einem jungen Mann Brötchen?«

»Ich glaube, dass er einen Unfall oder so hatte. Auf alle Fälle hat er überall Narben, hinkt und benutzt nur den einen Arm.«

»So wie Frankensteins Monster?«, fragte Julia und zeigte jetzt den Gesichtsausdruck, den Lucy die ganze Zeit schon bei der Torte erwartet hatte.

»Nein, nein, überhaupt nicht. Er sieht richtig gut aus, groß, blond, blaue Augen, ein bisschen wie Dominik, nur irgendwie noch besser«, erklärte Lucy und wurde dabei das Gefühl nicht los, Henrik damit überhaupt nicht gerecht zu werden. Denn das, was ihr am meisten an ihm aufgefallen war, hatte weniger mit seinem Aussehen als mit seiner Ausstrahlung zu tun gehabt. Männlich, eindrucksvoll, aber eben auch noch etwas anderes, Tieferes, das sie nicht in Worte fassen konnte, zumindest nicht, ohne sich vor ihren Freundinnen komplett lächerlich zu machen.

»Das ist ja eine Überraschung«, ließ sich Neni vernehmen. »Ist er nett?«

»Ja … nein, eher nicht«, antwortete Lucy unbestimmt. Sie nahm an, dass er nett sein konnte, schließlich hatte er dieses sympathische Lächeln, aber bisher war er noch nicht besonders freundlich gewesen zu ihr, nein, das konnte man wirklich nicht behaupten. Außer wenn sie an das Dankeschön-Bild mit den Ellipsen dachte.

»Aber er hat mir dieses Bild gemalt, das ich dir gezeigt habe«, meinte Lucy zu Neni.

»Mit dem Mund?«, fragte Julia.

»Wie bitte?«, fragte Lucy überrumpelt.

»Na ja, wenn er seine Arme nicht benutzen kann …«

»Nein, nein, so ist das nicht. So invalide ist er nicht. Ich glaube, es hängt eher mit seiner Seele zusammen«, antwortete Lucy, die selbst nicht genau wusste, wie sie auf diesen Schluss kam. Vielleicht wegen des *Kein Mitleid!* damals.

»Auf alle Fälle ist das eine ziemliche Überraschung«, meinte Neni und goss Weißwein nach.

»Ja, das finde ich auch«, meinte Lucy. Sie fand es auch eine Überraschung, aber irgendwie keine unangenehme.

»Was willst du morgen zu deinem Date anziehen, Lucy? Ich will ja nicht drängeln, aber ich möchte so bald wie möglich zurück ins Bett«, hustete Julia und erntete dafür breites Grinsen von Lucy und Neni.

»Adiba hat mir ein paar Einzelstücke aus ihrer letzten Kollektion vorbeigebracht, und ich hoffe, dass darunter etwas für Lucy sein könnte«, meinte Neni und stand abermals auf.

»Hat dir der Kuchen geschmeckt?«, fragte Lucy Julia flüsternd, als Neni das Zimmer verlassen hatte.

Julia zuckte die Achseln. »Ehrlich gesagt schmecke ich im Moment gar nichts, aber er war angenehm süß. Willst du auch ein Stück?«

Neni kam mit einem rollbaren Kleiderständer zurück, für den sie schnell und effizient Platz schaffte, indem sie einfach einen hohen Stapel Bücher auf einen anderen schichtete.

»Oh, wie schön«, meinte Julia beim Anblick der Kleider und begann sofort, die einzelnen Stücke auf der Stange durchzusehen. »Ist das von dieser Saison?« Lucy dachte an Nenis Schwägerin, die auf der Modeschule gewesen war und seit einigen Jahren eine eigene kleine Kollektion nur aus den schönsten Materialien entwarf. Gemeinsam mit Neni und Julia betrachtete sie Adibas ausgefallene Entwürfe aus schimmernden Seiden, luftigen Leinenstoffen und zart gewebten Wollen.

»Das ist vom letzten Jahr«, erklärte Neni.

»Trotzdem traumhaft«, meinte Julia und strich über ein elegantes Abendkleid aus hellblauer Seide mit chinesischen Stickmustern.

»Zu chic und am Rücken zu tief ausgeschnitten«, urteilte Lucy und war sich immer noch nicht sicher, ob sie überhaupt zu der Verabredung gehen wollte.

»Es würde dir bestimmt super stehen, aber was ein Treffen im Literaturhaus angeht, hast du leider recht«, gab Neni zu.

Dann bewunderten sie eine Kombination aus einer weit ausgestellten grauen Wollhose und einer schwarzen Weste aus feinstem Kaschmir.

»Wirklich wunderschön«, meinte Lucy und streichelte das weiche Oberteil.

»Aber zu warm«, gab Julia zu bedenken.

Zwei lange, wunderschöne Röcke aus Seide und ein elegantes Kleid aus anthrazitfarbenem Leinen folgten. Jedes einzelne Teil erntete Lob von allen Seiten, aber leider waren sie zu schmal für Lucy geschnitten.

Ziemlich am Ende der Kleiderstange entdeckte Lucy schließlich ein zartes Oberteil aus violetter Seide.

»Perfekt«, sagte Julia sofort.

»Probier es an«, stimmte Neni ihr zu.

Vorsichtig nahm Lucy das Oberteil von seinem Bügel herunter, zog rasch ihr Kleid aus und streifte dann die Bluse über den Kopf. An den Ärmeln war sie gerafft und mit zwei riesigen Knöpfen versehen, die wie ein pfiffiger Widerspruch zu dem zarten Material wirkten. Im Dekolleté war das Oberteil weit ausgeschnitten und hinten asymmetrisch mit einer Schleife gestaltet.

»Großartig. Dazu Jeans und Turnschuhe«, meinte Neni.

»Oder ein Lackrock mit Plateau-Stilettos, das passt zu Berlin«, ließ sich Julia einfallen.

»Rock ist in Ordnung, aber nicht zu kurz«, meinte Lucy und schaute auf ihre Beine hinunter, die sie zwar brav durchs Leben trugen, aber nicht gerade ihre Lieblingsteile waren.

»Leggings und High Heels«, meinte Julia, aber Neni runzelte die Stirn.

»Oder gleich Bikiniunterteil und Flipflops.« Julia lachte ein heiseres Lachen.

»Jeans sind schon gut. Dazu große Ohrringe und ein dunkles Augen-Make-up«, empfahl Neni.

»Ja, das hört sich wirklich gut an«, stimmte Julia ihr zu, und Lucy fühlte sich gleichzeitig übergangen und erleichtert, dass die beiden anderen für sie entschieden.

»Das wäre was für mich«, meinte Julia und nahm das hinterste Teil, ein rosa, leicht schimmerndes Seidenkleid, von der Kleiderstange. Tatsächlich war es etwas weiter geschnitten und vor allem auch länger als die anderen Entwürfe von Adiba. Julia hielt es sich an.

»Ich glaube, es ist ein Nachthemd«, erklärte Neni. »Adiba arbeitet jetzt auch an einer Nachtwäsche-Kollektion.«

»Oh, wow.« Julia drehte sich damit hin und her, dann hängte sie es wieder zurück. »Das kann ich nicht nehmen, es gehört dir, Neni.«

»Bei mir wird es niemand zu sehen bekommen«, erwiderte Neni, »außerdem reicht es bei mir wahrscheinlich bis auf den Boden.« Sie hielt es sich an, und es war wirklich zu lang, denn Neni war deutlich kleiner als Julia und Lucy. Entschieden drückte sie das Nachthemd Julia in den Arm: »Bei dir ist es besser aufgehoben.«

»Oder bei Lucy?«, fragte Julia und zog fragend die Augenbrauen hoch.

Augenblicklich wollte Lucy protestieren, aber dann sah sie Nenis liebevollen und Julias auffordernden Gesichtsausdruck, und ihr eigener Blick wanderte zurück zu dem wunderschönen Seidennachthemd.

»Meint ihr wirklich?«, fragte sie unsicher. Aus irgendeinem Grund musste sie bei dem schönen Stoff an ihr scheußliches, bequemes Sofa denken. Sie hatte nicht die geringste Ahnung, wieso, und der Gedanke verschwand auch so schnell wieder, wie er gekommen war.

Laurenz entpuppte sich nicht nur als Julias neuer Traumprinz, sondern auch als Kavalier, denn er holte Julia mit dem Auto bei Neni ab, damit sie nicht U-Bahn fahren musste.

»Das junge Glück«, grinste Neni, nachdem Julia gegangen war.

»Ja, nicht zu fassen, drei Tage derselbe Mann, so kenne ich Julia gar nicht mehr«, erwiderte Lucy und grinste ebenfalls.

»Himmel, das kann man ja fast schon Monogamie nennen.«

»Na, lass uns mal abwarten. Wer weiß, wie viele Eisen unsere Julia noch im Feuer hat«, mahnte Lucy zum Spaß und dachte an die unzähligen Abenteuer ihrer Freundin, die sie in den letzten zwei Jahren miterlebt hatte.

»Du hast recht, wir werden sehen«, gab Neni zurück und setzte sich dann neben Lucy aufs Sofa.

»Woran merkt man eigentlich, dass einer der Richtige ist?«, fragte Lucy und drehte ihr Gesicht zu Neni.

Neni zuckte die Achseln. »Das spürt man einfach. Es fühlt sich richtig an und gut und unkompliziert. Komplizierte Sachen sind nie gut.«

Lucy dachte an Robert und daran, dass die Eigenschaft »unkompliziert« nicht gerade das herausragende Merkmal ihrer Beziehung gewesen war. »Vielleicht kann ich gar nicht unkompliziert sein«, überlegte sie laut.

»Das kannst du doch noch gar nicht wissen, wenn du den Richtigen noch nicht getroffen hast«, erwiderte Neni unbeeindruckt.

»Und wenn der Richtige schon dabei war und ich ihn einfach habe gehen lassen?«

»Fühlt es sich so an?«, fragte Neni.

»Nein«, erwiderte Lucy ehrlich, und zum ersten Mal seit Roberts Abtauchen merkte sie, dass das wirklich stimmte.

Diesmal hielt das gute Gefühl nach ihrem Besuch bei Neni sogar an, bis sie nicht nur zu Hause war, sondern auch im Bett lag. Dort dachte sie über den Tag und ihre Freundinnen nach und spürte, dass das Wohlgefühl sie immer noch trug.

Gerade als sie dabei war, in den Schlaf hinüberzugleiten, kündigte ihr Handy den Eingang einer Nachricht an. Während sie nach ihrem Telefon tastete, überlegte Lucy, wer ihr um diese späte Zeit noch schreiben könnte. Ihr erster Gedanke galt Robert, aber der war es nicht und auch sonst niemand von den Menschen, mit denen sie regelmäßig in Kontakt stand. Stattdessen war es eine Nachricht von Dominik.

> Hallo, Lucy. Unerwarteterweise konnte ich nur kurz zu Hause vorbeischauen und musste gleich wieder los. Könntest Du bitte weiterhin Brötchen holen und die Blumen gießen? Ein kleines Dankeschön für Deine Mühe habe ich Dir in meine Küche gelegt, weil ich Dich um diese Zeit nicht mehr stören wollte. Vielen Dank und liebe Grüße! Dominik

Lucy fand es richtig nett, dass er ihr etwas mitgebracht hatte, denn damit hatte sie überhaupt nicht gerechnet. Dann jedoch fiel ihr auf, dass er seinen Bruder mit keinem einzigen Wort erwähnte. Was da nebenan wohl los war? Klar war nur, dass andere Familien auch ihre Probleme hatten, und mit diesem irgendwie tröstlichen Gedanken schlief Lucy schließlich ein.

> *Hallo, Lucy, aus Versehen habe ich vernichtet, was Dominik für Dich hingelegt hatte. Wenn Du heute Nachmittag noch mal vorbeikommen könntest, besorge ich Ersatz. Entschuldigung. Henrik*

Zweimal überflog Lucy den Zettel, den Henrik ihr auf den Küchentisch gelegt hatte. Henrik hatte das Geschenk von Dominik »vernichtet«? Offenkundig waren die familiären Probleme hier noch schwerwiegender, als sie angenommen hatte, und Lucy erinnerte sich an die Keksschachtel, die sie vor ein paar Tagen auf den Tisch gelegt hatte und für die das Abenteuer nicht gut ausgegangen war. Konnte es sein, dass Henrik gewalttätig war?

Rasch legte sie die täglichen drei weißen Brötchen in ihrer Tüte neben Henriks Zettel auf den Tisch und schraubte dann die Flaschen auf, die auf sie warteten. Gerade als sie aus der Küche flitzen wollte, kam Henrik durch die Tür. Wieder trug er ein Poloshirt – diesmal hellgrau – und dazu eine dunkelblaue Trainingshose. Als er Lucy sah, machte sich ein etwas schiefes Lächeln auf seinem Gesicht breit.

»Hallo, Lucy, hast du meine Nachricht gelesen?«, fragte er mit seiner dunklen, warmen Stimme, die Lucy nicht im Geringsten als bedrohlich, sondern eher als ausgesprochen angenehm empfand. »Es tut mir echt leid.«

»Was hast du denn vernichtet?«, fragte sie.

»Oh, das weißt du gar nicht? Dominik hatte dir aus Bangkok köstliche süße Teigtaschen mitgebracht. Mir war nicht klar, dass sie für dich waren, bis ich Dominiks Zettel gesehen habe. Leider hatte ich da die ganze Packung schon aufgegessen.« Mit einem entschuldigenden Lächeln sah er Lucy an, und automatisch lächelte sie zurück. »Wenn es weiter nichts ist.«

»Oh nein, diese Süßigkeiten sind einfach unvergleichlich, und es ist mir echt unangenehm. Schließlich ist es sehr nett, dass du die Blumen gießt und die Brötchen bringst und so.« Mit einem Male konnte sich Lucy sehr gut vorstellen, dass er eigentlich wirklich nett war und vielleicht noch netter gewesen war, bevor …

»Was ist dir eigentlich zugestoßen?«, fragte sie unwillkürlich.

»Ich habe eine Küchentür auf die Nase bekommen.« Mit der rechten Hand fasste er an seinen blauviolett-grünlich verfärbten Nasenrücken.

»Ich meinte … davor.«

»Massive Blutvergiftung, kaputtes Knie rechts, funktionsloser Arm links, sonst noch Fragen?«, antwortete er, und wie auf Knopfdruck war alle Freundlichkeit verschwunden. Zwar klang seine Stimme immer noch tief und voll, aber sehr abweisend.

Lucy biss sich auf die Lippe. Das klang ja grauenhaft. »Es tut mir leid«, stammelte sie.

»Wieso? Du bist doch nicht daran schuld.« Wenn möglich wurde seine Stimme noch kälter.

Ihre Blicke begegneten sich, und Lucy sah, dass das Blau seiner Augen in einer eisigen Schattierung erstarrt war.

»Aber es kann mir doch trotzdem leidtun«, widersprach sie vorsichtig.

»Von deinem Mitleid habe ich nichts«, erwiderte er schroff, drehte sich um und humpelte aus der Küche.

»Das stimmt. Aber hätte ich lieber sagen sollen: Pech gehabt?« Schon als sie die Worte aussprach, hätte Lucy sie sofort am liebsten zurückgenommen, runtergeschluckt, irgendwie wieder aus der Welt entfernt. Aber sie waren raus – unwiederbringlich.

Noch einen Schritt machte Henrik, dann drehte er sich um. Überraschung stand in sein Gesicht geschrieben.

»Das wäre zumindest mal eine Abwechslung.« Und dann tat er etwas, was Lucy am allerwenigsten erwartet hätte. Er lächelte.

Am Vormittag hatte Julia einen Gastauftritt in der Agentur, obwohl sie noch nicht wieder viel gesünder wirkte als am Vortag.

»Ich habe einen Kunden, der versteht das Wort ›krank‹ einfach nicht«, erklärte sie heiser und setzte sich an ihren Schreibtisch. Anders als sonst hatte sie statt Kaffee Kamillentee in ihrem Thermosbecher, was für Lucy ein klarer Hinweis war, dass sich Julia wirklich elend fühlen musste.

Leonida, die unter einer massiven Keimphobie litt, war dermaßen schockiert von Julias Aussehen, dass sie auf schnellstem Wege das Büro verließ. Selbst Constanze sah so aus, als suche sie krampfhaft nach einem Grund, um auch verschwinden zu können.

»Geh lieber«, meinte Julia und hustete dann heftig in ihre Richtung, ohne sich die Hand vor den Mund zu halten. So schnell es ging, sprang Constanze auf und spurtete aus dem Raum.

Ein kehliges, vergnügtes Lachen war Julias Reaktion. »Mensch, Lucy, da lohnt sich ja meine Erkältung richtig. Ohne die beiden hier im Büro ist es ja fast wie früher.« Doch dann fing sie heftig an zu husten, und Lucy sah beunruhigt zu ihrer Freundin. »Willst du nicht doch lieber nach Hause gehen, ich kann deinen Kunden doch übernehmen?«

»Diesen nicht«, krächzte Julia, nachdem ihr Hustenanfall abgeebbt war.

Lucy runzelte die Stirn, aber Julia schüttelte nur den Kopf. »Glaube mir, es ist kein Spaß mit dem. Jetzt beeile ich mich einfach, und dann nichts wie ab zurück auf die Couch.«

»Und Laurenz?«, konnte sich Lucy nicht verkneifen zu fragen.

Auf Julias Gesicht erschien ein geradezu seliges Lächeln. »Der hat heute leider Dienst, aber dafür kommt er morgen zum Frühstück.«

Über Julias unverhohlene Begeisterung musste Lucy lächeln. Fuhr ihre Freundin sonst mindestens zwei-, wenn nicht sogar dreigleisig, schien es ihr ausgerechnet dieser schüchterne blonde Chirurg so richtig angetan zu haben.

»Was ist denn an ihm so toll?« Möglichst beiläufig fragte Lucy das und versuchte dabei, einen Satz von Rosamundes Beschreibung ihres neuen Hobbys, der Astrologie, in die moderne Schrift zu übertragen.

»Seine Kenntnisse in Anatomie«, seufzte Julia aus tiefstem Herzen und musste dann selbst lachen. »Er ist einfach nett, charmant, und er ist so lieb zu mir, dass ich mich wie der besonderste Mensch auf Erden fühle.«

»Der bist du doch auch«, meinte Lucy liebevoll.

»Ich? Ich weiß nicht«, Julias Stimme klang heiser und rau, »aber auf alle Fälle fühle ich mich im Moment so – Halskratzen hin oder her.«

So etwas will ich auch, dachte Lucy mit einem plötzlichen Anflug von Wehmut. Ich wünsche mir auch jemanden, für den ich der besonderste Mensch auf Erden bin, denn so ein Gefühl hatte ihr Robert nicht gegeben.

Und umgekehrt?, grübelte Lucy. Für seine Selbstsicherheit, seine Bestimmtheit und die Energie, mit der er durchs Leben steuerte, hatte sie Robert bewundert.

Aber der besonderste Mensch auf Erden war er auch für mich nie, wurde es Lucy klar, und es war wie eine Erkenntnis und Erschütterung zugleich. Natürlich hatte sie seine Fehler gekannt, seine gelegentliche Großkotzigkeit, seine zeitweilige Gedankenlosigkeit gegenüber den Gefühlen anderer Menschen, die Lieblosigkeit, die er ihr gegenüber bisweilen an den Tag gelegt hatte, aber das war nicht der Grund gewesen. Es hatte vielmehr an ihren Gefühlen für ihn gelegen, die auch nicht bis in ihr Allerinnerstes vorgedrungen waren …

»Ein Königreich für deine Gedanken«, unterbrach Julia Lucys Überlegungen.

Doch Lucy wollte nicht darüber sprechen, und so wechselte sie rasch das Thema. »Der schöne Dominik hat mir übrigens ein Dankeschön mitgebracht für meine Bemühungen.«

»Was ist es?« Laurenz hin oder her, anscheinend war Julias Begeisterung auch für andere schöne Männer noch nicht voll zum Erliegen gekommen.

»Keine Ahnung, sein Bruder hat es aufgegessen.« Lucy zuckte die Achseln und gab es auf, sich weiter auf Rosamundes esoterische Anwandlungen zu konzentrieren.

Julia lachte.

»Aber er hat mir versprochen, einen Ersatz zu liefern«, berichtete Lucy und dachte an ihre morgendliche Begegnung mit Henrik.

»Der geheimnisvolle Bruder?«, fragte Julia und versuchte ihre Stimme mysteriös klingen zu lassen, was ihr durch ihre Erkältung auch ausgezeichnet gelang.

Die Tür ging auf, und Leonida warf einen vorsichtigen Blick ins Büro, aber als sie Julias Stimme hörte, verschwand sie sofort wieder.

»Vielleicht sollte ich ihr erklären, dass ich nur an Husten und nicht an Tuberkulose leide«, meinte Julia, hustete dann aber so ausgiebig, dass selbst Lucy sie besorgt ansah.

»Ich gehe ja gleich«, sagte Julia und tippte rasch an ihrem Computer etwas fertig. Dann schickte sie das Dokument ab und verschwand samt Kamillenteebecher wieder aus Lucys Arbeitsalltag.

Lucy kam nicht umhin, neugierig darauf zu sein, was Henrik ihr als Ausgleich für das aufgegessene Mitbringsel von Dominik mitbringen würde. Offenkundig war es eine tolle Sache, die Dominik ursprünglich für sie gedacht hatte, und Henrik wirkte nicht so, als würde er es bei einer läppischen Kleinigkeit bewenden lassen. Auf der anderen Seite schaffte er es nicht einmal zum Bäcker, selbst die Post holte sie für ihn aus dem Briefkasten, wie sollte er da also etwas Großartiges herzaubern?

Aber er strahlt etwas Entschiedenes, Energisches aus, überlegte Lucy, und sie wurde ihre Neugierde nicht los. Im Hauseingang sperrte sie zunächst ihren eigenen Briefkasten auf – nur Rechnungen – und dann den der Hartensteins, der wieder einmal förmlich überquoll. Gleich als Erstes fiel ihr ein Umschlag aus dickem zartgelbem Bütten in die Hände, der in einer vollendeten Handschrift an Dr. Henrik Hartenstein adressiert war. Lucy kannte diese Art von Schreibschrift: Sie sah individuell, aber gleichzeitig auch perfekt normiert aus, und man konnte sie bei diversen Dienstleistern in Auftrag geben. Neugierig drehte sie den Umschlag um. »Matilda von Elmshorn« war in aufwendigem Stahlstich in das Kuvert gedruckt, mehr nicht. Offenkundig konnte sich Frau von Elmshorn darauf verlassen, dass man wusste, wo man sie fand.

Rasch legte Lucy den Brief zurück zu der restlichen Post für die Hartensteins und trug dann alles zusammen in den zweiten Stock. In der Wohnung ihrer Nachbarn war es vollkommen still. Die Küchentür und die Tür rechts davon standen weit offen, und Lucy warf beim Vorbeigehen einen Blick in Henriks Zimmer, das sie noch nicht gesehen hatte. Es war ein Wohnzimmer, doch anders als die leeren Prachträume auf Dominiks Seite war dieses Zimmer liebevoll eingerichtet. In der Mitte auf dem wunderschönen Parkett stand ein elegantes schwarzes Sofa neben einem kleinen Beistelltisch, der sich unter einer Unzahl von Büchern, Zeitschriften und Computerausdrucken bog. Vor dem Sofa lag ein halb aufgeklappter Laptop, und weiter hinten im Raum entdeckte Lucy mächtige Boxen, die sie auf den ersten Blick verstehen ließen, warum sie nachts problemlos die Toten Hosen mithören konnte.

Die Zimmerwände waren mit weißen Regalen vollgestellt, und anders als in Dominiks Räumen, wo Lucy bisher keinen einzigen Titel entdeckt hatte, schien dieses Zimmer förmlich von Büchern überzuquellen. Sogar auf dem Fußboden dicht an der Tür lag ein Fachbuch über schwarze Löcher. Lucy konnte nicht anders und machte drei große Schritte auf das nächste Regal zu. Darin entdeckte sie etliche großformatige Bildbände und Reiseführer zu Orten in aller Welt, dazu Fachbücher über Physik, Mathematik und Weltraum, jede Menge Krimis und eine ganze Reihe Cartoons. Lucy entdeckte die Bücher von Calvin und Hobbes und von Gary Larson, und unwillkürlich schmunzelte sie.

Als sie sich wieder umdrehte, sah sie an der Wand hinter dem Sofa ein riesiges Bild hinter Glas. Lucy konnte nicht genau erkennen, was die verschiedenen Wirbel aus helleren Farben vor einem dunklen Hintergrund darstellen sollten, aber sie sahen in ihrer riesigen Größe spektakulär aus. Einen Augenblick lang betrachtete Lucy das Bild mit Interesse, dann fiel ihr auf, dass sich solches Spionieren in fremden Wohnungen eigentlich nicht gehörte.

Rasch verließ sie das Zimmer und legte die Post auf den Glastisch im Flur. Anschließend schaute sie kurz nach Dominiks Palmen und machte dann noch einen Umweg über die Küche, um nach dem versprochenen Ersatz für das Mitbringsel zu sehen. Doch da war nichts, und ganz leicht enttäuscht ging Lucy in ihre eigene Wohnung hinüber.

Als sie jedoch an ihrem Kleiderschrank die lilafarbene Bluse von Adiba entdeckte, die sie am Vorabend dorthin gehängt hatte, spürte sie einen Funken Aufregung. Gleich würde sie auf ihr erstes richtiges Date seit Monaten, ja eigentlich Jahre gehen, und das war genug, um ihr das Gefühl von tanzenden Schmetterlingen im Bauch zu vermitteln. Zwar tanzten sie nicht sehr wild, aber sie tanzten, und das empfand Lucy als sehr gutes Vorzeichen.

Als sie auf die Uhr schaute, stellte sie fest, dass ihr noch genügend Zeit blieb, sich fertig zu machen und entspannt hinüber zum Literaturhaus zu laufen. Als Erstes legte sie Gutelaunemusik auf, dann duschte sie kurz und machte sich anschließend daran, ihre Haare in eine vernünftige Form zu bringen. Da sie immer noch nicht beim Friseur gewesen war, entschied sie sich wieder für einen Flechtzopf, diesmal einen Fischgrätenzopf. Er sah gleichzeitig locker und chic aus, und obwohl es eine ziemliche Fummelei war und Lucy ungefähr elf Anläufe brauchte, war sie anschließend mit dem Ergebnis zufrieden. Neni hatte ihr zu einem dunklen, kräftigen Augen-Make-up geraten, aber das Wetter vor dem Fenster war so hell und sommerlich, dass sich Lucy für ein leichtes Sommer-

Make-up entschied. Anschließend zog sie Jeans und die Bluse an und wollte sich gerade an die Qual der Wahl ihrer Schuhe machen, als es an der Tür schellte. Überrascht öffnete sie und war noch überraschter, Henrik auf ihrer Türschwelle vorzufinden. In der rechten Hand trug er eine schlichte weiße Tragetasche aus Papier, die mit einem schwarz-weiß-blauen Logo bedruckt war, das Lucy noch nie gesehen hatte.

»Hier ist der Ersatz für Dominiks Geschenk«, erklärte Henrik und überreichte ihr die Tüte.

»Wie nett von dir«, antwortete Lucy und griff nach den Henkeln. Bei der Übergabe berührten sich ihre Hände leicht, und Henriks Hand fühlte sich wärmer und etwas rauer an, als sie erwartet hatte.

Ein kurzer Blick in die Tüte zeigte ihr eine perfekte kleine Schokoladentorte in einer Pappschachtel mit durchsichtigem Deckel.

»Hm, sieht die lecker aus«, meinte Lucy sofort begeistert.

»Die Konditorei ist im selben Haus wie meine Physiotherapie, und ich hoffe, es ist in Ordnung, dass ich dir von dort etwas geholt habe.« Er machte einen Schritt zur Seite, und Lucy bemerkte das leichte Hinken in seiner Bewegung.

»Ich finde es sehr nett, vielen Dank! Möchtest du vielleicht ein Stück abhaben?«

»Nein danke.« Sofort machte Henrik einen Schritt rückwärts, und Lucy dachte, dass sie ihn wieder vergrault hätte, doch dann sagte er: »Ich kann dir unmöglich auch noch den Kuchen wegessen.« Und ein winziges Lächeln erschien in seinen Mundwinkeln.

»Unmöglich kann ich den ganzen Kuchen alleine aufessen«, erwiderte Lucy mit einem Lächeln. »Also doch ein Stück?«

»Danke, das ist sehr nett.« Henriks Stimme klang so warm und voll, dass Lucy sich wünschte, er möge nie zu sprechen aufhören. »Aber jetzt lieber nicht, vielleicht ein andermal.«

»Also gut«, antwortete Lucy fröhlich. »Dann melde ich mich bei dir, wenn ich daran scheitere, diese Masse von Schokolade alleine zu vertilgen.«

»Das schaffst du schon, vorausgesetzt, du magst Schokoladentorte.«

»Ich liebe Schokoladentorte!«, erklärte Lucy mit so viel Nachdruck, dass das Lächeln auf Henriks Gesicht breiter wurde. »Wie übrigens auch die Musik, die du hörst.«

»Schallt sie bis zu dir rüber?«

»Manchmal, aber es gefällt mir«, erwiderte Lucy gut gelaunt. »Also ändere bitte nichts daran.«

Henrik nickte, doch dann verschwand sein Lächeln wieder, und Lucy empfand es fast ein wenig so, als würden Wolken vor die Sonne ziehen.

»Lucy«, begann er und klang auf einmal ganz ernst.

»Ja?«, antwortete sie und blickte ihm in die Augen. Selbst in der wenig überzeugenden Treppenhausbeleuchtung schienen seine Augen himmelblau.

»Es wäre nett, wenn du die Angelegenheit mit dem Mitbringsel Dominik gegenüber nicht erwähnen würdest.«

Lucy runzelte die Stirn. »Das hatte ich sowieso nicht vor, aber warum?«

»Dominik hat ein komisches Bild von mir. Seitdem ich krank geworden bin«, erklärte Henrik, »bin ich in seinen Augen kein normaler Mensch mehr. Auf der einen Seite soll ich nichts mehr tun, außer gesund zu werden, ich darf nicht einmal die Blumen gießen, so als wäre ich komplett invalide, auf der anderen Seite ...« Er sprach nicht gleich weiter, und Lucy schwieg, obwohl sie seiner Stimme gerne noch weiter zugehört hätte. Aus Kindertagen kannte sie das nur zu gut: Nach einem Schicksalsschlag machten sich alle Menschen um einen herum ein Bild, wie man sich verhalten sollte, und wehe, man tat das dann nicht. Dann war man entweder zu schwach, zu widerborstig, zu gut, zu lieb, zu böse, zu unverständlich.

»Auf der anderen Seite muss ich alles können, und wenn ich etwas falsch mache, ist es ein Drama.« Für einen Augenblick sah Lucy den Kummer in Henriks Augen, dann verschloss sich sein Gesichtsausdruck wieder. »Entschuldige bitte, ich weiß nicht, warum ich dich damit behellige. Danke für deine Verschwiegenheit, und einen schönen Tag noch.« Abrupt drehte er sich um und humpelte davon, während Lucy stumm stehen blieb. Für das, was er ihr gerade erzählt hatte, gab es keinen passenden Trost, zumindest keinen, den sie anbieten konnte. Wortlos sah sie zu, wie er seine Tür aufschloss und, ohne sich umzudrehen, in seiner Wohnung verschwand. Erst als die Tür schon hinter ihm ins Schloss gefallen war, murmelte Lucy leise: »Das kenne ich nur zu gut.«

Geradezu idyllisch lag das Literaturhaus im abendlichen Sonnenschein da. Die Scheiben im oberen Stockwerk glänzten, und auf der Wiese vor dem Haus saßen einige Personen an Holztischen und tranken einen späten Kaffee oder einen frühen Aperitif. Der Kiesweg zum Hauseingang war der perfekte Ort, um auf jemanden zu warten. Dann und wann kam jemand an Lucy vorbei, während sie ausgiebig die Auslage des Buchladens, der im Souterrain des Literaturhauses untergebracht war, musterte und sogar erwog, ein Buch von Lily Brett zu kaufen. Doch um Michael nicht zu verpassen, verzichtete sie darauf und beschäftigte sich stattdessen damit, mit der Spitze ihres Schuhs unauffällige Muster in den Kies zu malen. Als sie auf ihre Uhr schaute, sah sie, dass es schon zwanzig nach sieben und Michael immer noch nicht eingetroffen war.

Habe ich etwas falsch verstanden?, überlegte Lucy und las sogar noch einmal Michaels Nachricht. Doch da stand es schwarz auf weiß.

Hm, dachte sie ein wenig irritiert.

Als er bis fünf vor halb noch nicht eingetroffen war und sich auch nicht gemeldet hatte, spürte sie eine Mischung aus Enttäuschung, Frustration und einem leichten Habe-ich-es-doch-Gewusst aufwallen. Anscheinend versetzte er sie, und Lucy hatte hier in ihrer schicken Bluse und ihrer Aufregung ganz umsonst gewartet.

Dann kaufe ich mir zumindest das Buch, entschied sie und betrat den Buchladen. Dort wurde schon zusammengeräumt, aber man war doch bereit, ihr die New Yorker Erzählungen zu verkaufen. Lucy bezahlte und steckte das Buch ein. Als sie den Laden verließ, war es kurz nach halb acht, und der Verkäufer sperrte direkt hinter ihr zu. Die Zuhörer vom Vortrag waren schon im Literaturhaus verschwunden, und auf der Terrasse war es ruhig geworden. Michael war nirgends zu sehen, und so machte sich Lucy langsam und enttäuscht auf den Heimweg. Gerade als sie am Tor auf die Straße biegen wollte, stieß sie mit einem Mann zusammen, der fast um die Kurve rannte.

»Oh, hallo, Lucy, bitte entschuldige, dass ich erst jetzt komme«, rief er atemlos. Aus dem halben Umrennen wurde eine kurze, aber innige Umarmung.

»Ich dachte schon, du würdest mich versetzen«, antwortete Lucy, und Michael ließ sie los. Er sah aus, wie sie ihn in Erinnerung hatte: dunkle Haare, ein charmantes Lächeln, funkelnde Augen.

»Niemals hätte ich dich versetzt, du weißt gar nicht, wie sehr ich mich auf den Abend mit dir gefreut habe. Leider musste ich heute noch mal in die Klinik. Dort reihte sich dann eines ans andere, und ich bin viel zu spät losgekommen. Anscheinend habe ich mich so beeilt, dass ich versehentlich mein Handy im Arztzimmer habe liegen lassen. Das habe ich aber erst gemerkt, als ich dich von unterwegs aus dem Stau auf der Stadtautobahn anrufen wollte … Kannst du mir verzeihen?«

»Schon geschehen«, sagte Lucy und lächelte.

Michael hatte so etwas Atemlos-Begeistertes an sich, dass sie ihm gar nicht böse sein konnte, und er lächelte sofort zurück.

»Allerdings ist es jetzt leider zu spät für die Lesung«, meinte er dann. »Ich hoffe, du bist nicht zu enttäuscht?«

»Nein, gar nicht. Ehrlich gesagt, habe ich gar nicht so viel Ahnung von Philosophie«, gestand Lucy.

Michael lachte. »Wie liebenswürdig, mich so reizend zu entschuldigen. Zur Wiedergutmachung lade ich dich wenigstens zum Essen ein.«

»Einverstanden«, meinte Lucy.

»Worauf hast du denn Appetit?«, fragte Michael.

Eigentlich habe ich überhaupt keinen Hunger, dachte Lucy und spürte die Aufregung wie einen Luftballon in ihrem Magen.

Nach einigen Überlegungen entschieden sie sich für französische Küche, und über den Kurfürstendamm schlenderten sie zu einem Restaurant in der Nähe und bekamen tatsächlich noch einen Tisch.

Kaum hatten sie sich gesetzt, meldete sich Lucys Handy mit einer Nachricht von Julia: »Wie ist es? Und wichtiger noch: Wie ist er?????«

»Gut«, antwortete Lucy und stellte dann ihr Telefon aus. Innerlich musste sie über Julia lachen, die wahrscheinlich auf dem Sofa lag und die verrücktesten Überlegungen darüber anstellte, wie Lucy und Michael miteinander den philosophischen Abhandlungen lauschten.

Genau wie Julia prophezeit hatte, entpuppte sich Michael als sehr angenehme Begleitung. Er war locker und fröhlich, teilte Lucys Begeisterung für Musik und gutes Essen und ihren Sinn für alberne Witze. Die Unterhaltung zwischen ihnen war leicht und amüsant, auch wenn es Lucy natürlich nicht entging, wie fragend Michael sie manchmal musterte. Aus seinem Interesse an ihr machte er keinen Hehl, und das war einerseits schmeichelhaft für Lucy, andererseits verunsicherte es sie auch ein wenig. Schließlich wusste sie selbst noch nicht, was sie über ihn dachte und wie sie sich überhaupt fühlte. Doch schon bei der Hauptspeise hatte er sie für sich eingenommen, und beim Nachtisch dachte sich Lucy, dass Michael ein Mann war, in den sie sich gut und gerne verlieben konnte.

Doch dann ging Lucy zur Toilette und lief auf dem Rückweg ausgerechnet Robert in die Arme. Da sie nicht im Geringsten mit ihm gerechnet hatte, war der Schock umso größer, und sie hatte das Gefühl, sich an der Wand festhalten zu müssen, um nicht umzufallen. Er sah genauso aus, wie sie ihn in Erinnerung hatte, und wirkte zugleich fremd und doch seltsam vertraut. Offenkundig war er auch überrascht, sie hier anzutreffen, zumindest meinte sie eine Überraschung in seiner Stimme zu hören, als er »Oh, hallo, Lucy« zu ihr sagte.

Das Schwächegefühl in ihren Beinen nahm zu. Nicht weil Robert so eine fantastische Stimme gehabt hätte, nein, seine Stimme klang ordentlich und männlich solide, aber nicht aufregend. Aber sie brachte auf einen Schlag Hunderte von Erinnerungen zurück, mehr als Lucys Gehirn auf einmal verarbeiten konnte. Außerdem war es etwas vollkommen anderes, ihn hier in Wirklichkeit zu treffen, als auf Nenis Sofa über ihn zu sprechen.

»Hallo«, stammelte sie nach einem Augenblick, der ihr selbst unendlich lang und peinlich vorkam. Dann bemerkte sie, dass er sie eingehend musterte, und fand das irgendwie unangenehm und unpassend, aber sie wusste nicht, wie sie darauf reagieren sollte.

»Was machst du hier?«, fragte sie und hätte sich für diese belanglose Frage ohrfeigen können.

»Kundengespräch«, antwortete Robert, und obwohl es schon recht spät am Abend war, hatte Lucy nicht die geringste Schwierigkeit, ihm zu glauben. Robert arbeitete rund um die Uhr, und wenn es für seine Immobilienprojekte vorteilhaft war, ging er mit seinen Kunden auch freitagabends essen.

»Dann viel Spaß noch«, rang sie sich ab und ging langsam an ihm vorbei. Am liebsten wäre sie gerannt oder wie erstarrt stehen geblieben, aber beides war unmöglich. Die unerwartete Begegnung fühlte sich eindeutig ganz anders an, als sie es sich in ihren Träumen ausgemalt hatte, und sie war selbst erschüttert darüber, wie sehr sie diese Zufallsbegegnung mitnahm. Am liebsten hätte sie einen Raum gehabt, um sich wieder zu sammeln, aber in diesem Restaurant gab es keinen Ort dafür, und so ging sie langsam an ihren Tisch zurück – aufgewühlt und verunsichert.

Als sie zurückkam, stand Michael auf, und sie registrierte diese Höflichkeit, aber sie war viel zu durcheinander, um auch nur zu lächeln. Wortlos setzte sie sich und griff dann nach ihrem Glas, weniger um zu trinken, als um etwas zu haben, an dem sie sich festhalten konnte.

»Alles in Ordnung?«, fragte Michael. Vorsichtig nickte sie, schüttelte aber innerlich gleichzeitig den Kopf.

Auf Michaels Gesicht trat ein Hauch von Besorgnis. »Bist du dir sicher?«

»Ich bin gerade meinem Ex in die Arme gelaufen«, erklärte Lucy, weil sie ihn nicht mit einer Unwahrheit oder einer Floskel abspeisen wollte.

»Und der Ex ist doch noch aktuell?«, erkundigte sich Michael, und seine Stimme klang dabei erstaunlich sachlich.

»Nein, das ist es nicht«, versuchte Lucy ihm zu erklären. »Ich habe nur nicht damit gerechnet, ihn hier zu sehen, und es war mir sehr unangenehm.« Als sie es aussprach, merkte sie, dass es stimmte. Es war ihr tatsächlich unangenehm gewesen, Robert so unverhofft zu begegnen und sich außerdem von ihm taxiert zu fühlen.

»Dann bin ich ja beruhigt, dass es nur das war«, meinte Michael, und sein entspanntes Lächeln kehrte zurück. »Möchtest du vielleicht lieber woanders hingehen?«

Dankbar nickte Lucy, und Michael winkte dem Ober. Lucy holte ihr Portemonnaie aus der Tasche.

»Vielen Dank, aber das kommt nicht infrage. Erstens hatte ich gesagt, dass ich dich einlade, und zweitens muss ich schließlich irgendetwas Schönes mit meinem hart in den Diensten und Überstunden verdienten Geld machen.« Er lächelte, und Lucy konnte sich für einen Augenblick vorstellen, wie leicht man an seinem Arm durchs Leben segeln konnte.

Lucy und Michael gingen in eine Bar in der Nähe, die erfreulicherweise weder zu chic noch zu abgewrackt aussah, was in diesem Teil Berlins fast eine Leistung war. Die Gäste saßen an kleinen erhöhten Tischchen auf bequemen Barhockern in einer sehr schmeichelhaften Beleuchtung in warmem Orange. Lucy und Michael setzten sich weiter nach hinten, und die Kellnerin brachte ihnen die Karten. Langsam blätterte Lucy ihre durch. Sie war Michael ausgesprochen dankbar, dass er ihr mit Leichtigkeit über die unangenehme Situation gerade eben hinweggeholfen hatte, und sie lächelte ihn an, was er mit einem Lächeln quittierte.

»Schau mal, es gibt hier die Sachen der Destillerie X«, sagte er und zeigte auf eine Seite der Karte, auf der Lucy noch gar nicht angekommen war.

»Destillerie X?«, fragte sie.

»Bisher habe ich auch nur davon gehört, aber es muss ein ganz fabelhaftes Zeug sein.«

»Bei dem Preis muss es fabelhaft sein«, kommentierte Lucy trocken, und Michael lachte.

»Auf alle Fälle werde ich es probieren, damit ich mitreden kann. Neulich hat ein Kollege nämlich im OP erzählt, dass er etwas von dieser Destillerie in Singapur getrunken habe und begeistert sei. Möchtest du auch?«

Aber Lucy entschied sich für einen klassischen Mojito.

»Ich kenne dieses merkwürdige Gefühl, wenn man auf jemanden trifft, der einem mal ganz nah war und sich jetzt in einer Art gefühlsmäßigem Limbus für einen befindet«, sagte Michael plötzlich.

Überrascht blickte Lucy ihn an. Bisher war die Unterhaltung zwischen ihnen sehr nett, aber eher oberflächlich gewesen, doch das waren ganz neue Töne.

»Ich war schon einmal verheiratet«, erklärte Michael. »Beim ersten Mal, als ich meiner Ex-Frau nach der Scheidung zufällig wiederbegegnet bin, wurde mir fast schlecht. Sie war gleichzeitig so vertraut und so fremd, und es war mir unangenehm, wie sie mich ansah.«

Das war genau das, was Lucy vorhin gefühlt hatte, und sie war fast überwältigt, wie gut Michael es in Worte fasste.

»Beim zweiten Mal war es nicht mehr so dramatisch, und jetzt kann ich sie treffen, ohne dass es mich übermäßig tangiert, aber das erste Mal werde ich nie vergessen.«

Lucy nickte.

»Danach hat es eine Weile gedauert, bis ich wieder ausgegangen bin«, meinte Michael, »und jetzt bin ich einfach nur froh, dass du den Abend mit mir verbringst.« Es klang charmant, aber wieder oberflächlicher, und Lucy merkte, dass sie die tieferen Gewässer verlassen hatten. Aber es gab sie, und sie begann Michael in einem anderen Licht zu sehen.

Die Getränke waren köstlich, und Michael ließ Lucy von seinem Likör probieren, der stark, aber gleichzeitig überraschend reich an unterschiedlichen Geschmacksnoten war.

»Wirklich lecker«, meinte Lucy erstaunt.

»Nimm mehr«, bot Michael an, und Lucy nahm sich vor, mit dem nächsten Schluck alle Erinnerung an Robert hinunterzuspülen, was ihr auch fast gelang.

Der restliche Abend verging auf angenehme Weise, und als Michael Lucy nach Hause begleitete, lud sie ihn zwar nicht ein, mit nach oben zu kommen, aber sie störte sich auch nicht daran, dass er sie zum Abschied ganz leicht auf den Mund küsste.

»Bis bald«, sagte er.

»Gerne«, antwortete sie und meinte es auch genauso.

Erst oben in ihrer Wohnung kamen die Zweifel zurück. Was tue ich da eigentlich? Was will ich wirklich?

Natürlich mochte sie Michael, und das war auch das, was sie an Julia schrieb und damit deren sage und schreibe zwölf Nachrichten voller Fragen beantwortete. Aber mehr?

Daher war Lucy fast erleichtert, als nebenan Musik angestellt wurde und sie auf den Schwingen von Nina Simone mit in die Nacht segeln konnte.

Den größten Teil des Samstagmorgens verschlief Lucy, und als sie aufwachte, stand die Sonne schon hoch. Erholt reckte und streckte sie sich und fühlte sich dabei entspannt und fröhlich. Neni hatte geschrieben, und es zwar zurückhaltender als bei Julia formuliert, aber im Grunde hatte sie das Gleiche wissen wollen, nämlich wie Lucy der Abend mit Michael gefallen hatte.

Kurz entschlossen entschied Lucy, lieber bei ihr im Café vorbeizugehen und mit ihr zu sprechen, anstatt ihr eine Antwort zu schicken. Doch als Erstes kochte sie sich einen wunderbar vollmundigen Assam-Tee und legte sich dazu ein großes Stück Schokotorte auf einen kleinen Teller. Beides arrangierte sie auf ihrem kleinen Küchentisch und frühstückte dann mit Blick in den Sonnenschein hinaus. Zwar waren die Wohnung und besonders die Küche winzig, aber die Aussicht aus den altmodischen Kastenfenstern in den Sommertag war wunderschön, und der Kuchen schmeckte köstlich. Unter einer feinen Schokoladenkruste befand sich ein cremiger Kern wie eine fluffige Mousse au Chocolat. Der Tortenboden bestand aus Krokant und war so karamellig und knusprig, dass Lucy die Augen vor Begeisterung schließen musste. Der Konditor musste ein Meister seines Fachs sein, und sie konnte sich beim besten Willen nicht vorstellen, dass das Gebäck von Dominik noch besser geschmeckt hätte.

Nach diesem großartigen Einstieg in ihren freien Tag legte Lucy eine Aufnahme des Cellokonzertes von Schumann auf, das ihr Vater vor Jahrzehnten eingespielt hatte. Dann ging sie ins Badezimmer, goss reichlich duftendes Schaumbad in die Wanne und ließ das Wasser ein, sodass sich eine dicke Schicht voll glitzerndem, knisterndem Schaum bildete. Diesmal vergaß sie auch nicht, sich ein Handtuch bereitzulegen, bevor sie in die Wanne stieg.

Herrlich, dachte sie, als sie es sich bequem machte.

Ihre Füße, ihre Beine, ihr Becken, ihr Bauch, ihr Brustkorb, ja selbst ihre Schultern entspannten sich. Die Wanne war so groß, dass Lucy bequem alles unter Wasser bringen konnte.

Perfekt, dachte sie und kam erst wieder aus der Wanne, als das Wasser lau und ihre Haut an Fingern und Zehen schrumpelig geworden waren. Sie hüllte sich in ihr kuscheliges Handtuch, föhnte sich die Haare und fühlte sich anschließend pudelwohl. Aus ihrem Kleiderschrank suchte sie sich ihre absoluten Wochenend-Lieblingsstücke aus. Zart geringelte dunkelgraue Leggings, die zwar etwas ausgeblichen, aber unendlich geliebt waren, dazu ein übergroßes blaues T-Shirt mit einem weißen Cello darauf. Zum Schluss schlüpfte Lucy in ihre Turnschuhe und griff nach ihrer Tasche.

Plötzlich fiel ihr ein, dass sie auch heute Brötchen nach nebenan bringen sollte, aber jetzt war es schon Mittagszeit und eigentlich zu spät dafür. Kurz entschlossen legte sie ein großes Stück Schokoladentorte auf ihren schönsten Teller, drapierte eine hübsche kleine Papierserviette daneben und verfasste eine kurze Notiz.

Hallo, Henrik!
Obwohl ich wie ein Stück Schokoladentorte aussehe, bin ich im Grunde genommen drei weiße Brötchen. Falls Du mir nicht glaubst, probier mich. Falls Du danach mit mir nicht zufrieden bist, ruf bei Lucy an und fordere sie auf, doch drei weiße Brötchen vorbeizubringen.
Viele Grüße,
Dein Frühstück

Darunter notierte Lucy ihre Handynummer und trug dann das Ganze zu Hartensteins hinüber. Dort stellte sie den Teller mitten auf den Küchentisch und öffnete die üblichen wartenden Wasserflaschen. Für einen Augenblick erwog sie, bei Henrik zu klopfen, aus dessen Zimmer leise Musik kam, aber dann entschied sie sich dagegen. Stattdessen zog sie die Wohnungstür leise hinter sich ins Schloss und lief dann die Treppe hinunter und hinaus in den Sonnenschein.

Lucy liebte den Berliner Frühling und Sommer, die so grün und einladend waren, und sie hatte das Gefühl, sich dreimal so wohlzufühlen wie im Herbst und Winter. Langsam schlenderte sie die Straße hinunter und bog an der Ecke in die nächstgrößere Straße. Dort war allein der Bürgersteig so großzügig bemessen wie eine komplette Straße anderswo. Dieses wunderbare Erbe aus der Berliner Vergangenheit bewunderte Lucy, es zeugte davon, dass Berlin schon lange eine Großstadt war. Früher hatte Lucy Charlottenburg immer als Spießerhochburg abgetan, aber als sie sich jetzt umsah, musste sie zugeben, dass es einige geradezu malerische Ecken gab. Das Mommsenschlösschen, ein prunkvoller Jugendstilbau, hatte ein Türmchen, in dem auch Rapunzel hätte eingesperrt sein können. Das grüne Haus war mindestens genauso klassisch schön, jedes Geschoss war mit unterschiedlichen Motiven und Formen individuell gestaltet. Nicht weit entfernt gab es einen Neubau in Form einer Welle mit gebogenen Fenstern und daneben einen Altbau, der so prächtig mit Stuck verziert war, dass er auch aus einer Filmkulisse stammen könnte. Lucy entdeckte ein Geschäft, das Schokolade in allen Formen und Farben feilbot, und einen Blumenladen, dessen Schaufenster von farbenfrohen Blumenarrangements und Gestecken förmlich überquoll. Nachdem Lucy die Auslage eine Weile bewundert hatte, beschloss sie, einen Strauß für Neni zu kaufen. Zwischen den Blumen eilte eine rothaarige Floristin umher und stellte das größte Bouquet zusammen, das Lucy je gesehen hatte. Dabei wurde sie von einem grauhaarigen Mann mit einem silbernen Gehstock angeleitet.

»Vielleicht noch ein paar rote Rosen?«, schlug die Floristin vor, doch er schüttelte den Kopf.

»Dann habe ich noch eine andere Idee.« Die Floristin ging nach hinten und kam mit einer großen exotisch-bunten Blüte zurück, die Lucy noch nie gesehen hatte.

»Das könnte das Herz des Ganzen werden«, schlug die Floristin vor und machte sich daran, den ganzen Strauß kunstvoll um diese eine Blume in der Mitte zu gruppieren. Der fertige Strauß war überwältigend.

»Hier ist der Brief dazu«, sagte der Mann und zog einen weißen Umschlag aus seinem Sakko. Selbst aus ihrer Position sah Lucy, dass nur ein einziger Name auf dem Kuvert stand, und kam nicht umhin, darüber nachzugrübeln, für wen dieser Strauß wohl gedacht war.

»Werden Sie die Blumen gleich zustellen?«, fragte der Kunde und reichte den Umschlag über den Ladentisch.

»Selbstverständlich.« Vorsichtig steckte die Floristin ihn zwischen die Blüten, tippte dann einen hohen Betrag in ihre altmodische Kasse ein, und der Kunde zahlte, grüßte höflich und ging auf seinen Stock gestützt.

Nachdem die Floristin den Strauß verpackt und beiseitegelegt hatte, wandte sie sich Lucy zu. »Was kann ich für Sie tun?«

»Ich hätte gerne einen kleinen, aber genauso farbenfrohen Blumenstrauß wie den, den Sie gerade eben zusammengestellt haben«, bestellte Lucy, die am liebsten für Neni auch so ein riesiges Bouquet genommen hätte, schon alleine um noch einmal beim Arrangieren und Binden zuzusehen.

»Gerne.« Die Floristin machte sich daran, die Blumen auszusuchen und zusammenzustecken. Während sie die Blumen zusammenband, fiel Lucys Blick auf eine kleine aparte Pflanze mit rötlich schimmernden Blättern im Topf.

»Ist sie schwer zu pflegen?«

»Nein, Sie müssen Sie nur regelmäßig gießen«, erklärte die Floristin und wickelte Lucys Strauß in Papier ein.

Einen Moment lang überlegte Lucy. »Sie liefern auch?«

»Heute am späten Nachmittag nach Geschäftsschluss, aber nur wenn es hier in der Gegend ist«, antwortete die Floristin und legte den fertigen Strauß vor Lucy auf den Tisch.

»Dann nehme ich die Pflanze.« Kurz entschlossen holte Lucy einen Zettel aus ihrer Tasche und schrieb mit einem Kuli darauf:

Hallo, Henrik, ich muss regelmäßig gegossen werden, und das nur von Dir. Deine Blume

Dann notierte sie Henriks Namen und seine Adresse für die Floristin und bezahlte alles.

Erst als sie schon wieder draußen im Sonnenschein stand, fragte sie sich, ob Henrik das bevormundend von ihr finden würde. Für einen Augenblick erwog sie, zurückzugehen und die Bestellung zu stornieren, aber dann ließ sie es. Henrik würde schon verstehen, was sie meinte.

Während sie im Blumenladen gewesen war, hatten sich ein paar Wolken am Himmel zusammengezogen, aber es war immer noch schön und warm, und Lucy entschied sich für einen weiteren kleinen Umweg durch ihre neue Heimat, anstatt auf kürzestem Wege zu Neni zu gehen. Voller Interesse betrachtete sie die Geschäfte und die Auslagen, bis sie schließlich in die Straße, an der Nenis Café lag, einbog. Schon aus der Entfernung sah sie die Leute vor der Tür warten, und tatsächlich war es in Nenis Café brechend voll. Neni stand an der Kaffeemaschine und produzierte Milchkaffees und Cappuccinos im Akkord, während Anita zwischen den Tischen hin und her eilte.

»Wie war's?«, war Nenis erste Frage, als sie Lucy sah.

»Gut.« Lucy lächelte und legte den Blumenstrauß neben die altmodische Nähmaschine auf den Tresen.

Liebevoll lächelte Neni zurück. »Das freut mich, und ich möchte auch alles hören, aber könntest du erst mal die Croissants aus der Küche holen?« Die Kaffeemaschine fauchte, als Neni die Milchschaumdüse reinigte.

Lucy eilte nach hinten, legte ihre Tasche ab, wusch sich kurz die Hände und trug dann die Platte mit Croissants, die dort schon wartete, nach vorne.

»Könntest du bitte auch noch Marillenmarmelade holen?«, bat

Anita und donnerte ein Tablett benutzter Becher und Gläser auf die Ablage.

Wieder verschwand Lucy in der Küche und von dort aus in der Vorratskammer, in der der große, doppeltürige Kühlschrank stand. Schnell nahm sie die Marillenmarmelade heraus und füllte sie in eine Reihe kleiner Schälchen, die sie nach vorne brachte.

»Danke«, sagte Anita.

Neni hatte gerade eine Sekunde zum Durchatmen. »Also, wie war es?«, fragte sie neugierig.

»Nett«, antwortete Lucy schlicht.

»Das ist schön«, sagte Neni. Doch dann rief schon wieder jemand nach der Bedienung, und Neni blieb keine Zeit für ein weiteres Pläuschchen.

»Kannst du später noch mal vorbeikommen? Ich will alles wissen, aber es ist gerade so ungünstig.«

»Klar, kein Problem«, antwortete Lucy. Sie ging nach hinten in die Küche, um ihre Tasche zu holen, die sie dort abgelegt hatte. Als Lucy sie hochhob, bemerkte sie, dass sie sie vorher versehentlich auf eine Reihe von Computerausdrucken gestellt und diese dabei etwas zerknittert hatte. Also strich sie die Papiere wieder ordentlich glatt und sah dabei, dass es sich um Bilder von Diamantringen handelte. Überrascht musterte sie die Ringe von Tiffany, Van Cleef und Arpels und De Beers. Was wollte Neni denn damit? Abrupt drehte sich Lucy um und prallte mit Anita zusammen, die hinter ihr in die Küche gekommen war. Mit einem Scheppern fiel Lucys Tasche herunter, und der Inhalt verteilte sich auf dem Boden, genau wie die Packung Zucker, die Anita gerade in die Hand genommen hatte.

»Oh nein«, rief Lucy entsetzt, aber Anita griff nur völlig unerschüttert nach einem Besen. Mit geübten Bewegungen fegte sie die Bescherung zusammen, während Lucy ihre Habseligkeiten aus dem Zucker klaubte.

»Entschuldige«, sagte Lucy noch einmal, aber Anita lächelte nur. »Das ist nun wirklich kein Problem.«

Als Lucy wieder nach vorne kam, wartete ein Milchkaffee in einem Refill-Becher auf dem Tresen auf sie.

»Damit du mir versprichst, dass du nachher wiederkommst«, sagte Neni mit einem Lächeln zu Lucy.

»Ich verspreche es«, antwortete Lucy und warf ihrer Freundin über den Tresen hinweg eine kleine Kusshand zu.

Der Himmel hatte sich noch weiter zugezogen, und während Lucy kaffeeschlürfend nach Hause ging, begann es zu regnen. Erst fielen nur vereinzelte dicke Tropfen, aber Lucy wusste, wie schnell sich das in Berlin ändern konnte. Besorgt sah sie zu den Wolken hinauf, und tatsächlich wurde der Regen stärker und stärker, bis es förmlich schüttete. Von Nenis Café zu Lucys Wohnung war es nicht weit, und Lucy rannte, aber trotzdem wurde sie auf der kurzen Strecke klitschnass. Im Hauseingang hielt ihr ein Nachbar mit mitleidigem Blick die Tür auf, bevor er selbst seinen Schirm aufspannte.

So rasch sie konnte, lief Lucy in den zweiten Stock. Ihre Turnschuhe machten komische quietschende Geräusche auf dem Läufer, und obwohl es im Treppenhaus windstill war, fühlte sich die nasse Kleidung unangenehm kalt auf Lucys Haut an, sodass sie heilfroh war, sie gleich ausziehen zu können. Aber als sie an der Wohnungstür ihre Tasche aufklappte, fehlte ihr Schlüssel. Fieberhaft suchte sie alles ab, nahm mit feuchten Fingern sogar Geldbeutel und Handy heraus, aber bis auf etwas Zucker, der in Lucys feuchten Händen zu einer klebrigen Masse schmolz, war nichts zu finden.

Ich muss den Schlüssel in Nenis Küche übersehen haben, vermutete Lucy und hielt mit Gewalt ihre Zähne davon ab, zu klappern. Warum war es hier auch so kühl? Mit dem Handrücken wischte sie die feuchten Haare aus der Stirn und schaute noch einmal alles durch, aber der Schlüssel war und blieb verschwunden.

Also muss ich durch den Regen zurück zu Neni laufen und den Schlüssel holen, dachte Lucy unwillig.

Gerade als sie sich dazu durchgerungen hatte, passierten zwei Dinge gleichzeitig. Draußen vor dem Treppenhausfenster blitzte es, und eine blonde Frau kam die Treppe herauf. Sie war sehr groß und elegant und trug ein schwarzes Mäntelchen und einen schwarzen Regenschirm mit Fransen, der direkt aus den Zwanzigerjahren stammen könnte. Dazu passte auch ihre Frisur, die an einen Bob mit Wasserwelle erinnerte. Die Tür bei Hartensteins öffnete sich, und Henrik erschien.

»Ella, meine Liebste, wie schön, dich zu sehen.« Seine Stimme klang so, dass Lucy sich am liebsten darin eingekuschelt hätte, und sie sah mit Erstaunen, dass seine Besucherin ihn sofort herzlich umarmte und auf beide Wangen küsste.

»Grässliches Wetter, aber kein Grund, unser Treffen abzusagen«, erwiderte sie und gab ihm noch einen Kuss auf die Wange. Dann trat sie an ihm vorbei in die Wohnung, und Henrik blickte genau in Lucys Richtung.

»Was ist dir denn zugestoßen?«, fragte er überrascht.

»Vom Berliner Regen überrascht, keinen Schirm dabeigehabt und den Hausschlüssel im Café liegen lassen«, fasste Lucy ihre unerfreuliche Situation zusammen.

»Ist das die Nachbarin?«, erkundigte sich Henriks Besucherin und schaute über seine Schulter.

»Ja, das ist mein guter Geist Lucy«, stellte Henrik vor, und Lucy war verblüfft, dass seine Stimme dabei geradezu liebenswürdig klang.

»Dann bitte sie doch rein«, schlug die Blondine augenblicklich vor. »Bei uns kann sie sich wenigstens abtrocknen, und einen warmen Kaffee hast du doch garantiert auch da.«

Draußen blitzte und donnerte es, und der Regen prasselte auf die Fensterbretter des Treppenhauses. Gewitter mochte Lucy nicht besonders und fand dadurch das Angebot der Fremden noch verlockender.

»Gute Idee«, stimmte Henrik seiner Besucherin sofort zu.

»Danke«, bibberte Lucy, als sie an ihm vorbei in seine Wohnung ging.

Einen Augenblick später kam die blonde Frau mit zwei riesigen Handtüchern, einem Föhn und einem gestreiften Hausmantel aus Dominiks Wohnzimmer.

»Hier«, sagte sie freundlich zu Lucy und drückte ihr alles in die Arme. »Mir ist eingefallen, dass ich deine Kleidung ja in den Trockner tun könnte. Warum ziehst du dich nicht einfach hier um?«

»Das ist wirklich nett«, meinte Lucy und unterdrückte ein Zähneklappern.

Aber die Frau winkte nur ab. »Es ist nett von dir, dass du dich um Henrik kümmerst.«

In Dominiks Wohnzimmer schlüpfte Lucy rasch aus ihren feuchten Turnschuhen, zog dann ihre nassen Ringelleggings aus, die an ihren Beinen klebten, und das Cello-T-Shirt, das durchweicht ziemlich traurig aussah. Zu ihrer Erleichterung stellte Lucy fest, dass ihre Unterwäsche nicht völlig durchweicht war, und zog rasch den Hausmantel über, der ausgesprochen bequem und sehr elegant war, wenn auch etwas zu lang für sie. Kurz föhnte sie sich die Haare, legte dann ihre nasse Kleidung zusammen, nahm ihre Tasche und machte sich auf die Suche nach ihren Gastgebern.

Als sie in den Flur trat, hörte sie Henrik laut lachen. Es klang so amüsiert, dass Lucy einen Augenblick innehielt. Undeutlich hörte sie, wie die Frau etwas schilderte und Henrik daraufhin abermals lachte. Sein Lachen war warm und voll und klang frei und glücklich, als würde sich da ein völlig anderer Mensch unterhalten.

Gleichzeitig passte es perfekt zu ihm und zu seinem Lächeln, das Lucy auch so anziehend fand. Jetzt erzählte er etwas, und die Frau kicherte. Wer auch immer diese Frau war, offenkundig war sie sehr gut für Henriks Gemüt, und Lucy stand mucksmäuschenstill, nicht um zu spionieren, sondern weil sie schlicht und ergreifend verzaubert von seinem Lachen war.

Doch irgendwann brach der Redefluss ab, und Lucy hörte, wie jemand in den Flur kam. Es war die Blondine. Sie hatte ihr Mäntelchen abgelegt und trug ein fransenbehangenes, schmal geschnittenes himmelblaues Kleid mit einem spitzen Ausschnitt und einer Blume aus Stoff an der Seite, und sie sah so aus, als wäre sie direkt aus den Goldenen Zwanzigern hierhergeflogen.

»Der Morgenmantel steht dir ausgezeichnet«, meinte sie freundlich und nahm Lucy die nasse Wäsche ab. »Wir sitzen da drüben in Henriks Zimmer.«

Langsam ging Lucy hinüber, während der Morgenmantel wie eine Schleppe hinter ihr herschleifte. Draußen vor dem Fenster schüttete es immer noch, aber drinnen war es warm und gemütlich. Henrik saß auf einem Sessel gegenüber vom Sofa unter dem großen Bild und sah vollkommen entspannt aus, ganz anders als bei ihren bisherigen Begegnungen in dieser Wohnung. In der Hand hielt er einen Stapel Fotos, aber er blickte auf, als Lucy ins Zimmer kam, und lächelte sie an.

»Ich kann auch in der Küche warten«, bot Lucy an.

Henriks Lächeln erstarb. »Ist es dir unangenehm hier?«, fragte er steif und klang dabei so, als erwarte er, dass Lucy genau das bestätigen würde.

»Überhaupt nicht, ich möchte nur nicht stören, schließlich hast du Besuch«, widersprach Lucy, der es fast körperlich wehtat, Henriks fröhlichen Gesichtsausdruck verschwinden zu sehen.

»Ach, das ist kein Besuch, das ist nur meine Cousine Ella«, beteuerte Henrik, und seine Gesichtszüge entspannten sich wieder.

»Setz dich gerne zu uns«, sagte er und machte eine einladende Geste zum Sofa hin. Lucy folgte seiner Einladung und stellte fest, dass das Sofa so bequem war, wie es aussah.

Ella kam ins Zimmer. »Ich bin also kein Besuch?«, fragte sie mit hochgezogenen Augenbrauen.

»Natürlich nicht, du bist ein integraler Bestandteil meines Lebens genau wie eine meiner Nieren oder meine Leber«, gab Henrik zurück und grinste. »Die kommt auch nicht zu Besuch, sondern ist einfach da.«

»Du alter Verrückter«, erwiderte Ella liebevoll. »Deine Sachen sind in dreißig Minuten fertig«, sagte sie dann zu Lucy und setzte sich neben sie.

»Es gibt auch Kaffee – leider nur schwarz oder schwarz«, bot Henrik an.

»Dann gerne schwarz«, antwortete Lucy ernsthaft, und Henrik lachte. Er stand auf und goss ihr einen Becher Kaffee aus einer Thermoskanne ein, die hoch oben auf dem Bücherstapel auf dem Beistelltischchen thronte. Alles machte er dabei mit der rechten Hand und benutzte den linken Arm überhaupt nicht, doch er schien sich absolut wohlzufühlen, und man merkte ihm seine Schwierigkeiten kaum an.

»Die einzig vernünftige Kaffeemaschine in dieser Wohnung gehört Dominik, aber da trauen wir uns nicht ran«, erklärte Ella verschwörerisch.

»Da siehst du, was für ein Weichei ich bin«, gab Henrik zu und grinste.

Lucy blickte zu ihm hoch. Für sie sah er wie der Inbegriff eines imposanten, starken Mannes aus, und das machte seine Erklärung gleichzeitig witzig und charmant. Außerdem lächelte er, und sie fand sein Lächeln so schön, dass sie gar nicht wegschauen mochte. Ob es an Ellas liebenswürdiger Anwesenheit lag oder an etwas anderem, aber Henrik schien wie ausgetauscht.

»Wir schauen uns gerade Fotos von früher an und amüsieren uns königlich«, erklärte Ella. »Gib mal rüber, Bonbon.«

»Bonbon?«, fragte Lucy unwillkürlich.

Ella lachte. »Das ist Henriks Spitzname. Als Kind war er immerzu auf der Suche nach Süßigkeiten, und die Familienlegende will es, dass ›Bonbon‹ sein erstes vollständig gesprochenes Wort gewesen ist.«

Auf Henriks Gesicht erschien ein schiefes Grinsen. »Jetzt kennst du mein düsteres Geheimnis, Lucy«, meinte er und reichte seiner Cousine die Hälfte der Fotos.

»Man muss zu den Aufnahmen wissen, dass meine Mutter sich für eine begnadete Fotografin hält, allerdings als Einzige.« Ella hielt das oberste Bild des Stapels hoch und brach sofort in ein herzliches Lachen aus. »Schau mal, das sind Henrik, Dominik und ich.«

Vollkommen uneitel drückte sie Lucy ein Foto in die Hand, auf dem eine riesige Sandburg am Strand zu sehen war und daneben drei kleine blonde Kinder, von denen eines dämlicher als das nächste schaute.

Lucy versuchte ernst zu bleiben, aber ihre Mundwinkel zuckten trotzdem nach oben.

»Oder dies hier?« Wieder sah man die drei Kinder, diesmal festlich angezogen vor einem Weihnachtsbaum, aber sie sahen so unglücklich aus, als hätten sie jeder nur einen Karpfen geschenkt bekommen.

»Ella heiratet nächste Woche, und wir brauchen noch die passenden Fotos für die Feier. Dominik hat nur so langweile, perfekte Fotos herausgesucht, aber ich glaube, diese hier werden die Hochzeitsgesellschaft viel besser unterhalten.« Dabei hielt Henrik ein Foto von Ella im Hasenkostüm hoch, auf dem sie gewaltig schielte und Dominik neben ihr aussah, als wäre er mit Gewalt auf das Bild gezerrt worden.

»Untersteh dich«, antwortete Ella, »diese Fotos sind die allerschlimmsten, die sollten wir besser vernichten.« Sie stand auf und machte eine Bewegung, als wolle sie Henrik das Foto wegnehmen, hielt dabei aber ihren eigenen Stapel nicht fest genug, und etliche der Aufnahmen segelten auf den Boden und rutschten über das Parkett.

Sofort beugte sich Lucy hinunter, um Ella beim Aufheben zu helfen. Zu ihren Füßen war ein Foto von Henrik und einer sehr hübschen blonden Frau gelandet, auf dem er einen Smoking und sie ein Abendkleid trug. Entspannt hatte er seinen linken Arm um ihre Schultern gelegt und lächelte in die Kamera. Es war ein sehr schönes Bild von zwei ausnehmend attraktiven Menschen, und Lucy schaute es fasziniert an. Sie hatte keine Ahnung, wie alt das Foto war, aber auf alle Fälle war das keine Kinderaufnahme.

»Oh, Matilda«, meinte Ella, die die restlichen Fotos eingesammelt hatte und nun auf das Bild in Lucys Hand schaute. »Bonbon, ich habe gehört, dass sie dich für ihr Vorglühen am Abend vor der Hochzeit eingeladen hat. Kommst du?« Dabei schaute sie zu ihrem Cousin, und Lucy folgte automatisch ihrem Blick und sah, wie ein abweisender Ausdruck auf Henriks Gesicht trat.

»Nein«, antwortete er knapp und klang nicht so, als wolle er dem noch etwas hinzufügen.

»Hast du ihr zumindest Bescheid gegeben?« Ella schien sich von seiner Ablehnung nicht beeindrucken zu lassen.

»Die Einladung ist erst gestern angekommen«, erwiderte Henrik, und Lucy dachte an den eleganten Büttenbrief einer gewissen Matilda von Elmshorn, den sie gestern auf den Glastisch gelegt hatte.

»Du kannst dich doch nicht ewig vergraben«, protestierte Ella sanft.

»Ich sage dir auch nicht, wie du dein Leben führen sollst«, hielt Henrik dagegen, und in seine tiefe Stimme schlich sich ein Donnergrollen, das perfekt zum schlechten Wetter draußen passte.

Lucy schaute zu Ella, doch die wirkte nicht im Geringsten erschüttert, sondern meinte nur locker: »Ich liebe es, wenn du mir hilfst, mein Leben zu führen! Sag mir doch bitte, neben wen ich Onkel Franfran setzen soll.«

Henriks Gesichtsausdruck – gerade noch ablehnend – verzog sich zu einem breiten Grinsen. »Ach was, der alte Herr ist auch mit von der Partie?«

Bis Lucys Kleidung getrocknet war, hatte sie nicht nur in Erfahrung gebracht, dass ihr Nachbar den Spitznamen »Bonbon« hatte, sondern auch, dass er witzig, liebenswürdig und unterhaltsam sein konnte. Unerwartet wohl fühlte sich Lucy in dem fürstlich großen, aber trotzdem gemütlichen Wohnzimmer und trank sogar noch einen zweiten Becher Kaffee, was ihre Summe koffeinhaltiger Heißgetränke auf drei in einer Stunde anwachsen ließ und sie aufgekratzt und leicht zittrig zurückließ.

»Vielen Dank«, sagte sie zu Ella und Henrik, als sie sich verabschiedete. Die getrocknete Wäsche auf ihrer Haut fühlte sich wunderbar warm und kuschelig an.

»Wofür? Es war sehr nett, dass du da warst«, meinte Henrik und klang ehrlich und gleichzeitig liebenswürdig.

»Schön, dass Henrik so eine reizende Nachbarin hat«, ergänzte Ella fröhlich. »Ich hoffe, wir sehen uns mal wieder.«

»Gerne«, antwortete Lucy und stellte dabei fest, dass sie ihre Nachbarn immer netter fand.

Zu ihrer weiteren Freude stellte sie fest, dass es aufgehört hatte zu regnen und sie sich gefahrlos auf den Weg zu Neni machen konnte.

Zwar war die Straße noch nass, aber die Sonne schien bemüht, alles so schnell wie möglich trocknen zu lassen. Vom Spielplatz gegenüber ihrem Haus wehte Kinderlachen herüber. Anscheinend hatte das heftige Sommergewitter das Spielen dort nur kurz unterbrechen, aber keineswegs beenden können. Lucy lächelte und machte dann einen Bogen um ein paar tiefe Pfützen und einen überlaufenden Gully.

Im Café war es immer noch voll, aber nicht mehr so überfüllt wie zuvor. Auf dem Tresen stand Lucys Blumenstrauß in einer Vase und leuchtete in all seiner Farbenpracht. Anita hantierte an der Kaffeemaschine herum, und Neni war in der Küche und belegte dort Sandwiches.

»Hallo, Lucy, ich glaube, du hast deinen Schlüssel vergessen.« Mit ihrer behandschuhten Hand wies Neni auf den herzförmigen Schlüsselanhänger, der hinter der Platte mit den fertigen Sandwiches hervorlugte.

»Und ich bin klitschnass geworden«, berichtete Lucy.

Neni warf ihr einen schnellen Seitenblick zu. »So siehst du aber gar nicht aus.«

Lucy erzählte ihr von Ellas und Henriks Hilfe, dem Trockner und den zwei Kaffees, die sie auf so nette Weise bei ihrem Nachbarn getrunken hatte.

»Das ist ja zauberhaft«, sagte Neni, klang aber ein bisschen seltsam, und Lucy bekam das ungewohnte Gefühl, dass Neni nicht ganz bei der Sache war.

»Ist irgendetwas?«, erkundigte sie sich vorsichtig.

Neni blickte hoch, und Lucy entdeckte, dass ihr Gesichtsausdruck nicht nur ernst, sondern fast etwas traurig wirkte.

»Ist etwas passiert?«, hakte Lucy sofort beunruhigt nach.

»Passiert noch nicht …«, gab Neni kryptisch zurück. »Kannst du mal die Tür schließen«, meinte sie dann.

Sofort tat Lucy, worum sie gebeten worden war, und runzelte dabei die Stirn. Sonst blieb diese Tür immer offen, es musste also etwas Ernstes sein, was Neni auf dem Herzen lag.

»Es ist wegen Mindie«, begann Neni und knallte die oberen Brotscheiben unerwartet heftig auf die wartenden Sandwiches.

»Was hat sie denn gemacht?«

»Es ist nicht, was sie gemacht hat, sondern dass Samir …« Neni brach ab.

»Was denn?« Mittlerweile machte sich Lucy fast Sorgen.

»Samir war heute da und hat mir das da gezeigt.« Mit dem ausgestreckten Finger wies Neni auf die Bilder von den Diamantringen, die Lucy vorhin schon entdeckt hatte.

»Er wollte wissen, was einer Frau so gefällt …« Nenis Stimme verlor sich.

»Und was hast du ihm gesagt: der größte und beste?«, fragte Lucy, spürte aber sofort, dass ihr Witz nicht verfing.

Kurz blickte Neni in ihre Richtung und dann wieder auf ihre Sandwiches. »Ich weiß einfach nicht, ob sie die Richtige für ihn ist. Und warum so eilig? Warum können sie nicht einfach warten und sich erst mal besser kennenlernen?«

Sofort dachte Lucy daran, dass sie genau dasselbe vor vielen Jahren auch schon einmal gesagt hatte. Ausgerechnet Neni war damals die Adressatin ihrer Worte gewesen. »Das haben wir dir und Elie damals doch auch zu bedenken gegeben«, sagte sie sanft.

Zu ihrem Entsetzen sah Lucy, wie sich Nenis dunkelbraune Augen mit Tränen füllten. »Mit Elie war das etwas anderes. Ich wusste einfach, dass er der Richtige ist, und ich hatte doch auch recht.«

»Natürlich«, gab Lucy sofort zu, die Elie als den sanftmütigsten, zugewandtesten und lustigsten aller Ehemänner kennengelernt hatte.

»Mindie ist komplett anders als Elie. Sie ist zielstrebig, egofokussiert und besitzergreifend, das alles war er nie. Im Gegenteil, Elie hat alles getan, was er konnte, damit ich ein schönes Leben hatte.«

Lucy nickte zu dieser wirklich treffenden Beschreibung von Elie.

»Bei Mindie bin ich mir nicht sicher, ob sie auch nur den kleinen Finger dafür krumm machen würde, dass Samir ein schönes Leben hat«, erklärte Neni und wischte sich trotzig über die Augen.

»Und was denkt Samir darüber?« Trotz aller vielleicht auch berechtigten Zweifel seiner Schwester erschien Lucy das irgendwie entscheidend.

»Der ist so verliebt, dass er nicht einmal geradeaus schauen kann«, antwortete Neni und musste trotz ihres Kummers grinsen. »Schau dir das doch mal an.« Sie wies auf die Seiten mit den Abbildungen der üppigen Diamantringe. »Solche Klunker, Samirs Hirn muss komplett ausgeschaltet sein.«

Wider Willen lachte Lucy, und Neni stimmte nach einem Augenblick ein.

»Was hast du ihm denn empfohlen?«, erkundigte sich Lucy, als ihr Lachen versiegt war, und schaute auf die Ringe, von denen tatsächlich einer protziger als der andere war.

»Dass er mit Adiba sprechen soll, die hat mehr Sinn für Design. Vielleicht siegt dann auch Adibas gesunder Menschenverstand über seine Eile. Von mir aus kann er sich ja ruhig so ein Teil kaufen, er soll nur noch ein bisschen mit dem Antrag warten.«

Adiba einzuschalten erschien Lucy als eine ausgezeichnete Idee, denn Nenis Schwägerin hatte in der Tat eine angenehm sachliche Art und würde in ernsten Situationen weder in Lachen noch in Tränen ausbrechen, wie das bei ihr oder Neni sehr wohl geschehen konnte.

»Jetzt erzähl mir aber von Michael«, wechselte Neni unverhofft das Thema und griff nach dem Teller mit den fertigen Sandwiches. »Und ich warne dich, lass nicht das kleinste Detail aus.«

Es war schon ziemlich spät am Abend, als Lucy nach Hause kam, denn nach Caféschluss war sie kurz entschlossen noch mit Neni ins Kino gegangen. Eigentlich hatten sie vorgehabt, auch Julia mitzunehmen, aber die hatte sich nach ihrem Nachrichten-Overkill vom Vorabend gar nicht mehr gemeldet und war auch nicht erreichbar gewesen. Lucy konnte sich lebhaft vorstellen, dass das an einem gewissen Laurenz liegen mochte.

Der Film war eine launige englische Komödie über eine unerwartete Liebe, und Lucy hatte sich köstlich unterhalten. Außerdem hatte ihr das kleine Programmkino in der Nähe gefallen, von dem aus sie bequem zu Fuß nach Hause laufen konnte.

Verliebt, verliebter, am verliebtesten, summte sie vergnügt vor sich hin, als sie die Haustür aufsperrte. Zwar schwebte sie selbst im Moment nicht auf Wolke sieben, aber es ging ihr auch nicht schlecht.

Selbst die unverhoffte Begegnung mit Robert habe ich ziemlich gut weggesteckt, lobte sie sich selbst in einem Anflug von Stolz. Als sie Neni davon berichtet hatte, war deren einzige Reaktion ein abfälliges Schnauben gewesen, und Lucy bemühte sich, die Begegnung selbst auch abzuhaken.

Ihr Briefkasten schien überzuquellen, doch das, was auf den ersten Blick nach vielen Sendungen aussah, entpuppte sich als reines Versehen. Anscheinend hatte der Postbote nicht genau hingeschaut und alle Post für Wagner bei Waldner miteingeworfen. Enttäuscht führte Lucy den größten Teil der Briefe und die beiden Zeitungen dem Briefkasten der rechtmäßigen Besitzer zu und hielt am Schluss nur noch zwei Umschläge in Händen. Der eine war von der Telefongesellschaft und das andere ein weiterer Brief von dieser merkwürdigen Jenny. Lucy seufzte. Wieder einmal hatte die Unbekannte klein und fast unleserlich geschrieben, und Lucy öffnete den Brief mehr aus Pflichtgefühl als aus echtem Interesse. Wie bei den letzten beiden Malen enthielt er erneut nur eine einzelne Seite.

Liebe Lucille,
ich hoffe, mein letzter Brief war kein zu großer Schock für Dich! Ich weiß, dass es manchmal schwer ist, die Wahrheit zu erfahren.
Bitte lass uns miteinander sprechen. Es ist mir wirklich wichtig! Du erreichst mich unter folgender Telefonnummer.
Bitte melde Dich bald! Es ist dringend.
Deine Jenny

Lucy betrachtete die Telefonnummer, doch die erschien wie eine unauffällige Mobilfunknummer, denn sie hatte weder eine Vorwahl aus der Karibik, noch war sie ungewöhnlich lang. Das Einzige, was Lucy sicher wusste, war, dass sie sie garantiert nicht wählen würde. Der orangensaftgetränkte Überrest des letzten Briefes lag immer noch auf dem schmalen Bord in ihrer Küche, aber was auch immer er an Wahrheiten enthalten haben mochte, war garantiert nicht mehr zu entziffern, und bisher hatte sie auch recht gut ohne diese vermeintlich wichtigen Erkenntnisse gelebt.

In ihrer Küche legte Lucy den neuen Brief auf den alten, nur um ihn einen Augenblick später noch einmal in die Hand zu nehmen, denn Jenny schrieb von Schock und Wahrheit, und beides hinterließ ein seltsames Echo in Lucy.

Vielleicht ist diese Jenny eine Betrügerin, mutmaßte sie und erinnerte sich an Zeitungsmeldungen, die vor falschen Freunden, unechten Verwandten und anderen Trickbetrügern warnten. Doch seltsamerweise hörte es sich für Lucy nicht danach an, und einen Augenblick lang kam sie in Versuchung, doch unter der angegebenen Nummer anzurufen.

Genau in diesem Augenblick klingelte jedoch ihr Handy und bot Lucy einen willkommenen Grund, den Brief endgültig ad acta zu legen.

»Hallo?«

»Hallo, Lucy, hier ist Michael. Entschuldige, dass ich so spät noch störe. Ich hoffe, ich habe dich nicht geweckt?«

»Nein, nein«, beruhigte ihn Lucy und freute sich tatsächlich, ihn zu hören.

»Den ganzen Tag lang wollte ich dich schon anrufen, aber ich bin einfach nicht dazu gekommen, es war wie vertrackt.«

Im Hintergrund hörte Lucy ein seltsam melodisches Piepen.

»Wo bist du gerade?«, erkundigte sie sich interessiert.

»In der Klinik«, seufzte Michael. »Eigentlich wollte ich dich heute früh fragen, ob du mit mir frühstücken gehst, aber dann hat ein erkrankter Kollege angerufen, und ich musste seinen Dienst übernehmen. Jetzt komme ich gerade erst aus dem OP, und wenn ich mir die Liste der Fälle aus der Notaufnahme so ansehe, gehe ich wohl auch gleich wieder dorthin.«

»Du Ärmster«, meinte Lucy voller Mitgefühl und setzte sich, ohne Licht anzumachen, auf ihr Sofa, das in der Dunkelheit einfach nur bequem war und ihre Augen nicht mit seiner grässlichen Farbe malträtierte.

»Im Grunde operiere ich gerne, nur im Moment würde ich noch lieber mit dir ausgehen.« Selbst durch das Telefon hörte Lucy, wie Michael lächelte, und lächelte automatisch zurück.

»Wie wäre es dann morgen mit einem Frühstück?«, schlug sie vor.

»Das wäre wunderbar, nur ausgerechnet morgen bin ich zu einer Taufe eingeladen. Hättest du morgen Nachmittag Zeit? Ein Kaffee, du und ich?«

»Was, nur einen Kaffee für uns beide?«, protestierte Lucy im Spaß, und Michael lachte.

»Auch zwei, drei, vier oder fünf, wenn ich dich dafür an meiner Seite weiß«, erwiderte er, und Lucy dachte, dass an ihm sicherlich ein Minnesänger verloren gegangen war.

»Also gut«, stimmte sie zu. »Wann und wo?«

Michael nannte ein Café in Wilmersdorf, von dem Lucy schon gehört hatte, und sie verabredeten, sich dort um fünf zu treffen.

»Gute Nacht, schöne Frau«, sagte er zum Abschied.

»Gute Nacht, schöner Mann«, antwortete Lucy und fragte sich noch nach dem Auflegen, ob sie gerade wirklich so etwas Peinliches gesagt hatte.

In der Dunkelheit lachte Lucy über sich selbst und horchte dann, ob sie Musik von nebenan hörte, die für sie fast schon dazugehörte.

Samstage mochte Lucy, Sonntage liebte sie. Die Ruhe und das Gefühl der entspannten Freiheit war an keinem anderen Tag der Woche auch nur annähernd so ausgeprägt, fand Lucy und freute sich schon beim Aufwachen auf die angenehmen Stunden, die vor ihr lagen. Robert hatte den Sonntag schon halb zum Montag gezählt und fast immer mit Arbeit verbracht, aber Lucy weigerte sich, auch nur einen Strich zu tun. Keine Arbeit, keine Verpflichtungen, stattdessen Treffen mit Freunden, ausführliche Telefonate, dann und wann ein Ausflug ins Grüne. Außerdem war Sonntag ihr Lesetag, und früher hatte sie den Tag nicht selten im Pyjama mit einem Buch im Bett verbracht.

Einen Augenblick lang liebäugelte Lucy auch jetzt mit dieser Option, aber dann fiel ihr ein, dass sie zumindest Brötchen für Henrik holen musste. Doch das tat ihrer Laune keinen Abbruch, und vergnügt ging sie hinüber in ihr riesiges Badezimmer, an dessen Größe im Verhältnis zur winzigen Restwohnung sie sich immer noch nicht ganz gewöhnt hatte. Beim Zähneputzen entschied sie sich kurzerhand dafür, statt der üblichen weißen Brötchen für Henrik bei Neni ein Croissant für ihn zu holen. So konnte sie viel Angenehmes mit wenig Nützlichem verbinden, was perfekt zu ihrer Sonntagsphilosophie passte.

Als sie ihre Wohnungstür öffnete, segelte ein weißes Blatt zu Boden, das sich beim Aufheben als eine Nachricht von Henrik entpuppte. Mit dem Füller hatte er nur ein einziges Wort daraufgeschrieben: Danke. Daneben hatte er eine kleine, etwas windschiefe Blume gemalt. Offenkundig hatte er sich große Mühe gegeben, denn seine Schrift sah viel gleichmäßiger als auf den letzten Nachrichten aus, und sowohl das Danke als auch die Blume standen ohne umgebende Tintenspritzer im weißen Raum. Lucy dachte an Henriks amüsiertes Lachen, das absolut herzerwärmend war, und freute sich, dass sie ihm mit der Blume eine Freude gemacht hatte.

In Nenis Café war einiges los. Alle Plätze drinnen und die drei kleinen Tische draußen waren belegt, und Neni und Anita wirbelten umher, um alle Gäste zu versorgen. Zu ihrer großen Überraschung sah Lucy Mindie an Nenis Lieblingstisch in der Ecke sitzen. Sie ging hinüber, während Neni ihr nur kurz zuwinkte und anschließend weiter Cappuccinos und Milchkaffees zubereitete.

»Hallo«, grüßte Lucy.

»Oh, hallo.« Mindie blickte von der Zeitung auf, die sie gerade durchgeblättert hatte. »Möchtest du dich zu mir setzen?«

»Gerne.«

Mindie klappte die Zeitung zusammen und rutschte ein Stück zur Seite, was zwar nicht nötig war, weil Lucy auch so genügend Platz hatte, aber eine nette Geste. Auch heute war sie wieder perfekt zurechtgemacht und trug ein leuchtend rosa Shirt mit Ärmeln, die wie kleine Flügel abstanden, eine graue Flanellhose mit Schlag und Stilettos mit Absätzen, die allerdings deutlich weniger hoch waren als die im »Avec des Amis«. Ihre langen, blonden Haare hatte sie zu einem Zopf gebunden und drehte wie ein kleines Mädchen das Zopfende um ihre Hand.

Neni kam kurz vorbeigehuscht und stellte Lucy einen Cappuccino hin.

»Danke«, sagte Lucy und sah, dass Neni ihr ein Herz in den Milchschaum gezaubert hatte.

»Was führt dich hierher?«, erkundigte sich Lucy bei Mindie und ließ eine Spur bräunlichen Vollrohrzucker in ihre Tasse rieseln.

»Ich wollte Nenis Café kennenlernen und außerdem gerne mit ihr sprechen.« Jetzt, ohne Samir und ohne sonstiges Publikum, sprach Mindie ganz normal. Fast wirkte es, als hätte ihre Stimme auch sonntags frei. »Bisher hatte ich das Gefühl, dass Neni mich ablehnt, und da ich Samir sehr mag, wollte ich sehen, ob ich daran etwas ändern kann.«

Lucy, die gerade den ersten Schluck Kaffee genommen hatte, verschluckte sich und begann heftig zu husten.

»Ah ja«, meinte sie etwas überfordert, nachdem sie den Kaffee wieder aus ihrer Luftröhre befördert hatte.

»Ich habe die Erfahrung gemacht, dass man geradeaus am besten vorankommt. Und du?« Mindie schaute Lucy direkt in die Augen, so als wolle sie ihre These sofort testen.

Ich deutlich weniger, dachte Lucy und erinnerte sich an die Hunderte von Gelegenheiten, in denen sie es nicht geschafft hatte, geradeaus und konsequent zu handeln. Das fing bei Nenis Torten an und hörte auf bei … ja, wo hörte es eigentlich genau auf?

»Es ist bestimmt eine gute Vorgehensweise«, antwortete Lucy daher vage.

»Ich habe eine kleine Tochter, und bevor sie sich Hoffnungen auf einen neuen Papa macht, möchte ich mir sicher sein, dass das mit Samir und mir auch dauerhafte Zukunft hat.«

Nun war Lucy so überrascht, dass sie im ersten Moment gar nichts dazu sagen konnte.

»Hast du noch nie eine alleinerziehende Mutter gesehen?«, fragte Mindie spöttisch.

»Doch, natürlich, ich wusste nur nicht, dass du eine Tochter hast.«

»Woher auch? Ich habe es dir ja nicht erzählt.«

Lucy dachte an Mindies Auftritt im »Avec des Amis«. Dort hatte Lucy den Eindruck gewonnen, dass Mindie alles von sich preisgegeben hatte, doch da hatte sie sich wohl grundlegend getäuscht.

»Weiß Samir schon von deiner Tochter?«, erkundigte sich Lucy vorsichtig.

»Aber natürlich.«

»Und seine Familie?«

»Die noch nicht.«

»Wie alt ist deine Tochter denn?«, fragte Lucy dann.

»Caro ist fünf. Sie ist ein liebes kleines Mädchen, das eine Mutter hat, mit der es aufgrund der ganzen Fernseharbeit nicht ganz so einfach ist. Daher möchte ich es ihr nicht auch noch auf anderen Gebieten schwer machen.« Mindie begann wieder, das Ende ihres Zopfes um ihre Hand zu drehen. »Und wie gesagt, mag ich Samir sehr. Was rätst du mir also?«

Für einen Augenblick überlegte Lucy. »Ich weiß nicht, ob ausgerechnet ich eine gute Ratgeberin bin. Prinzipiell glaube ich, dass es genau richtig ist, geradeaus an die Sache heranzugehen, denn Neni und ihre Familie lieben Aufrichtigkeit und schätzen Natürlichkeit …« Lucy verstummte, denn sie hatte das Gefühl, es vollkommen falsch anzufangen.

Tatsächlich sah Mindie zweifelnd aus. »Aber Samir mag mich, das sollte Neni doch auch überzeugen.«

»Neni ist sehr fürsorglich ihren Brüdern gegenüber«, versuchte Lucy zu erklären. »Sie …«

»Wem bin ich fürsorglich gegenüber?«, fragte Neni und setzte sich neben Lucy. In der Hand hielt sie einen Orangen-Ingwer-Tee und rührte etwas Honig hinein.

»Deinen Brüdern gegenüber«, erklärte Lucy ehrlich.

»Das stimmt«, sagte Neni und blickte Mindie fest an. »Es gibt für mich nichts Wichtigeres auf der Welt als meine Familie und Lucy.«

»Und dein Café«, versuchte Lucy Nenis kaum verhohlene Kampfansage abzumildern.

Neni nickte. Sie nahm einen Schluck Tee, stellte dann den Becher ab und kreuzte die Arme über der Brust.

»Das ist bei mir nicht anders«, meinte Mindie und blickte Neni herausfordernd an.

»Ach ja?« Neni klang nicht gerade überzeugt.

Fast erwartete Lucy, dass Mindie jetzt etwas über ihre Tochter sagen würde, doch das tat sie nicht, stattdessen meinte sie nur: »Du hast ein wirklich schönes Café, Neni. Ihr habt Talent.«

»Danke«, antwortete Neni knapp.

Lucy, die Nenis großherzige, fröhliche und manchmal geradezu überbordende Art kannte, wusste nicht, was sie machen sollte. Neni schien entschieden, Mindie nicht zu mögen, und Mindie sah nicht so aus, als würde sie dies ändern können oder wollen.

Ungestüm griff Lucy nach ihrer Tasse und stieß sie dabei versehentlich um. Cappuccino ergoss sich auf den Tisch, floss über die Kante und von dort auf ihr Sonntagskleid und ihre Sommerschuhe.

»Oh Mist.« Lucy sprang auf.

Neni, erfahren in jeder Art von Kaffee-Katastrophen, zauberte eins, zwei, drei einen Lappen hervor und wischte alles auf.

»Das tut mir leid«, meinte Lucy zu Mindie. »Ich hoffe, du hast nichts abbekommen.«

Aber Mindie schüttelte nur den Kopf. »Mich hat nichts getroffen«, antwortete sie, und Lucy war nicht so sicher, ob sich diese Worte auf den verschütteten Kaffee oder das Gespräch davor bezogen. Neni schien gerade keine Antenne für die Zwischentöne zu haben. »Nichts passiert«, meinte sie nur und brachte den Lappen wieder weg.

Als sie außer Hörweite war, bat Mindie: »Du könntest ein gutes Wort für mich einlegen.«

Wie soll ich denn das machen?, fragte sich Lucy erschrocken.

Doch da kam Neni schon zurück, und Mindie stand auf.

»Danke für den Kaffee, Neni. Hättest du mal Lust, dich mit mir zu treffen? Vielleicht an einem anderen Ort, der nicht Arbeit für dich bedeutet?«

»Für mich ist dieses Café der schönste Ort«, erwiderte Neni steif.

»Natürlich.« Mindie lachte wieder ihr typisches perlendes Mindie-Lachen und holte ihren Geldbeutel aus ihrer Tasche.

»Du brauchst nicht zu bezahlen«, erklärte Neni und klang für einen Augenblick fast verärgert.

»Ich wollte nur Lucy eine Karte von mir geben.« Mindie holte eine Visitenkarte raus und drückte sie Lucy in die Hand.

»Danke«, meinte Lucy pflichtschuldig. Sie hatte das Gefühl, merkwürdig zwischen die Stühle gerutscht zu sein.

»Danke für den Kaffee«, sagte Mindie zu Neni, winkte kurz und verließ dann auf ihren hohen Absätzen schnell und zielstrebig das Café.

»Merkwürdige Person«, sagte Neni und blickte ihr hinterher.

»Eigentlich finde ich sie ganz nett«, antwortete Lucy und dachte an die kleine Tochter, von der Neni noch nichts wusste.

»Wirklich?«, erkundigte sich Neni überrascht.

Doch dann kamen noch mehr Gäste, und Neni hatte keine Zeit mehr, über irgendein Thema mit Lucy zu sprechen, nicht einmal über Mindie und ihren Platz in Samirs Leben.

»Nein, ich möchte wirklich nicht«, hörte Lucy Henrik mit Nachdruck sagen, als sie die Wohnung ihrer Nachbarn betrat. Mit dem Telefon am Ohr stand er im Flur und schien ernsthaft verärgert. Dabei sah er groß und wütend aus und … überraschend gut. Eindringlich musterte Lucy sein markantes Gesicht, das auf überzeugende Weise energisch und konzentriert wirkte.

»Nein, Mama«, betonte er erneut. »Im Übrigen muss ich jetzt Schluss machen, ich bekomme gerade Besuch.«

»Ja, tatsächlich«, fügte er nach einem Augenblick sarkastisch hinzu und legte dann einfach auf.

Überrascht blickte Lucy ihn an. Für sie war es unvorstellbar, bei einem Telefonat mit ihrem Vater einfach aufzulegen, aber sie hatte natürlich auch nicht die geringste Ahnung, was Henriks Mutter gerade zu ihrem Sohn gesagt hatte. Um ihr leichtes Unbehagen zu überspielen, reichte sie Henrik die Tüte mit dem Croissant, das Anita ihr eingepackt hatte.

»Frühstück«, meinte sie. »Heute keine weißen Brötchen, mal was anderes.«

Er steckte das Telefon in die Tasche seiner dunkelblauen Jogginghose und nahm dann die Tüte entgegen. »Wie nett von dir, danke. Sorry, dass ich dich gerade vorschieben musste, aber du kennst ja Mütter.«

Zu ihrem eigenen Erstaunen erwiderte Lucy: »Nein, kenne ich nicht.«

Henrik sah ihr in die Augen, als wolle er sehen, ob sie das ernst meinte.

Lucy schaute zur Seite. »Meine Mutter …« Normalerweise sprach sie nie freiwillig darüber, und es hatte Monate gedauert, bis Robert erfahren hatte, dass sie ab dem Alter von fünf nur noch mit einem Elternteil aufgewachsen war. Das lag nicht daran, dass sie sich schämte, sondern daran, dass die Erinnerung bis heute in ihrem Herzen fest mit Kummer und dem Gefühl absoluter Hilflosigkeit verbunden war. So gelang es ihr auch jetzt nicht, weiterzusprechen, und sie blickte hilflos zu Henrik, der kaum einen Meter weit von ihr entfernt stand. Sein linker Arm hing regungslos herunter, und trotz des gedämpften Lichts im Flur meinte sie die schmale Narbe an seinem Hals zu erkennen, die sie bei ihrer ersten Begegnung entdeckt hatte.

»Es gibt Sachen, an die gewöhnt man sich nie«, versuchte sie zu erklären.

»Ich weiß, was du meinst. Vor einem Jahr war ich noch einfach ich«, antwortete er mit seiner tiefen Stimme, »und seitdem ist nichts mehr so wie zuvor.«

Er sprach nicht weiter, und nach einer Weile fragte Lucy: »Was ist dir zugestoßen?«

Sie stellte die Frage nicht aus Neugierde, sondern aus echtem Mitgefühl, und als er ihr daraufhin in die Augen sah, schaute sie nicht weg.

»Über drei Monate lag ich im Koma, und kaum jemand hat gedacht, dass ich überhaupt überlebe. Jetzt sehe ich so aus, wie ich es eben tue.« Mit der rechten Hand machte er eine Bewegung zum linken Arm hin. »Aber in meiner Erinnerung bin ich noch unversehrt, und jeden Tag muss ich aufs Neue damit klarkommen, dass ich heute nichts weiter als ein Wrack bin.«

Genau dieses Gefühl kannte Lucy auch. Monatelang, wenn nicht sogar jahrelang, nachdem ihre Mutter sie verlassen hatte, war sie morgens aufgewacht und hatte im ersten Moment gedacht, alles wäre in Ordnung. Dann erst war die Erinnerung zurückgekommen und hatte jedes Gefühl von Glück und Freiheit im Keim erstickt.

»Dieses Erinnern ist schrecklich, besonders zusammen mit dem unerwünschten Mitleid«, meinte Lucy.

»Genau«, erwiderte Henrik. »Genauso unerträglich wie die, die krampfhaft so tun, als wäre nichts passiert, oder die, die einen bemuttern, zumindest wenn sie die Gelegenheit dazu bekommen, und noch kränker machen, als man es eigentlich ist. So wie meine Mutter zum Beispiel.« Leicht erschrocken blickte er daraufhin in ihr Gesicht, aber Lucy winkte nur ab. »Du kannst gerne von deiner Mutter sprechen. Ich hatte Zeit, mich an den Gedanken zu gewöhnen, dass andere Menschen Mütter haben und ich nicht. Bleibt es denn so bei dir?«

Er zuckte die Achseln, und Lucy sah, dass beide Schultern sich hoben, der linke Arm aber nicht mitschwang.

»Die Ärzte sagen, dass alles besser werden wird, aber langsam glaube ich ihnen nicht mehr. In meinen linken Arm wurde ein Nerv transplantiert, aber ich spüre nichts, kein Kribbeln, kein Ameisenlaufen, gar nichts.« Er seufzte leise, dann verschloss sich sein Gesicht auf die Weise, die Lucy bereits kannte. »Sorry, das wolltest du wahrscheinlich gar nicht hören«, meinte er.

»Überhaupt kein Problem, schließlich bin ich die Königin des Selbstmitleids«, erwiderte Lucy und lächelte ein winziges bisschen.

Einen Augenblick zögerte Henrik, dann lächelte er zurück. »Wenn das stimmt, bin ich aber nur knapp hinter dir auf dem zweiten Platz. Als Preis würde ich dir ja einen Kaffee anbieten, aber ich habe keinen da, und so wie es aussieht, hatte ja zumindest dein Kleid schon einen.«

Sofort blickte Lucy an sich hinunter und sah die getrockneten Reste des verschütteten Cappuccinos, die ihr gestreiftes Kleid vom Brustkorb abwärts seltsam braun aussehen ließen. Prompt errötete sie, doch Henrik lachte nur. »Super, wenn nicht nur ich ungeschickt bin.«

»Darum musst du dir keine Sorgen machen, das geht definitiv auch anderen Leuten so«, entgegnete Lucy und machte eine Bewegung mit der Hand, die den hässlichen Fleck auf ihrem Kleid noch unterstrich.

»Du bist echt nett, Lucy«, sagte Henrik plötzlich, und seine Stimme klang warm und anerkennend.

»Du doch auch«, erwiderte Lucy.

»Ich?« Henrik lachte. »Nein, das leider nicht mehr, aber trotzdem danke für das Kompliment.«

Liebe Lucy,
Du wirst es nicht glauben, aber Laurenz hat mich gefragt, ob ich mit ihm für zwei Tage nach Wien fahre. Er geht dort auf einen Kongress, und ich könnte meinen Husten auskurieren (meint er). Aber das ginge nur, wenn du für mich die Stellung in der Arbeit hältst. Ginge das, liebste und beste Lucy? Ich verspreche, ich revanchiere mich, wenn ich zurück bin.
Julia
PS: Glaubst Du, ich brauche einen Badeanzug?

Lucy lachte über ihre Freundin und deren anscheinend geradezu grenzenlose Begeisterung für Laurenz. Sie überlegte einen Augenblick und antwortete dann.

Das Meeresklima in Wien ist ganz ausgezeichnet für Deine malträtierten Bronchien, zumindest wenn Du Salz in die Badewanne kippst. Ein Badeanzug ist dafür nicht nötig. Ich werde wie ein Ritter unsere Stellung in der Arbeit verteidigen, aber bitte komm bald wieder, sonst vermisse ich Dich zu sehr. Deine getreue Freundin Lucy

Julias Dank trudelte kurze Zeit später ein.

Danke, danke, danke! Du bist einfach die Beste! Hat Michael das auch schon kapiert? Und vor allem: Hat er es Dir schon gesagt?

Lächelnd legte Lucy ihr Handy beiseite und wandte sich dann wieder ihrem Buch zu, das sie in schönster Sonntagsruhe auf ihrem scheußlichen Sofa las.

»Hallo, Lucy!« Michael kam mit Schatten unter den Augen, aber einem breiten Lächeln im Gesicht auf sie zu.

Vor dem kleinen Café, das er vorgeschlagen hatte, trafen sie sich, und diesmal war er fast pünktlich. Kurz umarmte er sie und gab ihr einen Kuss irgendwo zwischen Wange und Mundwinkel.

»Das Treffen mit dir ist das Highlight meines Tages«, erklärte er.

»War die Taufe denn nicht schön?«, fragte Lucy, die sich an Michaels Pläne vom Vormittag erinnerte.

»Na ja, schreiendes Kind, Wasser, noch mehr Gebrüll, außerdem zu viel Verwandtschaft«, antwortete er und grinste breit.

Lucy grinste zurück.

Michael muss man einfach mögen, dachte sie.

Im Café wählten sie einen kleinen Tisch am Fenster, und die Bedienung, die fast genauso tiefe Schatten unter den Augen hatte wie Michael, brachte die Karten und informierte sie, dass fast alle Kuchen schon ausverkauft waren.

Michael schien von dieser Ankündigung nicht im Mindesten beeindruckt. »Dann nehme ich eben ein Stück Kuchen, das noch da ist, und dazu einen großen Milchkaffee. Und du?«

Lucy, deutlich weniger entscheidungsfroh, bestellte kurzerhand das Gleiche, und die Kellnerin verschwand. Das Café war nett eingerichtet, konnte sich aber keinesfalls mit »Kaffeemode« messen, und Lucy überlegte, ob sie Michael besser mit zu Neni hätte nehmen sollen.

»Was hast du denn heute gemacht?«, erkundigte sich Michael, und Lucy erzählte ihm von den herrlich entspannten Stunden, die sie verbracht hatte.

»Wunderbar! Ich weiß nicht, wann ich zum letzten Mal ein Buch in so kurzer Zeit gelesen habe, dass ich am Ende noch wusste, was am Anfang passiert ist«, meinte er und unterdrückte ein Gähnen. »Ich arbeite einfach viel mehr, als mir lieb ist.«

»Kannst du daran nicht etwas ändern?«

Michael schüttelte den Kopf. »In meiner Abteilung sind wir personell einfach viel zu schlecht besetzt, und ständig muss man zusätzliche Dienste übernehmen und für Kollegen einspringen, so wie gestern.«

»Warum tust du dir das an?« Michaels Beschreibung hörte sich furchtbar an, fand Lucy.

Michael lachte. »Für dich muss es absolut verrückt klingen, aber ich liebe es, zu operieren. Es ist einfach großartig.«

»Warum?«, erkundigte sich Lucy und musterte die feinen Linien, die in Michaels müdem Gesicht stärker hervortraten als sonst.

»Zum einen macht es einfach Spaß, es ist eine Herausforderung für Gehirn und Hände gleichermaßen. Außerdem operieren wir Patienten, denen es unendlich schlecht geht, und anschließend sieht die Welt wieder viel besser für sie aus. Dafür nehme ich den Rest eben in Kauf.«

Prompt musste Lucy an Henrik denken, der auf seine Krankheit und die vielen Operationen sicherlich gerne verzichtet hätte.

»Ich kann nicht einmal Blut sehen«, bekannte Lucy und sah Michael an.

Er lächelte. »Wir haben alle unsere Schwächen.«

»Und was sind deine?«, erkundigte sich Lucy und spürte eine unerwartete Neugierde aufflammen.

»Ich habe meine Ex-Frau betrogen, mehr als einmal«, antwortete Michael langsam.

Zurückzuzucken war Lucys erster Impuls, doch dann merkte sie, dass sie beeindruckt von seiner Ehrlichkeit war. Sie hatte ein oberflächliches Geständnis erwartet und sicherlich nicht diese Offenheit.

»Es hat mich nicht froh gemacht, aber alles andere eben auch nicht.« Aus seinem Mund klang das wie eine Erklärung, nicht wie eine Ausrede.

»Hm«, machte Lucy. Automatisch dachte sie an Neni und Elie und deren unverbrüchliche Treue und an sich selbst und die grenzwertigen Dinge, die sie gemacht und erlebt hatte, und aus heiterem Himmel musste sie an ihre Mutter denken. Nie hatte sich Lucy getraut, ihren Vater zu fragen, ob ein anderer Mann im Spiel gewesen war und hinter der für sie so unverständlichen Entscheidung ihrer Mutter gestanden hatte.

»Eigentlich ist das nicht das richtige Thema für das zweite Date«, meinte Michael und sah gleichzeitig ernst und interessiert aus.

»Warum eigentlich nicht?«, antwortete Lucy. »Auf alle Fälle ist es mal etwas anderes, mit den Schwächen und nicht mit den Stärken anzufangen.«

Michael lachte und griff nach ihrer Hand. Er tat es auf eine nette, unaufdringliche Weise, und zu ihrem eigenen Erstaunen überließ Lucy ihm ihre Hand nicht ungern. Alles, was Michael tat, wirkte so selbstverständlich und angenehm selbstsicher. Sie protestierte nicht einmal, als er sie wieder küsste, obwohl sie das eigentlich nicht geplant hatte.

Angenehm eingehüllt in das Gefühl, attraktiv gefunden zu werden, ging Lucy am frühen Abend nach Hause. Einerseits gefiel es ihr, andererseits nahm es ihr nicht die Scheu, sich gleich nach Robert auf eine neue Beziehung einzulassen. Auf der Treppe fiel ihr ein, dass sie ganz vergessen hatte, Dominiks Palmen zu versorgen. Kurzerhand machte sie daher noch einmal einen Umweg über die Wohnung der Hartensteins. Tatsächlich sah die Palme in Dominiks Arbeitszimmer nicht besonders glücklich aus, ihre Blätter wiesen eher nach unten als nach oben, und die Luft im Raum war abgestanden und muffig. Also öffnete Lucy alle Fenster und ließ die laue Abendluft hereinströmen, bevor sie in der Küche die Gießkanne mit Wasser füllte. Auf dem Weg durch den Flur hörte sie, dass aus Henriks Zimmer leise Musik kam.

Sorgfältig goss sie die Palmen und schloss dann die Fenster wieder. Als sie auf dem Rückweg erneut durch den Flur kam, sah sie, dass jetzt die Tür zu Henriks Wohnzimmer offen stand und oben auf den vielen Büchern die Pflanze mit den rötlichen Blättern thronte.

Lucy lächelte und ging weiter in die Küche, um dort noch ein paar besonders wasserbedürftige Blumen zu versorgen. An die Spüle gelehnt stand Henrik.

»Hallo«, grüßte Lucy.

»Oh, hallo«, erwiderte Henrik, der anscheinend mit niemandem gerechnet hatte, sich aber über ihr Auftauchen nicht zu wundern schien.

»Ich gieße gerade noch ein paar Blumen«, erklärte Lucy und hob die Gießkanne.

»Ich habe meine heute schon gegossen«, erwiderte er mit einem wunderschönen, herzlichen Lächeln, und Lucy lächelte zurück. Dann kümmerte sich Lucy um ein paar Töpfe, die hinten auf der Fensterbank bereits trocken geworden waren.

»Diese Pflanzen sind so schön«, sagte sie und schob eine kleine Minze aus ihrer Ecke an einen Platz in der Mitte.

»An jedem Tag, an dem ich im Koma lag, hat meine damalige Freundin eine Blume gepflanzt oder gekauft. Das ist die Ausbeute«, erklärte Henrik mit einer erstaunlich emotionsarmen Stimme.

Überrascht blickte Lucy zu ihm und goss dabei versehentlich etwas Wasser auf den Fußboden. Gerade als sie sich nach etwas zum Aufwischen umsah, öffnete sich die Wohnungstür und fiel eine Sekunde später mit einem Krachen wieder ins Schloss. Offenkundig war Dominik nach Hause gekommen, denn Lucy erkannte seine quietschende Stimme sofort.

»Komm, ich mache dir gleich einen Kaffee«, schlug Dominik im Flur vor, und Lucy folgerte, dass er nicht alleine war.

Auf einer Ablage entdeckte sie einen Stapel Servietten und ging hinüber, um sich eine zu holen. Dabei fiel ihr auf, dass Henrik zwei

Schritte zur Seite gemacht hatte, so als wolle er verschwinden, nur dass es in der Küche keine zweite Tür gab.

Als sich Lucy gerade hingekniet und das Wasser aufgewischt hatte, kamen Dominik und eine blonde Frau in einem Stewardessenoutfit in die Küche. Wie beim letzten Mal sah Dominik wieder fantastisch aus, vielleicht diesmal sogar noch etwas besser, was an der leichten Bräune in seinem Gesicht lag. Er wirkte rundherum fit und beeindruckend. Die Frau neben ihm sah auch gut aus, aber bei Weitem nicht so großartig wie er.

»Oh, hallo. Was macht ihr denn hier?«, erkundigte sich Dominik, als er seinen Bruder an der Küchenzeile und Lucy auf dem Fußboden der Küche entdeckte.

»Ich habe nur die Blumen gegossen«, erklärte Lucy.

Henrik sagte nichts.

»Wie nett«, sagte die Stewardess und lächelte in die Runde. Lucy lächelte höflich zurück, Henrik hingegen wirkte wie versteinert.

»Das ist Henrik, mein Bruder.« Dominik machte eine vage Handbewegung in Henriks Richtung. »Er war schwer krank, deshalb sieht er so aus.«

Von ihrer Position aus hörte Lucy, wie Henrik scharf die Luft einzog.

»Wieso, wie sahst du denn vorher aus?«, fragte die Stewardess unverblümt und starrte auf Henriks blaue Nase und den Bluterguss unter seinem Auge.

»Besser«, erwiderte Henrik trocken.

Lucys Gehirn registrierte, dass sich seine Stimme grundlegend anders anhörte als die seines Bruders. Gleichzeitig klang sie auch anders als vorher – irgendwie angespannter und ernster.

»Ich gehe jetzt mal«, erklärte Lucy und fühlte sich seltsam unwohl.

»Alles klar«, antwortete Dominik. »Danke für deine Hilfe. Wie gut, dass jemand die Blumen gießt.«

»Warum mache ich das eigentlich nicht?«, fragte Henrik und klang unerwartet herausfordernd.

Rasch stellte Lucy die Gießkanne zur Seite und machte mit der nassen Serviette in der Hand zwei Schritte in Richtung Tür, doch dort stand Dominik, und sie kam nicht an ihm vorbei.

»Bitte, Henrik. Du musst gesund werden.« Dominiks Tonfall änderte sich, und er klang jetzt eher bemutternd. »Reg dich nicht auf, es wird alles gut.«

»Und wenn nicht?«, konterte Henrik. Bis dahin hatte er am Schrank neben der Spüle gelehnt, aber jetzt richtete er sich ganz auf, und Lucy sah, dass er noch einen Hauch größer als Dominik war.

»Das wird nicht passieren.« Lucy nahm an, dass Dominik seine Stimme entschieden klingen lassen wollte, aber ausgerechnet bei »passieren« kiekste sie unglücklich.

»Wie kannst du dir da so sicher sein?«, erkundigte sich Henrik, und seine Stimme klang fast so, als wolle er seinen kleineren Bruder einschüchtern.

»Du weißt, was die Ärzte gesagt haben«, gab Dominik geübt zurück, als habe er diesen Satz schon oft wiederholt.

»Und wenn die Ärzte lügen?« In Henriks Stimme schlich sich ein leises Donnergrollen.

»Ärzte lügen nicht. Du musst dich nur mehr anstrengen, du weißt, was die Psychologin empfohlen und was die Familie beschlossen hat.«

»Die Frau kannte mich überhaupt nicht.«

»Das werden wir nicht weiter diskutieren, denn das ist sinnlos. Du wirst wieder gesund. Punkt.«

Henrik starrte seinen Bruder an, und Lucy sah die zunehmende Verzweiflung in seinem Blick.

»Möchte jemand Kaffee?«, mischte sich die Stewardess ein.

»Wie bitte?« Drei Augenpaare richteten sich auf sie.

»Ich dachte, ein Kaffee mit der ganzen Familie wäre vielleicht nett.«

»Wir sind nicht die Familie«, erwiderte Henrik, und es klang abschätzig.

»Ich bin nur die Nachbarin«, ergänzte Lucy und überlegte, wie sie am besten an Dominik vorbeikommen könnte.

»Lass meine Freundin in Ruhe, es war nett gemeint«, fuhr Dominik seinem Bruder über den Mund.

»Entschuldigung«, erwiderte Henrik höflich in Richtung der Stewardess.

»Wir können doch trotzdem zusammen Kaffee trinken«, meinte sie und lächelte ihn an.

»Es tut mir leid, ich habe keine Zeit, ich muss gesund werden«, antwortete er. Seine Worte waren bissig, aber seine Stimme verlor nie ihre Höflichkeit.

Dominik machte einen Schritt auf ihn zu, und Lucy nutzte die Gelegenheit.

»Tschüss«, sagte sie schnell und huschte hinaus. Doch niemand antwortete, als sie den Flur durchquerte und dann die Tür hinter sich ins Schloss zog.

Im Laufe des späteren Abends erhielt Lucy drei Nachrichten. Die erste war von Neni.

> Adiba war machtlos, Samir ist fest entschlossen, Mindie einen Antrag zu machen. Morgen will er einen Ring kaufen, ich werde ihn begleiten. Abends ist ein Treffen mit Mindie und meiner ganzen Familie geplant. Sie möchte uns etwas Wichtiges mitteilen. Ich weiß nicht, was ich denken oder fühlen soll. Treffe mich morgen früh mit Adiba zum Kriegsrat. Gehe jetzt direkt schlafen, um morgen wenigstens ausgeschlafen zu sein. Bitte denk an mich. Eine dicke Umarmung von Deiner Neni

Lucy biss sich auf die Unterlippe. Bisher kannte sie Samir zwar als Charmeur und Frauenhelden, aber vor allem auch als Bastion des gesunden Menschenverstandes. Warum ausgerechnet er auf eine Weise handelte, die Neni vollkommen irrational vorkam, wusste sie nicht.

Vielleicht will er auch eine große Liebesgeschichte erleben, wie Neni mit Elie damals, grübelte Lucy. Doch das passte nicht wirklich zu Samir, denn da, wo Neni konstant und standhaft in der Wahl derer war, die sie liebte, war Samir ausgesprochen sprunghaft. Lucy liebte Nenis Familie, aber in diesem Fall wusste sie tatsächlich nicht, wie eine perfekte Lösung aussehen könnte.

Und ich?, fragte sich Lucy. Wäre ich in der Lage, so eine große Liebe zu erkennen und zu leben?

Bei allen Verliebtheiten in ihrem Leben hatte sie tatsächlich nie das Gefühl gehabt, die ganz große Liebe am Rockzipfel erwischt zu haben.

Mit einem kleinen Seufzer vertiefte sie sich wieder in ihr Buch, bevor ein Handyklingeln sie erneut herausriss. Abermals war es eine Textnachricht, diesmal von Michael.

Lucy, ich denke die ganze Zeit an Dich. Wann kann ich Dich wiedersehen?

Sofort erinnerte sich Lucy an seine Küsse, und überraschenderweise wurde ihr bewusst, dass sie das Gespräch mit ihm viel mehr bewegt hatte. Sie wollte ihn auch gerne wiedersehen, aber gerade vor Nenis Frage nach der absoluten Liebe schwankte sie, ob Michael überhaupt der einzig Richtige für sie sein konnte.

Ja, gibt es überhaupt den einzig Richtigen? Lucy merkte, wie die Vorsicht in ihrem Gemüt wieder die Oberhand gewann, und war sich nicht sicher, ob sie sich lieber innerlich einen Schubs geben oder besser auf dieses Gefühl hören sollte. In solchen Fällen war Neni eine hervorragende Ratgeberin, aber die konnte sie jetzt unmöglich mit ihren Sorgen behelligen, und Julia war in Wien und so verliebt, dass sie sicherlich alles durch die rosarote Brille beurteilen würde. Also antwortete Lucy:

> Ich freue mich auch, wenn wir uns wiedersehen. Wie wäre es Dienstag?

Michaels Antwort ließ nicht auf sich warten.

> Ja, gerne. Wollen wir essen gehen und dann schauen, wohin der Abend uns führt? Ich habe gehört, dass man im »P« gut isst, hast Du Lust, dorthin zu gehen?

> Ja, gerne,

schrieb Lucy zurück.

> Dienstag bin ich früh fertig, soll ich Dich von der Arbeit abholen?

Lucy fand die Idee tatsächlich reizend. Robert hatte sie nie abgeholt, sondern immer erwartet, dass sie zu ihm kam mit der Begründung, dass er mehr arbeitete als sie.

> Dann abgemacht, ich kann es kaum erwarten, Dich wiederzusehen.
> Michael

Als sie das las, lächelte Lucy, aber zeitgleich wuchs ihre Befangenheit. Als wolle das Schicksal einschreiten, kam sie nicht weiter zum Grübeln, da ihr Handy abermals klingelte.

Sorry, Lucy, es tut mir echt leid wegen vorhin. Henrik

Das überraschte Lucy wirklich, denn sie hätte Henrik nicht unbedingt für einen Mann gehalten, der sich gut entschuldigen konnte. Aber das hier war eine echte Entschuldigung, und Lucy schrieb zurück:

Du brauchst Dich nicht zu entschuldigen, es war nicht schlimm für mich, es hat mir nur für Dich leidgetan.

Als sie diese Worte getippt hatte, hielt sie inne. War das wirklich das gewesen, was sie gefühlt hatte? In erster Linie war es ihr unangenehm gewesen, Zeugin der Auseinandersetzung zwischen den Brüdern zu werden, und ja, Henrik hatte ihr leidgetan. Dominik hatte anscheinend sein Leid überhaupt nicht verstanden. Sie hatte sich an damals erinnert gefühlt, als ihre Oma ihr Vorwürfe gemacht hatte, dass sie auch noch Jahre nach dem Verschwinden ihrer Mutter immer wieder traurig und niedergeschlagen war. Doch dann dachte Lucy an Henriks *Kein Mitleid!* und löschte die Sätze, die sie geschrieben hatte, und formulierte etwas ganz anderes.

Hallo, Henrik. Entschuldigung nicht notwendig. Im Übrigen bin ich mir sicher, dass es Dutzende Dinge gibt, die Du kannst und ich nicht, egal was Dein linker Arm macht. Wollen wir wetten? Wenn Du mir zehn Sachen aufschreibst, die ich nicht besser kann, hast Du gewonnen. Lucy

Bevor ihre Skrupel zu groß werden konnten und sie sich nicht mehr traute, schickte sie die Nachricht ab.

Kurze Zeit später klingelte ihr Handy, und Henrik war am Apparat.

»Das ist jetzt aber nicht dein Ernst, oder?«, fragte er. Selbst am Telefon klang seine Stimme belustigt.

»Doch, natürlich«, antwortete Lucy so ernsthaft wie möglich.

Henrik lachte. »Also gut, was ist der Einsatz?«

Daran hatte Lucy noch gar nicht gedacht. »Das überlege ich mir noch, aber es wird etwas Gutes sein. Versprochen.«

»Dann mache ich mich sofort an die Arbeit. Guten Abend und gute Nacht, Lucy.«

»Gute Nacht«, antwortete Lucy und spürte ein warmes Gefühl im Bauch. Nachdem sie aufgelegt hatte, blickte sie noch für einen Augenblick auf seine Handynummer, die fast nur aus Zweien bestand. Sie speicherte sie in ihrem Telefonbuch und griff wieder nach ihrem Buch.

Eine Sekunde vor dem Wecker wachte Lucy am Montagmorgen auf, und es reichte für ein Lächeln, bevor das gewohnt schrille Läuten des Weckers einsetzte. Das Wetter draußen vor dem Fenster war herrlich, und Lucy summte leise vor sich hin, während sie sich fertig machte und ein weiteres Sommerkleid anzog, diesmal in Altrosa. Beim Friseur war sie immer noch nicht gewesen, und heute brauchte sie ohnehin nicht dort anzurufen, denn montags hatte Jan seinen Ruhetag. Also gab es eine weitere Flechtfrisur, diesmal einen Zopf mit vier Partien. Als sie die Wohnung verließ, sah sie, dass in ihrer Wohnungstür ein Zettel steckte.

Hallo, Lucy!

~ *Mit der rechten Hand komme ich an das oberste Fach in der Küche, ohne mich strecken zu müssen*

~ *Ich kann Dir in unter einer Minute alle Primzahlen von 2 bis 100 aufsagen*

~ *Ich kann die ohne Fernrohr sichtbaren Sternbilder am Himmel benennen*

- *Ich habe eine Plattensammlung, auf die die meisten Läden stolz wären, und kann mit einer Hand jede Platte schneller finden als Dominik mit zweien*
- *Ich kann Dir fünf politisch korrekte Witze erzählen, die Du bestimmt alle schon kennst*
- *Ich kann Dir die doppelte Anzahl politisch unkorrekter Witze erzählen, über die du garantiert lachst*
- *In neun von zehn Fällen bin ich die größte Person im Raum*
- *Ich kann einen Klimmzug mit einem Arm machen*
- *Ich habe schon auf jedem Kontinent (außer Antarktika) gearbeitet und kenne Menschen in vielen großen Städten dieser Welt, darunter São Paulo, Mumbai, Tokio, Kuala Lumpur, Bangkok, Los Angeles, Buenos Aires, Hongkong, Seoul, Melbourne, Detroit, Mexico City, Johannesburg*
- *Ich besitze ein Akkordeon, das ich aber wahrscheinlich nie mehr werde spielen können (etwas Selbstmitleid muss erlaubt sein)*

Damit habe ich gewonnen und freue mich auf meinen Wettgewinn. Oder willst Du das Spiel mitspielen? Dann musst Du zehn Sachen aufschreiben, die Du besser kannst als ich: zum Beispiel lächeln. Da es davon sicher viel mehr als zehn gibt, müssen es Sachen sein, die Du ganz ohne Hände machen kannst …

Viele Grüße von nebenan.

Henrik

Zehn Sachen, die sie ohne Hände besser konnte als er? Prompt war Lucys Ehrgeiz geweckt. Mit leichtem Bedauern dachte sie daran, dass sie jetzt keine Zeit dafür hatte, da sie ja auch noch Julia in der Arbeit vertreten musste. Immerhin brauchte sie heute keine Brötchen zu holen, da Dominik zu Hause war. Also steckte sie Henriks Liste in ihre Tasche und düste dann auf schnellstem Wege zur Arbeit. Zu ihrer großen Überraschung waren weder Leonida noch Constanze im Büro, und es herrschte eine fast himmlische Ruhe. Es war so still und angenehm, dass Lucy kurzerhand die Liste doch wieder aus der Tasche zog und auf die Rückseite und unter der Überschrift »Lucy kann« zu schreiben begann:

~ *nur durch Hören unterscheiden, ob ein a auf 440 oder 444 Hertz gestimmt ist*
~ *schon vor der Pointe Deiner Witze lachen*
~ *ein T-Shirt falsch herum anziehen und es erst mitten im Kundengespräch merken*
~ *hundert Wörter zum Thema »Liebe« in unter drei Minuten aufzählen*
~ *einen Nachruf schreiben, bei dem Du garantiert weinen musst*
~ *Schachturniere verfolgen, ohne Schach spielen zu können, weil die Psychologie des Spiels so spannend ist*
~ *um Mitternacht Hunger auf Pfannkuchen bekommen*
~ *eine Stunde lang ohne Pause Gedichte rezitieren*

Das waren immerhin schon acht Punkte. Lucy grübelte über weitere nach, als ihr Blick auf den Terminkalender fiel und sie sah, dass noch ein weiteres Kundengespräch anstand, das sie bis dahin vollkommen übersehen hatte. Anscheinend hatte Julia es eingetragen, und es war ausgerechnet Herr Schnitters, der über den Stand der Dinge bei Rosamundes Tagebüchern informiert werden wollte.

Oh nein, dachte Lucy. In großer Eile stopfte sie Henriks Zettel zurück in ihre Tasche und holte Rosamundes Tagebücher hervor. Davon hatte sie längst noch nicht alles abgeschrieben, und wenn sie ehrlich war, hatte sie sogar viel weniger geschafft, als sie sich vorgenommen hatte. Das lag nicht nur an Julias Ausfall letzte Woche, sondern auch an Rosamundes Hinwendung zur Astrologie, die Lucys Enthusiasmus vollständig hatte erlahmen lassen. Jetzt aber war die Zeit für faule Ausreden abgelaufen, und Lucy begann, so schnell und konzentriert, wie es ging, das altmodische Sütterlin abzuschreiben. Immerhin beendete Rosamunde irgendwann ihre Sternguckerei, wandte sich allerdings stattdessen der Wasserqualität in verschiedenen Teilen Deutschlands, der Niederlande und Österreichs zu, was Lucy ähnlich esoterisch vorkam, zumal Rosamunde sich besonders über das Wasser zu verschiedenen Tageszeiten, bei unterschiedlichen Wassertemperaturen und in Hinblick auf seine besonderen inneren Qualitäten ausließ.

»Puh«, sagte Lucy zu sich selbst, als sie mit einer Seite fertig war. Von Liebe keine Spur, und mit der Sternguckerei und den Beobachtungen über Wasser zu den verschiedenen Mondphasen war noch weniger gewonnen als mit den seltsamen, fruchtlastigen Rezepten. Es würde also mehr um die Verpackung als den Inhalt gehen, wenn sie Herrn Schnitters die Aufschriften seiner Großmutter präsentierte.

Rosamundes Enkel war ausnehmend hochgewachsen und spindeldürr. Er hatte hellblaue Augen, kurze blonde Haare, die auf seinem Kopf mehr lagen als standen, und eine riesige Hakennase. Trotz der sommerlichen Temperaturen trug er einen dunklen Anzug und wirkte ausgesprochen zurückhaltend.

Lucy fand ihn sympathisch, und es fiel ihr schwer, ihm zu gestehen, dass sie bisher absolut nichts Spannendes in den Tagebüchern seiner Großmutter entdeckt hatte.

»Ah«, meinte er nur, aber Lucy hörte die Enttäuschung in seiner Stimme.

»Was hatten Sie denn genau erwartet?«

»Ich weiß es nicht, vielleicht etwas über die Li-Li-Liebe.« Er stolperte über die erste Silbe und wiederholte das Wort »Liebe« noch zweimal, bis er es richtig ausgesprochen fand.

Das Zwanghafte hat er mit seiner Großmutter gemein, dachte Lucy und erinnerte sich an die seitenlangen Beschreibungen der richtigen Backtemperatur für die Weihnachtsgans.

Nachdem er seine Brille auf der Nase nach oben geschoben hatte, räusperte sich Herr Schnitters. »Meine Großmutter hatte drei Kinder, eines davon ein echter Nachzügler. Schon zu ihren Lebzeiten wurde gemunkelt, dass dieses Kind – mein Vater – nicht der Sohn ihres Ehemanns wäre.«

Überrascht sah Lucy ihn an, zum einen weil sie ein solches Thema jetzt nicht erwartet hatte und zum anderen weil Rosamunde bisher nicht den Eindruck erweckt hatte, auch nur im Geringsten zu einer fatalen Leidenschaft entflammbar zu sein.

Herr Schnitters wiederum schien Lucys Erstaunen zu spüren. »In meiner Familie ist so viel darüber geredet worden, dass ich es selbst schon fast geglaubt habe. Auf alle Fälle möchte ich gerne wissen, ob in den Tagebüchern etwas in dieser Richtung zu finden ist. Es ist von größter Wichtigkeit für mich.«

Um ihn nicht anzustarren, notierte sich Lucy sein Anliegen rasch und sah aus dem Augenwinkel, dass Herr Schnitters abermals seine Brille nach oben schob, obwohl sie sich kaum bewegt hatte.

In einer Geste der Hilflosigkeit hob er seine dürren Hände mit den langen Fingern. »Nach dem Tod meines Großvaters kam es zu üblen Erbstreitereien. Damals konnte ich mich gegen meine Cousins nicht durchsetzen, und letztendlich erbten sie alleine die Firma. Meine Großmutter fand das sehr unfair, aber sie war zu diesem Zeitpunkt schon zu schwach, um sich für mich einzusetzen.«

Er hielt inne, und Lucy fühlte eine Welle von Mitleid mit ihm. Offenkundig hatte er sich eine wie auch immer geartete Kompensation aus den Tagebüchern erhofft, und alles, was sie gefunden hatte, war wertlos – Astrologie, Wasserkunde, Obst.

»So schnell es geht, werde ich alles fertig abschreiben«, versicherte sie, weil es das Einzige war, das sie sagen konnte, das wahr und keine Plattitüde war.

»Danke«, erwiderte er ernst. »Falls Sie noch etwas Interessantes finden, können Sie mich jederzeit anrufen, Tag und Nacht. Ich schlafe sehr wenig – auch ein Erbe meiner Großmutter.«

Lucy nickte, auch wenn sie sich beim besten Willen nicht vorstellen konnte, Herrn Schnitters je mitten in der Nacht kontaktieren zu wollen.

Langsam entfaltete er seine langen Gliedmaßen auf dem Stuhl und stand auf. »Meine Großmutter war übrigens auch so groß. Sie war viel größer als mein Großvater und interessanterweise auch als zwei ihrer drei Kinder, nur mein Vater war ebenfalls hochgewachsen.«

»Und wie sind Ihre Cousins?«, erkundigte sich Lucy.

»Klein und dick.« Herr Schnitters lächelte leicht, als er sich vorbeugte und Lucy die Hand zum Abschied reichte.

Allen ihren guten Vorsätzen zum Trotz kam Lucy den ganzen restlichen Arbeitstag nicht dazu, auch nur eine Zeile von Rosamundes Tagebuch abzuschreiben. Julia war eine großartige Freundin, aber leider eine etwas chaotische Kollegin. Ganze zwei Termine hatte sie vergessen einzutragen, was nicht nur zu Wartezeiten führte, sondern auch zur Kollision zweier Kunden, etwas, was sie sonst um jeden Preis zu vermeiden suchten. Die Lage besserte sich erst, als Sylvia kam und ohne Zögern oder Schimpfen einen Fall übernahm.

Dennoch war Lucy ziemlich am Ende, als sie um kurz nach sieben nach Hause wankte. Immerhin schien die Sonne noch, die

Vögel sangen, und die Stadt verströmte ein herrlich sommerliches Flair. Beim Bioladen holte sich Lucy eine Pizza zum Aufbacken. Eigentlich mochte sie kein Fertigessen, aber sie war zu hungrig und müde, um sich noch etwas zu kochen, und Nenis Café hatte heute geschlossen. Als sie an der Kasse ihr Portemonnaie aus der Tasche holte, fiel ihr Henriks Zettel wieder in die Hände. Kurz entschlossen fotografierte sie die Rückseite mit ihren Vorschlägen, schrieb *leider unvollständig* dazu und schickte es ab. Dann schlenderte sie durch den Sonnenschein nach Hause.

Im Hauseingang klemmte sich Lucy die Tiefkühlpizza zwischen die Beine und schloss ihren Briefkasten auf. Gerade als sie ihre Briefe herausangeln wollte, piepste ihr Handy. Lucy holte es aus der Tasche und sah, dass es den Eingang einer Nachricht von Henrik gemeldet hatte.

> Bravo, Lucy. Dein Gehör und Deine Fähigkeit, so ausdauernd Gedichte zu rezitieren, finde ich beeindruckend (allerdings erwarte ich einen Beweis dieser Künste). Daher sei es Dir verziehen, dass Du nur acht Punkte angegeben hast. Ella findet das übrigens auch. Wie Du ja weißt, bin ich nicht sehr mobil, aber mittlerweile ein Meister darin, Essen zu bestellen. Ella kommt nachher zum Abendessen. Du auch?

Über seine Worte musste Lucy grinsen.

Ich bin dabei, schrieb sie zurück.

Dann griff sie in ihren Briefkasten und angelte einige Werbesendungen heraus. Darunter lag ein Brief, und Lucys Lächeln erstarb, als sie ihn herausnahm, denn es war abermals Post von Jenny. Diesmal war der Umschlag hellblau und wieder so klein und krakelig beschrieben. Mit einem Seufzer wog Lucy den Brief in ihrer Hand. Zu ihrer Überraschung fühlte er sich schwerer und dicker an als die drei vorherigen. Das weckte einen Hauch von Neugierde in ihr, gleichzeitig war sie unwillig, noch einen Brief dieser ominösen Jenny zu lesen. Sie warf die Werbung in den Müll, nahm die Tiefkühlpizza und den Brief und stieg langsam die Treppe hinauf. Irgendwo zwischen dem ersten und dem zweiten Stock siegte die Neugierde, und Lucy blieb stehen, klemmte sich abermals die Tiefkühlpizza, die sich schon deutlich weniger kühl anfühlte, zwischen ihre Beine und öffnete das Kuvert. Darin lag wieder eine einzelne handgeschriebene Seite, doch als sie sie auffaltete, fiel etwas heraus. Lucy beugte sich hinunter und hob es auf. Es war ein Foto, das mit der Bildseite nach unten auf der Treppe gelandet war. Als Lucy es umdrehte, war sie für einen Augenblick derart schockiert, dass sie beinahe die Treppe hinuntergefallen wäre.

Das Foto zeigte sie.

Es war eine Aufnahme von ihr aus Kindertagen, darauf hatte sie eine Topffrisur und trug einen violetten Nicki-Pulli mit einem Mäuschen darauf. Lucy erinnerte sich noch ganz genau an das Tragegefühl, da der Pulli über lange Zeit ihr Lieblingsoberteil gewesen war. Sie starrte auf das Bild und spürte eine Welle von Übelkeit. Zur Zeit dieser Aufnahme musste sie in etwa sechs Jahre alt gewesen sein. Fast panisch packte sie Foto, Brief und Pizza und rannte die restlichen Stufen hinauf. Mit zitternden Händen schloss sie ihre Tür auf. Ohne ihre Schuhe oder ihre leichte Sommerjacke auszuziehen oder auch nur ihre Tasche abzulegen, ging sie sofort ins Wohnzimmer und ließ sich aufs Sofa fallen. Dort versuchte sie, zu Atem zu kommen, während die Pappschachtel mit der Pizza neben ihr allmählich feucht und labberig wurde.

Woher hatte eine Frau, die ich überhaupt nicht kenne, ein altes Foto von mir? Lucy sprang auf und suchte mit hastigen Bewegungen das Album aus dem Regal, das sich Julia und Neni neulich angesehen hatten. Hektisch blätterte sie es durch, bis sie gefunden hatte, was sie suchte. Tatsächlich klebte dort ein Abzug derselben Aufnahme, und Lucy erinnerte sich, dass sich Julia über ihre Frisur lustig gemacht hatte. Lustig fühlte sich Lucy im Moment jedoch überhaupt nicht, sondern unwohl und unterschwellig bedroht. Warum schickte diese Jenny ihr dieses Bild?

Einer plötzlichen Eingebung folgend, rief sie ihren Vater an. Es dauerte ewig, bis er dranging.

»Hallo, Engelchen!« Im Hintergrund hörte Lucy jemanden Klavier spielen.

»Papa, kennst du eine Jenny?«, fragte Lucy ohne Vorrede.

»Jenny? Nein. Wieso?«

»Bist du dir hundertprozentig sicher?«

Ihr Vater überlegte einen Augenblick. »Ich kenne nur eine Jen, das ist die neue Cellistin bei uns im Orchester, aber sie wird nicht Jenny genannt. Wieso?«

Lucy starrte auf das Foto in ihrer Hand. Konnte die Cellopartnerin ihres Vaters es ihr geschickt haben?

»Gibt es irgendeine Möglichkeit, dass diese Jen an ein altes Foto von mir gekommen sein könnte?«

Einen Augenblick lang, der Lucy wie eine Ewigkeit vorkam, war es still in der Leitung, bevor ihr Vater antwortete. »Nein, das halte ich für ausgeschlossen, sie war noch nie bei mir. Wie kommst du überhaupt darauf?«

Mit sich fast überschlagender Stimme erzählte Lucy ihrem Vater von den drei Briefen, die sie in den vergangenen Tagen erhalten hatte, und dem vierten, den sie jetzt in Händen hielt.

»Das ist wirklich mysteriös. Was steht denn in dem Brief?«

Tief atmete Lucy durch und las dann langsam vor.

Liebe Lucille,
irgendwie kann ich ja verstehen, dass Dir die Wahrheit wehtut und Du nicht mit mir sprechen möchtest, aber könntest Du Dich nicht bitte trotzdem wenigstens einmal melden? Zum Beweis, dass ich die Wahrheit sage, schicke ich Dir dieses Foto.

Mir läuft die Zeit davon, und Du bist der eine Mensch, der sich von mir nicht hintergangen fühlen soll.
Bitte, bitte, bitte, liebe Lucille, melde Dich!
Deine Jenny

Wieder folgte die Handynummer, die Lucy aber genauso wenig sagte wie zuvor.

»Welche Wahrheit stand denn in den letzten Briefen?« Die Stimme von Lucys Vater klang zutiefst skeptisch.

»Das weiß ich nicht.« Lucy erzählte ihm, wie der erste Brief nur voller Andeutungen gewesen war, sie versehentlich Orangensaft über den zweiten Brief geschüttet hatte und der dritte wieder nur aus Andeutungen bestanden hatte.

»Das mit dem Orangensaft ist natürlich Pech. Aber auch abgesehen davon finde ich die ganze Angelegenheit seltsam«, meinte ihr Vater. »Kann es sein, dass dich jemand veralbern will?«

»Aber wer?« Natürlich hatte sich Lucy das auch schon überlegt. »Jemand, der mich Lucille nennt und meine alte Adresse hat?« Sie erklärte ihrem Vater, dass die Briefe nur per Nachsendeantrag zu ihr kamen.

»Na ja, eine Adresse kann man sich besorgen. Oder könnte es Robert sein?«, fragte ihr Vater, und Lucy fühlte sich, als ob sie einen Schlag in den Magen erhalten hätte. Doch als sie darüber nachdachte, war sie sich sicher, dass er es nicht war. Warum sollte er so etwas tun? Und woher sollte er das Foto haben?

»Es ist merkwürdig«, meinte ihr Vater. »Aber wenn es niemand ist, den du kennst, kannst du ja noch ein wenig abwarten. So wie es aussieht, wird sich diese Jenny wahrscheinlich weiterhin melden.«

»Du meinst, ich sollte sie nicht anrufen?« Schon als sie es aussprach, wusste Lucy, dass sie das sowieso nie und nimmer machen würde.

»Natürlich kannst du das, wenn du möchtest. Du könntest aber auch abwarten, denn solch merkwürdige Dinge klären sich meistens auf. Was sich allerdings noch nicht geklärt hat, ist die Frage, wann meine einzige Tochter mich denn nun endlich besuchen kommen wird?«

»Bald«, antwortete Lucy unbestimmt.

»Lass bald auch wirklich bald sein«, erwiderte ihr Vater. »Leider muss ich zurück zur Probe. Bis bald, Engelchen, und lass dich von den merkwürdigen Briefen nicht verrückt machen, und wenn etwas ist, meldest du dich jederzeit, ja?«

Lucy versprach es. Als sie auflegte, fühlte sie sich etwas ruhiger als zuvor. Doch dann las sie den Brief noch ein zweites Mal und sah sich das Foto von allen Seiten an. Es war leicht verknickt, so als habe es jemand lange und oft in Händen gehalten. Lucys Gemütsruhe, teilweise wiederhergestellt durch das Telefonat mit ihrem Vater, kam erneut ins Schwanken. Ungern dachte sie an früher, und noch weniger gerne sah sie sich von außen mit einer Erinnerung an diese ungute Zeit konfrontiert. Doch dann beschloss sie, dem Rat ihres Vaters zu folgen und sich nicht kirre machen zu lassen.

Gerade als Lucy aufstand, um die Pizza in das Gefrierfach zu tun, klingelte es an der Wohnungstür, und sie zuckte richtiggehend zusammen. Für eine Millisekunde schoss ihr der Gedanke durch den Kopf, dass diese Jenny jetzt vor ihrer Tür stehen würde, bis ihr einfiel, dass die ja nur ihre alte Adresse hatte.

Reiß dich zusammen, ermahnte sich Lucy selbst und öffnete die Tür. Mit einem Zettel in der Hand stand Henrik davor.

»Hallo, Lucy«, sagte er. »Da es etwas kurzfristig ist, dachte ich, bringe ich dir …« Dann brach er ab. »Sag mal, ist alles in Ordnung bei dir? Du bist so blass.«

Ohne darüber nachzudenken, klopfte sich Lucy mit der Hand auf die Wange.

Ja, alles okay, wollte sie sagen, stattdessen sagte sie: »Ich fühle mich gerade nicht so gut.«

»Das sehe ich. Kann ich irgendetwas für dich tun?« Er blickte auf sie herunter, und sie entdeckte echte Wärme und Mitgefühl in seinem Blick.

»Vielen Dank, ich glaube, es geht gleich wieder.«

»Wenn nicht, weißt du ja, wo du mich findest. Dank meiner kleinen Einschränkungen bin ich fast immer zu Hause und erreichbar.« Er lächelte, und Lucy lächelte zurück. Merkwürdigerweise fühlte sie sich schon alleine durch seine Anwesenheit besser.

»Eigentlich wollte ich dir nur die Liste der Essensmöglichkeiten vorbeibringen«, erklärte Henrik. »Ella kommt nachher direkt von der Brautkleidanprobe und hat sicher einen Bärenhunger. Du hast die Wette gewonnen, also kannst du aussuchen, was es geben soll, und ich bestelle dann für uns drei.« Er reichte ihr den Zettel, und Lucy musste grinsen, als sie ihn überflog.

Arabisch – Berliner Küche – Chinesisch – Dim Sums – Englisch (Minzsoße!) – Französisch – Griechisch – Hawaiianisch (nein, kein Toast Hawaii) – Italienisch – Japanisch – Koreanisch – Libanesisch – Mexikanisch – Nepalesisch – Österreichisch – Peruanisch – Russisch – Qualle (gibt es tatsächlich in einem asiatischen Restaurant in der Nähe) – Sushi – Thailändisch – Ungarisch – Vietnamesisch – Wurst (mit Curry) – X (= beliebig) – Yaki-Spieße – Zypriotisch

»Alles klingt toll, und ich bin nicht besonders gut im Entscheiden«, sagte Lucy und überlegte. Mexikanisch? Oder doch lieber Sushi?

»Dann entscheide doch einfach aus dem Bauch heraus ohne großes Nachdenken«, schlug Henrik vor, und Lucy antwortete, ohne zu zögern: »Thailändisch.«

Henrik lachte. »Das hat ja sehr gut funktioniert. Möchtest du etwas von der Karte wählen, oder soll ich einfach unterschiedliche Gerichte bestellen?«

»Verschiedene Gerichte hören sich sehr gut an, und ich esse alles gerne«, antwortete Lucy und fand, dass es sogar ausgezeichnet und vor allem viel besser als Fertigpizza klang. »Wann soll ich kommen?«

»In einer Dreiviertelstunde?«

»Sehr gerne«, antwortete Lucy. Und das war die absolute Wahrheit.

»Davon könnte ja eine ganze Grundschulklasse satt werden«, meinte Lucy und schaute voller Entzücken auf all die verschiedenen Teller und Schüsseln, die Henrik vor Ella und ihr auf dem Küchentisch aufgebaut hatte.

Ella lachte. »Dominik kommt ja nachher auch noch.«

»Das hört sich an, als würde er Unmengen essen«, antwortete Lucy, und Ella grinste. »Er isst schon eher viel.«

»Ein sehr aktiver Stoffwechsel – schon immer«, ergänzte Henrik und lachte.

Lucy saß ihm gegenüber und neben Ella, die heute ein schwarzweißes Kleid zu einer breiten schwarz-weißen Haarschleife trug. Wieder erinnerte sie an ein Mädchen der Goldenen Zwanziger und wirkte sehr fröhlich und fast aufgekratzt.

»Wie war die Anprobe?«, erkundigte sich Henrik und reichte Lucy einen Teller mit kleinen, knusprigen Frühlingsrollen und einer rötlich schimmernden Chilisoße.

Wenn man nicht wüsste, dass er nur einen Arm benutzt, würde man es gar nicht merken, dachte Lucy und nahm den Teller entgegen.

»Oh, es war sehr aufregend und auch ein bisschen nervig«, antwortete Ella, »schließlich war es die letzte Anprobe. Mein Kleid ist jetzt zum Glück fertig, aber bei den Brautjungfern war noch viel zu tun. Jaspers Cousine hat sich entschieden, mit einer Crash-Diät auf die Hochzeit zuzusteuern, sodass ihr Kleid nur noch an ihr herunterhing, und Lily ist schwanger mit Drillingen, und ihr Kleid musste ebenfalls komplett geändert werden. Danach hatte ich noch einen Termin beim Friseur zur Besprechung. Es ist unglaublich, wie viel Energie und Zeit so eine Hochzeit verschlingt.« Fröhlich grinsend nahm sie sich eine kleine Portion von dem grünen Papayasalat.

»Ist das alles, was du isst?«, fragte Henrik erstaunt. »Ich dachte, du fändest Diäten vor Hochzeiten blöd.« Er selbst hatte viel mehr auf dem Teller und sah auch nicht so aus, als wäre er gleich fertig.

»Ja, weißt du …«, begann Ella und besaß die Güte, tatsächlich ein wenig zu erröten, »ich finde Diäten auch blöd, aber mein Kleid soll am Samstag perfekt sitzen, und wenn ich alles esse, was du hier aufgefahren hast …«

»Und das von der Frau, die wir früher Raupe Nimmersatt genannt haben«, konterte Henrik und lächelte Ella dabei an.

Ella lachte laut. »Mensch, Bonbon, das ist ja ewig her, dass ich diesen Spitznamen gehört habe. Die Raupe hatte ich schon ganz vergessen.«

»Wahrscheinlich, weil du dich mittlerweile in einen wunderschönen Schmetterling verwandelt hast«, gab Henrik liebenswürdig zurück. »Aber Raupe Nimmersatt war dein ehrenwert erworbener Name, nachdem du bei uns an einem einzelnen Frühstück eine ganze Packung Toast und ein halbes Glas Nutella aufgegessen und anschließend gefragt hast, was es zum Mittagessen gibt.« Henrik grinste breit, und Ella wandte sich an Lucy. »Du darfst nicht alles glauben, was du hier hörst, die Jungs übertreiben immer. Das sind alles so typische Familienkamellen, aber so etwas kennst du ja garantiert auch.«

Sofort griff Lucy nach ihrem Glas. Zwar hatte sie gerade etwas Scharfes gegessen, aber das war nicht der Grund. Wenn sie ehrlich war, kannte sie solche Familiengeschichten nicht. Ihr Vater war ein

Einzelkind, und ihre Tanten und Onkel mütterlicherseits hatte sie nach dem Verschwinden ihrer Mutter nie wiedergesehen. Als sie aufschaute, blickte sie direkt in Henriks Augen und sah, dass er sie zu verstehen schien, ohne dass sie ein Wort zu sagen brauchte.

»Wie sieht eigentlich dein Schleier aus?«, fragte Henrik seine Cousine, und Lucy spürte eine Welle von Dankbarkeit ihm gegenüber. Nicht nur hatte Henrik ihre schattenhaften Gefühle wahrgenommen, sondern auch ohne viel Aufhebens darauf reagiert. Ungefragt reichte Ella Lucy das rote Curry mit Garnelen und meinte dann: »Ich trage eine Art Hut mit einem Minischleier, unglaublich chic und mondän. Am Samstag wirst du es ja sehen.«

»Ella, ich werde am Samstag nicht kommen«, erklärte Henrik ruhig, und seine Stimme klang ganz sanft dabei.

Entsetzt ließ Ella ihre Gabel sinken. »Aber Bonbon, es ist doch meine Hochzeit!«

»Ich weiß, Liebes, und ich wäre auch unglaublich gerne gekommen, wenn ich nicht … wenn die Lage nicht so wäre, wie sie ist.«

Zu ihrem Entsetzen sah Lucy, wie sich Ellas Augen mit Tränen füllten. »Aber Bonbon, wie soll ich denn ohne dich heiraten, das geht doch nicht!«

Ganz langsam hob Henrik seine rechte Hand, so als wolle er seiner Cousine über die Haare streichen. »Ella, du brauchst mich nicht zum Heiraten. Du brauchst Jasper und vielleicht noch die Trauzeugen, aber mich nicht.« Seine Stimme hörte sich ernst und fast ein wenig traurig an.

»Aber du bist mein bester Freund …«, hielt Ella dagegen. »Alles hast du mit uns geplant, selbst vom Krankenhaus aus hast du mir geholfen.«

»Ja, aber ich habe nie gesagt, dass ich dabei sein werde. Ich kann nicht, Ella.« Henrik neigte seinen Kopf.

»Ist das dein letztes Wort?«, fragte Ella, und Lucy sah, dass ihr eine Träne über die Wange lief.

»Ja«, antwortete Henrik und blickte wieder auf. »Es tut mir leid.«

Jetzt fing Ella wirklich an zu weinen. »Aber du bist doch mein Henrik.«

»Den Henrik, der ich einmal war, gibt es nicht mehr«, antwortete Henrik, und für einen Augenblick dachte Lucy, dass er auch zu weinen anfangen würde, aber er tat es nicht. Er saß nur sehr still und sehr unglücklich da.

Weinend lief Ella in den Flur, und kurze Zeit später hörte Lucy die Wohnungstür schlagen.

»Entschuldige bitte, Lucy«, sagte Henrik und blickte kurz auf.

»Da gibt es nichts zu entschuldigen«, antwortete Lucy, und ihre Stimme klang rau vor Mitleid.

»Was ist denn hier los?« Gerade als Lucy beschlossen hatte zu gehen – köstliches Essen hin oder her –, kam Dominik in die Küche gestürmt. »Eben bin ich Ella auf der Treppe begegnet, und sie hat geweint. Am Samstag heiratet sie und ist sowieso schon am Rande des Nervenzusammenbruchs, was um Himmels willen hast du zu ihr gesagt, Bonbon?«, herrschte Dominik seinen Bruder an, ohne sich offenkundig im Geringsten bewusst zu sein, dass das Schimpfen und der Spitzname »Bonbon« überhaupt nicht zusammenpassten.

»Oh, hallo, Lucy«, meinte Dominik nach einem Augenblick, und seine Stimme quietschte beim Ypsilon.

Selbst durch die Entfernung konnte Lucy spüren, wie Henrik sich anspannte. »Ich habe Ella gesagt, dass ich am Samstag nicht kommen werde, das ist alles.«

Dominik ließ sich auf den frei gewordenen Platz von Ella fallen. »Henrik, jetzt überleg bitte mal. Unsere Lieblingscousine heiratet am Samstag, und du willst aus irgendwelchen nicht nachvollziehbaren Gründen nicht hingehen?«

»Meine Gründe sind nachvollziehbar. Im Moment fühle ich mich einfach nicht danach, auf eine Hochzeit mit zweihundertfünfzig Gästen zu gehen, und ich möchte weder angestarrt noch bemitleidet werden.«

»Alle werden damit beschäftigt sein, Ella anzustarren, denn ihr Kleid ist wirklich extravagant«, tat Dominik die Gründe seines Bruders kurzerhand ab.

»Woher willst du das wissen?« In Henriks Stimme trat ein leichter Ärger.

»Ich habe das Kleid mit ihr ausgesucht, schon vergessen?«

»Trotzdem werde ich nicht kommen.« Henrik blieb stur, doch Dominik wirkte mindestens ebenso willensstark. »Ist es etwa wegen Matilda?«

»Wie bitte?«, fragte Henrik, und seine Stimme hörte sich ruhig an, aber Lucy sah an seinem Gesichtsausdruck, dass Dominik einen wunden Punkt getroffen haben musste.

Dominik schien es auch zu merken, denn er fuhr wieder ruhiger fort: »Vergiss Matilda. Wir finden jemand anders, der dich begleiten kann. Irgendeine unserer zahllosen Cousinen kommt sicher ohne Mann, oder ich könnte auch ein paar meiner Bekannten fragen. Oder …«

»Oder was?«, fragte Henrik, und in seiner Stimme schwang tiefgründig das Donnergrollen mit, das Lucy schon kannte.

»Oder du nimmst Lucy mit. Die freut sich doch bestimmt über eine tolle Einladung, oder etwa nicht?«

Unbewusst registrierte Lucy Dominiks herablassenden Tonfall, doch bevor sie noch etwas sagen konnte, sprang Henrik schon für sie in die Bresche. »Sag mal, spinnst du? Ich könnte froh sein, wenn sie mich begleiten würde.«

»Na super.« Auf einmal klang Dominik sehr zufrieden. »Das ist doch mal eine Aussage, mit der sich arbeiten lässt.« Er wandte sich direkt an Lucy: »Liebe Lucy, könntest du freundlicherweise Henrik auf Ellas Hochzeit begleiten?« Seine Stimme hatte alle Herablassung verloren, und Lucy wurde den Verdacht nicht los, dass er vorher absichtlich so herablassend geklungen hatte, um Henrik aus der Reserve zu locken.

Kopfschüttelnd hob Henrik die rechte Hand, als ob er seinen Bruder auf diese Weise in die Schranken weisen wollte. »Lucy ist zum Abendessen da und nicht, um sich einen deiner verrückten Pläne anzuhören.«

Doch Dominik ließ sich von seinem großen Bruder nicht beeindrucken. »Also, was ist jetzt?«, fragte er Lucy.

Die fühlte sich etwas überfahren und hatte keine Ahnung, was sie antworten sollte.

»Es wäre schön, wenn du kommen könntest«, ergänzte Dominik, und es klang auf einmal wirklich freundlich und einladend. »Es wäre nämlich sehr schön, wenn du an Henriks Seite wärst und nicht etwa Matilda.«

»Warum sagst du so etwas?«, fragte Henrik verärgert.

Dominik zuckte mit den Achseln. »Ich mochte Matilda nie, aber du hast mich ja nicht nach meiner Meinung gefragt.«

»Das ist jetzt doch wohl nicht dein Ernst, Matilda ist …«

»Matilda ist egoistisch, selbstbezogen, krankhaft ehrgeizig und hat dich im Stich gelassen, als du sie gebraucht hättest. Das werde ich ihr nie verzeihen.«

Lucy zog die Augenbrauen hoch. Vielleicht war sie zu einem Abendessen gekommen, aber sie war definitiv unverhofft mitten in einer Soap Opera gelandet.

Entschuldigend wandte sich Henrik an sie. »Verzeih bitte, Lucy, wir sollten das hier nicht vor dir diskutieren.«

»Warum denn nicht?«, widersprach Dominik. »Es ist schließlich so, wie es ist. Also, liebe Lucy, könntest du bitte am Samstag mitkommen? Ich verspreche dir, dass es ein denkwürdiges Fest werden wird. Und wenn Henrik endlich aus seinem Selbstmitleids-Fass ohne Boden herauskriecht, wird er dir das auch bestätigen.«

Erstaunt blickte Lucy zu Dominik, denn der traute seinem Bruder doch sonst nicht einmal zu, die Blumen zu gießen. Unsicher biss sie sich auf die Unterlippe und blickte erst zu Henrik und dann wieder zu Dominik. Schließlich sagte sie Ja, bevor sie noch weiter nachgedacht hatte.

»Na wunderbar«, antwortete Dominik. »Das wird Ella freuen.«

Unvermittelt stand er auf und holte sich einen Teller und Besteck aus dem Schrank: »Habt ihr was dagegen, wenn ich mitesse?«

Auch wenn Michael ihr geschrieben und ihr schöne Träume gewünscht hatte, konnte Lucy beim besten Willen nicht einschlafen. Das lag nicht nur an den Toten Hosen, die so laut wie nie zuvor durch die Wand sangen, brüllten und schrien, sondern vor allem an den Gedanken, die durch ihren Kopf wirbelten. Sie dachte an Michael, der auch schon einiges erlebt hatte und absolut kein unbeschriebenes Blatt mehr war, und sie dachte an Neni, die vorhin das Foto eines absurd großen Diamantringes geschickt hatte, für den sich Samir trotz aller ihrer Proteste entschieden hatte. Dann dachte Lucy an Henrik, der seinen Kummer offenkundig auf seine Weise abfeierte, denn die Musik wurde noch lauter. Sie dachte an ihren Vater und seine Begeisterungsfähigkeit und an ihre Mutter, die nicht mehr als ein Schatten in ihrer Erinnerung war. Kurz bevor Lucy schließlich einschlief, dachte sie auch noch einmal an die seltsame Jenny und die Wahrheit, auf die sich diese Unbekannte immer wieder berief. Was es wohl damit auf sich hatte?

Heute, heute, heute Abend sehen wir uns! Ich kann es kaum erwarten. Habe um 19 Uhr im »P« reserviert, hole dich aber vorher bei der Arbeit ab. Freue mich! Michael

Nett, auf diese freundliche Weise geweckt zu werden, dachte Lucy.

Lucy, ich zähle die Stunden, gehe jetzt in den OP, nachher dann komme ich zu Dir!

An einer Ampel auf dem Weg ins Büro las Lucy die nächste Nachricht und grinste.

OP-Plan-Änderung, aber ich werde so schnell operieren, dass meine Finger fliegen. Dann sehen wir uns, ich zähle die Minuten!

Lucy hatte nur eine Sekunde, diese begeisterten Zeilen zu lesen, dann musste sie sich sofort wieder auf die Arbeit konzentrieren.

Heute war es in der Wort-Agentur noch schlimmer als gestern, da sie nicht nur ihre eigene Arbeit und Julias Termine betreuen, sondern auch noch die unangemeldeten Dienstags-Kunden übernehmen musste. Als um kurz nach vier die Tür aufging und Julia erschien, fühlte sich Lucy am Rande ihrer Kräfte und war himmeldankbar für das Eintreffen ihrer Kollegin. Julia hingegen strahlte über das ganze Gesicht und sah so aus, als wäre der Ausdruck »blendende Laune« extra für sie erfunden worden.

»Hallo allerseits«, wünschte sie. Dabei klang sie so fröhlich und energiegeladen, wie Lucy sie eigentlich kannte, und ihre Erkältung schien endgültig der Vergangenheit anzugehören. In Händen trug sie zwei Cappuccinos to go und unter ihrem Arm klemmte eine Schachtel mit einer kleinen Sachertorte. Mit einer angedeuteten Verbeugung stellte sie einen Kaffeebecher und die Torte vor Lucy hin.

»Mit extra viel Schaum für die aller-, allerbeste Freundin-Arbeitskollegin«, meinte sie.

Und dann tat sie etwas, was sie noch nie getan hatte. Sie ging zu Leonida und Constanze hinüber und reichte jeder eine Mozartkugel.

»Wir essen so etwas ni…«, begann Leonida, doch Constanze unterbrach sie unerwartet hastig und sagte: »Danke, Julia.«

»Gerne«, erwiderte Julia und ließ sich dann auf ihrer Seite des Schreibtisches auf ihren Stuhl fallen.

»War es schön?«, fragte Lucy, obwohl die Antwort Julia ins Gesicht geschrieben stand.

»Traumhaft«, meinte diese und sah aus, als wolle sie gleich »An der schönen blauen Donau« anstimmen. »Also, diese Chirurgen sind der Hit, wann siehst du Michael wieder?«

»Heute Abend«, gab Lucy mit einem kleinen Lächeln zurück.

Zwar bezog sich das Lächeln mehr auf Julia und ihre Ausstrahlung von Glück, aber Julia fasste es – natürlich – anders auf.

»Oh, là, là, erzähl mir alles«, forderte sie, und Lucy sah aus dem Augenwinkel, wie auch Leonida und Constanze ganz große Ohren bekamen.

Doch aus vollkommen unerfindlichen Gründen musste Lucy als Erstes an Henrik denken und die Einladung zu Ellas Hochzeit, die sie gestern angenommen hatte. »Also …«, begann sie, und drei Augenpaare richteten sich voller Neugierde auf sie.

Doch bevor sie ihre Gedanken weiter ausführen konnte, klopfte es, und ein Bote betrat das Büro. In Händen trug er einen riesigen Blumenstrauß, eingeschlagen in blütenweißes Papier.

»Frau Julia Neumann, Wort-Agentur?«, erkundigte er sich und blickte zwischen den vier Frauen hin und her.

»Das bin ich«, entgegnete Julia mit einem Lächeln, das auch Butter hätte schmelzen lassen können.

Der Bote schien ebenfalls dahinzuschmelzen und stand für einen Augenblick einfach nur da, bevor er sich an seine Aufgabe erinnerte und mit roten Ohren rasch das Papier öffnete. Zum Vorschein kam der größte Strauß roter Rosen, den Lucy je gesehen hatte.

»Was ist denn das?«, fragte Constanze, Leonida hingegen schien es die Sprache verschlagen zu haben.

»Hier unterschreiben, bitte«, erklärte der Bote und legte den riesigen Blumenstrauß vor Julia auf den Schreibtisch.

Mit einer schwungvollen Unterschrift quittierte Julia den Erhalt, und der Bote verschwand, nachdem er Julia noch einen bewundernden Blick zugeworfen hatte.

»Wow«, meinte Lucy neidlos, »der hat ja echt Feuer gefangen.«

»Ehrlich gesagt bin ich auch überrascht.« Vorsichtig zog Julia einen weißen Umschlag heraus, der zwischen den roten Rosen klemmte. Behutsam öffnete sie den Umschlag und nahm eine Karte heraus – und ihr Lächeln erlosch.

»Das gibt's doch nicht«, murmelte sie zwischen zusammengebissenen Zähnen.

»Was ist denn los?«, fragte Lucy, die nicht die geringste Ahnung hatte, mit welcher Formulierung Laurenz Julias Begeisterung derart schnell in sich hatte zusammenfallen lassen.

»Ach nichts.« Julia zerriss die Karte in hunderttausend kleine Schnipsel und fegte sie dann in den Mülleimer.

»Wollt ihr die Blumen haben?«, wandte sie sich an Leonida und Constanze.

Die beiden nickten stumm.

»Bitte, bedient euch, Bedingung ist nur, dass sie von meinem Schreibtisch verschwinden.«

Zögerlich stand Constanze auf und kam näher. »Ist irgendetwas damit nicht in Ordnung?«

»Nein, es ist alles okay. Ich bin nur nicht käuflich, und irgendwie scheinen manche Männer das einfach nicht zu verstehen.«

Obwohl die Rosen jetzt auf Leonidas und Constanzes Schreibtisch standen, verteilte sich ihr Duft im ganzen Büro, und Lucy ertappte sich ein paarmal, wie sie tief einatmete.

Zu den Blumen hatte Julia sich nicht weiter geäußert, und Lucy kannte sie zu gut, um nachzufragen. Wenn Julia etwas erzählen wollte, würde sie es tun, und bis dahin blieb Lucy nichts anderes übrig, als abzuwarten, egal wie neugierig sie war. Tapfer tippte sie weiter Rosamundes Tagebuch ab. Die beschrieb in nüchternen Worten einen Urlaub mit den Kindern an der Ostsee, der so sagenhaft langweilig gewesen sein musste, dass Lucy selbst beim Abschreiben gelegentlich merkte, wie ihr die Augen zufielen. In allen Details schilderte Rosamunde die örtlichen Begebenheiten und das Meer in kurzen, adjektivarmen Hauptsätzen, sodass jeglicher Erzählfluss flöten ging. Auch schon früher hatte Lucy den Verdacht gehegt, dass Rosamunde ausgesprochen zwanghaft gewesen sein musste, aber diese Urlaubsbeschreibung setzte allem die Krone auf. Dazu kam, dass sie schon ankündigte, auch weiterhin hierher in den Urlaub fahren zu wollen, und Lucy sich fragte, wie viele weitere derartige Schilderungen sie ertragen könnte und, schlimmer noch, was Herr Schnitters dazu sagen würde.

Ihr Handy klingelte. Dankbar auch für die kleinste Ablenkung ging Lucy dran, obwohl sie die Nummer nicht kannte.

»Waldner«, meldete sie sich.

»Hier ist OP-Pfleger Horst, ich rufe im Auftrag von Dr. Dillenberg an. Er steht noch am Tisch, und ich soll Sie fragen, ob es möglich wäre, dass Sie sich gleich im Restaurant treffen?«

Lucy brauchte einen Moment, um das Gesagte zu verarbeiten. An welchem Tisch stand Michael? Wer war OP-Pfleger Horst?

»Sind Sie noch dran?«, fragte der OP-Pfleger.

»Äh ja.«

»Außerdem soll ich Ihnen vielen Dank für Ihr Verständnis ausrichten.«

»Danke«, erwiderte Lucy, die noch gar nicht wusste, wie viel Verständnis sie tatsächlich aufbrachte.

»Einen schönen Tag noch.« Mit diesen Worten legte der Pfleger auf.

Einen Augenblick lang starrte Lucy ins Leere. Vor ihrem inneren Auge sah sie eine lange Reihe von Verabredungen, die durch solche Anrufe verschoben oder abgesagt wurden. War das nicht das stets beklagte Los der Chirurgenfrauen?

Hör auf, ermahnte sie sich dann streng, schließlich kann Michael nichts dafür. Trotzdem war sie ein klein wenig enttäuscht, denn es war einfach nicht dasselbe, sich in einem Restaurant zu treffen oder von der Arbeit abgeholt zu werden.

Immerhin bleibt mir so noch genügend Zeit, herauszubekommen, was Laurenz auf die Karte an Julia geschrieben hat, überlegte Lucy und warf ihrer Freundin einen vorsichtigen Blick zu.

Das »P« geisterte seit geraumer Zeit durch die Gastrokritiken Berlins. Selbst war Lucy noch nie dort gewesen, aber sie hatte schon einiges davon gehört. Hinter einer unscheinbaren Fassade verbarg sich ein schickes, modern eingerichtetes Lokal, das asiatisch-südamerikanische Fusionsküche anbot. Auf das Essen war Lucy gespannt, aber noch erwartungsvoller blickte sie auf den Abend mit Michael. Am Empfang nannte sie seinen Namen und wurde von einer Kellnerin mit einer Unzahl von Piercings zum Tisch geführt.

Das Restaurant bestand aus einem einzigen großen Raum mit einer offenen Küche auf der einen Seite und einer Reihe kleiner Separees auf der anderen. Dazwischen standen einige längere Tische mit Bänken statt Stühlen. Die Separees waren durch halbhohe Raumteiler voneinander getrennt, sodass man seine Nachbarn zwar hören, aber nicht sehen konnte. Die Kellnerin brachte Lucy zu dem letzten dieser Separees. Ein Arrangement kleiner Blumen mit leuchtenden Blüten stand auf dem Tisch, und das ganze Restaurant war mit exotischem, farbenfrohem Blumenschmuck verziert.

»Darf ich Ihnen schon etwas zu trinken anbieten?«, fragte die Kellnerin und legte die Karte vor Lucy auf den Tisch.

»Nein danke, ich warte noch«, antwortete Lucy. Nachdem die Kellnerin gegangen war, machte sie es sich bequem und schlug die Speisekarte auf. Darauf standen lauter ungewöhnliche Gerichte wie Maistortillas mit blanchiertem Lachs auf einer Creme von Teriyaki-Soße und Peking-Ente mit Guacamole und Tomatenkonfit, dazu eine große Auswahl an Salaten aus Algen, Avocado, Erdnüssen und Tortillachips. Zum Kennenlernen bot das Restaurant ein Vier-Gänge-Menü an, und Lucy lief das Wasser im Munde zusammen, als sie alles las.

Immer wieder blickte sie hoch, ob Michael vielleicht schon im Anmarsch wäre. Da sie im äußersten Separee saß, war ihre Aussicht etwas eingeschränkt, und sie konnte nicht den ganzen Raum überblicken, aber immerhin konnte sie die äußere Hälfte der Eingangstür sehen. Doch Michael kam nicht, und langsam nahm Lucys Hunger beträchtliche Ausmaße an. Nach zehn Minuten war sie fast so weit, zumindest ein Gericht zu bestellen, und konnte sich nur mit größter Selbstbeherrschung davon abhalten.

Nach einer Weile wurde jemand zu dem benachbarten Separee geführt. Den Stimmen nach zu urteilen, waren es zwei Frauen, die Lucy nicht sehen, aber hören konnte. Mit der Zeit wuchsen allerdings Lucys Zweifel, ob es tatsächlich zwei Personen waren, denn die ganze Zeit über sprach nur die eine. Einen geradezu Hamletartigen Monolog hielt sie darüber, wie schwierig ihr Leben war, wie nervig ihr Chef, wie verabscheuenswürdig ihre Kollegin und dass sie endlich etwas gegen ihre Falten am Mundwinkel tun müsste. Gerade als Lucy sich fragte, ob sie vielleicht telefonierte, beendete sie ihre Ausführungen und fragte: »Und wie geht es dir so?«

»Gut«, antwortete die zweite Frau mit einem lauten, perlenden Lachen. »Auch wenn ich vielleicht besser ›perfekt‹ sagen sollte.«

Überrascht sah Lucy auf. Das war Mindie. Keine Frage, es war eindeutig Mindies Stimme gewesen. Was für ein verrückter Zufall! Gerade als Lucy aufstehen wollte, um sie zu begrüßen, fragte die erste Frau: »Hast du ihn dir schon gefügig gemacht?«

Sofort ließ sich Lucy auf ihren Platz zurücksinken. Was war das für eine bescheuerte Frage?

»Mehr als das.« Wieder lachte Mindie ihr perlendes Lachen. »Aber lass uns erst bestellen, dann erzähle ich dir alles.«

Die Kellnerin kam an ihren Tisch, und Mindie bestellte einen Salat ohne Dressing, dafür mit extra Avocado und einer großen Menge Wasabi-Meerrettich. Die zweite Frau nahm das Abendmenü.

»Und zu trinken?«

»Für mich ein Mondwasser«, bat Mindie.

»Ach, du Spielverderberin«, tadelte die zweite Frau. »Ich nehme vorab den Hauscocktail und zum Essen eine Flasche Weißwein.« Die Kellnerin ging.

»Jetzt erzähl mir ganz genau, wie es steht. Glaubst du, dass das etwas Festes wird?«

»Das ist es schon. Bombenfest. Den habe ich mir gekrallt mit all seinen Restaurants und Bars. Es wird ein wunderbares Leben«, erwiderte Mindie.

»Nach der Scheidung, meinst du?«, erkundigte sich die zweite Frau und lachte, aber es klang hart und nicht wirklich amüsiert.

Das kann nicht wahr sein, dachte Lucy schockiert.

»Auch schon vor der Scheidung. Samir ist so leicht manipulierbar, jeden Wunsch liest er mir von den Augen ab und denkt dann auch noch, es wäre seine Idee gewesen. Ich spiele mit ihm wie mit einem jungen Hund.«

»Einem gut aussehenden jungen Hund«, urteilte die zweite Frau.

»So ganz mein Typ ist er nicht, aber er hat eine nette Art, das muss man ihm lassen.« Mindie bemühte sich nicht einmal, leise zu reden.

»Du hast einfach eine Hand für attraktive Männer«, lobte die zweite Frau.

Mindie lachte, und es klang sehr zufrieden.

Krampfhaft verschränkte Lucy ihre Hände. Die beiden mussten für eine Fernsehaufnahme proben, oder sie selbst hatte das gerade alles falsch verstanden, aber sie hatte den Namen Samir ganz klar und deutlich herausgehört.

Die Kellnerin brachte die Getränke. Als sie wieder gegangen war, erkundigte sich die zweite Frau: »Und wie geht es mit der Familie? Da gab es doch eine schwierige Schwester?«

»Ja, die Schwester ist unerträglich. Meine Güte, ist die eingebildet, und das Schlimmste ist, Samir hört auf sie.«

»Was macht sie denn?«

»Sie hat ein kleines Café, nichts Besonderes.« Mindies Stimme klang abfällig, und Lucy spürte, wie ihr die Tränen in die Augen traten. Das konnte alles nicht wahr sein, was sie da hörte. Neni, ihre liebe Neni, eine schwierige, eingebildete Person?

»Zum Glück gibt es Caro. Simsalabim hat sie die Schwester und die ganze Familie komplett um ihren kleinen Finger gewickelt.« Zutiefst befriedigt hörte sich das an, und die andere Frau lachte. »Und was passiert jetzt?«

»Nichts, ich warte auf den Antrag. Natürlich habe ich Samir schon wissen lassen, welchen Ring ich will, übrigens nichts Kleines, Popeliges. Das klappt.«

»Das ist ja der Wahnsinn. Und es gibt niemanden, der dir das Spiel noch verderben könnte? Die Eltern?«

Mindie lachte. »Bei denen hätte ich mir überhaupt keine Sorgen machen müssen. Die sind absolut kinderlieb, und wahrscheinlich danken sie dem Himmel, wenn Samir endlich sesshaft wird. Meine größte Sorge war wirklich die Schwester, aber das hat sich ja jetzt erübrigt.«

»Herzlichen Glückwunsch!« Die beiden Frauen stießen mit ihren Gläsern an.

Die Tränen in Lucys Augen sammelten sich so schnell, dass sie nur noch verschwommen sehen konnte.

Also hat Neni doch recht gehabt mit ihrem ursprünglichen Gefühl, dachte sie und fühlte ihre Verzweiflung zunehmen, denn sie liebte Samir und seine Familie, und niemand von ihnen hatte es verdient, dermaßen ausgenutzt zu werden.

Was soll ich bloß tun? Lucy schaute nach unten und sah, dass sie ihre Hände so fest verschränkt hatte, dass die Finger ganz weiß geworden waren. Ihr erster Impuls war, aufzustehen und Mindie zur Rede zu stellen, doch dann zögerte sie.

Besser, ich spreche schnellstmöglich mit Neni, beschloss sie stattdessen.

Ohne zu zögern, griff sie nach ihrer Tasche und stand auf. So rasch sie konnte, durchquerte sie das Restaurant. Ob Mindie sie dabei sah, wusste sie nicht, aber es war ihr auch gleichgültig. Draußen war es sonnig und warm, trotzdem fror Lucy.

Ich muss gleich mit Neni sprechen, war der einzige Gedanke, der in ihrem Kopf Karussell fuhr. Wie um sich aufzuwärmen, schlang sie ihre Arme um sich und versuchte, als Erstes tief Luft zu holen.

An der nächsten Straßenecke holte Lucy mit zitternden Händen ihr Handy aus der Tasche. Sie war so aufgewühlt von dem mit angehörten Gespräch, dass sie kaum das Display bedienen konnte.

»Wo bist du?«, fragte sie ohne Begrüßung, als Neni schließlich abnahm.

»Bei meiner Mutter im Büro, wieso?«

»Ich muss dich ganz dringend sprechen.«

»Jetzt?« Neni klang überrascht. »Wolltest du dich heute Abend nicht mit Michael treffen?«

»Es ist wirklich dringend«, beharrte Lucy, ohne Nenis Frage zu beantworten.

»Möchtest du vielleicht herkommen?«

»Ja. Und Neni?« Lucy war ganz außer Atem.

»Was denn? Muss ich mir Sorgen machen?« Nun schlich sich eine leichte Beunruhigung in Nenis Stimme.

»Ich erkläre es dir gleich, ich bin …«

Lucy sah das Fahrrad nicht gleich, das ihr plötzlich mit überhöhter Geschwindigkeit auf dem Gehweg entgegenkam, und als sie es entdeckte, war es schon zu spät, um auszuweichen. Instinktiv streckte Lucy beide Hände aus, und ihr Handy segelte auf den Boden. Etwas quietschte laut und schrill, und im nächsten Moment spürte Lucy, wie sie umgerissen wurde. Noch im Fallen drehte sie sich und landete auf ihrer linken Hand, dem linken Ellenbogen und auf ihrer Stirn.

Oh verdammt, dachte sie. Dann wurde alles schwarz.

Als Lucy wieder zu sich kam, beugte sich ein Mann mit Fahrradhelm über sie. Seine Augen waren panisch geweitet, und seine Angst übertrug sich sofort auf Lucy.

»Was ist denn passiert?«, fragte sie angsterfüllt. »Hat es etwas mit Neni zu tun?«

Aber er antwortete nicht, sondern starrte sie nur an.

»Was ist denn los?«, fragte sie noch mal und versuchte, sich aufzusetzen, aber ihre linke Hand tat furchtbar weh. Etwas lief ihre Stirn hinunter, und Lucy hob die rechte Hand, um es abzuwischen.

»Bitte nicht anfassen«, flehte der Mann, »der Krankenwagen kommt gleich.«

Lucy schloss die Augen. Wer brauchte hier eine Notfallversorgung?

Ganz langsam kam die Erinnerung zurück. Eigentlich hatte sie eine Verabredung mit Michael gehabt, aber er war nicht aufgetaucht. Saß sie deshalb jetzt hier? Lucys Gedanken bewegten sich nur langsam und zäh. Nein, sie war auf dem Weg zu Neni gewesen. Neni … sie musste sofort mit Neni sprechen! Schlagartig war alles wieder da, und Lucy versuchte erneut, in die Senkrechte zu kommen.

Mit quietschenden Bremsen hielt ein Krankenwagen auf der Straße neben ihr, und Lucy sah das rotierende Blaulicht auf seinem Dach. Nur Sekunden später hielt auch noch ein Polizeiauto.

»Da sind sie.« Der Mann mit dem Fahrradhelm wirkte unglaublich erleichtert und winkte den beiden Rettungsassistenten, die auf ihn und Lucy zukamen. Hektisch erzählte er etwas von einem Fahrradunfall.

»Ich bin aber nicht Fahrrad gefahren«, beteuerte Lucy.

»Das ist klar«, meinte der eine Rettungsassistent und kniete sich neben sie. »Wie fühlen Sie sich?«

»Gut, glaube ich«, erwiderte Lucy zögernd. Sie wusste nicht genau, wie es ihr ging, nur ihre Stirn spürte sie warm und feucht, und ihr linkes Handgelenk schmerzte. »Kann ich jetzt gehen?«

Der Rettungsassistent begann, sie routiniert von oben bis unten abzutasten, und Lucy protestierte, als er auf ihren linken Arm drückte.

»Leider können Sie jetzt nirgends hingehen, Sie müssen ins Krankenhaus«, erklärte er ihr.

Sein Kollege klebte ihr etwas auf die Stirn.

»Aber ich muss mit Neni sprechen«, protestierte Lucy und fragte sich verzweifelt, warum hier niemand zu verstehen schien, wie wichtig das war.

»Dafür ist später Zeit«, beruhigte sie der Rettungsassistent, während sein Kollege ihr eine Halskrause umlegte.

»Können Sie sich erinnern, was passiert ist?«

Lucys Kopf begann wehzutun, und sosehr sie sich auch bemühte, an den Unfall konnte sie sich nicht erinnern, nur daran, wie sie auf dem Gehweg neben dem erschrockenen Mann wieder zu sich gekommen war.

»Bitte bleiben Sie liegen«, bat der eine Rettungsassistent und befestigte eine Schiene an ihrem linken Unterarm.

»Wo ist mein Handy?«, fragte Lucy. Vorhin hatte sie es noch in der Hand gehabt.

»Dieses hier?« Der Rettungsassistent hielt ihr etwas unter die Nase, das kaum noch wie ein Handy aussah. Das Display war zersplittert, eine Ecke war ganz abgebrochen, und der Hintergrund war und blieb schwarz.

Lucy spürte Panik aufwallen. Wie sollte sie denn mit dem Wrack noch jemanden erreichen?

»Wenn Sie uns die Nummer sagen, können wir für Sie anrufen«, mischte sich eine Polizistin ein, die sich neben Lucy hinkniete.

Wie lautete nur Nenis Nummer? Krampfhaft versuchte Lucy, sich zu erinnern. Es war absurd, schließlich hatte sie Neni schon Tausende Male angerufen, aber da hatte sie immer die Kurzwahl im Handy verwendet.

Lucy schloss die Augen, doch sosehr sie sich auch anstrengte, sie konnte sich an nicht eine Ziffer erinnern. Die einzige Nummer, die sie in letzter Zeit vor Augen gehabt hatte, war die von Henrik. Sie hatte sie sich eingeprägt, weil sie fast nur aus Zweien bestanden hatte.

»0174 2220202.«

Ein Handy wurde an ihr Ohr gehalten. Es klingelte lange.

»Hartenstein.« Henriks Stimme klang so tief und warm, dass ein Schauer der Erleichterung durch Lucy hindurchlief.

»Ich bin es. Lucy.« Im Vergleich zu seiner klang ihre Stimme piepsig, und Lucy spürte, wie sie am ganzen Körper zu zittern begann. »Ich hatte einen Fahrradunfall und muss doch mit …«

»Wo bist du?« Augenblicklich klang Henrik sehr beunruhigt.

Lucy spürte eine Welle von Muskelzuckungen durch ihren Körper laufen. »Ich liege hier auf dem Gehweg, aber was viel schlimmer ist, ich kann Neni nicht erreichen, und ich soll ins Krankenhaus.« Plötzlich fühlte sich die Hilflosigkeit übermächtig an, und Lucys Zittern wurde so stark, dass sie das Handy nicht mehr halten konnte und die Polizistin es ihr wieder abnahm. Krampfhaft versuchte Lucy, sich zusammenzureißen, aber es ging einfach nicht, stattdessen wurde das Zittern immer schlimmer, so als wolle sich jeder einzelne Muskel in ihrem Körper bemerkbar machen.

»Das ist der Schock«, erklärte der Rettungsassistent und reichte Lucy ein Taschentuch. Mit zitternder Hand putzte sie sich die Nase. Aber als sie anschließend auf das Taschentuch blickte, war es rot von Blut.

»Muss ich sterben?«, schluchzte sie auf.

»Wegen einer Gehirnerschütterung, einer Platzwunde auf der Stirn und einem verletzten Arm wohl kaum«, erwiderte der Rettungsassistent gelassen. Die Ruhe, die er dabei ausstrahlte, beruhigte Lucy mehr als seine Worte. Sein Kollege brachte eine Trage.

Zu zweit legten sie Lucy darauf und luden sie in den Krankenwagen. Es ruckelte heftig, und im Krankenwagen war es unangenehm hell.

»Brauchen Sie ein Schmerzmittel?«

»Nein.« Alles tat ihr weh, aber das war gerade nicht ihr größtes Problem.

Ich muss mit Neni sprechen, dachte sie wieder und wieder. Aber daran war gerade nicht zu denken.

In der Notaufnahme leuchtete jemand Lucy in die Pupillen, und das grelle Licht brannte in ihren Augen. Mehrere Personen in blauen Kasacks machten sich an ihr zu schaffen, und sie wurde an einen Monitor angeschlossen, der permanent piepte. Noch nie in ihrem Leben war Lucy schlimm krank gewesen, und nun fand sie es doppelt befremdlich, hier zu liegen. Um ihr rechtes Handgelenk wurde ein Namensschild gebunden, und in ihre rechte Ellenbeuge bekam sie einen venösen Zugang. Das brannte unangenehm, und Lucy hätte am liebsten ihren Arm zurückgezogen, doch sie traute sich nicht. Noch einmal leuchtete ihr jemand in die Augen, und eine Menge Fragen prasselten auf sie ein: Wie heißen Sie? Welches Datum haben wir heute? Können Sie sich an den Unfall erinnern? Leiden Sie unter Allergien? Könnten Sie schwanger sein?

Ein Arzt in Weiß untersuchte sie wortlos und drückte an ihr herum, als sei sie eine Puppe. Als er ihr linkes Handgelenk beugte, entfuhr Lucy ein kleines Quieken, aber er machte einfach weiter. Jemand anders hielt einen Ultraschallkopf auf ihren Bauch, und eine Schwester schaute unter das Pflaster auf ihrer Stirn.

»Was ist mit mir?«, fragte sie, aber die einzige Antwort, die sie bekam, lautete: »Wir machen jetzt ein CT zum Ausschluss einer Hirnblutung und einer HWS-Verletzung, zusätzlich steht ein Röntgen der Articulatio radiocarpalis an, dann sehen wir weiter.«

Von alledem verstand Lucy nur das Wort »Hirnblutung«, und es klang bedrohlich. Langsam, aber sicher begann sich Angst in ihr auszubreiten. Blutete es etwa in ihrem Gehirn?

Auf ihrer Liege mit dem piepsenden Monitor neben ihrem Kopf wurde sie von einem schweigenden Pfleger durch einen Gang geschoben und in einen anderen Raum gebracht. Dort warteten mehrere Personen auf sie und brachten sie zu einer riesigen Maschine, die geradezu beängstigend futuristisch aussah.

»Hatten Sie schon mal ein CT?«, erkundigte sich ein Mann im weißen Kittel mit einer großen, unvorteilhaften Brille und hielt ihr dann – ohne eine Antwort abzuwarten – ein Klemmbrett unter die Nase. »Bitte hier unterschreiben.«

Lucy unterschrieb, obwohl sie kaum etwas entziffern konnte. Die Angst ließ ihr alles vor den Augen verschwimmen, und sie hätte am liebsten losgeheult. Doch für ihre Gefühle schien kein Platz zu sein, und ohne viel Erklärung wurde sie auf eine schmale Liege umgebettet. Ängstlich schaute Lucy zu dem riesigen Gerät, das mit einiger Lautstärke zum Leben erwachte.

»Bitte nicht bewegen«, sagte eine Computerstimme, und Lucy bemerkte, dass sie alleine im Zimmer zurückgeblieben war.

Als ihre Liege auf einmal in die riesige Maschine hineinfuhr, erschrak Lucy fürchterlich. Instinktiv versuchte sie sich aufzusetzen und von der Liege herunterzukommen, aber die Computerstimme ermahnte sie erneut, still zu liegen. Dann bewegte sich die Maschine, es war laut, und Lucy hatte das Gefühl, in eine falsche Wirklichkeit verfrachtet worden zu sein. Doch Momente später war auch schon alles wieder vorbei, und zwei Schwestern betteten sie mithilfe eines Rollbretts routiniert zurück auf ihre Transportliege.

Lucy fragte: »Was ist jetzt mit mir?«

»Das wissen wir noch nicht, die Bilder müssen erst noch befundet werden. Jetzt bekommen Sie erst noch eine Röntgenaufnahme von der Hand.« Die Schwester klang freundlich, aber Lucy verstand rein gar nichts, und ihr Gefühl, hier allem vollkommen hilflos ausgeliefert zu sein, wuchs.

»Kann nicht mal jemand mit mir sprechen?«, bat Lucy.

»Natürlich, dann, wenn wir die Befunde haben«, antwortete die Schwester, und es hörte sich nicht abweisend, aber viel zu vage für Lucy an.

Dadurch hatte sie das Gefühl, immer kleiner und kleiner zu werden, und sie schwieg, als sie wieder in ein anderes Zimmer, diesmal zu einem deutlich altmodischeren Röntgengerät, gebracht wurde. Immerhin ließen die Kopfschmerzen langsam nach, aber die Stellung, in die ihr Handgelenk für die Aufnahme gebracht wurde, war schrecklich unangenehm, und Lucy musste die Zähne zusammenbeißen, um nicht laut zu jammern.

Schließlich ging es zurück in die Notaufnahme und da in ein Zimmer, das nur durch Vorhänge in einzelne Kabinen unterteilt war. Dort blieb sie alleine mit ihrem piepsenden Monitor, und niemand kam, um mit ihr zu sprechen, niemand kam, um ihr Mut zu machen, niemand kam und erklärte ihr, was eigentlich genau los war. Stattdessen fühlte sie sich fürchterlich einsam, geradezu mutterseelenallein. Lucy versuchte, tapfer zu sein, aber schließlich lief ihr eine Träne über die Wange, dann eine zweite und schließlich ein ganzer Strom, und Lucy weinte aus Angst, aus Hilflosigkeit und aus purer Verzweiflung.

»Wo ist sie?«, fragte eine tiefe, volle Stimme draußen auf dem Gang.

»Aber Sie sind nicht mit ihr verwandt«, protestierte eine Schwester.

»Ich bitte Sie.« Plötzlich trat Henrik ins Zimmer, und Lucy konnte sich nicht erinnern, je so froh gewesen zu sein, ihn zu sehen, ja überhaupt jemanden zu sehen. Für einen Augenblick schloss sie die Augen, dann öffnete sie sie wieder, aber er war immer noch da und kam bis zu ihrer Liege gehumpelt und griff nach ihrer Hand.

»Lucy«, sagte er, und seine Stimme klang noch tiefer, dunkler und wärmer, als Lucy sie in Erinnerung hatte. »Was machst du denn für Sachen? Wolltest du auch mal sehen, wie es im Krankenhaus ist?« Er lächelte, und durch ihre Tränen lächelte sie zurück und drückte seine Hand aus Dankbarkeit, so fest sie konnte.

»Danke, dass du gekommen bist«, flüsterte sie, und ihre Stimme hörte sich rau von der Erleichterung an, die durch sie hindurchströmte.

»Schließlich konnte ich dich hier nicht alleine lassen«, erwiderte er, und es klang wie die größte Selbstverständlichkeit der Welt. Sie schaute zu ihm auf, sah seine blauen Augen in dem markanten Gesicht und konnte den Blick nicht von ihm lösen. Allein durch seine Anwesenheit war alles auf einmal nicht mehr ganz so schlimm. Natürlich schmerzte ihr Handgelenk noch, und ihr Kopf pochte, und natürlich hatte sie immer noch keine Ahnung, was mit ihr passieren würde, aber sie war nicht mehr nur auf sich gestellt, und das ließ ihren Optimismus und ihre Lebensgeister aus ihrer Erstarrung erwachen.

»Das Krankenhaus habe ich jetzt gesehen, lass uns gehen«, meinte Lucy. Dann musste sie grinsen, denn nie im Leben hätte sie gedacht, dass sie sich je nach ihrer kleinen, engen Wohnung mit dem scheußlichen Sofa sehnen würde, aber genau das tat sie.

Henrik lächelte zurück. »Das hört sich ja fast schon vernünftig an, aber manchmal geht es eben nicht so schnell, wie man möchte. Was ist eigentlich passiert?«

»Ich wollte zu Neni«, antwortete Lucy, als würde das alles begreiflich machen.

»Wenn ich das verstehen soll, musst du es mir vielleicht etwas ausführlicher erzählen«, schlug Henrik vor und lehnte sich an den Rand von Lucys Liege. In dem kleinen Raum wirkte er wie ein Hüne, und Lucy fühlte sich merkwürdig geborgen neben ihm. Noch immer hielt sie seine Hand, und es fühlte sich so gut an, dass sie sie nicht loslassen wollte.

Erst stockend, dann immer flüssiger erzählte Lucy Henrik von ihrer besten Freundin, die sie im Sommerurlaub kennengelernt hatte, als sie beide elf Jahre alt gewesen waren. Sie schilderte Samirs ausschweifendes Leben als Parade-Frauenheld und seinen plötzlichen Sinneswandel in Richtung Monogamie. In allen Farben berichtete sie Henrik von Mindies Art und Nenis Befürchtungen, von der Ringsuche und schließlich von ihrem ungeplanten Zusammentreffen mit Mindie im »P«. Es tat Lucy weh, sich an Mindies harsche Worte zu erinnern, und sie erzählte immer langsamer und mühsamer.

»Und dann bist du in das Fahrrad gelaufen, ohne rechts oder links zu schauen?«, fragte Henrik leichthin.

»Es war das Fahrrad, das ohne links und rechts zu schauen in mich hineingefahren ist. Und jetzt liege ich hier und müsste eigentlich mit Neni sprechen«, antwortete Lucy und machte unwillkürlich eine Bewegung, als wolle sie aufstehen.

»Warum rufst du sie nicht an?«, fragte Henrik, und aus seinem Mund hörte es sich wie das Einfachste der Welt an.

»Mein Handy ist bei dem Unfall kaputtgegangen, und ich weiß ihre Nummer nicht auswendig.« Lucy fand selbst, dass sich das ziemlich blöd anhörte, aber es war die simple Wahrheit.

Überrascht blickte Henrik sie an. »Woher hattest du dann meine Nummer?«

»Die habe ich mir gemerkt, weil so viele Zweien darin vorkommen.«

Lucy blickte zu ihm hoch, und er erwiderte ihren Blick einfach nur ruhig. »Da bin ich aber froh. Man sollte einfach nicht alleine im Krankenhaus sein.«

Das brachte genau auf den Punkt, was Lucy die ganze Zeit gefühlt hatte, und sie hätte vor lauter Erleichterung sofort wieder in Tränen ausbrechen können. »Ich bin so froh, dass du gekommen bist«, sagte sie mit kippeliger Stimme.

»Gern geschehen«, erwiderte er. »Obwohl ich zugeben muss, dass ich mich nicht mehr so gerne hier aufhalte.«

»Du warst in diesem Krankenhaus?«

Henrik nickte.

»Wie lange?«, fragte Lucy.

»Acht Monate«, erwiderte Henrik, und falls Lucy noch etwas gebraucht hatte, um ihr eigenes Unglück zu relativieren, so war es das.

»Das ist eine Ewigkeit«, sagte sie leise.

»Mehr als das«, gab Henrik zurück. Und auf einmal konnte Lucy ganz und gar verstehen, warum er manchmal so schwierig, so ablehnend, so abweisend und harsch zu ihr gewesen war.

»Wen haben wir denn hier?«, fragte der Arzt, der schwungvoll ins Zimmer kam. »Das ist ja eine Überraschung.« Henrik ließ Lucys Hand los, um die des Arztes zu schütteln.

»Unser Vorzeige-Überlebender.« Der Arzt klang ausgesprochen gut gelaunt, ganz anders als die anderen zuvor.

»Aber nur zu Besuch, Dr. Finke«, betonte Henrik sofort.

»Ihre Zeit im Krankenhaus haben Sie ja auch wirklich abgeleistet. Und jetzt bringen Sie uns Ihre Lebensgefährtin?« Der Arzt kam um die Liege herum und hielt Lucy seine Hand hin. »Finke mein Name, Oberarzt hier.«

Kurz drückte er ihre Hand und nahm ihr dann ohne Umschweife die Halskrause ab. »Frau Waldner, ich habe nur gute Nachrichten für Sie. Sie haben keine Hirnblutung, Ihr Hals ist unversehrt, Ihr linkes Handgelenk ist nur gestaucht, und Sie müssen nur eine einzige Nacht bei uns bleiben. Das ist alles also deutlich besser als bei Ihrem Herzallerliebsten. Und was die Wunde auf der Stirn angeht, die bekommen wir auch hin. Normalerweise lassen wir ja unsere Studenten so etwas nähen, aber bei einer hübschen, jungen Frau wie Ihnen wollen wir keine Narben in Kauf nehmen. Wenn Sie mal ein wenig Platz machen möchten, Herr Hartenstein«, bat der Arzt.

Henrik machte zwei Schritte zur Seite.

»Sie hinken noch?«, fragte Dr. Finke und blickte auf Henriks Knie. »Und ansonsten?«

»Der linke Arm funktioniert noch nicht wieder.« Für einen Augenblick klang Henriks tiefe Stimme gepresst.

Dr. Finke nickte ernst. »Mensch, Hartenstein, dass Sie die ganze Geschichte überhaupt überlebt haben, ist ein Wunder. Der Arm ist ein hoher Preis, aber nicht unbezahlbar, und Ihr Leben geht weiter.«

Fast erwartete Lucy einen flammenden Protest, aber Henrik blieb ganz ruhig. »Wahrscheinlich haben Sie recht, manchmal vergesse ich das.«

»Es ist gut, wenn Sie es vergessen. Aber wir werden Sie hier nicht vergessen, so viel ist sicher.« Dr. Finke warf noch einen weiteren Blick zu Henrik hinüber, dann beugte er sich über Lucy und entfernte rasch das Pflaster von ihrer Stirn, was gewaltig ziepte.

»Nicht schön«, murmelte er dann.

Erschrocken riss Lucy die Augen auf, doch Henrik lächelte ihr vom anderen Ende der Liege nur zu. »Dr. Finke liebt es, einem so richtig Angst einzujagen.«

»Tue ich das?«, fragte der Arzt überrascht. »Ach Quatsch, hören Sie nicht auf den alten Hartenstein.«

Ungeduldig klingelte er nach einer Schwester. Als sie kam, zählte er alle möglichen Dinge auf, die er brauchte, bevor er sich wieder Lucy zuwandte. »Schließlich wollen Sie ja nicht aussehen wie der berühmte Zauberschüler mit der gezackten Narbe auf der Stirn.«

»Wie bitte?«, fragte Lucy schockiert.

»Aber Herr Hartenstein wird Sie weiterhin lieben, das sieht man sofort, Frau Waldner«, fügte Dr. Finke seelenruhig hinzu.

Verdutzt blickte Lucy zu Henrik, aber der grinste nur den Arzt an. »Dr. Finke, bevor Sie hier Herzblatt spielen, erzählen Sie lieber mal, wie es bei Ihnen aussieht.«

Vergnügt lachte Dr. Finke. »Erfreulicherweise ist immer noch alles erfreulich.«

Die Schwester brachte ein Tablett mit verschiedenen Instrumenten, klebte dann mit geübten Bewegungen die Wunde auf Lucys Stirn mit einem sterilen Tuch ab und reinigte sie anschließend mit einer kalten Flüssigkeit.

»Ist das auszuhalten, Frau Waldner?«, erkundigte sich Dr. Finke.

»Ja«, antwortete Lucy. Durch das Tuch über ihrem Gesicht klang ihre Stimme komisch.

»So, jetzt ganz stillhalten.«

Mit schnellen Bewegungen machte er etwas an ihrer Stirn. Kurz tat es weh, und Lucy zuckte zurück.

»Zähne zusammenbeißen«, empfahl Dr. Finke, und Lucy tat wie ihr geheißen. Danach fühlte es sich nur noch merkwürdig taub und stumpf an, und alles, was Lucy spürte, war der Faden, der über ihre Stirn glitt, und die Berührungen von Dr. Finkes Händen.

Als er fertig war, entfernte die Schwester das Tuch. Es war blutverschmiert.

»Iih«, machte Lucy unwillkürlich, aber Henrik schien völlig unbeeindruckt, und Dr. Finke zog nur nonchalant seine Handschuhe aus. »Ich bitte Sie, Frau Waldner, das sind doch nur ein paar Tropfen, da sind wir hier ganz anderes gewohnt. Auf Ihrer Stirn wird es einen ordentlichen blauen Fleck geben, und es wird dauern, bis er komplett wieder verschwunden ist. Die Wunde ist versorgt und sollte in den nächsten Tagen trocken bleiben, das Pflaster können Sie morgen entfernen. Fäden müssen keine gezogen werden. Für ihren Arm bekommen Sie noch einen Verband. Drei Tage dranlassen, dann dürfen und sollen Sie Ihr Handgelenk wieder bewegen. Auch das sollte komplikationslos heilen. Wenn nicht, müssten Sie sich noch einmal bei einem Orthopäden vorstellen. Jetzt geht es über Nacht zur Überwachung auf Station, und frühestens in zwölf Stunden dürfen Sie abgeholt werden. Alles klar?«

Langsam nickte Lucy, fast ein wenig schwindelig von diesen vielen Informationen.

Dr. Finkes Diensttelefon klingelte. Schnell reichte er Lucy die Hand und klopfte im Vorbeigehen Henrik auf die Schulter, bevor er verschwand.

»Ja, mache ich«, hörten Lucy und Henrik ihn vor der Tür sagen.

»Der gute alte Dr. Finke«, meinte Henrik. »Du hättest es nicht besser treffen können.«

»Ich bin nicht alt«, protestierte die Stimme des Arztes auf dem Flur.

Henrik lachte, und Lucy fand, dass sein Lachen wunderbar herzlich und fröhlich klang.

»Himmel, Hartenstein, jetzt sagen Sie doch mal was Nettes zu der Frau«, kam es vom Flur.

»Dr. Finke, stehen Sie immer noch vor der Tür rum? Haben Sie denn keine Leben zu retten?«

Der Oberarzt lachte herzlich. »Ich gehe ja schon. Aber vergessen Sie nicht, ihr zu sagen, was Sie fühlen. Frauen mögen so etwas, das hat mir ein weiser Patient beigebracht.« Mit einem Grinsen steckte er kurz noch einmal den Kopf zur Tür herein, dann war er endgültig verschwunden.

»Ist hier der Arm, der noch verbunden werden muss?« Ein junger Mann in Weiß stürmte ins Zimmer, in der Hand eine Verbandsrolle und auf dem Gesicht einen energischen Ausdruck. »Bastian Münzer, Medizinstudent im zehnten Semester. Dann wollen wir doch mal sehen. Welcher Arm ist es denn?«

»Dieser hier.« Vorsichtig hob Lucy ihren schmerzenden linken Unterarm. Vom Ellenbogen bis zum Handgelenk zierte ihn eine unschöne, breite Schürfwunde.

»Ach so, ja. Die Wunde sollten wir zuvor desinfizieren.« Der Student verschwand und kam mit noch mehr Utensilien zurück. Sorgfältig tupfte er Lucys linken Arm mit einer Desinfektionslösung ab und machte sich dann mit einer Unmenge Verbandsmaterial daran, ihren Arm bis zur Unkenntlichkeit einzuwickeln.

Lucy und Henrik wechselten einen Blick und mussten beide grinsen. Doch plötzlich dachte Lucy an Neni, und ihr Lächeln erstarb.

»Tut es weh?«, erkundigte sich Henrik und klang so ernst und grollend, dass der Student einen Augenblick innehielt.

»Nein, das ist es nicht. Aber wie soll ich mit Neni sprechen, wenn ich über Nacht hierbleiben muss?«

»Ich könnte zu Neni gehen«, schlug Henrik nach einem Augenblick vor.

»Das würdest du tun?« Lucys Augen wurden groß. Sie dachte an sein Humpeln und seine sonstige Zurückhaltung, auch nur zum Bäcker zu gehen.

»Ja«, antwortete Henrik, »es scheint dir wirklich wichtig zu sein.«

»Das ist wirklich sehr, sehr nett von dir!« Lucy spürte so viel Erleichterung und Dankbarkeit, dass ihr ganz schummrig wurde. Ganz genau erklärte sie ihm dann, wo er Neni finden könnte und was er ihr ausrichten sollte.

»Danke«, sagte sie, als er aus dem Zimmer humpelte. Statt einer Antwort drehte er sich noch einmal um und lächelte sie an, und Lucy war sich auf einmal sicher, dass es das schönste Lächeln der Welt war.

Zu ihrer Überraschung schlief Lucy erstaunlich gut im Krankenhaus. Ob das an den Schmerzmitteln oder der Erschöpfung lag, wusste sie nicht, aber trotz ihres riesigen Verbandes am linken Arm, einer schnarchenden Nachbarin und der stündlich vorbeikommenden Nachtschwester wachte sie erst um kurz nach sieben endgültig auf. Noch besser wurde es, als die Schwester im Frühdienst den Verband entfernte und ihren Arm dann schnell, straff und schnörkellos einwickelte. Am allerbesten jedoch wurde es, als Neni um kurz nach neun in der Tür stand.

»Meine liebe Lucy, was machst du denn für Sachen?«, fragte sie und umarmte Lucy so fest, wie es Krankenhausnachthemd und verstauchtes Handgelenk zuließen.

Überrascht stellte Lucys Gehirn fest, dass das auch Henriks erster Satz gewesen war, und sie fragte: »Hast du mit Henrik gesprochen?«

»Aber ja, er war bei mir und hat mir alles erzählt. Oh, meine arme Lucy!« Wieder umarmte Neni sie, als wollte sie sie nie wieder loslassen.

»Es tut mir so leid«, meinte Lucy und erinnerte sich mit Widerwillen an Mindies hässliche Worte.

Neni seufzte. »Das Schlimmste ist, dass ihre kleine Tochter wirklich süß wie Zucker ist. Meine Mutter ist schon ganz vernarrt in sie, und ich dachte am Montagabend beim Treffen mit ihr und Mindie auch zum ersten Mal, dass es vielleicht doch noch gut werden könnte.«

»Ich hätte nichts sagen sollen«, meinte Lucy unglücklich und strich sich über das Pflaster auf ihrer Stirn. Es fühlte sich fremd und rau an.

»Natürlich musstest du etwas sagen«, widersprach Neni sofort und bewegte ihren Kopf so heftig, dass ihre Locken flogen. »Samir kann doch keine Frau heiraten, die so schlecht über ihn denkt und redet und vor allem so niederträchtige Absichten hegt.«

»Weiß Samir es schon?« Lucy spürte, wie ihr das Herz noch schwerer wurde, denn auch wenn Samir das Selbstbewusstsein eines Platzhirsches hatte, würde diese unschöne Begebenheit kaum spurlos an ihm vorbeigehen.

Neni schüttelte den Kopf. »Meine Mutter, Adiba und ich haben beschlossen, zuerst mit Mindie selbst zu sprechen.«

»Das ist eine sehr gute Idee«, meinte Lucy und spürte ihr Herz wieder einen Hauch leichter werden.

Sanft legte Neni ihr den Arm um die Schultern. »Denk nicht mehr daran, jetzt müssen wir erst mal schauen, wie wir dich wieder fit bekommen.«

Wie aufs Stichwort flog die Zimmertür auf, und Julia stürmte herein. Auch sie warf sich fast auf Lucy und drückte sie fest an sich. »Lucy, du musstest dich nicht vor ein Fahrrad stürzen, Michael fand dich auch schon vorher toll, und jetzt ist er fast außer sich vor Sorge. Hättest du dich nicht wenigstens in seine Klinik einweisen lassen können?«

Mit einem Anflug von schlechtem Gewissen bemerkte Lucy, dass sie die ganzen letzten Stunden kein einziges Mal an Michael gedacht hatte.

Julia betrachtete sie von allen Seiten. »Vielleicht war es auch besser so, und der Schock wäre sonst auch zu groß für ihn geworden.«

»Wieso? Sehe ich so schlimm aus?«, fragte Lucy und machte Anstalten, sofort aus dem Bett zu springen.

Julia winkte ab. »Wenn du in einem Horrorfilm mitspielen möchtest, könnte es sich als Vorteil erweisen.«

»Was? So entsetzlich?«, erkundigte sich Lucy schockiert.

»Quatsch, hör nicht auf Julia«, mischte sich Neni ein. »Wichtig ist doch nur, dass dir nichts Schlimmes passiert ist.«

»Da hast du natürlich recht, und bis zur Hochzeit ist noch genügend Zeit, dass alles heilen kann«, sagte Julia mit einem engelsgleichen Lächeln.

»Bis zur Hochzeit – aber die ist doch schon am Samstag«, protestierte Lucy.

»Was?«, fragten Julia und Neni wie aus einem Munde und blickten Lucy überrascht an.

»Welche Hochzeit?«

»Ach, das wisst ihr ja noch gar nicht.« Lucy erzählte ihren Freundinnen von dem Abendessen bei ihren Nachbarn und ihrer Zusage, Henrik zu Ellas Hochzeit zu begleiten.

»Für den schönen Dominik würde ich das auch machen«, seufzte Julia und klimperte mit ihren Wimpern.

»Sein Bruder sieht auch nicht schlecht aus«, erklärte Neni und grinste.

»Was, noch so ein Adonis? Lucy, wir müssen die Wohnung tauschen«, forderte Julia prompt.

Lucy lachte. »Und was ist mit Laurenz?«

»Der ist natürlich immer noch der Beste.« Allein bei der Erwähnung seines Namens sah Julia rundum glücklich aus, und Lucy und Neni wechselten einen amüsierten Blick.

»Wenn das so weitergeht, feiern wir bald noch eine Hochzeit.« Neni zwinkerte Lucy zu, und Julia lachte. »Jetzt übertreib mal nicht gleich.«

Aus ihrer Tasche holte sie ein Handy und legte es Lucy in die Hand. »Schau mal, Lucy, damit du dein spannendes Leben im zweiten Stock weiter gestalten kannst. Es ist nicht mehr ganz neu, aber es enthält alle Kontakte und Telefonnummern aus deinem Leben, die ich in der kurzen Zeit auftreiben konnte. Sogar Leonidas und Constanzes Nummern habe ich eingespeichert.«

Gerührt blickte Lucy auf das Handy, auf dessen Display Julia sogar ein Foto von ihnen drei gespielt hatte.

»Das ist so lieb von dir«, meinte sie bewegt. Alle kümmerten sich um sie: ihre Freundinnen, Henrik … »Womit habe ich das nur verdient?«

»Du?«, fragte Julia überrascht. »Na, indem du unsere beste Freundin bist natürlich! Wundere dich übrigens nicht, Michael war nicht davon abzubringen, dir mittlerweile elf Nachrichten auf diese Nummer zu schicken. Eigentlich wollte er dich heute früh auch abholen, aber ich habe ihm erklärt, dass das Mädelssache ist.«

Dankbar sah Lucy sie an. Ganz so fit fühlte sie sich noch nicht wieder, und sie war absolut damit einverstanden, dass das Abholen Mädelssache war, besonders wenn die Mädels so tolle Frauen waren wie ihre Freundinnen.

Julia hatte nicht nur das Handy besorgt, sondern sich auch Laurenz' Auto geborgt, und gemeinsam mit Neni brachte sie Lucy nach Hause, nachdem der Stationsarzt Lucy entlassen hatte.

»Mach ganz langsam«, betonte Neni, als sie zu dritt die Treppe hinaufstiegen.

»Genau, stütz dich am besten auf mich«, schlug Julia vor. »Oder ich klingele oben bei Dominik und bitte ihn, dich hochzutragen.«

»Nein danke!«, antwortete Lucy, die sich etwas zittrig wie nach einer großen körperlichen Anstrengung fühlte.

»Oder soll ich besser seinen Bruder holen?«, fragte Julia mit einem koketten Augenaufschlag, und Lucy überlegte unwillkürlich, wie es sich wohl anfühlen würde, von Henrik hochgehoben zu werden. Wenn er einen Klimmzug mit nur einem Arm machen konnte, war er sicher auch in der Lage, sie zu tragen.

»Woran denkst du?«, fragte Neni.

»Ach, an nichts«, antwortete Lucy, obwohl sie wusste, dass das die dümmste Antwort der Welt war.

Oben bestand Julia darauf, aufzuschließen und die Tür zu öffnen, damit Lucy bloß nichts selbst machen musste. Als Lucy ihre Wohnung betrat, seufzte sie vor Zufriedenheit, und selbst über das scheußliche Sofa freute sie sich.

»Du könntest dich ja erst mal zur Erholung hinlegen«, riet Julia. »Zum Beispiel auf die Couch, wo die Farben deiner Stirn besonders apart mit der Farbe des Bezugs kontrastieren können.«

Lucy, die ihre Stirn ganz vergessen hatte, bog auf kürzestem

Weg ins Bad ab. Selbst in der funzeligen Badbeleuchtung konnte sie sehen, dass sich ihre ganze Stirn grün und blau verfärbt hatte.

»Nicht schön«, war Lucys vernichtendes Urteil, als sie aus dem Bad kam.

»Wir finden das Sofa auch nicht schön«, gab Neni liebenswürdig zurück.

»Heilt alles«, rief Julia aus dem Wohnzimmer. »Komm, setz dich her.«

»Genau, ruh dich einfach aus«, meinte auch Neni und begleitete Lucy wie eine Schwerverletzte zum Sofa. Dann achtete sie genau darauf, dass Lucy sich bequem hinlegte, und holte ihr ein Wasser und einen Tee aus der Küche. »Nachher komme ich noch mal vorbei und bringe dir etwas zu essen.«

»Und dein Café?«, fragte Lucy, der jetzt erst auffiel, dass Neni genau wie Julia ja eigentlich arbeiten musste.

»Samir ist da und hilft aus«, erklärte Neni.

Ausgerechnet Samir, dachte Lucy, und sie spürte wieder den Druck wie einen Stein auf der Brust.

»Du gehörst doch zur Familie«, sagte Neni und lächelte Lucy liebevoll zu.

»Ich habe Leonida und Constanze eingeimpft, jeden Kunden so lange zu bespaßen, bis ich komme, aber langsam muss ich auch los. Brauchst du noch etwas?«, fragte Julia.

»Du könntest mir die Tagebücher vorbeibringen, an denen ich gerade arbeite«, bat Lucy.

»Aber nicht jetzt, heute hast du frei«, widersprach Neni mit Nachdruck.

»Genau«, schloss sich Julia ihr an. »Aber ich schaue trotzdem nachher noch mal nach dir, und wenn bis dahin alles gut geheilt ist, bekommst du die Tagebücher.«

Obwohl sie die ganze Nacht geschlafen hatte, nickte Lucy sofort ein, nachdem Neni und Julia gegangen waren. Sie schlief, bis sie von einem Klingeln geweckt wurde. Wie beim schlimmsten aller denkbaren Muskelkater schmerzten ihre Glieder, und Lucy hatte Mühe, überhaupt auf die Beine zu kommen. Langsam schleppte sie sich in den Flur und war zum ersten Mal dankbar, dass die Wege in ihrer Wohnung so kurz waren. Vor der Tür stand Henrik mit einer Tüte vom Bäcker in der Hand.

»Ich habe gehört, dass es hier pflegebedürftige Personen gibt«, erklärte er und lächelte Lucy an.

»Wie nett von dir, möchtest du reinkommen?«, lächelte Lucy zurück.

»Gerne.« Henrik reichte ihr die Tüte.

In ihrem schmalen Flur fiel Lucy einmal mehr auf, wie groß und breitschultrig Henrik war, aber ihn schien die Beengtheit nicht zu stören.

»Hier ist mein Wohnzimmer.« Lucy ging voraus in das Zimmer, das sie bis vor Kurzem wegen seiner Enge und des Sofas noch gehasst hatte.

»Halleluja«, meinte Henrik, als er ihr folgte. »Was ist denn das?«

»Du meinst das Sofa?« Lucy grinste ihn an. »Ich fürchte, mein Ex war farbenblind.«

»Das muss er wohl gewesen sein, zumal er dein Ex ist«, erwiderte Henrik charmant, und Lucy fiel erst nach einem Augenblick auf, dass das ein Kompliment gewesen sein könnte. Ein Kompliment von Henrik?, dachte sie verdutzt.

»Darf ich dir einen Tee anbieten?«, überspielte sie hastig ihr Erstaunen.

»Auf keinen Fall möchte ich dir zusätzliche Arbeit bereiten, ich wollte einfach nur kurz nach dir sehen«, antwortete Henrik höflich.

»Das ist wirklich lieb von dir, aber eine Tasse Tee ist nicht zu viel Arbeit.«

Langsam ging sie in die Küche und setzte dort Teewasser auf. Irgendwie musste sie sich bei Henrik bedanken, und ein langweiliger Tee war wirklich nicht ausreichend. Gestern Abend hatte sie das Gefühl, er habe sie gerettet, und bis heute hatte dieses Gefühl nicht nachgelassen. Doch weder ihr Kühlschrank noch ihr Regal gaben irgendetwas her. Daher öffnete sie die Tüte vom Bäcker und fand darin ein Splitterbrötchen, ein Franzbrötchen und ein Rosinenbrötchen – genau die Mischung, die sie ganz am Anfang ihrer Zeit als hartensteinscher Brötchenbote einmal fälschlicherweise dorthin gebracht hatte. Lucy lächelte, und sie lächelte noch breiter, als ihr bewusst wurde, dass das eine absichtliche Aufmerksamkeit von Henrik gewesen war. Er war wirklich unglaublich nett und liebenswürdig. Mit der rechten Hand holte sie ihre schönsten Becher aus dem Schrank und kochte anschließend ihren besten Tee.

Anschließend lud sie alles auf ein Tablett, musste dann aber einsehen, dass sie es mit dem Verband am linken Arm nur schlecht hochheben konnte, und entschied sich, jeden Gegenstand einzeln zu tragen.

Als sie mit einem einsamen Teebecher ins Wohnzimmer kam, machte Henrik sofort Anstalten, vom Sofa aufzustehen, auf das er sich gesetzt hatte. »Kann ich dir helfen?«

Unwillkürlich blickte Lucy auf seinen linken Arm, der wie immer bewegungslos an seiner Seite hing. Sie selbst musste den Verband ja nur noch zwei Tage tragen, aber er …

»Ich kann eine Menge mit nur einer Hand«, sagte er, als könne er ihre Gedanken lesen, und Lucy wurde flammend rot.

»Entschuldigung«, stammelte sie. »Ich wollte nicht …«

Henrik lächelte, und es war ein unerwartet entspanntes Lächeln. »Dr. Finke hat recht, es ist nur ein Arm. Es ist schwer, aber es ist machbar.«

Plötzlich dachte Lucy an ihre Mutter und deren unerwartetes Verschwinden. Bis heute fühlte es sich wie eine Amputation an, aber vielleicht lernte sie auch, eines Tages damit zu leben?

»Ich war fünf, als meine Mutter gegangen ist, und ich habe sie nie wiedergesehen«, erklärte sie unvermittelt. »Natürlich ist es etwas vollkommen anderes, aber trotzdem …« Sie reichte Henrik den Becher und setzte sich dann neben ihn, ohne ihn anzusehen.

»Das ist schlimm«, antwortete er ruhig, und Lucy hatte das Gefühl, dass er sie wirklich verstand. »Wenigstens war ich schon erwachsen, auch wenn es trotzdem schwer ist, mit so einem Fehler zu leben.«

»Welchem Fehler?«

»Als Kind hatte ich einen Unfall, und damals musste mir die Milz entfernt werden«, antwortete Henrik, und sie saßen für einen Augenblick schweigend nebeneinander. »An sich lebt man auch ohne Milz ganz gut, aber man muss regelmäßig gegen bestimmte Bakterien wie Pneumokokken geimpft werden. Tja, genau diese Impfung hat mein Arzt vergessen.«

Langsam drehte sich Lucy zu ihm. Er schaute sie an, und sie sah, dass das Blau in seinen Augen ganz dunkel leuchtete.

»Also habe ich mich mit Pneumokokken angesteckt. Erst dachte ich, es wäre die Grippe, als ich mich aus heiterem Himmel so schlecht gefühlt habe, aber innerhalb von Stunden wurde es so schlimm, dass der Notarzt kommen musste. Sein Anblick ist das Letzte, an das ich mich erinnern kann, danach ist alles weg.«

Er blickte aus dem Fenster.

»Und dann?«, fragte Lucy ruhig.

»Ich kam auf die Intensivstation, wo die Infektion sich zunächst immer weiter in meinem Körper ausbreitete. Überall bildeten die Pneumokokken Absiedelungen. In dieser Zeit wurde allein mein rechtes Knie mehr als zehnmal operiert. Ich habe mehr Zeit im OP verbracht als irgendwo sonst. Als ich aus dem Koma wieder aufwachte, konnte ich nichts mehr. Nicht mehr stehen, gehen, nicht einmal sitzen. Das musste ich alles von Anfang an wieder lernen. Als ich schließlich aus dem Krankenhaus entlassen wurde, war meine Freundin weg, mein Job auf Eis, mein Leben erstarrt.«

Als er nicht weitersprach, dachte Lucy an ihr eigenes Leben, das damals auch irgendwie erstarrt war.

»Aber immerhin lebe ich noch«, meinte Henrik irgendwann.

»Ich bin so froh darüber«, erwiderte Lucy. Sie wechselten einen Blick, ernst und unverstellt.

»Danke«, antwortete er und lächelte, und dieses Lächeln ließ Lucy sehr froh sein, ebenfalls zu leben.

Tatsächlich verschlief Lucy den größten Teil des restlichen Tages und wachte nur in den Momenten auf, als zuerst Neni und dann Julia nach ihr sahen. Zwar fühlte sie sich noch erschöpft, und ihr Kopf schmerzte dumpf, aber von Stunde zu Stunde, in der sie schlief, ging es ihr besser. Am Abend dann stand Michael vor ihrer Tür. In der Hand trug er einen großen Strauß roter Rosen, den er aber sofort sinken ließ, als er Lucys Gesicht sah.

»Lucy«, stieß er ganz erschrocken hervor.

»Es ist gar nicht so schlimm, wie es aussieht«, versuchte Lucy ihn zu beruhigen. Aber Michael war nicht davon abzubringen, die Rosen einfach auf die Dielen im Flur zu legen und im Wohnzimmer erst ihr Handgelenk zu untersuchen und dann die Wunde auf ihrer Stirn zu begutachten. Die Farbe des Sofas kommentierte er nicht, und Lucy fragte sich unwillkürlich, ob man als farbenblinder Mensch Chirurg werden konnte oder ob er sich so sehr auf sie konzentrierte, dass er die Farbe tatsächlich schlicht nicht wahrnahm.

»Immerhin ist es sehr gut versorgt worden«, meinte Michael beruhigter, als er mit seiner Untersuchung fertig war. »Kannst du mir verzeihen?«

»Was gibt es denn zu verzeihen?«, fragte Lucy erstaunt.

»Dass ich zu spät ins Restaurant gekommen und damit schuld an deinem Unfall bin.«

»Aber das bist du doch gar nicht«, widersprach Lucy sofort. »Ich bin doch in das Fahrrad gelaufen.«

»Wenn ich gewusst hätte, dass du so etwas vorhast, wäre ich sofort gekommen und hätte den Patienten einfach auf dem OP-Tisch liegen gelassen«, beteuerte Michael, und Lucy musste unwillkürlich lachen.

»Kann ich jetzt etwas für dich tun? Soll ich etwas zu essen holen?«

Vorhin hatte Lucy ein Sandwich von Neni gegessen und danach großzügig aus der Schachtel Konfekt genascht, die Julia zusammen mit den Tagebüchern vorbeigebracht hatte, aber so richtig satt war sie noch nicht.

»Das wäre toll«, meinte sie daher.

»Worauf hättest du Lust?«, erkundigte sich Michael, und Lucy musste an Henriks witzige Liste denken.

»Mir ist alles recht«, antwortete sie höflich.

»Aber Lucy, wir sollten uns immer die Wahrheit sagen, findest du nicht?«

Verdutzt schaute Lucy ihn an, doch dann grinste sie. Mit seiner Offenheit schaffte Michael es immer wieder, sie zu überraschen, selbst bei solch banalen Dingen wie der Wahl des Abendessens.

»Also gut, ich hätte riesige Lust auf Pizza.«

»Perfekt. Ich weiß sogar, wo man hier eine echt tolle Steinofenpizza bekommt. Irgendwelche besonderen Wünsche?«

»Keine Sardellen und keine Kapern«, antwortete Lucy, die sich vor beidem grauste.

»Dann leg du dich wieder hin und ruh dich aus, und ich jage das Abendessen.«

Wieder musste Lucy grinsen. Nachdem Michael gegangen war, legte sie sich nicht aufs Sofa, sondern stellte die Rosen ins Wasser.

Gerade als sie die Vase fertig mit Wasser gefüllt hatte, klingelte es wieder an ihrer Tür. Überrascht warf Lucy einen Blick auf die Uhr und stellte fest, dass es unmöglich schon Michael sein konnte.

Vielleicht ist es Henrik, dachte Lucy und spürte eine angenehme Vorfreude. Etwas schwerfällig humpelte sie durch den Flur, denn die Muskelschmerzen hatten noch nicht nachgelassen. Mit Schwung öffnete Lucy die Tür und fand auf ihrer Schwelle weder Henrik noch Michael vor, sondern eine Frau, die sie noch nie zuvor gesehen hatte.

Nicht noch jemand von den Zeugen Jehovas, dachte Lucy und spürte einen Anflug von Unwillen.

»Lucille?«, fragte die Frau mit einem singenden Wiener Akzent und musterte Lucy eindringlich. Je länger sie schaute, desto ernster wurde ihr Gesichtsausdruck, und eine schmale Falte erschien auf ihrer glatten Stirn.

»Lucille?«, fragte sie schließlich ein zweites Mal.

Lucys erster Impuls war es, die Tür sofort wieder zuzuschlagen. Aber da ihr nur eine Hand zur Verfügung stand und sie ohnehin viel langsamer war als sonst, kam sie nicht umhin, die Frau wenigstens einmal anzusehen. Sie schien in etwa so alt wie sie selbst zu sein, vielleicht ein wenig jünger. Sie war mittelgroß und von sehr schlanker Gestalt, hatte dunkelbraune Haare und asiatisch anmutende Gesichtszüge. Unter ihren mandelförmigen Augen zeigte sich eine zarte Nase mit schön geschwungenen Nasenflügeln und ein Mund, der etwas breiter war, als man bei einem so schmalen Gesicht erwarten würde. Oberhalb ihres rechten Mundwinkels hatte sie einen kleinen Leberfleck, und der war es, der Lucys Aufmerksamkeit am meisten fesselte.

»Lucille?«, fragte die Frau noch ein drittes Mal. »Ich bin Jenny. Jenny Nokami.«

Doch Lucy antwortete nicht. Langsam, aber unerbittlich folgte einer ihrer Gedanken dem anderen. Diese Fremde vor ihrer Wohnungstür hatte einen Mund, wie sie ihn seit ihrem fünften Lebensjahr nicht mehr gesehen hatte. Diese Frau hatte den Mund ihrer Mutter. Und auf einmal wurde Lucy sternenklar, was Jenny ihr geschrieben haben musste.

Erst wurde Lucy kalt, dann übel, schließlich fühlte sie sich schwach. Mühsam stützte sie sich gegen die Wand, als sie erst einen Schritt rückwärts machte und dann noch einen. Ihr erster Impuls war es, zu fliehen, aber gleichzeitig war ihr bewusst, dass das sinnlos war. Vor der Wahrheit konnte sie nicht weglaufen. Auf ihrem Sofa klingelte das Telefon, aber Lucy war es egal. Sie fühlte sich schwach, aber gleichzeitig verspürte sie eine alles zerreißende Spannung.

»Weiß mein Vater es?«, würgte sie schließlich hervor.

Jenny hielt ihren Blick fest. »Nein«, antwortete sie ruhig. »Du bist die Erste, der ich es sage.«

Abermals machte Lucy einen Schritt rückwärts, doch sie ließ die Wohnungstür offen, und Jenny machte einen kleinen Schritt nach vorne. Irgendwo im Treppenhaus schlug eine Tür.

»Marina Waldner«, flüsterte Lucy schließlich. Schwer kam ihr der Name über die Lippen, und nur mit Mühe unterdrückte sie die aufsteigende Übelkeit.

»Marina Nokami«, erwiderte Jenny. Sie sagte es viel ruhiger als Lucy, aber dann musste sie sich zusammenreißen, um nicht in Tränen auszubrechen. Sie bemühte sich so sehr, dass Lucy ihre Anstrengung und ihr Ringen um Fassung förmlich spüren konnte. Eigentlich wollte Lucy diese Fremde hassen, die ihr die Mutter gestohlen hatte, aber als sie sie so verzweifelt sah, regte sich Mitleid in ihr.

»Komm rein«, meinte sie schließlich.

»Danke«, flüsterte Jenny, und ihr Mund zitterte dabei. Es war ein Zittern, das Lucy kannte und dessen Erinnerung sie schon lange verdrängt hatte. Mit einem Mal spürte sie einen unglaublich tiefen Schmerz, und ihre eigenen Augen füllten sich mit Tränen, aber sie weinte nicht. Jenny schloss die Tür hinter sich, und während Lucy ihr bei ihrem Kampf um die Beherrschung zusah, ließ ihr eigener Schmerz langsam wie in Zeitlupe nach, und Lucy erkannte, dass diese Frau trotz aller Ähnlichkeit mit ihrer Mutter jemand vollkommen anderes war.

»Sind wir Schwestern?«, fragte sie irgendwann.

Unter Tränen würgte Jenny das Wort »Halbschwestern« hervor. So gut sie konnte, versuchte sie, sich zu beruhigen, kramte in ihrer Tasche nach einem Taschentuch und rang nach Luft. Im Flur war es so eng, dass Lucy nur die Hand hätte ausstrecken müssen, um sie zu berühren, aber das wollte sie nicht. Stattdessen stand sie stocksteif da und suchte nach Vertrautem in der Fremden.

»Und Ma…?«, fragte Lucy schließlich. Sie konnte das Wort »Mama« nicht aussprechen, es war ihr unmöglich.

Jenny holte tief Luft. »Marina ist vor vier Monaten gestorben.«

Lucy schloss die Augen. Erstaunlich klar sah sie das Bild ihrer Mutter vor sich.

Zu spät, dachte sie, zu spät, und es war schwerer, schmerzhafter und qualvoller, als sie es sich hätte vorstellen können.

Als plötzlich die Türklingel ging, erschrak Lucy so heftig, dass sie fast umgefallen wäre, und auch Jenny fuhr zusammen. Doch keine von beiden rührte sich, und schließlich klingelte es erneut.

»Soll ich?«, fragte Jenny, die dichter an der Tür stand, und Lucy nickte.

Vorsichtig öffnete Jenny, und davor stand Michael mit einem gehetzten Gesichtsausdruck und zwei Pizzakartons in der Hand. »Ich muss sofort wieder los, mein Neffe hat eine Blinddarmentzündung. Kannst du das Lucy geben? Ich melde mich später.« Bevor Jenny noch antworten konnte, drückte Michael ihr die Kartons in den Arm und rannte dann direkt wieder die Treppe nach unten. Überrascht blickte Jenny ihm einen Augenblick lang nach, bevor sie Lucy die Kartons reichte und die Tür wieder schloss. Michaels Auftritt half Lucy, sich so weit zu fangen, dass sie zumindest ins Wohnzimmer gehen konnte. Dort setzte sie sich mit den Kartons auf dem Schoß mitten auf das Sofa.

»Komm«, sagte sie zu Jenny, obgleich sie sich nicht sicher war, ob sie sie nicht besser rauswerfen sollte.

Langsam kam Jenny ins Wohnzimmer, zuckte beim Anblick des Sofas leicht zusammen und setzte sich dann auf die äußerste Kante, so weit von Lucy entfernt, wie es das riesige Sofa erlaubte. Lucy fiel auf, dass Jenny ihre Fassung wiedergefunden hatte und nur noch etwas lauter atmete.

»Warum weiß mein Vater es nicht?«, fragte Lucy irgendwann. Auf ihren Beinen fühlten sich die Pizzakartons heiß an.

Mit der Hand wischte sich Jenny über die Augen. Auf dem Rand des riesigen Sofas sah sie schmal und verletzlich aus. »Marina wollte es nicht«, flüsterte sie, und es klang so, als schäme sie sich dafür.

Lucy dachte an ihren liebevollen Vater und konnte es nicht begreifen, genauso wenig, wie sie verstehen konnte, dass man diesen Menschen überhaupt verlassen hatte. Das hatte sie nie nachvollziehen können, und jetzt kam es ihr noch rätselhafter vor als je zuvor. Aber Jenny gab keine weitere Erklärung ab, und Lucy hatte das diffuse Gefühl, dass sie auch mit Fragen nicht mehr Antworten bekommen würde.

»Du siehst aus wie sie«, sagte Jenny irgendwann und warf einen vorsichtigen Blick in Lucys Richtung.

Mit ihrer rechten Hand machte Lucy eine ablehnende Bewegung und hätte dabei fast die Pizzakartons heruntergefegt. Im letzten Moment konnte sie sie noch packen, wobei sie trotz des Verbands eine ungelenke Bewegung mit der linken Hand machte.

»Nein«, brauste sie auf, teils weil sie Marina nicht ähneln wollte, teils wegen des einschießenden Schmerzes in ihren linken Arm.

»Deine Augen und die Form deines Gesichts schon«, erklärte Jenny, und ihre Stimme klang sanft, aber gleichzeitig unnachgiebig, so wie sie immer wieder geschrieben hatte und jetzt vor der Tür stand.

»Woher hast du meine Adresse?«, fragte Lucy.

»Erst von der Meldestelle, dann war ich bei deinem Nachmieter, denn du bist noch nicht umgemeldet.«

Das war der Moment, an dem Lucy innerlich nachgab. »Also gut, seit wann weißt du, dass es mich gibt?«

»Ich war noch recht klein. Irgendwann hat meine Mutter …« Jenny stockte einen Augenblick, »… unsere Mutter es mir erzählt. Kurz davor hatte ich das Foto von dir entdeckt, und erst wollte sie mir nicht sagen, wer das ist, aber schließlich doch.«

»Das Foto, das du mir geschickt hast?«

Jenny nickte und schaute vor sich auf den Boden. Sie wirkte aufgewühlt, und erstaunlicherweise ließ das Lucy ruhiger werden.

»Auf dem Foto bin ich schon sechs, aber Mama ist gegangen, als ich noch fünf war«, erklärte Lucy und hatte für einen Augenblick die absurde Hoffnung, dass sich auf diese Weise alles als Missverständnis entpuppen würde.

Doch Jenny zuckte nur mit den Achseln. »Darüber weiß ich nichts. Ich kann dir nur sagen, dass ich es mir oft angesehen habe, weil ich fand, dass du nett darauf aussahst, und ich dich gerne kennengelernt hätte.«

Warum hast du es nicht?, wollte Lucy wissen, aber die Worte kamen nicht über ihre Lippen. Sie schaute zur Seite, und es war, als verstünde Jenny ihre unausgesprochene Frage auch so. »Marina wollte das nicht. Sie sagte, es wäre vorbei.«

Zuerst passierte nichts, doch plötzlich spürte Lucy eine Woge von Übelkeit, wie sie sie noch nie erlebt hatte. Wie konnte die eigene Tochter »vorbei« sein? Mit der Übelkeit kamen Wut und ein ungeheurer Hass, der stärker war als alles, was Lucy überhaupt je zu empfinden geglaubt hatte. Sie wollte protestieren, schreien, kämpfen, sich wehren, Jenny schlagen, ihr wehtun. Stattdessen tat sie nichts, außer die Augen zu schließen und zu warten, dass es vorübergehen würde. Aber es ging nicht vorüber, ganz im Gegenteil, es wurde immer lodernder, bis Lucy es nicht mehr aushielt und trotz ihrer Schmerzen aufsprang. In einem hohen Bogen flogen die Pizzakartons auf den Boden, während Lucy in die Küche stürmte und dort ein Stück Porzellan nach dem nächsten aus ihrem Küchenschrank riss und es auf den Boden donnerte. Erst beim fünften Teller hielt sie kurz inne, dann knallte sie ihn hinterher. Mit jedem Stück, das zu ihren Füßen zerschellte, fühlte sie sich ein klein wenig leichter. Es war, als würde sich eine ungeheure, über Jahre angestaute Wut endlich Raum schaffen. Als sie die Teller erledigt hatte, griff sie nach den Schüsseln. Als sie auch damit fertig war, schien ihr Hass so weit verraucht, dass Lucy nur noch einen Eierbecher hinterherwarf, bevor sie aufhören konnte.

Bin ich verrückt?, fragte sie sich. Gleichzeitig aber spürte sie, wie sich so etwas wie Entspannung in ihr ausbreitete. Eine Entspannung, die sie schon seit Ewigkeiten nicht mehr gefühlt hatte. Langsam atmete sie durch und spürte ihr Herz schnell und kräftig schlagen.

Auf dem Boden sah es furchtbar aus, die Scherben waren durch die ganze Küche bis unter die Heizung und in den Flur geflogen, aber das machte nichts. Nichts machte mehr etwas. Lucy drehte sich um und stapfte zurück ins Wohnzimmer. Dort kauerte Jenny auf dem Boden und bemühte sich, die auf den Boden gefallenen Pizzakartons wieder in Form zu bringen.

»Ist alles … in Ordnung?«, fragte sie beunruhigt.

»Ja«, sagte Lucy und fühlte ihren Herzschlag ruhiger werden. »Ja.«

»Es tut mir leid. Ich weiß nicht, was damals passiert ist, denn über ihr erstes Leben hat sie nie gesprochen. Sie hat mir nur erzählt, dass es dich gibt.« Jenny setzte sich wieder auf das Sofa und faltete ihre Hände in ihrem Schoß.

»Und warum kommst du ausgerechnet jetzt?«

»Immer schon wollte ich dich kennenlernen, aber …«

»Erst jetzt ist sie tot.« Lucy sprach die Worte kühl aus, aber als sie bemerkte, wie entsetzt Jenny reagierte, regte sich Anteilnahme in ihr. »Bitte entschuldige, ich weiß nicht, was ich sagen soll.«

»Es ist so schwer.« Jenny sprach es wie eine Feststellung aus, und Lucy nickte.

»All die Jahre habe ich gewartet und gehofft, dass sie sich meldet, aber sie hat es nie getan, und irgendwann habe ich die Hoffnung einfach aufgegeben.«

»Es ist schrecklich, wenn eine Mutter so etwas tut«, erwiderte Jenny.

»Hattest du keine Angst, dass sie dich auch verlässt?«

»Nein. Mein Vater und ich, wir haben darunter gelitten, dass sie seelisch nicht stabil war, aber wir hatten keine Angst, dass sie geht.« Jenny schloss die Augen und öffnete sie dann wieder. »Sie war oft krank und verbrachte dann lange Zeit in der Klinik.«

»Du meinst, sie war … verrückt?«

»Nein, sie war psychisch krank«, widersprach Jenny und klang so, als wolle sie um Verständnis für ihre Mutter bitten.

»Und du?« Lucy musste einfach fragen.

»Du meinst, ob ich psychisch krank bin? Ich hoffe nicht.«

»Das meinte ich nicht. Ich wollte wissen, was du dann gemacht hast.« Es erschien Lucy geradezu entscheidend, eine Antwort auf diese Frage zu erhalten – warum, wusste sie selbst nicht.

»Ich hatte noch meinen Vater und das Cello.«

»Das Cello?« Lucy dachte an ihren eigenen Vater, und ihr Herz füllte sich mit einer riesigen Sehnsucht. Stundenlang hatte sie früher neben ihm gesessen, wenn er übte, und hatte sich dort sicher und geborgen gefühlt.

Jenny hob die Hände. »Mein Vater ist Cellist wie deiner, und als Mama das erste Mal in die Klinik kam, hat er angefangen, mir Unterricht zu geben.«

»Wie alt warst du da?«

»Fünf.«

Auch fünf. Auf einmal sah Lucy eine grausame Parallele in dem Leben der Fremden, von deren Existenz sie bis eben nichts gewusst hatte.

Doch dann fiel Lucy noch etwas anderes auf. »Ist es nicht seltsam, dass Marina zwei Cellisten geheiratet hat?«

Aber Jenny schien nicht verwundert darüber. »Unsere Mutter hat doch auch Musik studiert und kannte daher viele Kollegen.«

»Marina war auf der Musikhochschule?« Nie hatte Lucy davon gehört. Wie konnte es sein, dass sie so etwas Wichtiges nicht wusste?

»Ihr Hauptfach war Gesang, sie war ein Koloratursopran.«

Lucy konnte es nicht glauben. Ihre Mutter war eine ausgebildete Sängerin gewesen, und sie hatte es nicht einmal geahnt. Unabsichtlich runzelte sie die Stirn, und ihre Wunde ziepte.

»Und du?«, fragte Jenny vorsichtig.

»Ich bin nicht verrückt«, antwortete Lucy sofort, die immer noch über den Beruf ihrer Mutter nachdachte. War das vielleicht ein Teil des Schlüssels zu dem Geheimnis ihres Verschwindens?

»Was ist mit deinem Gesicht passiert?«, fragte Jenny.

Für einen Moment sah Lucy sie entgeistert an, doch dann verstand sie, was Jenny meinte. »Ich hatte einen Fahrradunfall.« Sie merkte, dass sie die ganze Zeit überhaupt nicht mehr daran gedacht hatte.

»Sieht schlimm aus«, meinte Jenny.

»Fühlt sich nicht so schlimm an, zumindest bei Weitem nicht so wie das, was du mir gerade gesagt hast.« Und als sie merkte, dass das stimmte, tat Lucy etwas, was sie die ganze Zeit noch nicht getan hatte. Sie lächelte.

Vorsichtig, ganz vorsichtig lächelte Jenny zurück. Zu ihrer eigenen Überraschung fand Lucy ihr Lächeln sympathisch, und interessanterweise minderte es Jennys Ähnlichkeit mit Marina.

»Bin ich so, wie du dir das vorgestellt hast?«, fragte Lucy und blickte auf die Pizzakartons, die eingedrückt vor ihr auf dem Boden lagen.

Doch Jenny schüttelte den Kopf. »In meiner Vorstellung warst du noch ein kleines Kind, ich konnte mir gar kein richtiges Bild von dir machen.«

»Dann kommst du hierher, und ich flippe erst mal komplett aus.« Lucy dachte an den Scherbenhaufen in der Küche. »Du musst ja einen tollen ersten Eindruck bekommen haben.«

»Das kann man doch verstehen«, erwiderte Jenny. »Obwohl ich schon überrascht von deiner heftigen Reaktion war, schließlich hatte ich dich ja in meinen Briefen vorgewarnt.«

Lucy überlegte einen Augenblick, dann ging sie in die Küche, stieg über die Scherben hinweg und holte den orangensaftverschmierten Brief.

»Das ist die Erklärung«, sagte sie und erzählte Jenny, wie der Brief angekommen und anschließend gleich unleserlich geworden war.

»Warum hast du mich dann nicht angerufen?«

Lucy überlegte. »Ich wollte nicht, ich weiß nicht, wieso.« Entschuldigend hob sie die Hände.

»Ich muss mich entschuldigen«, sagte Jenny plötzlich, »schließlich habe ich dich einfach überfallen, aber mir läuft die Zeit davon.«

»Die Zeit?«

»Ich spiele auch Cello.«

Lucy schaute auf Jennys Hände. Sie waren gleichzeitig filigran und kräftig …

Musikerhände.

»Und?« Lucys Stimme wurde lauter.

»Ich habe ein Engagement in einem Orchester angenommen.« Jenny holte tief Luft. »Ich spiele in München.«

Erst verstand Lucy nicht, doch dann fiel es ihr wie Schuppen von den Augen. »Du spielst im Orchester meines Vaters? Bist du Jen?«

»Ja.«

»Ich glaube, ich brauche erst mal einen Moment.« Mit aller Kraft, die sie trotz ihrer schmerzenden Muskeln aufbrachte, wuchtete Lucy sich hoch, trat an ihre Balkontür und blickte hinaus auf ihr kleines Außenrefugium, das verwaist im hereinbrechenden Abendlicht dalag.

Jenny hat doch schon die Mutter bekommen, ist das nicht genug?, dachte Lucy und fühlte etwas zwischen Wut und Frustration. Doch dann verstand sie, dass es Angst war. Sie hatte Angst, ihren Vater auch noch zu verlieren, und sie hatte Angst, dass Jennys Auftauchen ihr Leben komplett aus den Fugen werfen würde. Fast panisch riss sie die Balkontür auf, als wäre die Luft hier drinnen plötzlich zu dünn zum Atmen geworden.

Nein, dachte Lucy. Nein!

Wie eben spürte sie die Wut in sich hochkochen und fuhr herum. Doch auf dem riesigen Sofa sah Jenny so verloren aus, und Lucys Zorn verrauchte.

»Was machst du, wenn ich nicht einverstanden bin?« Schon als sie die Worte aussprach, wusste Lucy, dass sie kaum darüber zu befinden hatte, wo und mit wem Jenny spielen durfte.

»Ich werde darum bitten, dass ein anderer Cellist mein Mentor wird.« Jenny sah Lucy an, und Lucy versuchte sie einzuschätzen.

»Ich will dir nichts wegnehmen«, meinte Jenny leise.

»Das hast du längst«, sagte Lucy und drehte sich wieder weg. Aber sie wusste, dass das absurd war, und so ging sie hinüber und setzte sich wieder neben Jenny aufs Sofa.

Lange Zeit sagte keine von beiden etwas.

Es klingelte.

»Noch mal Pizza?«, fragte Jenny, und beide schauten unwillkürlich auf die ramponierten Pizzakartons auf dem Fußboden.

»Ich glaube kaum«, erwiderte Lucy, stand etwas mühsam auf und schleppte sich zur Tür.

Davor stand Julia und weinte herzzerreißend. »Kann ich reinkommen?« Ihre Wimperntusche war verlaufen, und sie wirkte wie ein einziges Häuflein Elend.

»Du Arme, was ist passiert?«, fragte Lucy entgeistert und nahm Julia mit ins Wohnzimmer.

»Du hast ja Besuch«, stockte Julia, als sie Jenny auf dem Sofa sitzen sah, worauf Jenny sofort aufstand. »Soll ich besser gehen?«

Aber Julia ließ sich einfach neben sie aufs Sofa fallen, wo ein neuer Schwung Tränen Mascaramuster auf ihre Wangen malte.

»Ich hole etwas zu trinken«, sagte Jenny mit fester Stimme und verschwand in Richtung Küche. Von dort hörte Lucy das Klirren der Scherben.

»Es ist wegen Laurenz«, jammerte Julia und sah wirklich kreuzunglücklich aus.

Prompt sah Lucy eine Menge Horrorvisionen vor sich: Laurenz war in Wirklichkeit verheiratet mit neun Kindern oder hatte vor, ein Einsiedlerleben aufzunehmen, oder, schlimmer noch, er war ein gewalttätiger Idiot.

»Hat er dich geschlagen?«

»Was?«, fragte Julia und war für einen Augenblick so überrascht, dass sie zu weinen aufhörte. »Wie kommst du denn auf diesen Unsinn?«

Lucy zuckte die Achseln. »Das war das Schlimmste, was mir eingefallen ist.«

»Nein, er ist lieb und nett wie immer, er will mich nur nicht mehr sehen, weil er meint, ich hätte ihn betrogen.«

Lucy fühlte augenblicklich einen Hauch von Mitgefühl mit Laurenz. Es musste hart sein zu erkennen, dass Julia einem nicht alleine gehörte.

»Dabei habe ich ihn überhaupt nicht so betrogen, wie er denkt«, schniefte Julia.

Voller Mitgefühl reichte Lucy ihr ein Taschentuch. »Wie kommt er denn dann darauf?«

»Alles war ein Missverständnis.« Julias Tränen versiegten, und stattdessen bekam sie Schluckauf. »Es gibt jemanden, der unbedingt mit mir zusammen sein will und der meine Ablehnung einfach nicht akzeptieren kann.«

»Und was hat das mit Laurenz zu tun?«, fragte Lucy perplex, die den Zusammenhang noch nicht ganz verstand.

»Dieser Typ hat die Frechheit besessen, Laurenz vorzugaukeln, ich sei seine Freundin, und Laurenz glaubt dem Bekloppten mehr als mir.«

»Himmel, das ist ja schrecklich!« Richtig entrüstet war Lucy und vergaß für einen Augenblick sogar ihr eigenes Elend. »Wer um alles in der Welt tut denn so was?«

Prüfend sah Julia sie von der Seite an, winkte dann aber nur ab. »Das ist nicht wichtig. Was soll ich denn jetzt wegen Laurenz tun?«

»Ihm einfach sagen, dass du ihn nicht betrogen hast?«, schlug Lucy vor.

»Das kann ich nicht.« Julia strich sich über die Augen und verwischte so die Wimperntusche noch zusätzlich.

»Wieso?«

Julia seufzte. »Ganz am Anfang meiner Zeit mit Laurenz hatte ich …«

So langsam begann das Problem vor Lucys Augen Konturen anzunehmen. »Aber du möchtest weiter mit Laurenz zusammen sein?«

Vehement nickte Julia. In der Küche schepperte es gewaltig, so als hätte sich Jenny darangemacht, den riesigen Scherbenhaufen zu beseitigen. Das war Lucy etwas unangenehm, aber sie konnte Julia nicht alleine lassen, die sich geradezu an ihren Arm klammerte.

Zu allem Überfluss klingelte es erneut an der Tür.

»Ich bin gleich wieder da«, versprach Lucy und wuchtete sich vom Sofa hoch, indem sie den Protest ihrer Muskeln auf der linken Seite ignorierte.

Vor der Tür stand niemand, und so drückte Lucy auf den Summer und wartete ungeduldig, bis der Besuch die Treppe heraufkam. Es war Neni, und sie wirkte komplett niedergeschlagen.

»Oh Lucy«, sagte sie und warf ihrer besten Freundin die Arme um den Hals. »Alles ist so furchtbar.«

Am lauten Klirren aus der Küche konnte Lucy schließen, dass Jenny offenkundig Fortschritte machte, und im Wohnzimmer hatte sich Julia anscheinend so weit wieder gefangen, dass sie Musik angestellt hatte. So fest Lucy es mit ihren schmerzenden Muskeln vermochte, erwiderte sie Nenis Umarmung und zog sie dann ins Wohnzimmer.

»Komm rein, Julia ist auch da.«

Neni war so neben der Spur, dass sie als Erstes auf die malträtierten Pizzakartons stieg, die mit einem merkwürdig quietschenden Geräusch auseinanderbrachen und anschließend noch furchtbarer aussahen als zuvor.

»Oh Neni, du siehst so unglücklich aus«, jammerte Julia und begann vor lauter Mitgefühl erneut zu weinen.

Überrascht sah Neni zu Julia. »Du bist auch traurig?«, fragte sie, und für eine Millisekunde blitzte in ihren Augen etwas auf, das wie Belustigung in Anbetracht einer verrückten Situation aussah. Doch dann überwog ihr Kummer.

»Mindie war gerade mit Caro bei mir, und es war so entsetzlich. Sie hat so getan, als wäre alles in bester Ordnung, hat davon geschwärmt, wie toll Caro uns alle findet, und ich saß da und musste die ganze Zeit daran denken, was sie dieser anderen Frau erzählt hat.«

»Schrecklich!«, sagte Lucy sofort, und Julia zog Neni neben sich aufs Sofa. Lucy setzte sich auf Nenis andere Seite und fasste ihre Hand.

»Jetzt erzähl alles ganz genau«, bat sie.

In diesem Moment klingelte es erneut an der Tür.

»Soll ich öffnen?«, rief Jenny aus der Küche, und Lucy antwortete mit einem dankbaren Ja.

»Wer ist das eigentlich?«, fragte Julia.

Doch bevor Lucy die Frage beantworten konnte, klang schon Michaels Stimme durch die Wohnung. »Guten Abend, ich bin sehr erfreut, Sie kennenzulernen. Darf ich reinkommen?« Mit vollem Namen samt Titel stellte er sich vor, woraufhin Jenny etwas leiser ihren Namen nannte.

»Jenny?«, fragte Neni, und eine kleine Falte erschien auf ihrer Stirn.

»Was macht sie hier?«, erkundigte sich Julia, deren angeborene Neugierde anscheinend den Kummer zurückdrängte. Doch abermals kam Lucy nicht zum Antworten, bevor Michael ins Wohnzimmer kam. In Händen hielt er drei Schachteln und strahlte Lucy an.

»Zum Glück war alles nur ein Fehlalarm«, meinte er froh.

»Was war ein Fehlalarm?«, fragte Lucy, die vor lauter Katastrophenmeldungen die Übersicht verloren hatte.

»Mein Neffe hat doch keine Blinddarmentzündung, und deshalb bin ich wieder hier und habe Nachtisch mitgebracht. Bin ich willkommen?« Er warf einen fragenden Blick zu den drei Frauen auf dem Sofa, die alle aus unterschiedlichen Gründen ziemlich mitgenommen aussahen. Die Einzige, die vollkommen ruhig und unaufgeregt wirkte, war Jenny, die Michael gefolgt war und jetzt im Türrahmen lehnte. Plötzlich jedoch machte sie zwei schnelle Schritte nach vorne, griff nach den demolierten Pizzakartons und nahm sie zur Seite, bevor Michael noch sehen konnte, in welchem Zustand sie sich befanden.

»Danke für die köstliche Pizza«, sagte sie mit ihrem charmanten Wiener Akzent und verschwand mit den Kartons in der Küche. Verblüfft blickte Michael ihr hinterher, doch dann reichte er Lucy die Nachspeisen und setzte sich auf den freien Platz neben Julia. »Du musst Laurenz ja wirklich den Kopf verdreht haben, denn er hätte heute vor lauter Liebestaumel fast den falschen Patienten operiert.«

»Ach, echt?«, erwiderte Julia gelassen, aber ihre Augen begannen zu leuchten, wie Lucy mit einem Seitenblick feststellte.

»Wollen wir den Nachtisch auftun?«, schlug Lucy Neni vor, die bereitwillig nickte.

Allerdings gingen sie nicht direkt in die Küche, sondern machten einen Umweg über Lucys Schlafzimmer, wo Lucy die Schachteln abstellte und sich ganz Neni zuwandte.

»Ich habe es einfach nicht geschafft, Mindie zur Rede zu stellen«, flüsterte Neni und sah so aus, als würde sie vor Kummer zerfließen. »Ich wollte es unbedingt, aber Caro sah mich so süß an, und ich habe es nicht übers Herz gebracht.«

Voller Mitgefühl zog sich Lucys eigenes Herz zusammen. »Und jetzt?«

»Immer mehr bekomme ich das Gefühl, dass sie alles nur inszeniert und spielt.« Alles an Neni strahlte Niedergeschlagenheit aus, und selbst ihre Locken schienen nicht so fröhlich wie sonst. »Ich überlege, doch mit Samir zu sprechen.«

In der Küche schepperte es gewaltig.

»Wer ist diese Jenny?«, fragte Neni, und Lucy spürte ihre Zuversicht sinken. In den letzten Minuten war sie komplett abgelenkt gewesen, aber jetzt kam ihr eigener Kummer mit Wucht zurück.

»Die ganze Zeit wollte ich dir das schon erzählen, aber irgendwie sind wir nicht dazu gekommen. Jenny hatte mir geschrieben, dass …« Aber Lucy wusste nicht, wie sie weitermachen sollte. »Komm, ich mache dich mit ihr bekannt«, sagte sie schließlich, nahm die Nachspeisen und ging mit der verwunderten Neni im Schlepptau in die Küche.

Dort hatte Jenny tatsächlich das Wunder vollbracht, die meisten Scherben in den Müll zu befördern, und war jetzt dabei, noch die letzten Überreste der Teller unter der Heizung hervorzuklauben.

»Jenny, das ist meine beste Freundin Neni«, stellte Lucy vor und überlegte krampfhaft, wie sie umgekehrt Jenny bekannt machen sollte, doch die nahm ihr die Sorge ab. Unbefangen stand sie auf, streckte ihre Hand aus und sagte in ihrem charmanten Dialekt: »Ich bin Jenny Nokami, und Lucys Mutter ist auch meine Mutter.« Es klang so natürlich und ungezwungen, dass Lucy, der zunächst der Unterkiefer heruntergeklappt war, ihren Mund sofort wieder schließen konnte.

»Oh«, meinte Neni und nach einer Weile: »Ich wusste ja gar nicht …«

»Ich weiß es auch erst seit gerade eben.« Lucy stellte die Nachspeisen auf den kleinen Küchentisch und war froh, eine Sekunde lang niemanden ansehen zu müssen.

Aus dem Wohnzimmer drang Gelächter herüber.

»Dann herzlich willkommen«, sagte Neni irgendwann und schaute Jenny vorsichtig an. Liebenswürdig lächelte Jenny zurück, und Lucy hatte das Gefühl, dass zumindest hier keine weiteren Katastrophen zu erwarten waren.

Diesmal klingelte es nicht, sondern klopfte nur an der Tür. Lucy war gerade dabei, Tiramisu, Pannacotta und Profiterols in Suppenteller zu füllen, da die flachen Teller ihren Wutausbruch nicht überlebt hatten, und Neni und Jenny steckten mitten im ersten Kennenlernen.

»Soll ich?«, fragte Jenny, aber Lucy humpelte selbst durch den Flur.

Vor der Tür stand Henrik und schaute besorgt, doch als er Lucy sah, lächelte er. »Bitte entschuldige die Störung. Dominik hat mir erzählt, dass es hier vorhin ziemlich laut gekracht hat, und ich wollte nur kurz nachsehen, ob alles in Ordnung bei dir ist.«

Am liebsten hätte Lucy ihn umarmt. »Ja, es ist alles okay«, antwortete sie und spürte, dass sie damit die Wahrheit sagte.

Im Wohnzimmer lachte Julia.

Henrik machte einen Schritt zurück. »Du hast Besuch, da möchte ich nicht stören.«

»Du störst nicht. Du störst nie«, fügte sie hinzu.

»Nett, dass du das sagst, Lucy«, antwortete Henrik, und seine Stimme klang so warm, als er ihren Namen aussprach, dass Lucy eine Gänsehaut im Nacken bekam. Hatte jemals schon jemand ihren Namen so schön ausgesprochen?

»Möchtest du hereinkommen, hier gibt es gleich Nachtisch?«

»Danke für die Einladung, aber nein«, antwortete Henrik, klang jedoch bei Weitem nicht mehr so ablehnend wie früher.

»Dann vielleicht ein anderes Mal, nur wir beide?«, schlug Lucy vor. »Als Dank dafür, dass du ins Krankenhaus gekommen bist?«

Ihre Blicke trafen sich und hielten sich länger fest als je zuvor.

»Dafür musst du dich nicht bedanken«, antwortete Henrik ruhig. Und ziemlich leise.

Für einen Augenblick dachte Lucy, er wolle noch etwas hinzufügen, doch er drehte sich nur um und humpelte zurück in Richtung seiner eigenen Wohnung. Kurz bevor er seine Wohnungstür erreicht hatte, wandte er sich noch einmal zu ihr um und meinte: »Schlaf gut, und werde schnell wieder gesund, Lucy.« Und der Klang seiner Stimme hallte noch lange in ihrem Kopf wider, nachdem sie die Tür geschlossen hatte.

Jenny schien nicht nur zupackend und unkompliziert zu sein, sie hatte es auch in der kurzen Zeit geschafft, Neni aus ihrem Tief zu holen. Wie ihr das gelungen war, wusste Lucy nicht, aber Neni lachte, als sie zurück in die Küche kam, und hatte auch wieder ihren untrüglichen Beste-Freundinnen-Blick für Lucy.

»Wer war das?«, fragte sie. »Du hast ja ganz rote Wangen bekommen.«

»Das war nur Henrik«, antwortete Lucy und schaute fast wie aus Reflex zunächst auf den Boden und dann aus dem Fenster.

»Ach so, *nur* Henrik«, sagte Neni gedehnt, und Lucy konnte ein kleines Lächeln nicht unterdrücken.

»Wir haben die Desserts schon angerichtet.« Jenny wies auf die fünf Suppenteller, die alle mit einer kleinen Blüte aus Kakao verziert worden waren.

Gemeinsam trugen sie die Nachspeisen hinüber ins Wohnzimmer, doch dort saß nur noch Michael auf dem Sofa und hörte Musik.

»Wo ist Julia?«, fragte Lucy überrascht.

»Im Bad. Offenkundig gab es eine leichte Verstimmung zwischen Laurenz und ihr, und wenn wir Laurenz morgen wieder einsatzbereit auf Station und im OP wissen wollen, müssen sich die beiden aussprechen. Daher nehme ich Julia jetzt noch mit zu unserem Teamabend«, erklärte Michael.

Lucy lächelte, Neni grinste, und Jenny sagte: »Mei, wie nett«, und da lächelte Michael auch.

Noch breiter grinsten Lucy und Neni, als Julia wieder auftauchte und sich zurück in sich selbst verwandelt hatte. Nichts mehr war zu sehen von Tränenspuren, stattdessen sah sie phänomenal und strahlend aus.

»Können wir los?«, fragte sie Michael, und es schien, als wäre all ihre Energie zurückgekehrt.

»Ich gehe auch«, sagte Neni zu Lucy. »Du und Jenny habt bestimmt genug zu besprechen.«

»Geht es dir denn wieder besser?« Besorgt sah Lucy ihre beste Freundin an.

Langsam nickte Neni. »Gleich morgen früh werde ich machen, was Jenny vorgeschlagen hat, und dann werden wir ja sehen.«

»Was hast du Neni denn geraten?«, erkundigte sich Lucy bei Jenny, nachdem sich die Tür hinter Julia, Michael und Neni geschlossen hatte.

»Einfach den Spieß umzudrehen und ohne Vorwarnung bei Mindie aufzutauchen und Tacheles mit ihr zu reden.«

»So wie bei uns beiden?«, fragte Lucy interessiert und ließ sich aufs Sofa fallen.

»Das könnte man so sagen.« Jenny klang vorsichtig.

»Also gut, dann schlage ich vor, dass wir uns jetzt abwechselnd Fragen stellen und so gut und ehrlich wie möglich beantworten«, sagte Lucy.

»Einverstanden.« Jenny reichte Lucy einen Suppenteller mit Nachtisch. »Willst du dich zuvor noch stärken?«

Am nächsten Morgen fühlte sich Lucy viel besser. Ein Gefühl von Freiheit durchströmte sie, und im ersten Augenblick wusste sie nicht recht, woher es stammte. Natürlich schien die Sonne vor dem Fenster, und natürlich sangen die Vögel, und natürlich tat ihr linkes Handgelenk weniger weh, aber das konnten nicht die Gründe sein. Vorsichtig setzte sich Lucy auf und dachte an Jenny, die nebenan auf dem Sofa schlief. Die halbe Nacht lang hatten sie miteinander über ihr jeweiliges Leben mit Marina geredet, darüber, wie sie in ihrer Gegenwart und ohne sie gelebt hatten. Jenny hatte von Marinas zunehmender Abneigung gegen Musik berichtet, die mit der Zeit solche Ausmaße angenommen hatte, dass ein normales Leben im Musikerhaushalt Nokami nicht mehr möglich gewesen war.

»Sie war der Meinung, dass Musik sie unglücklich gemacht hat, und wollte auf keinen Fall, dass sich das Schicksal bei mir wiederholt.«

»Macht Musik dich denn unglücklich?«, fragte Lucy erstaunt.

»Nein, es ist das Beste, was ich kenne«, erwiderte Jenny voller Enthusiasmus. »Aber Mama konnte das nicht verstehen. Um jeden Preis versuchte sie zu verhindern, dass ich übe, dass ich mich erst am Konservatorium und dann auf der Musikhochschule bewerbe, dass sich mein Leben mehr und mehr um mein Cello dreht.«

»Und dein Vater?«, fragte Lucy.

»So gut er konnte, hat er mich unterstützt, aber gegenüber Mamas Negativität war er machtlos. Zeitweilig, wenn es ihr schlecht ging, war es so schrecklich bei uns zu Hause, dass ich sogar in der Schule übernachtet habe, um nicht nach Hause zu müssen.«

Lucy erinnerte sich, wie ihr Vater ihr das Leben so schön wie möglich gemacht und sich umgekehrt klaglos damit arrangiert hatte, dass seine einzige Tochter nicht übermäßig musikalisch war. Vielleicht hatte sie damals doch nicht den schlechteren Teil des Handels erwischt.

Jetzt stieg sie aus dem Bett und öffnete das Fenster. Die Muskelschmerzen hatten nachgelassen, und sie fühlte sich schon wieder fast normal. Draußen bewegten sich die Blätter in einer leichten Brise, und Lucy fiel auf, dass Jenny ihr mehr inneren Frieden gebracht hatte, als sie es je für möglich gehalten hatte. Natürlich würde Lucy ihre Mutter immer vermissen, aber vielleicht schaffte sie es jetzt, sich von den erdrückenden Wunschträumen ihrer Kindheit und Jugend zu lösen und endlich Frieden zu schließen.

»Eben war Michael noch mal da«, berichtete Jenny, als Lucy frisch geduscht und geföнt aus dem Badzimmer kam.

»Muss er nicht arbeiten?«, fragte Lucy überrascht.

»Heute wechselt er in den Nachtdienst und geht deshalb erst später ins Krankenhaus. Auf alle Fälle wollte er sich entschuldigen.«

»Wofür denn?«

»Ich glaube dafür, dass er gestern so schnell mit Julia verschwunden ist«, antwortete Jenny. »Das war zumindest das, was ich zwischen den Zeilen gelesen habe. Wörtlich hat er gesagt, dass sich die ganze Aktion gelohnt habe und Laurenz wieder wie neu wäre. Aber er, Michael, käme, wenn das so weiterginge, überhaupt nicht mehr aus dem Entschuldigen heraus. Das soll ich dir ausrichten, du würdest schon verstehen.«

»Ah ja«, sagte Lucy, die nicht wirklich verstand.

»Außerdem hat er das vorbeigebracht.« Jenny hielt eine Tüte hoch, aus der es herrlich duftete. »Schokocroissants.«

»Perfekt«, antwortete Lucy und fand, dass Entschuldigungen – auch überflüssige – in Schokoladenform besonders überzeugend waren.

Mit einem Blick in den sonnigen Himmel entschieden sie, die Croissants auf dem winzigen Balkon zu essen, auf den genau zwei Stühle passten. Lucy kochte einen kräftigen Assam-Tee, und kurze Zeit später ließen sie sich die leichte Brise um die Nase wehen.

»Schön hier«, meinte Jenny, und Lucy dachte, dass Jenny damit wirklich recht hatte.

»Nur das Sofa …«, sagte Jenny dann, und Lucy lachte.

»Du findest die Farbe nicht so ganz überzeugend?«

Mit Vehemenz schüttelte Jenny den Kopf, und Lucy lachte noch lauter.

»Es ist ja vielleicht bequem, aber …«

Mit einem kleinen Lächeln im Gesicht erzählte Lucy Jenny, wie sie zu dem riesigen, scheußlichen Sofa gekommen war. »Du siehst, ich habe es mir nicht ausgesucht.«

»Das Leben kann schon wirklich verrückt spielen.«

»Ja, das kann es«, antwortete Lucy und fand aber, dass ihr Leben gerade auf der guten Seite angekommen war.

»Danke, dass ich hier sein darf«, meinte Jenny nach einer Weile.

»Danke, dass du gekommen bist«, erwiderte Lucy und spürte im Sonnenschein, dass sie wirklich dankbar dafür war.

»Lucy, kannst du kommen?« Selbst durchs Telefon klang Nenis Stimme geradezu panisch.

»Natürlich, was ist passiert?«, fragte Lucy beunruhigt.

»Gleich treffe ich mich mit Mindie. Adiba, die eigentlich dazukommen sollte, musste ganz kurzfristig zu einem Termin, und alleine schaffe ich das einfach nicht.«

Beim besten Willen konnte Lucy sich nicht erinnern, dass Neni jemals etwas nicht selbst geschafft hätte, und runzelte unabsichtlich die Stirn, was an der Naht höllisch ziepte und sie sofort dazu zwang, ihre Gesichtsmuskeln wieder zu entspannen.

»Selbstverständlich komme ich, wohin denn?«, fragte Lucy.

»Mindie hat angerufen und will sich mit mir im ›Degas‹ treffen, und jetzt sitze ich hier, und sie kommt in ein paar Minuten.« Neni hörte sich wirklich so an, als stünde sie enorm unter Druck.

Lucy stemmte sich hoch. »Bin gleich da«, versprach sie und legte auf. »Ich muss kurz los, Neni unterstützen«, erklärte sie Jenny.

Das »Degas« war eines der elegantesten Cafés in ganz Berlin. Man saß an Tischen mit weißen Damasttischdecken und edlem Porzellan, und das »Degas« rühmte sich, mit seinem Kaviaromelett das nobelste Frühstück in der Hauptstadt anzubieten. Im Moment war es jedoch halb leer, und Lucy entdeckte Neni auf den ersten Blick, als sie das Café betrat.

Noch wilder als sonst standen Nenis Locken um ihren Kopf, und sie sah so aus, als habe sie in der vergangenen Nacht kein Auge zugetan.

Voller Mitgefühl umarmte Lucy ihre Freundin. »Möchtest du, dass ich mich zu dir setze?«

»Es reicht mir schon, wenn ich dich in meiner Nähe weiß«, antwortete Neni und drückte Lucys Hand mit ihrer eigenen, die eiskalt war. »Ich möchte einfach nichts falsch machen«, sagte sie, und ihre Stimme klang dabei fast flehend.

»Das verstehe ich.« Lucy war himmeldankbar, dass sie nicht in Nenis Schuhen steckte.

Sie vereinbarten, dass sich Lucy zwei Tische weiter mit dem Rücken zu Neni setzen und dort einfach nur abwarten würde, ob sie gebraucht würde.

Kaum hatte Lucy Platz genommen und bei einer sehr vornehm schauenden Kellnerin einen Milchkaffee bestellt, als sie jemanden auf hohen Absätzen näher kommen hörte.

Tack, tack, tack, machten die Schuhe und blieben dann in einiger Entfernung stehen, und Lucy musste sich zwingen, sich nicht umzudrehen.

»Hallo, Neni«, sagte Mindie und lachte ihr perlendes Lachen. »Schön, dass wir uns hier treffen.«

»Hallo, Mindie«, antwortete Neni ruhig, aber Lucy hörte die unterschwellige Anspannung in ihrer Stimme. Mindie hingegen schien es nicht aufzufallen, denn sie setzte sich mit einem kleinen Plumps auf ihren Stuhl und begann dann nahtlos, davon zu erzählen, wie liebenswürdig Caro Neni gefunden hatte.

An ihrem Tisch schluckte Lucy schwer, wohl wissend, dass Nenis Liebe zu Kindern sprichwörtlich war und ihr Mindies Worte sicherlich den Wind aus den Segeln nahmen.

Die Kellnerin servierte Lucy ihr Getränk und ging dann hinüber an Nenis Tisch. Mindie bestellte einen Milchkaffee mit koffeinfreiem Kaffee und Sojamilch, und Neni nahm nur ein kleines Wasser.

»Trinkst du nur deinen eigenen Kaffee?«, fragte Mindie mit ihrem perlenden Lachen. »Samir mag ja auch nur noch das Essen aus seinen eigenen Restaurants.«

Selbst durch die Entfernung konnte Lucy spüren, wie angespannt Neni zunehmend wurde.

Es raschelte, und offenkundig holte Neni etwas aus ihrer Tasche. Am liebsten hätte sich Lucy umgesehen, aber sie zwang sich, nur an ihrem Milchkaffee zu nippen, der tatsächlich trotz des noblen Ambientes nicht so gut wie der Nenis war.

»Das ist Elie«, begann Neni leise, und Lucy blieb fast das Herz stehen. Niemals sprach Neni sonst vor Fremden von ihrem Mann.

»Sieht nett aus«, kommentierte Mindie ohne Wärme, und Lucy hätte sie dafür ohrfeigen können, aber Neni blieb ganz ruhig.

»Das war er auch. Ich weiß nicht, ob Samir dir von ihm erzählt hat, aber Elie war mein Mann. Er ist mein Mann«, korrigierte sich Neni nach einem Augenblick.

Mindie sagte nichts dazu.

»Er war der beste, wunderbarste Ehemann, den man sich wünschen kann, und ich weiß heute, genauso wie ich es damals wusste, dass ich nie wieder jemanden so lieben kann wie ihn.«

Weiterhin schwieg Mindie.

»Sein Tod war das Schrecklichste, was mir je passiert ist, aber ich bereue keine Sekunde der Zeit mit Elie, unabhängig davon, wie viel Schmerz es mir gebracht hat.« Nenis Stimme klang freundlich und zugewandt.

»Hm«, machte Mindie unbestimmt.

»Man sollte nur jemanden heiraten, den man wirklich von Herzen liebt«, betonte Neni ruhig.

Mindie sagte »Danke«, als die Kellnerin ihr ihren Kaffee hinstellte.

»Und warum erzählst du mir das?«, fragte sie nach einer Weile.

»Weil ich weiß, wie du über Samir redest. Du musst mich nicht lieben, auch wenn es mir viel lieber wäre, von der Frau meines Bruders nicht als ›schrecklich‹ oder ›eingebildet‹ tituliert zu werden, aber Samir musst du lieben. Ich weiß, dass er ein Frauenheld ist und manchmal auch furchtbar oberflächlich, aber trotzdem verdient er es, geliebt und wertgeschätzt zu werden.«

Lucy hielt die Luft an, denn das hätte niemand besser auf den Punkt bringen können.

»Natürlich«, antwortete Mindie sofort. »Das ist doch selbstverständlich.«

»Aber du sprichst schlecht über ihn.«

»Das muss ein Missverständnis sein«, erwiderte Mindie mit einem kleinen Lachen.

Neni seufzte leise. »Neulich Abend im ›P‹ hast du etwas anderes gesagt.«

»Hm, ich wüsste nicht, wie du das beurteilen könntest«, erwiderte Mindie unbestimmt, und Lucy musste sich an der Tischkante festhalten, um sich nicht einzumischen.

»Bitte heirate meinen Bruder nur, wenn du ihn wirklich von Herzen liebst«, sagte Neni, und ihre Worte trugen durch das ganze Café, obwohl sie nicht laut gesprochen hatte.

»Also, ich weiß gar nicht, wie du … Das im ›P‹ war doch nur ein harmloses Geplänkel unter Kolleginnen.« Doch weiter kam

Mindie nicht, denn in diesem Moment kam jemand herangerauscht. Lucy konnte nicht anders, als sich wenigstens für eine Millisekunde umzudrehen. Es war Adiba, die durch das Café stürmte, und sie sah wirklich wütend aus. Lucy, die Adiba bisher nie anders als ausgeglichen und freundlich erlebt hatte, blickte sie entgeistert an, bevor sie sich eilig wieder zurückdrehte und in ihrem Kaffee rührte.

»Wie kannst du es wagen«, setzte Adiba an.

»Also …«, antwortete Mindie, aber man hörte ihrer Stimme an, dass sie aus dem Konzept gekommen war.

»Schön und gut, dass du schlecht über uns sprichst, und schön und gut, dass du deine Tochter als Waffe einsetzt. Aber dass du eine Freundin dazu bringst, mit mir einen Termin zu vereinbaren, nur um mich bei deinem Gespräch mit Neni aus dem Weg zu haben, das geht zu weit.«

»Äh, du solltest doch einfach nur später kommen«, antwortete Mindie, und für einen Augenblick klang sie nicht so selbstsicher wie sonst.

»So kann man sich vielleicht beim Film benehmen, aber nicht in der Familie«, fuhr Adiba wieder etwas ruhiger, aber weiterhin bestimmt fort.

»Aber ihr macht mir das Leben schwer, besonders du, Adiba«, protestierte Mindie und klang dabei fast etwas weinerlich.

»Ich?« Adiba klang befremdet.

»Wir?«, fragte Neni und klang ebenfalls überrascht. »Aber das tun wir doch gar nicht, wir wollen doch einfach nur, dass unsere liebsten Menschen glücklich sind.«

»Da seid ihr ja.« Noch im Tiefschlaf hätte Lucy Samirs Stimme erkannt. »Wie wunderbar, euch hier zu sehen. Großartig, dass Mindie es organisiert hat.«

In seiner Stimme schwang ein breites Lächeln mit, und Lucy konnte nicht anders, als zumindest einen Blick hinüberzuwerfen. Da stand Samir im dunklen Anzug mit einem Strauß roter Rosen im Arm und strahlte. »Ma und Pa kommen auch gleich.«

»Wie bitte?«, fragte Adiba.

»Aber Samir, du wolltest doch in meinem Café die Stellung halten«, protestierte Neni.

»Manchmal gibt es eben wichtigere Dinge«, antwortete Samir fröhlich und klang nicht im Mindesten schuldbewusst. »Anita schafft das schon.«

»Meinst du?«, fragte Neni und machte eine Bewegung, als wolle sie aufstehen. Doch plötzlich hielt sie inne. »Hast du gerade gesagt, dass ihr ausgemacht hattet, euch hier mit uns zu treffen?«

»Aber natürlich«, antwortete Samir. »Warum bist du denn sonst hier?«

Neni warf Mindie einen Blick zu, der förmlich durch die Luft zischte, aber sie sagte nichts, und Lucy fühlte einen Eisberg in ihrer Brust wachsen.

Plötzlich rief Samir: »Da ist ja Lucy!« Und Lucy wurde bewusst, dass sie vergessen hatte, sich wieder wegzudrehen. Eilends holte sie es nach, aber es war schon zu spät, und Samir kam herüber. Mit den Rosen im Arm umarmte er sie.

»Arme Lucy, du siehst ja wirklich furchtbar aus«, meinte er voller Anteilnahme.

»Es geht schon«, antwortete Lucy, der es mehr als unangenehm war, von ihm entdeckt worden zu sein.

»Setz dich doch zu uns«, schlug Samir vor. »Was für ein verrückter Zufall, dass du auch im ›Degas‹ bist. Das muss ein gutes Omen sein.«

Schuldbewusst schaute Lucy zu Neni, aber die lächelte ihr nur leicht zu, und Adiba zog einen Stuhl für Lucy heran.

Mindie griff nach Samirs Hand und saß wieder viel gerader, als er neben ihr Platz nahm.

»Meine Liebste«, sagte er glücklich zu ihr.

Adiba, Neni und Lucy wechselten einen Blick, und Lucy wusste nicht, was sie denken sollte. Durften sie Samirs Glück stören, auch wenn es vielleicht auf falschen Tatsachen beruhte? Oder mussten sie schweigen, weil er so strahlend und froh aussah? Offenkundig ging Neni und Adiba Ähnliches durch den Kopf, denn keine von beiden sagte etwas.

Die Tür ging auf, und Nenis und Samirs Eltern, gefolgt von Nenis großem Bruder, kamen herein. Sein Vater lächelte, aber seine Mutter und sein Bruder schauten ernst.

»Kommt, kommt her«, rief Samir und schob eilig den Nachbartisch zur Seite, um mehr Platz zu schaffen. »Wie schön, dass ihr auch kommen konntet.« Dabei schien es ihm überhaupt nicht aufzufallen, dass zumindest ein Teil der Anwesenden nicht gerade fröhlich wirkte.

Lucy sah, dass Mindie höflich lächelte, aber ihr Gesicht trotzdem angespannt blieb. Nach einigem Hin und Her setzten sich alle.

»Möchte jemand etwas bestellen?«, fragte Samir, als die Kellnerin die Karten brachte.

»Eine Flasche Wasser«, meinte sein Vater freundlich.

»Aber nein«, widersprach Samir. »Champagner bitte.« Die Kellnerin ging.

Behutsam legte Samir die Rosen vor Mindie auf den Tisch. »Warum ich so froh bin, euch um mich zu haben, liegt an Folgendem«, begann er in die Runde und wandte sich dann aber ganz und gar Mindie zu. »Ich weiß, dass das normalerweise eine Sache nur zwischen zwei Menschen ist, aber in meinem Leben spielt die

Familie nun mal eine besonders große Rolle, sodass ich nie etwas ohne sie machen würde. Dazu kommt, dass ich mit Anträgen keine Erfahrung habe und ganz froh bin, wenn ein paar Leute da sind, die mir helfen können.«

Er lächelte, aber Neni und Adiba saßen wie erstarrt, und auch Mindie wirkte überraschenderweise nicht besonders begeistert. Für einen Augenblick war es am Tisch so still, dass man eine Stecknadel hätte fallen hören können.

»Mindie«, begann Samir und holte etwas aus seiner Jackettasche, das Lucy nicht genau sehen konnte, aber sie konnte ahnen, was es war. Neni hielt die Luft an und griff nach Lucys Hand.

»Nein, Samir«, unterbrach ihn Mindie plötzlich. »Das ist nicht richtig. Ich heirate keine Familie, ich heirate nur dich.«

»Aber meine Familie gehört dazu.« Nun klang Samir ein klein wenig verunsichert. »Außerdem hast du gesagt, dass du sie liebst. Neni und Adiba hast du selbst eingeladen.«

»Natürlich mag ich deine Familie, aber so sehr? Nein, das war nicht, was ich wollte.«

Samir wirkte zunehmend überfordert. »Das tut mir leid. Ich dachte wirklich, es wäre in Ordnung so.«

»Das ist es nicht, Samir«, erwiderte Mindie und klang ernster, als Lucy sie je gehört hatte. »Im Übrigen denke ich, dass wir uns vielleicht erst ein wenig besser hätten kennenlernen sollen. Dann wüsstest du auch, dass ich niemals einen Antrag vor so vielen Menschen annehmen würde.«

»Wie du meinst«, antwortete Samir und wirkte mittlerweile so, als sei er vollkommen aus dem Tritt gebracht. Langsam strich er über die Rosen, und nach einem Augenblick gewann sein Optimismus wieder die Oberhand. »Es ist ja auch nicht das Schlechteste, einfach so mehr Zeit zusammen zu verbringen.«

»Mein süßer Samir«, flüsterte Mindie, und Lucy fragte sich, was sie wohl gerade dachte. Die Kellnerin brachte den Champagner, aber Nenis Vater bedeutete ihr unauffällig, dass sie ihn wieder mitnehmen sollte.

Unvermittelt stand Mindie auf. »Leider muss ich jetzt zur Arbeit, aber ich rufe dich nachher an, und euch andere sehe ich sicher auch bald wieder.«

Zum Abschied küsste sie Samir und grüßte dann kurz in die Runde. Nachdem sie auf ihren hohen Absätzen das Lokal verlassen hatte, fiel Lucy auf, dass sie nicht nur Samir einen Korb gegeben, sondern auch die Rosen liegen gelassen hatte.

»Du, Lucy«, begann Jenny unbestimmt, und Lucy war sich nicht sicher, ob sie Kraft für noch mehr Enthüllungen hatte. Von ihrem spontanen Besuch im »Degas« und dem Tumult, den Mindie dort in Nenis Familie ausgelöst hatte, fühlte sie sich immer noch erschlagen, und sie war dankbar, dass Julia, beflügelt von ihrer Versöhnung mit Laurenz, darauf bestanden hatte, dass sich Lucy einen weiteren Tag zu Hause erholte.

»Ja?«

Mit einer Brille auf der Nase saß Jenny neben Lucy auf dem Sofa und hatte eine Partitur auf den Knien, während Lucy etwas lustlos in Rosamundes Tagebüchern blätterte. Aber keine von beiden arbeitete wirklich, und besonders Jenny wirkte zunehmend angespannt.

»Dein Vater weiß es noch nicht«, meinte sie schließlich mit einem kleinen Seufzer, und Lucy verstand auf Anhieb, wie sehr es ihr auf der Seele liegen musste.

Warum ihr Vater die Ähnlichkeit zwischen Jenny und Marina auch noch nicht bemerkt hatte? Vielleicht lag es an Jennys Brille? Mit dem Gestell im Gesicht waren Jennys Gemeinsamkeiten mit Marina deutlich weniger stark ersichtlich, und Lucy konnte sich vorstellen, dass ihr Vater so die Familienähnlichkeit übersehen haben musste. Aber wie er wohl darauf reagieren würde, dass Marina noch eine Tochter bekommen hatte?

»Glaubst du, er wird es gut aufnehmen?«, fragte Jenny leise, und für einen Augenblick war wieder alle Schwere und alle Mühe im Raum zu spüren, die Marina ihnen hinterlassen hatte.

»Ich weiß es nicht«, antwortete Lucy ehrlich und blickte zu der Halbschwester hinüber, die so unverhofft in ihr Leben geschneit war.

Als wolle sich Jenny von jeglichem Druck befreien, sprang sie plötzlich auf und fegte dabei versehentlich die abgeschriebenen Seiten von Rosamundes Tagebuch vom Sofa.

»Entschuldigung!« Schnellstens machte sich Jenny daran, die losen Blätter wieder einzusammeln. Als sie den Stapel zurück auf die Couch legte, meinte sie: »Du hast so eine schöne Handschrift, Lucy, aber was ist das eigentlich: Ortsbeschreibungen?« Sie hielt die oberste Seite hoch, auf der Lucy all die Sternbilder und den ganzen dazugehörigen Hokuspokus von Rosamunde zusammengetragen hatte. Im Detail hatte Rosamunde notiert, wo und wie welche Sternbilder am Himmel standen und wie sich das auf ihr Leben auswirkte. Dabei hatte sie immer wieder merkwürdige altmodische Begriffe gewählt, die Lucy erst hatte nachschlagen müssen und die zumindest teilweise aus der antiken Schifffahrt stammten.

»So etwas wie Astrologie«, erwiderte Lucy mit Grausen bei dem Gedanken, noch mehr von diesem Zeug abschreiben zu müssen. Unwillig starrte sie auf die Seite, die Jenny zuoberst gelegt hatte, aber einen Moment später hielt sie inne. Vielleicht hatte Jenny ja recht, und es waren gar keine esoterischen Ergüsse, die Rosamunde da niedergeschrieben hatte, sondern vielleicht waren es wirklich einfach Ortsbeschreibungen?

Mit neuer Energie schlug Lucy das Tagebuchheft mit den vielen Sternenbeschreibungen auf. Bisher war sie davon ausgegangen, dass es Rosamunde um den Einfluss der Sterne auf ihr Leben gegangen sei. Aber was war, wenn Rosamunde es ganz anders gemeint hatte? Was war, wenn der seltsame Hokuspokus nur das Beiwerk, vielleicht sogar eine Tarnung gewesen war und sie in Wirklichkeit ganz klare Ortsangaben niedergeschrieben hatte?

Lucy überlegte. Zu Rosamundes Zeiten hatte es keine Satelliten und kein GPS gegeben. Was es aber damals durchaus schon gegeben hatte, waren genaue Koordinaten und Sternbilder als Lotsen. Was wäre also, wenn Rosamunde uraltes Wissen benutzt hatte, um eine andere Botschaft zu verschlüsseln?

Vor Aufregung wusste Lucy für einen Augenblick gar nicht, wo sie anfangen sollte. Doch dann entschied sie sich, ruhig durchzuatmen und systematisch vorzugehen. Als Erstes brauchte sie eine Reihenfolge der Sternbilder, und dann musste sie nachsehen, an welchen Stellen genau Rosamunde solche Konstellationen beschrieben hatte und ob sie sich irgendwie mit den spärlichen Ortsangaben, die sonst im Text untergebracht waren, in Verbindung bringen ließen.

Vergessen waren Müdigkeit und Unlust, stattdessen arbeitete Lucy aufmerksam und fokussiert. Anscheinend wirkte das ansteckend auf Jenny, denn die hatte ihre Partitur wieder zur Hand genommen und schien ebenfalls konzentriert über etwas nachzudenken.

Nur ein- oder zweimal, als es um den Einfluss der Sternbilder auf den menschlichen Geist ging, kamen Lucy Zweifel, ob sie vielleicht etwas zu viel in die ganze Geschichte hineininterpretierte und die Oma von Herrn Schnitters schlicht und ergreifend verrückt gewesen war.

Als sie alle Informationen zusammengesammelt hatte, bemühte sie sich, im Internet eine Antwort auf die Frage zu finden, wie die verschiedenen Sternenkonstellationen zusammenpassten. Aber sosehr sie auch suchte, sie kam nicht weiter.

Da muss etwas sein, weigerte sie sich, klein beizugeben, und plötzlich fiel ihr ein, dass Henrik doch eine Zeitschrift über Astrophysik abonniert hatte. Vielleicht konnte er ihr weiterhelfen?

Zu Lucys Überraschung war es Ella, die die Tür bei Hartensteins öffnete.

»Hallo, Lucy«, sagte sie fröhlich. »Ich freue mich so, dass du am Samstag mit Henrik zu unserer Hochzeit kommst!«

Sie nahm Lucy an der Hand, zog sie in die Wohnung und rief laut: »Henrik, Besuch für dich!«

Doch es war nicht Henrik, sondern Dominik, der aus dem Zimmer seines Bruders kam. Im Halbschatten des Flurs warf er einen Blick auf Lucy und blieb stocksteif stehen. »Oh mein Gott, Lucy, du siehst ja furchtbar aus.«

Auf der Stelle schaute Lucy an sich hinunter und fragte sich, ob sie sich diesmal vollgeschüttet hatte, ohne es zu merken.

»Was denn?«, fragte sie erschrocken.

»Deine Stirn«, antwortete Dominik.

»Ach, mit dem kleinen blauen Fleck passt sie doch perfekt zu mir«, ließ sich Henrik hören und trat hinter Dominik in den Flur. Anders als bei all ihren Begegnungen zuvor trug er keine Jogginghose, sondern einen Smoking, und Lucy war fast geblendet von seinem eleganten Aussehen. In dem festlichen Anzug sah er stattlich, überzeugend und weltgewandt aus, und Lucy merkte erst nach einer ganzen Weile, dass sie mal wieder blinzeln musste.

»Wow«, machte sie ganz leise.

»Kleiderprobe«, erklärte Henrik. »Ich wäre ja auch in einer Jogginghose zu der Hochzeit gegangen, aber Raupe Nimmersatt und Quietsch wollten nichts davon hören.«

Quietsch? Nahezu mit Lichtgeschwindigkeit sausten Lucys Mundwinkel nach oben, bevor ihr bewusst wurde, dass sie ja wohl kaum über Dominik lachen konnte, und sie sich sogleich wieder um einen ernsteren Gesichtsausdruck bemühte.

»Aber ich kann mir selbst die Schleife nicht binden«, beschwerte sich Henrik.

»Bonbon«, gab Ella zurück, »du siehst wie der Inbegriff eines Mannes aus, und dir fällt nichts Besseres ein, als aufzuzählen, was du alles nicht kannst? Bist du irre?«

»Es ist ja nett, dass du das findest, aber du bist ja auch meine parteiische Cousine«, erwiderte Henrik, als wolle er sich verteidigen.

»Dann frag doch Lucy, die wird dir das sicher bestätigen«, forderte Ella ihn heraus, und Lucy nickte folgsam.

»Danke, Lucy. Allerdings glaube ich nicht, dass du hergekommen bist, um erzwungene Komplimente zu äußern.« Durch den Flur warf Henrik seiner Cousine einen bösen Blick zu, doch die lachte nur: »Henrik, alle Frauen wollen dir permanent Komplimente machen, das weißt du doch«, und Henriks ernster Gesichtsausdruck löste sich in ein schiefes Grinsen auf.

Selbst das schräge Lächeln verschönerte ihn noch, und Lucy war sich auf einmal sicher, noch nie einen so gut aussehenden Mann gesehen zu haben, nicht einmal Dominik in seiner Pilotenuniform konnte da mithalten.

»Aber was willst du denn machen, Lucy, so kannst du doch unmöglich gehen!« Offenkundig hatte sich Dominik wieder gefangen und mischte sich jetzt in die Unterhaltung ein.

»Ich glaube kaum, dass sie in diesem Sommerkleid kommen wird«, wies Henrik seinen Bruder zurecht. »Es kann ja auch nicht jeder immer so perfekt angezogen sein wie deine wechselnden Freundinnen.«

Wie auf Kommando kam in diesem Moment eine Frau aus der

Küche, die Lucy noch nie gesehen hatte, und erklärte mit einem Lächeln: »Kaffee ist fertig.«

Überrascht fiel Lucy auf, dass Henrik ihr zweimal auf seine liebenswürdige Art den Rücken freigehalten hatte.

»Kaffee ist prima«, sagte Ella und ging in Richtung Küche. »Hast du auch Zeit, einen mit uns zu trinken, Lucy?«

»Gerne«, antwortete Lucy.

»Aber das war nicht der Grund deines Kommens, oder?«, hakte Henrik nach.

»Nein, ich wollte dich etwas fragen«, antwortete Lucy ehrlich und hielt den Stapel Zettel hoch, den sie von drüben mitgebracht hatte. »Kann ich dir das kurz zeigen?«

Henrik nahm sie mit in sein Wohnzimmer, wo die Blume mit den rötlichen Blättern zwei neue, noch zartgrün schimmernde Blüten bekommen hatte.

»Wie hübsch«, sagte Lucy.

»Ich finde meine Übungsblume auch ganz bezaubernd«, antwortete Henrik mit einem Lächeln.

Lucy zeigte ihm die Liste der Sternenkonstellationen und die restlichen Abschriften von Rosamundes Tagebuch. »Diese Passagen stammen aus einem Tagebuch, und ich habe die Vermutung, dass die beschriebenen Sternenanordnungen realen räumlichen Angaben entsprechen könnten, aber ich konnte nichts Passendes dazu finden. Kannst du dir das mal ansehen?«

»Wie soll ich denn das beurteilen?«, fragte Henrik und klang verwundert.

»Du kennst dich doch mit so etwas aus«, meinte Lucy und wies auf das Buch über schwarze Löcher, das aufgeklappt neben *Astronomy & Astrophysics* auf dem Sofa lag.

»Ja, ich habe Astrophysik studiert und über schwarze Löcher promoviert, aber dafür bräuchtest du eher jemanden, der sich mit Navigation auskennt.«

Lucy spürte ihr Herz, das sich gerade auf einem Hoch befunden hatte, langsam sinken. Einen Navigator – woher sollte sie den nur nehmen? Vielleicht hatte sie sich sowieso alles nur eingebildet, und Rosamunde beschrieb tatsächlich astrologischen Hokuspokus?

Es war, als würde Henrik Lucys Enttäuschung spüren. »Also gut, ich schaue mir das mal an, aber ohne Erfolgsgarantie.«

»Danke«, erwiderte Lucy, und das Hoch kam auf der Stelle zurück. »Das ist wirklich unglaublich nett von dir!«

Sie reichte ihm ihre Papiere, und er legte sie sorgsam neben das Buch über schwarze Löcher.

»Ist das spannend?«, erkundigte sich Lucy neugierig.

»Es ist vollkommen veraltet. Die Wissenschaft entwickelt sich so schnell, dass praktisch alles in dem Moment überholt ist, in dem es gedruckt wird. Aber es ist ausgesprochen fesselnd zu lesen, wie rasant sich in den letzten Jahren unsere Vorstellung vom Universum gewandelt hat.«

»Ich weiß nur, dass das Weltall ziemlich groß ist«, erklärte Lucy.

»Dazu ziemlich überraschend, spektakulär und womöglich einzigartig«, meinte Henrik und grinste sie an.

Lucy grinste zurück, und ihr kam der Gedanke, dass das auch auf Henrik zutraf und er ebenfalls ziemlich groß und einzigartig wirkte und in seinem Smoking auch noch spektakulär aussah. Als sich ihre Blicke begegneten, errötete Lucy und wusste nicht, wieso. Aber Henrik hatte einfach etwas an sich, dass es ihr unmöglich machte, ihren Blick von seinen Augen zu lösen. Sie mochte ihn, und wenn sie ganz ehrlich war, dann …

In der Küche entpuppte sich Dominiks Freundin nicht nur als sehr nett, sondern auch als ausgesprochen kompetent in ihrer Fähigkeit, alle zu bewirten. Ella, die praktisch permanent auf ihre Uhr schaute, ließ sich sogar dazu überreden, sich hinzusetzen, und Lucy vergaß nicht nur ihre Blessuren, sondern kam auch in den Genuss, beim Kaffeetrinken die beiden Hartensteins erstaunlich friedlich miteinander zu erleben. Als jedoch die Freundin auch noch einen Kuchen auf den Tisch stellte, lehnte Ella entschieden ab, Henrik erklärte, sicherheitshalber den Smoking vorher ausziehen zu wollen, und Lucy erinnerte sich, dass Jenny auf sie wartete.

»Nebenan wartet meine …« Lucy stockte, denn sie wusste nicht genau, wie sie Jenny bezeichnen sollte. Schwester klang zu familiär, Bekannte zu fremd, und Freundin traf es auch nicht.

»Sie ist auch willkommen«, bot Henrik sofort an, und Ella fügte mit tiefer Stimme hinzu: »Deine Freunde sind auch unsere Freunde.«

Lucy lachte, aber sie stand dennoch auf. Henrik begleitete sie in den Flur.

»Bis bald«, sagte sie zum Abschied.

»Jederzeit, ich freue mich immer, dich zu sehen«, erwiderte Henrik. Wieder konnte Lucy ihren Blick nicht von seinem lösen, und er schien es auch nicht eilig zu haben, zurück in die Küche zu kommen. Wahrscheinlich hätte sie noch ewig im Flur gestanden, wäre nicht just Jasper aufgetaucht, um seine Ehefrau in spe abzuholen. Und so winkte Lucy Henrik nur noch einmal kurz zu, bevor sie hinüberging.

In Lucys Wohnung war es vollkommen still, und das Zwitschern der Vögel vor dem offenen Fenster war der einzige Laut.

»Ich bin zurück«, rief Lucy, doch sie bekam keine Antwort. Verwundert blickte Lucy nacheinander in Badezimmer, Küche, Schlafzimmer und Wohnzimmer, doch es fehlte jede Spur von Jenny, und nur ein einzelnes beschriebenes Blatt lag auf dem Sofa.

Liebe Lucy,
es war großartig, Dich kennenzulernen! In Wirklichkeit bist Du noch viel wunderbarer, als ich es mir erträumt habe. Bitte entschuldige, dass ich gegangen bin, ohne mich zu

verabschieden, aber ich hasse es, auf Wiedersehen sagen zu müssen. Außerdem bin ich gefahren, weil ich das Gespräch mit Deinem Vater hinter mich bringen muss, wenn ich die Chance haben will, Frieden zu finden.
Das einzige weitere Foto, das Marina von Euch beiden besessen hat, habe ich Dir dagelassen. Die Kette, die sie darauf trägt, war ihr wertvollstes Schmuckstück, und ich finde, Du solltest sie haben.
Liebe Lucy, ich hoffe von Herzen, dass wir uns bald wiedersehen! In meinem Leben bist Du immer willkommen.
Deine Jenny

Vorsichtig nahm Lucy das Bild in die Hand, das Jenny ihr hingelegt hatte. Es war eine alte Aufnahme, und sie saß als Kleinkind auf Marinas Schoß. Marina trug ein elegantes Kleid mit einem runden Ausschnitt und eine Kette mit einem großen, tiefblau schimmernden Saphir. Sie lächelte in die Kamera, und Lucy erkannte das Lächeln sofort wieder. Die Kette mit dem von mehreren Diamantsplittern gefassten Saphir lag neben Jennys Brief, und vorsichtig hob Lucy sie hoch. Sie war deutlich schwerer, als Lucy angenommen hatte, und als sie das Blau des Saphirs betrachtete, meinte sie, sich auch daran dunkel zu erinnern.

Unter dem Foto lag eine kleine, handtellergroße Karte mit schwarzem Rand, und Lucy sah, dass es eine Traueranzeige war.

Gehst Du auch, so bist Du nie mehr fort, stand über einem Foto der lächelnden Marina, und Lucy fand diesen Spruch erstaunlich passend. Ja, Marina war gegangen, aber sie hatte doch einen Teil von sich selbst in Lucy zurückgelassen.

Den restlichen Tag verbrachte Lucy der Länge nach auf dem Sofa. Bei mehreren Tassen Tee versuchte sie, all die vielen Gefühle zu sortieren, die sich in den letzten Stunden angesammelt hatten.

Viele meiner jetzigen Gefühle beruhen auf Ereignissen, an die ich mich beim besten Willen nicht erinnern kann, überlegte sie.

Das war ein beunruhigender Gedanke, je mehr Lucy jedoch darüber nachgrübelte, desto weniger erfüllte es sie mit Sorge. Schließlich war und blieb sie sie selbst. Außerdem fühlte sie sich viel zu aufgehoben in ihrem jetzigen Leben mit Neni und Julia an ihrer Seite, mit Michael, mit dem sie ausgehen konnte, mit ihrer Arbeit, die sie liebte, und nicht zuletzt mit Henrik, dessen Anwesenheit auf der anderen Seite der Wand sie mit einem unverhofften Gefühl – ja, wovon eigentlich? – erfüllte.

Ihr erster Gedanke am Freitagmorgen galt Henrik.

Ob er etwas herausgefunden hat?, fragte sie sich und spürte die Aufregung wie einen kleinen Schauer, der durch sie hindurchging. Während sie sich fertig machte, dachte sie die ganze Zeit an seine blauen Augen, sein schönes Lächeln und seine Stimme, die sich wie warmes Karamell anhörte, und sie grübelte darüber nach, wie gut man sich mit ihm unterhalten konnte und wie gut er verstand, was sie fühlte, und ein angenehmes Kribbeln breitete sich in ihrem Bauch aus.

»Bin ich etwa drauf und dran, mich zu verlieben?«, fragte sie ihr Spiegelbild unter der funzeligen Badezimmerbeleuchtung, und das Spiegelbild lächelte ihr zwar zu, verweigerte aber eine Antwort. Also flocht sich Lucy besonders elegant die Haare, schminkte sich ein wenig mehr als sonst und betrachtete dann ihr Gesicht von allen Seiten. Mit dem blauen Fleck auf der Stirn sah sie in der

Tat etwas abenteuerlich aus, aber ansonsten war sie mit ihrem Aussehen eigentlich ganz zufrieden. Gerade hatte sie sich ein himmelblaues Sommerkleid angezogen, als es klingelte.

Vor der Tür stand Henrik, wieder in Poloshirt und Jogginghose, und sah ungewöhnlich vergnügt aus.

»Ich glaube, ich habe es«, meinte er und hielt Lucy ein Blatt unter die Nase, auf das er eine Vielzahl von Kreisen und Punkten gemalt hatte. Es ähnelte mehr dem Kunstwerk eines mäßig begabten Schulkindes als etwas, das Lucy erkennen konnte, aber Henrik strahlte so eine fröhliche Begeisterung aus, dass sich Lucy auf Anhieb anstecken ließ.

»Und, was ist es?«

»Es könnte sein, dass die Beschreibungen auf einen Ort bei Travemünde hinweisen.«

Lucy, deren Erwartungen ins Unermessliche gestiegen waren, fühlte sich ziemlich ungestüm auf den Boden der Tatsachen zurückgeholt.

»Du meinst Travemünde an der Ostsee?«

»Ja, genau, bei Lübeck.« Henrik lächelte, aber Lucys Enttäuschung blieb unvermindert.

Warum um alles in der Welt sollte Rosamunde ausgerechnet einen Ort bei Lübeck so kunstvoll in ihrem Text verstecken? Ernüchtert dachte Lucy, dass das nicht besonders plausibel klang, besonders wenn man in Betracht zog, dass Rosamunde ihr ganzes Leben in einem kleinen Städtchen in Süddeutschland verbracht hatte.

»Möchtest du vielleicht einen Tee?«, bot Lucy an, die das Gefühl hatte, erst mal eine Stärkung zu brauchen.

»Ja, gerne.« Henrik folgte Lucy in ihre Küche, die in seiner Anwesenheit umso winziger wirkte.

Lucy setzte Teewasser auf. »Wie kommst du denn auf Travemünde?«

Henrik, der an Lucys kleinem Tisch Platz genommen hatte, zog ein weiteres Blatt hervor. »Ich habe ziemlich viel Zeit damit vertan, nach einer brauchbaren Datierung zu suchen. Mehr aus Zufall bin ich dann im Text auf einen Hinweis gestoßen, den man auf den ersten Tag der Sturmflut in Hamburg 1962 beziehen kann, und damit hatte ich einen ersten Fixpunkt, von dem ich ausgehen konnte.«

Dunkel erinnerte sich Lucy, dass es bei Rosamundes zahlreichen Beschreibungen von Wasser auch um besonders viel Wasser in Hamburg gegangen war und sie sich selbst noch beim Abschreiben darüber gewundert hatte. Allerdings wäre sie im Leben nicht darauf gekommen, dass Rosamunde ausgerechnet auf die Sturmflut anspielte. Doch Henriks Erklärung klang einleuchtend, denn die Sturmflut war eine kaum je da gewesene Katastrophe gewesen, die so viele menschliche Schicksale geprägt hatte. Der Wasserkocher piepte, Lucy goss zwei Tassen ihres besten Tees auf und reichte eine davon Henrik.

Er nahm den Tee entgegen und gab ihr noch ein zweites Blatt. »Die erste Zeitangabe reichte noch nicht aus, denn vierundzwanzig Stunden sind viel zu unpräzise. Ich brauchte also noch etwas Genaueres, und beim Durchblättern ist mir aufgefallen, dass bestimmte Zahlen sich mehrfach wiederholen.« Er wies auf verschiedene Stellen, die er markiert hatte und in denen Rosamunde das Kochen von Milchreis beschrieben und sich über die Zubereitung der Weihnachtsgans ausgelassen hatte. »Wenn ich davon ausgehe, dass sie damit auf den 16.02.1962 um 03 Uhr 08 verweisen wollte, hatte ich etwas in der Hand, mit dem ich arbeiten konnte.«

Verblüfft schaute Lucy auf Henriks Notizen. Ausgerechnet Rosamundes verrückte Rezepte halfen weiter?

»Also gut, nehmen wir mal an, Travemünde stimmt«, sagte sie und blickte wieder auf seine krakeligen Zeichnungen. »Was ist dann dort?«

»Das, liebe Lucy, weiß ich nicht«, erwiderte Henrik und lächelte sie liebevoll an. »Aber ich kann es dir auf der Karte zeigen, die Ortsangabe ist ziemlich präzise.«

»Wirklich?«, fragte Lucy und verspürte eine leichte Aufregung in der Magengrube.

»Vielleicht solltest du einfach mal dort hinfahren«, schlug Henrik vor, nachdem er einen Schluck von seinem Tee genommen hatte. »Von hier aus sind es nur wenige Stunden mit dem Auto.«

»Leider habe ich kein Auto«, antwortete Lucy.

»Ein Auto habe ich, nur leider kann ich nicht fahren.«

Sie sahen sich an, und dann schaute Lucy auf ihren bandagierten linken Arm. »Ich auch nicht«, erklärte sie enttäuscht, doch plötzlich hatte sie eine Idee.

Vorne in das erste Tagebuchheft hatte sie die Visitenkarte von Herrn Schnitters hineingelegt. Rasch wählte sie seine Nummer, und nach dem zweiten Klingeln nahm er das Gespräch an.

»Schnitters.«

»Guten Morgen, hier ist Lucy Waldner von der Wort-Agentur. Es könnte sein, dass ich doch etwas gefunden habe.«

»Ta-ta-tatsächlich?«, stotterte Herr Schnitters.

»Es könnte sein, dass Ihre Großmutter die Koordinaten eines Ortes bei Travemünde an der Ostsee in ihrem Text versteckt hat.«

»Travemünde?«, erwiderte Herr Schnitters und klang, ebenso wie Lucy zuvor, leicht ernüchtert.

»Sie wissen nicht zufällig, was dort sein könnte?«

Einen Augenblick lang schien Herr Schnitters zu überlegen, dann antwortete er: »Nein, leider nicht.«

»Vielleicht sollten wir hinfahren, ich habe auch ein Auto zur Verfügung«, schlug Lucy vor, die einfach nicht glauben wollte, dass Rosamunde einen derartigen Aufwand betrieben hatte, um am Ende die schönste Düne ihrer Ostseeurlaube zu markieren.

»Das ist eine sehr gute Idee«, antwortete Herr Schnitters, »nur bedauerlicherweise kann ich nicht Auto fahren.«

Das bedeutete, dass sich an Lucys Problem nichts änderte. Doch sie war nicht bereit, an diesem Punkt aufzugeben.

»Hätten Sie denn Zeit, jetzt zu fahren?«, fragte sie.

»Für meine Großmutter würde ich jederzeit überallhin fahren«, gab Herr Schnitters ernsthaft zurück, und Lucy hörte an seinem Tonfall, dass er die leicht verrückte, ziemlich esoterische Frau wirklich sehr geliebt haben musste.

Es war Neni, die unerwartet zur Lösung des Problems beitrug, indem sie just in diesem Moment bei Lucy vorbeikam.

»Krankenbesuch«, sagte sie, als Lucy ihr die Tür öffnete. In Händen trug sie einen Stapel flacher Teller, wobei auf dem obersten eine Scheibe Brioche und zwei Eggs Benedict unter einer Frischhaltefolie hervorleuchteten. Der Einfachheit halber gab sie Lucy nur einen kurzen Kuss auf die Wange, bevor sie direkt in die Küche marschierte.

»Oh, hallo«, sagte sie, als sie Henrik entdeckte.

»Hallo«, erwiderte er und erhob sich höflich. »Henrik Hartenstein, Lucys Nachbar.«

»Neni, Lucys beste Freundin.« Sie drückte seine Hand, nachdem sie die Teller abgestellt hatte.

»Möchtest du eine Tasse Tee?«, fragte Lucy, doch Neni schüttelte nur den Kopf. »Ich kann nichts mehr vertragen, das mich aufputscht. Samir hat heute bei mir übernachtet und schon um kurz nach sechs damit angefangen, erst mehrmals Kaffee zu kochen, dann Brioche zu backen und schließlich Eggs Benedict zu pochieren, bevor er mich zu ›Kaffeemode‹ begleitet hat. Jetzt schmeißt er dort den Laden.«

»Wie geht es ihm?«, erkundigte sich Lucy und dachte voller Mitgefühl an Samir, der gerade wahrscheinlich durch die Hölle ging.

»Schlecht«, gab Neni zurück, und auf ihrer Stirn erschien eine kleine Sorgenfalte. »Immerhin catert er morgen für eine riesige Party, und spätestens ab heute Nachmittag wird er kaum noch an etwas anderes denken können.«

»Das heißt, du hast heute Vormittag frei?«, erkundigte sich Lucy. »Lust auf einen kleinen Ausflug an die Ostsee?«

Für einen Augenblick betrachtete Neni Lucy kritisch, dann wurde ihr Blick weicher.

»Ich liebe das Meer«, meinte sie.

»Ja, und du kannst Auto fahren«, gab Lucy zurück und klang auf einmal sehr zufrieden.

Es war ein schnittiges Cabriolet mit reichlich PS und jeder erdenklichen Sonderausstattung, das Henrik sein Eigen nannte. Seit etlichen Monaten hatte es in der Tiefgarage gestanden, aber nachdem Neni es geholt und aus seinem Dornröschenschlaf geweckt hatte, fuhr es sich einwandfrei. Lucy hatte sich einen Schal mit Blumenmuster um den Kopf gebunden und fühlte sich damit auf der Rückbank wie Grace Kelly in *Über den Dächern von Nizza*. Henrik saß neben ihr und hinter Neni, die den Fahrersitz ganz nach vorne stellen musste, um gut an die Pedale zu kommen. Auf dem Beifahrersitz wurde Herr Schnitters untergebracht, der noch mal ein gutes Stück größer als Henrik war und sich gerne bereitfand, als Kartenleser zu fungieren. Offenkundig hatte sich Lucys Aufregung nun doch auf ihn übertragen, denn er schob immerfort seine Brille nach oben und machte Neni auf allerhand größere und kleinere Sehenswürdigkeiten am Wegesrand aufmerksam.

»Ein tolles Auto«, sagte Lucy anerkennend, nachdem sie eine Weile an der Fensterheberautomatik herumgespielt hatte.

»Findest du?«, fragte Henrik, und Lucy sah, dass der Fahrtwind seine dunkelblonden Haare verwuschelte. »Ich habe es als Bonus bei der Arbeit bekommen.«

»Echt?«, fragte Lucy ungläubig. »Ein ganzes Auto?«

Henrik lachte. »Du meinst, die hätten sich vorher überlegen sollen, dass ich so lange ausfallen würde?«

»Nein, überhaupt nicht«, protestierte Lucy sofort vehement, aber als sie zu Henrik schaute, sah sie, dass er lächelte.

»Du hast so etwas wunderbar Sonniges«, sagte er zu ihr, und seine warme Stimme klang dabei wie Zuckerguss.

»Ich?«, gab Lucy gleichzeitig überrascht und erfreut zurück.

»Wenn du da bist, habe ich das Gefühl, die ganze Zeit lächeln zu können«, meinte Henrik. Ganz langsam hob er seine Hand, schien dann aber zu zögern und ließ sie langsam wieder sinken. Lucy fragte sich, wie sich seine Hand auf ihrer Haut wohl anfühlen würde, aber sie traute sich nicht, etwas zu sagen oder zu tun. Einen Augenblick später streckte er seine Hand dann doch aus und strich ihr sanft über die Wange, und es fühlte sich noch viel angenehmer an, als Lucy es sich hatte vorstellen können.

»Danke, dass du dir die Mühe mit den Koordinaten gemacht hast«, sagte sie.

»Gern geschehen«, erwiderte er, und für einen Augenblick war es, als gäbe es nur noch sie beide auf der ganzen Welt.

♡♡♡

»Jetzt ist es nicht mehr weit«, erklärte Herr Schnitters und schaute auf die Karte, auf der Henrik das Ziel markiert hatte.

»Waren Sie schon mal hier?«, erkundigte sich Lucy.

»Noch nie«, antwortete Herr Schnitters und bat Neni im selben Atemzug an der nächsten Kreuzung rechts abzubiegen.

»Und Ihre Großmutter?«

»Mir ist nur bekannt, dass sie zeitlebens gerne Urlaub an der Ostsee machte – erst mit den Kindern, später alleine. Aber sie hat mich nie mitgenommen und diesen Ort auch nie erwähnt. Allerdings war sie eine ziemlich schweigsame Person, zumindest in ihren späteren Lebensjahren.«

Lucy dachte an das Tagebuch und fragte sich, ob es alle Wünsche nach Kommunikation von Rosamunde aufgesogen hatte.

Nervös schob Herr Schnitters seine Brille nach oben und strich sich durch die Haare. »Wissen Sie«, sagte er und drehte sich nach hinten zu Lucy um, »meine Großmutter hatte ein schweres Leben. Als Tochter des bedeutendsten Herstellers von Spirituosen im süddeutschen Raum galt sie als junge Frau als ausgezeichnete Partie, und sie konnte sich aussuchen, wen sie heiraten wollte. Warum sie ausgerechnet meinen Großvater gewählt hat, hat sich mir nie erschlossen. Zwar war er bis ins hohe Alter sehr gut aussehend, aber eben auch ein sehr ehrgeiziger Mann. Meine Mutter sagte mir einmal, dass er meine Großmutter nur ihres Erbes wegen geheiratet hat und an ihr persönlich nie sonderlich interessiert war.«

Lucy erinnerte sich an die wenigen Textstellen, in denen Rosamunde ihren Mann Herbert beschrieben hatte, und tatsächlich kam er darin nicht besonders gut weg.

»Warum ist sie dann bei ihm geblieben?«, fragte sie und musste unwillkürlich an ihre Mutter denken, die sich für den gegenteiligen Weg entschieden hatte.

»Vielleicht weil man sich damals nicht hat scheiden lassen? Tatsache ist, dass meine Großmutter die Brennerei ihres Vaters erbte und anschließend ihrem Mann überschrieb. Warum sie das tat, weiß niemand. Danach beschäftigte sie sich nie wieder mit der Herstellung von Weinbränden, dabei war sie es, die sich viel besser als mein Großvater mit edlen Likören auskannte. Man sagt, sie habe ein goldenes Händchen dafür gehabt, aber sie behielt ihr Wissen für sich, egal wie sehr alle auch baten und bettelten.«

»War das eine Art von Rache?«, erkundigte sich Neni.

»Vielleicht«, antwortete Herr Schnitters. »Vielleicht war das Wissen für sie aber auch aus irgendeinem Grund bedeutungslos geworden.«

Einige Zeit später zeigte Herr Schnitters nach rechts. »Hier ist es.« Sie waren jetzt ganz dicht am Meer und konnten schon die salzige Luft riechen und das Kreischen der Möwen in der Entfernung hören.

Herr Schnitters wies auf eine kleine Straße, an deren Anfang ein Sackgassenschild stand. »Da.«

Neni blinkte, obwohl weit und breit niemand zu sehen war, und bog ab. Die Straße war kurz und auf beiden Seiten von einem hohen, altmodischen Zaun aus Backsteinen begrenzt. Am Ende der Straße war ein großes schmiedeeisernes Tor.

»Das muss es sein«, sagte Herr Schnitters und faltete die Karte zusammen. Seine Stimme zitterte ganz leicht, und Lucy spürte, wie sich seine Aufregung auf sie übertrug. Hier war etwas, das war gar keine Frage. Neni parkte am Straßenrand, und etwas verkrampft nach der langen Fahrt kletterte Lucy aus dem Wagen und streckte sich erst einmal. Dann ging sie zusammen mit den anderen zu dem Tor. Es stand weit offen, aber nirgends gab es ein Schild oder eine sonstige Erklärung, um was für ein Anwesen es sich hier handelte. Dennoch wirkten weder die Einfahrt noch das Grundstück dahinter verlassen, vielmehr sah es so aus, als wartete beides auf Besuch. Zu viert betraten sie die Einfahrt. Sie bestand aus einer asphaltierten, ziemlich breiten Straße, die um eine Gruppe Bäume führte. Obwohl sie nicht besonders schnell gingen, spürte Lucy mit jedem Schritt, wie sie förmlich um die Kurve gezogen wurde. Immer sicherer wurde sie, dass Rosamunde ihren Enkel genau hierher hatte locken wollen. Sie und die beiden anderen waren sozusagen per Zufall mit dabei.

Hinter der Baumgruppe wurde ein großes Gebäude aus Backstein sichtbar, das schlicht und gleichzeitig elegant wirkte. In der Mitte der Fassade war eine breite doppelflügelige, hölzerne Eingangstür, und an der Seite des Hauses befand sich ein asphaltierter Parkplatz mit einer Laderampe, die eher zu einem mittelständischen Unternehmen als zu einem Wohnhaus passte. Neben der Haustür hing ein Metallschild. Langsam, ganz langsam kamen sie näher, bis sie die Schrift darauf entziffern konnten. »Destillerie X«, stand dort.

Für einen Augenblick bewegte sich keiner, dann ging Herr Schnitters weiter und öffnete die braune Holztür. Lucy wartete neben Henrik und Neni, aber Herr Schnitters drehte sich zu ihr um und bedeutete ihr, ihn zu begleiten, und so betraten sie gemeinsam das Haus. Durch die Tür kamen sie in eine kleine Eingangshalle, von der an der linken Seite eine breite dunkelbraune Holztreppe nach oben führte. Auf der anderen Seite lagen zwei Türen, und an der Stirnseite war die Eingangshalle durch eine gläserne Wand vom dahinterliegenden Bereich abgetrennt. Über der Glasscheibe hing das altmodische Foto einer dunkelhaarigen, verhalten lächelnden Frau.

Für einen Augenblick stand Herr Schnitters einfach nur da, die Augen fest auf das Porträt gerichtet.

»Hallo, Großmutter«, sagte er dann ruhig. »Es tut mir leid, dass es etwas gedauert hat, aber jetzt bin ich da.«

Kaum hatte er fertig gesprochen, als eine der beiden Türen an der rechten Seite aufgerissen wurde und ein Mann mittleren Alters in Jeans mit leicht rötlich schimmernden, halblangen Haaren auf Herrn Schnitters und Lucy zustürmte.

»Herr Schnitters«, sagte er und streckte seine Hand aus, »herzlich willkommen. Wir haben schon auf Sie gewartet. Mein Name ist Anton Berggruber.«

»Berggruber«, sagte Herr Schnitters versonnen und nickte. »Dahin ist er also verschwunden.«

Lucy verstand kein Wort, aber Herr Berggruber lächelte und nickte. »Es gibt eine Menge zu erzählen, aber als Erstes muss ich den Notar informieren.«

»Warum?«

»Ihrer Großmutter war es ausgesprochen wichtig, dass Sie ohne jede Verzögerung als Erbe anerkannt werden, damit Ihnen niemand jemals mehr dieses Erbe streitig machen kann.«

Herr Schnitters räusperte sich, und Lucy sah, dass sein Gesichtsausdruck voller widerstreitender Emotionen war. Höflich wandte sie sich zur Seite, während Herr Berggruber zurück in sein Büro ging. Sie warteten, und Lucy erinnerte sich, dass Herr Schnitters einmal seine Vermutung geäußert hatte, seine Großmutter wolle ihn mit ihren Tagebüchern irgendwie für das entgangene Famlienerbe entschädigen. Lucy selbst hatte nicht daran geglaubt, aber Rosamunde Schnitters hatte ihren Enkel eindeutig nicht enttäuscht, ganz im Gegenteil.

Der Notar kam, stellte sich vor und machte eine Bemerkung über die enorme familiäre Ähnlichkeit zwischen Herrn Schnitters und seiner Großmutter. Dann – vor Lucy, Henrik, Neni und Herrn Berggruber als Zeugen – trat Clemens Schnitters das Erbe seiner Großmutter Rosamunde Schnitters an und wurde dadurch alleiniger Eigentümer der Destillerie X.

»Was wäre passiert, wenn ich nicht gekommen wäre?«, fragte er, nachdem alles unterzeichnet worden war.

»Dann hätten wir hier alleine weitergewirtschaftet. Die Destillerie X ist so aufgebaut, dass die Belegschaft ihren Erhalt alleine organisieren kann. Ihre Großmutter war fest davon überzeugt, dass Sie kommen würden, aber sie war auch pragmatisch genug, um für alle anderen Fälle vorzusorgen«, erklärte Herr Berggruber.

Während sie gemeinsam durch die verschiedenen Räume gingen, die großen kupfernen Brennkessel bewunderten und jeden einzelnen Angestellten der Destillerie X kennenlernten, erzählte Herr Berggruber ein wenig aus der Geschichte der Destillerie, die Rosamunde Schnitters in aller Stille 1962 gegründet hatte.

Langsam und über viele Jahre hinweg hatte sie begonnen, hier Edeldestillate wie Brände, Liköre und Geiste herzustellen. Erst in kleinen Mengen, dann in zunehmend größerem Maßstab.

»Es kam Frau Schnitters nie darauf an, besonders viel zu produzieren, sondern vielmehr nur das Beste herzustellen, und an ihr Credo sehen wir uns bis heute gebunden«, erklärte Herr Berggruber und beschrieb die Verarbeitung der Maische, die Vergärung des Zuckers und das anschließende Brennen.

»Der Berggruber ist demnach damals also doch nicht einfach so verschwunden?«, erkundigte sich Herr Schnitters irgendwann.

Anton Berggruber lächelte. »Frau Schnitters hat meinen Vater angeworben, übrigens als einzigen Mitarbeiter ihres Mannes, und er ist hier sesshaft geworden, hat eine Familie gegründet« – dabei zeigte er auf sich – »und hat mir dann als Destillateurmeister 1990 die Firmenleitung übergeben.«

»Bis heute rätseln meine Cousins, was damals mit dem alten Berggruber passiert ist, der als bester Brennmeister galt, den die Firma des Großvaters je hatte.«

»Das war mein Vater tatsächlich, Frau Schnitters hat es ganz klar erkannt.«

»Wie konnte meine Großmutter sich das alles leisten?«, fragte Herr Schnitters draußen vor der Laderampe und stellte damit die Frage, die Lucy auch schon im Kopf herumgegangen war.

»Für die Übertragung ihres Erbes hat ihr Mann sie ausgezahlt. Auf ihren Wunsch wurde vertraglich geregelt, dass er bis zu seinem Tode niemals darüber sprechen durfte, und soweit wir es hier mitbekommen haben, hat er es auch nicht getan.«

»Wusste er von der Destillerie X?«

Langsam schüttelte Herr Berggruber den Kopf. »Seit heute gibt es überhaupt nur ein zweites Mitglied der Familie Schnitters, das darüber Bescheid weiß, und das sind Sie.«

»Ist das schön hier«, sagte Lucy und atmete die Meeresluft so tief ein, wie sie konnte. Sie schaute zu Henrik, und er lächelte sie an.

Von der Brennerei bis zum Strand waren es nur ein paar Minuten zu Fuß gewesen, und jetzt saß Lucy hier neben Henrik im Sand und hielt ihr Gesicht in die Sonne, während Neni in einiger Entfernung stand und mit Samir telefonierte. An Nenis großen Armbewegungen erkannte Lucy, dass sie ganze Trostarbeit leistete. Die Wellen platschten langsam und rhythmisch an den Strand, und Lucy liebte dieses an- und abschwellende Geräusch des Meeres.

»Das ist eine ziemlich außergewöhnliche Geschichte, die wir da gerade erlebt haben«, meinte Henrik irgendwann, während er Sand durch seine rechte Hand rieseln ließ.

Lucy nickte. »Das kann man wohl sagen.« Insbesondere bei der Verabschiedung hatte Herr Schnitters noch überwältigt von den Ereignissen gewirkt, aber gleichzeitig so, als wäre er an seinem Bestimmungsort angekommen. Mit einem Lächeln hatte er versprochen, Lucy, Henrik und Neni eine Kostprobe des Sortiments der

Destillerie X zu schicken, und sie außerdem eingeladen, ihn jederzeit zu besuchen.

»Keiner hat davon gewusst.« Henrik schüttelte den Kopf. »Also in meiner Familie hätte das nicht funktioniert, dazu sind alle viel zu neugierig.«

Lucy dachte an Rosamundes Schilderungen, die immer wie hinter Glas gewirkt hatten, und konnte sich vorstellen, dass sie mit ihren Kindern und Enkeln nicht wirklich in Kontakt gestanden hatte. Anscheinend war Clemens die sprichwörtliche Ausnahme gewesen, und ihm hatte sie das Wertvollste vermacht, was sie besaß.

»Was würdest du denn machen, wenn du auf einmal etwas erben würdest, das dein ganzes Leben verändert?«, fragte Henrik und legte den Kopf in den Nacken. Lucy sah, dass er seine Augen geschlossen hatte und sein ganzes Gesicht Entspannung und Wohlbefinden ausstrahlte.

»Das habe ich schon«, antwortete sie und dachte an Jenny.

Auf einmal hatte sie das Bedürfnis, Henrik die ganze Geschichte zu erzählen. Die Geschichte des kleinen Mädchens und der Frau, zu der es später geworden war. Erst stockend, dann immer flüssiger schilderte Lucy Marina und Jenny, ihren Vater und ihr Leben, das an manchen Stellen ganz anders weitergegangen war, als sie erwartet hatte. Henrik hörte ihr einfach nur zu. Als sie fertig erzählt hatte, lauschte sie auf seinen ruhigen und gleichmäßigen Atem.

»Jetzt weißt du, wer ich bin«, meinte sie.

»Das wusste ich vorher schon, Lucy.« Langsam öffnete Henrik seine Augen wieder und blickte sie an. »Ich glaube, das wusste ich von Anfang an.«

»Als ich dir die Tür gegen die Nase gehauen habe?«

Er lächelte. »Schon vorher, als ich deine allererste Nachricht gelesen habe.« Auf einmal spürte Lucy, wie stark sie sich zu Henrik hingezogen fühlte. Er ließ ihr Herz schneller schlagen und sie sich fast atemlos fühlen, obwohl sie einfach nur Seite an Seite im Sand saßen und sich die Sonne ins Gesicht scheinen ließen.

»Lucy«, sagte Henrik leise und wandte sich ihr zu. »Ich glaube, ich …«

Genau in diesem Moment kam Neni angestürmt. »Lucy, du wirst es nicht glauben. Mindie hat Samir eine Nachricht geschickt, er könne ihr den Ring ja trotzdem schenken …«

»Was?«, fragte Lucy entgeistert und hatte das Gefühl, aus einer entspannt dahinschwebenden Parallelwelt in die harte Realität zurückgeholt zu werden. »Was hat er dazu gesagt?«

»Er weiß nicht, was er denken soll, und ich habe ihm versprochen, so schnell wie möglich nach Hause zu kommen«, antwortete Neni mit einem Blick auf ihre Uhr.

»Natürlich«, erklärte Lucy, die am liebsten noch stundenlang neben Henrik am Strand gesessen hätte, und erhob sich. Henrik klopfte sich den Sand von den Beinen, und Lucy reichte ihm ihre Hand, um ihm beim Aufstehen zu helfen. Zum Dank lächelte er sie an, und Lucy fragte sich auf einmal, was sie je an jemand anderes hatte finden können. Im Vergleich zu Henrik wirkte Robert wie kalter Kaffee.

»Danke, Lucy«, sagte Henrik und legte ihr ganz kurz den Arm um die Schultern. Lucy fühlte die Sanftheit seiner Berührung und hörte die Wärme seiner Stimme und wusste, dass sie sich gerade verliebt hatte.

»Henrik, zum Glück bist du da!« Dominiks Stimme klang fast panisch, und sofort griff er nach Henriks Arm, als der gerade mit Lucy die Treppe heraufgekommen war und seine Wohnungstür aufgesperrt hatte.

»Was ist denn los?«, erkundigte sich Henrik.

»Ella hat kalte Füße bekommen«, erwiderte Dominik, und seine Stimme quietschte bei dem Wort »Füße« so sehr, dass es durch den ganzen Hausflur hallte.

»Das ist doch normal vor Hochzeiten.« Henrik winkte ab.

»Ja, aber es ist nicht normal, an alle Gäste eine Rundmail zu schreiben, dass man es sich anders überlegt hat.«

»Das hat sie doch nicht wirklich getan, oder?«, fragte Henrik, und Lucy hörte, wie sich eine leichte Beunruhigung in seine ruhige Stimme schlich.

»Doch, das hat sie. Um genau zu sein, hat sie geschrieben, dass man auf die große Liebe warten sollte und sich nicht zu früh mit etwas Halbgarem zufriedengeben soll. Und dass es ihr leidtäte, aber dass sie so nicht weitergehen könnte.«

»Und Jasper?«, fragte Henrik.

»Der scheint der Einzige zu sein, der halbwegs die Nerven behält. Mit seinem besten Freund sitzt er in einer Kneipe, und der Freund hat mir geschworen, dass, egal was passiert, bei 1,5 Promille Schluss ist.«

»Und Ella?«

»Liegt weinend in deinem Bett.«

»Was, in meinem?« Nun wirkte Henrik wirklich fassungslos.

Doch sein Bruder nickte nur grimmig. »Von mir hat sie sich nicht beruhigen lassen, das musst du jetzt übernehmen.«

»Ich?« Henrik machte einen Schritt nach hinten und wäre um ein Haar mit Lucy zusammengestoßen.

»Du bist der Einzige, der so etwas kann. Selbst Merle, Claus und unsere Eltern sind schon gescheitert.« Dominik hob beide Hände, und Lucy sah die echte Verzweiflung in seinem Gesicht.

Mit der rechten Hand fuhr sich Henrik durch die Haare, die vom Meereswind noch ganz verwuschelt waren.

»Also, kommst du?« Geradezu flehentlich hörte sich Dominik an.

»Ja«, erwiderte Henrik. »Während ich jetzt mit ihr spreche, besorgst du etwas zu essen, denn das hat schließlich bei unserer Raupe Nimmersatt bisher immer geholfen.«

Dominik nickte, dann erst schien er wahrzunehmen, dass Henrik ziemlich sonnenverwöhnt aussah, und fragte: »Wo warst du eigentlich den ganzen Tag?«

Den ganzen Abend träumte Lucy von Henrik. Sie dachte an sein Gesicht im Sonnenlicht und das kribbelnde Gefühl in ihrem Bauch, das sie hatte, wenn er dicht neben ihr saß. Sie erinnerte sich an sein Lächeln und die Art, mit der er »Lucy« sagte.

Oh, dachte Lucy, so wunderbar kann es sich anfühlen, verliebt zu sein, so leicht und kompromisslos und herzerwärmend und glücklich machend. Beim Zähneputzen summte Lucy vor sich hin und hatte noch im Bett das Gefühl, eigentlich zu schweben.

Kurz vor Mitternacht schrieb Henrik, dass sich Ella wieder beruhigt hatte und dass die Hochzeit morgen wie geplant vonstattengehen konnte.

Ich freue mich schon so sehr, Dich morgen zu sehen! Die Stunden mit Dir heute am Strand waren die schönsten des Tages. Schlaf gut, ich denke an Dich, Lucy, ich träume von Dir.
PS: Erwartest Du eigentlich, dass wir morgen tanzen?

Gerade als Lucy die Nachricht gelesen hatte, setzte nebenan Musik ein, und eine uralte Version von *I won't dance* erklang. Lucy lachte, und ihr Herz öffnete sich noch weiter.

Den alten Song, den ihr Vater immer beim Rasieren summte, kannte sie auswendig, und so schrieb sie in ihrer Antwort:

Du weißt, dass Du wunderbar bist.

Nachdem sie die Nachricht abgeschickt hatte, wartete sie ungeduldig auf eine Reaktion. Doch sie musste sich nicht lange gedulden, bis Henrik sie wissen ließ:

> Aber mein Herz wird meinen Füßen nicht gestatten, das zu tun, was sie sollten. Okay, bei mir ist es weniger das Herz als der Zustand, in dem ich mich nun mal befinde.

Lucy überlegte einen Moment, dann schrieb sie:

> Aber wenn Du tanzt, bist Du bezaubernd!

> Jedoch nur, bis ich auf Deine Füße steige,

antwortete Henrik.

> Doch wer weiß? Mit Dir, Lucy, ist alles anders. Besser. Viel besser. Fast perfekt. Gute Nacht!

Dann wurde das Lied noch einmal von Anfang an gespielt, und Lucy kuschelte sich mit einem Lächeln in ihr Kissen. Für einen Augenblick fühlte sie sich wie die glücklichste Person der Welt und hatte nur den Wunsch, dass dieser Moment niemals vergehen würde, gleichzeitig konnte sie es kaum erwarten, Henrik morgen wiederzusehen.

Um sieben Uhr früh fuhr Lucy aus dem Schlaf. Sie hatte ja gar kein Kleid!

Irgendwie hatte sie komplett vergessen, sich darum zu kümmern, und das alte braune Abendkleid ging auf keinen Fall.

Fast panisch rief sie bei Neni an, doch die ging nicht ans Telefon, und auch Julia schien entweder zu schlafen oder irgendetwas anderes zu tun, auf alle Fälle antwortete sie nicht auf Lucys zunehmend hektischere Nachrichten.

»Wie kann man nur so blöd sein«, sagte Lucy zu sich selbst, als sie aus dem Bett sprang. Den ganzen Vorabend lang hatte sie von Henrik geträumt, statt sich um die naheliegenderen Dinge zu kümmern. Immerhin hatten ihre Muskelschmerzen nachgelassen, und sie konnte sich wieder weitgehend normal bewegen.

Außerdem kann der Verband runter, erinnerte sich Lucy und wickelte Schicht für Schicht von ihrem Arm. Dabei rieselte eine Spur Sand auf den Boden, und mit flatternden Schmetterlingen im Bauch erinnerte sie sich an die wunderbare, fast vollkommene Zeit mit Henrik am Strand. Dann bewegte sie vorsichtig ihr Handgelenk und stellte fest, dass es erstaunlich gut funktionierte und nur noch leicht wehtat. Allerdings sah ihr Arm ziemlich malträtiert aus, denn die lange Schramme vom Unfall war inzwischen von einer dicken, dunkelroten Schorfschicht bedeckt.

Also brauche ich ein Kleid mit langen Ärmeln, dachte Lucy und fragte sich geradezu hysterisch, woher sie das auf einmal, mitten im Sommer, auftreiben sollte.

Meine Haare sind auch eine Katastrophe, überlegte sie als Nächstes und erwog in einem Anfall von Panik, einfach abzusagen. Konnte die Braut sich abmelden, konnte sie es schließlich auch. Aber im nächsten Moment fiel ihr ein, dass die Braut ja umgestimmt worden war und sie außerdem unbedingt Henrik sehen wollte, liebend gerne auch noch mal in seinem Smoking.

Als es klingelte, schreckte Lucy aus ihrem Gedankenchaos auf, rannte in den Flur, drückte auf den Summer und riss die Tür auf. Es war Michael, der mit tiefen Ringen unter den Augen, aber einem Lächeln im Gesicht die Treppe heraufkam.

»Hallo«, sagte Lucy überrascht.

»Hallo, Lucy, bitte entschuldige, dass ich dich um so eine Zeit überfalle, aber ich muss unbedingt mit dir sprechen, deshalb bin ich direkt nach meinem Nachtdienst hergekommen. Darf ich reinkommen?«

Lucy wurde sich bewusst, dass sie noch im Nachthemd steckte und ihre Haare in alle Richtungen standen, aber Michael schien es nicht zu stören. »Komm doch mit ins Wohnzimmer«, schlug sie vor und drehte ihre Haare schnell zu einem Zopf zusammen. Im Wohnzimmer setzte sich Michael ohne zu zögern auf die unglaublich hässliche Couch, nur um einen Augenblick später wieder aufzuspringen.

Vielleicht hat er ja jetzt die Farbe bemerkt, schoss es Lucy durch den Kopf, aber das schien es nicht zu sein, denn schon Sekunden später setzte Michael sich wieder hin.

Der Arme wirkt wirklich sehr nervös, dachte Lucy und lächelte ihm aufmunternd zu.

»Lucy, wir wollten uns doch immer die Wahrheit sagen«, begann Michael, und Lucy war sich nicht sicher, ob sie um diese Zeit schon bereit für die Wahrheit war. Zumal sie unsicher war, wie Michaels Wahrheit aussehen würde und ob er ihr vielleicht gleich eröffnen würde, dass er in Wirklichkeit ihr lang verschollener Cousin wäre. Zwar stand ihr nicht unbedingt der Sinn nach noch mehr unerwarteter Verwandtschaft, auf der anderen Seite war sie ja in dieser Angelegenheit gerade so richtig in Schwung gekommen.

»Ja, die Wahrheit ist gut«, antwortete sie daher.

»Lucy, ich habe mich verliebt«, meinte Michael nach einem Augenblick und sah auf einmal ausgesprochen unglücklich aus.

»Ah ja«, antwortete Lucy und bemerkte selbst, dass das nicht besonders wortgewandt klang.

»Es tut mir so leid«, erklärte Michael und sah noch unglücklicher aus.

»Aber warum?«, fragte Lucy, die das Gefühl hatte, vollkommen auf dem Schlauch zu stehen. Seit wann musste man unglücklich sein, weil man sich verliebt hatte?

»Weil du es nicht bist, in die ich mich verliebt habe«, bekannte Michael und starrte erst auf den Boden, dann an die Wand und schließlich aus dem Fenster.

Aus Lucys Überraschung wurde Belustigung. »Und ich dachte schon, es wäre etwas Schlimmes.«

»Das findest du nicht schlimm?«

Lucy schüttelte den Kopf. »Wer ist denn die Glückliche?«

»Das ist der zweite Teil des Problems«, bekannte Michael und wurde rot.

Noch erstaunter blickte Lucy ihn an. Seit sie ihn kennengelernt hatte, war Michael noch nie rot geworden.

»Es ist Jenny«, flüsterte er.

Lucy fragte sich, ob sie sich verhört hatte, obwohl sie ihn akustisch astrein verstanden hatte. »Jenny?«

»Ich hätte es ja auch nicht für möglich gehalten, dass es die Liebe auf den ersten Blick wirklich gibt, aber seit ich Jenny neulich Abend zum ersten Mal gesehen habe, kann ich an niemand anders mehr denken. Selbst im OP bekomme ich sie nicht aus meinen Gedanken …«

»Das ist … ein Ding«, meinte Lucy. »Leider lebt sie nicht hier in Berlin, und ich weiß ehrlich gesagt nicht einmal, ob sie einen Freund hat.«

»Oh«, machte Michael und klang so zerknirscht und armselig, dass es Lucy ans Herz ging.

»Soll ich sie fragen, ob sie Interesse an deiner Telefonnummer hätte?«

»Ja, bitte.« Michael blickte Lucy so dankbar an, als habe sie ihm die Lösung aller seiner Probleme präsentiert.

Nachdem er gegangen war, wurde Lucy jedoch bewusst, dass sie selbst noch weit entfernt von der Lösung aller ihrer Probleme war.

Als Erstes brauche ich ein Kleid mit langen Ärmeln, dachte sie fieberhaft, als es ein weiteres Mal an ihrer Tür klingelte. Diesmal kam Julia die Treppe heraufgestiefelt, und sie lächelte ausgesprochen gut gelaunt. »Morgen, Lucy. Noch im Nachthemd? Zieh dir was an, jetzt geht es los.«

»Wohin denn?«

»Du hast doch noch etwas gut bei mir, weil du mich neulich so getreulich in der Arbeit vertreten hast, als ich mit Laurenz in Wien war.«

»Und …?«, fragte Lucy.

»Das wird jetzt eingelöst.« Julia schaute auf ihre Uhr. »Du hast zehn Minuten, dich fertig zu machen.«

Im Nu düste Lucy ins Bad und sprang direkt unter die Dusche. Im Rekordtempo seifte sie sich ab und spülte das Shampoo so schnell aus ihren Haaren heraus, dass sich auf dem Abfluss ein großer Berg weißen Schaums bildete. In unter fünf Minuten hatte sie fertig geduscht und hüllte sich gerade in ihr Handtuch, als die Badezimmertür aufging und Julia ihr einen Becher heißen Tees hereinreichte.

»Du kannst die Haare einfach zusammenbinden, ohne sie zu trocknen«, erklärte sie.

»In Ordnung. Willst du mir nicht sagen, was du vorhast?« Lucy pustete über den Tee, der noch dampfte.

»Neni meinte, du bräuchtest heute vielleicht etwas Hilfe, und genau die will ich dir angedeihen lassen.«

»Bist du etwa meine gute Fee vor dem Ball?«

»So könnte man es nennen, und jetzt hopphopp.« Julia klopfte mit dem Zeigefinger auf ihre Uhr und verschwand aus dem Badezimmer.

Mit einem Lächeln im Gesicht band sich Lucy die Haare zusammen, nahm einen Schluck von dem heißen Tee, verbrannte sich die Zunge, schimpfte und lachte gleichzeitig und zog sich in Spitzenzeit an.

Julia stand an der Wohnungstür und feuerte sie an. »Schneller, schneller.«

»Geschafft«, meinte Lucy, als sie nach ihrer Tasche griff und in ihre Schuhe schlüpfte. Dann gab sie ihrer Freundin rasch einen Kuss auf die Wange und meinte: »Du bist ein Schatz.«

»Na, warte erst mal ab«, antwortete Julia, aber sie grinste breit.

Vor dem Haus wartete Samirs Fahrer mit dem Wagen.

»Samir braucht das Auto in genau drei Stunden, also beeilen wir uns besser«, erklärte Julia und sprang auf den Rücksitz. Kaum hatte Lucy die Tür hinter sich geschlossen, fuhren sie auch schon ab.

Ganz Berlin funkelte in der frühen Samstagmorgensonne, und Lucy spürte die Aufregung in ihrem ganzen Körper vom Scheitel bis zum kleinen Zeh, als das Auto in flottem Tempo über den Kurfürstendamm fuhr und dann nach Schöneberg abbog.

»Wohin fahren wir?«, fragte sie Julia, doch die legte nur den Zeigefinger an die Lippen.

Ein paar Minuten später hielten sie vor Jans Friseursalon.

»Aber ich habe keinen Termin«, protestierte Lucy, die wusste, wie schwer man hier unterkam, noch dazu an einem Samstag.

»Natürlich hast du einen«, widersprach Julia fröhlich. »Deinetwegen hat Jan sogar extra eine Stunde früher geöffnet.«

Lucy konnte es kaum glauben, aber genauso war es. Sie wurde von einem lächelnden Jan begrüßt, der ihr hoch und heilig versprach, diesmal die Haare nur zu schneiden. »Frisieren wird dich meine Kollegin, denn sie hat ja bei dir noch etwas gutzumachen.«

Unwillkürlich zuckte Lucy zurück, aber Jan lachte nur. »Keine Angst, das kann sie wirklich ausgezeichnet.«

Und genau so war es. Die Friseurin entschuldigte sich wortreich bei Lucy und türmte dann ihre frisch geschnittenen Haare so kunstvoll zu einer Hochsteckfrisur, dass Lucy aus dem Staunen nicht mehr herauskam.

»Wie findest du dich?«, fragte Jan, als er ihr den Spiegel hinhielt, damit sie sich von allen Seiten betrachten konnte.

»Großartig«, antwortete Lucy, und auch Julia war begeistert.

Weiter ging es mit dem Auto nach Wilmersdorf. Lucy traute sich kaum, sich zu regen, aus Angst, die wunderschöne Frisur zu gefährden. Aber Julia beruhigte sie: »Keine Angst, da ist so viel Haarspray drauf, das hält bis übermorgen.«

»Zumindest bis heute Nachmittag muss es das«, sagte Lucy und dachte mit einem Herzstolperer daran, dass sie dann mit Henrik auf der Hochzeit sein würde.

Der Wagen bremste in einer schmalen Straße, und Julia ging voraus in den Hinterhof eines vollkommen unauffälligen Altbaus. »Filmsets und Kostüme«, stand auf einem Schild neben der Klingel, die Julia betätigte.

»Filmsets?«, fragte Lucy überrascht.

»Filmschminke«, erwiderte Julia und zog sie an der Hand in eine kleine Wohnung, die zu einer Schneiderei mit Make-up-Bereich umgebaut worden war.

»Hallo«, begrüßte eine kleine, quirlige Mittfünfzigerin Lucy und schaute ihr prüfend ins Gesicht. »Nicht einfach, aber absolut machbar«, urteilte sie dann.

Während Julia mit Laurenz telefonierte, Fotos von Lucy machte und an Neni und die halbe Welt schickte, leistete die Visagistin ganze Arbeit.

»Meistens ist es ja genau umgekehrt«, erklärte sie und klebte ein weißes, unauffälliges Pflaster über die Fadenenden auf Lucys Stirn.

»Wie?«, fragte Lucy.

»Normalerweise schminke ich gewöhnlich aussehende Menschen zu Monstern.«

»Na, vielen Dank auch«, sagte Julia an Lucys Stelle, aber die Frau lachte nur.

Konzentriert begann sie mit einer Vielzahl von Cremes, Farben und Pigmenten zu arbeiten. »Großes Abend-Make-up?«, fragte sie zwischendurch, und Lucy nickte.

»So, jetzt erzähl mir alles, was Neni weiß und ich verpasst habe«, forderte Julia irgendwann und packte ihr Handy weg. »Wie lautet die Geschichte mit diesem Nachbarn?«

Doch bevor Lucy noch einen Piep sagen konnte, warnte die Visagistin. »Nicht jetzt, gerade muss sie ganz ruhig halten.« Darüber war Lucy nicht undankbar, wohl wissend, dass Julia zu richtigen Verhören imstande war und sie selbst eigentlich noch gar nicht genau wusste, woran sie war. Das Einzige, was sie sicher wusste, war, dass sie sich mit Karacho in Henrik verliebt hatte.

Als die Visagistin fertig war und Lucy am Ende in den Spiegel schaute, musste sie zugeben, dass sich ihr Gesicht nun unter ihrer spektakulären Frisur nicht verstecken musste.

»Das hat lange gedauert, sich aber gelohnt«, meinte auch Samirs Fahrer, als sie zurück zum Auto kamen.

»Jetzt zu Adiba«, erklärte Julia.

Dort wartete Samir schon vor der Tür, bereit, auf der Stelle seinen Wagen zu übernehmen. Zwar sah er müde und abgekämpft aus, aber er hob beide Daumen, als Lucy an ihm vorbeiging.

Nach ihrem wütenden Auftritt im »Degas« war Adiba wieder zu ihrem ruhigen Selbst zurückgekehrt. »Neni hat mir Bescheid gesagt, dass dir das Kleid aus Seide mit der Stickerei gefallen hat. Hier habe ich noch eine ähnliche Version in deiner Größe.« Sie nahm Lucy mit in ihren Salon, der eine Mischung aus Arbeitszimmer, Nähstube und Atelier war.

Dort hatte sie ein Kleid aufgehängt, das schon auf den ersten Blick wunderbar aussah.

»Leider brauche ich etwas mit langen Ärmeln«, erklärte Lucy und zeigte auf die Schramme an ihrem linken Unterarm.

»Das fällt keinem auf, wenn der Rest perfekt aussieht«, widersprach Adiba und begleitete Lucy zu ihrer Anprobekabine.

Schon als sie in das Kleid hineinschlüpfte, das bodenlang ausgestellt, himmelblau mit einer breiten dunkelblauen Schärpe war, fühlte sich Lucy wie eine Prinzessin.

»Wunderschön«, meinte Julia.

Nur Adiba war nicht ganz überzeugt. »Da müsste ich schon noch etwas ändern«, meinte sie und steckte ein paar Nadeln.

Als Adiba ihr danach wieder aus dem Kleid half, strich Lucy mit der Hand über den wunderbar zarten Seidenstoff. Doch dann entdeckte sie das Preisschild, das diskret innen am Etikett angebracht war, und zuckte zurück. »Das kann ich mir nicht leisten«, sagte sie leise zu Adiba.

»Es ist ein Geschenk«, erwiderte Adiba ruhig, und Lucy fühlte sich förmlich von Dankbarkeit den lieben Menschen in ihrem Leben gegenüber überflutet.

»Während Adiba jetzt arbeitet, gehen wir frühstücken, und du erzählst mir alles, was ich wissen möchte«, meinte Julia und legte mit einem Lächeln ihren Arm um Lucy.

♡

Was auch immer Adiba daran geändert hatte, anschließend saß das Kleid perfekt, als es Lucy zu Hause mit Julias Hilfe anzog. Darin fühlte sie sich wie die schönste Frau der Welt, und sie entschied sich, dazu die Kette ihrer Mutter anzuziehen, dessen Saphir perfekt zur hellblauen Farbe des Kleides passte.

Für fünf Minuten kam Neni aus ihrem Café herübergehuscht,

um wenigstens einen Blick auf Lucy zu werfen. »Du siehst wunderschön aus, er wird dir nicht widerstehen können«, sagte sie mit einem Lächeln.

»Keiner wird dir widerstehen können«, ergänzte Julia. »Also schnapp dir den Besten, Lucy!«

»Hallo«, sagte Lucy zu Henrik, als er und Dominik sie abholten, und ihre Stimme klang viel leiser als beabsichtigt, so überwältigt war sie von seinem Anblick. Zwar hatte sie ihn schon im Smoking gesehen, aber jetzt, mit perfekt gebundener Schleife und einem strahlenden Lächeln, sah er so wunderbar aus, dass ihr schier die Luft wegblieb.

»Wow, Lucy«, entgegnete er und räusperte sich dann. »Du siehst fantastisch aus.«

»Die Blumen«, ermahnte Dominik, und seine Stimme quietschte bei der Silbe »Blu«.

»Natürlich, hier.« Mit der rechten Hand hielt Henrik Lucy ein kleines Blumenarrangement hin, das wie ein Armband gestaltet war und perfekt zu seiner Einsteckblume passte.

»So schön«, sagte Lucy und wusste selbst nicht genau, was sie meinte. Die Blumen? Den Tag? Henriks Augen?

An Henriks Seite schwebte Lucy förmlich auf die Hochzeit, und es wurde viel schöner, als sie erwartet hatte. Ella strahlte mit der Sonne um die Wette in ihrem ziemlich kurz geschnittenen, typischen Zwanzigerjahre-Brautkleid in Weiß mit einem spitzen Ausschnitt und einer sehr schmalen Taille. Dazu trug sie leuchtend rote Lederhandschuhe und einen kleinen roten Hut mit Minischleier, der schräg und kess auf ihren blonden Haaren saß. Jasper strahlte ebenfalls, vor allem war er jedoch damit beschäftigt, voller Begeisterung seine zukünftige Ehefrau anzustarren. Zusammen waren sie in einem uralten

Mercedes vorgefahren, der perfekt zum Stil der Braut und zum Zylinder des Bräutigams passte. Die Trauung fand unter freiem Himmel mitten zwischen Blumenrabatten statt, und Lucy bewunderte die wunderschönen Blumen und den perfekt gepflegten Rasen.

Henriks Sorge, zu sehr im Mittelpunkt des Interesses zu stehen, erwies sich als gänzlich unbegründet, da alle über Ella und ihre kalten Füße vom Vortag redeten.

»Also, ich hätte Jasper ja auch genommen, der Mann ist schließlich ultrareich«, seufzte eine Blondine, die Lucy als Cousine zweiten Grades der Braut kennengelernt hatte.

Ihre Schwester kicherte. »Ja, aber seine Mutter ist wirklich grässlich, ich bin ihr gerade auf der Toilette begegnet. So ein Drachen, nicht wahr, Bonbon?«

Und alles, was Henrik tun musste, war zu nicken.

Dabei zwinkerte er Lucy zu und flüsterte ihr dann ins Ohr: »Die Schwiegermutter ist wirklich ein Drachen, aber der Schwiegervater ist ganz in Ordnung und völlig vernarrt in Ella.« Diskret wies er auf einen älteren Herrn im Frack, der mit roten Wangen neben seinem Sohn und Ella stand.

Mit einem Lächeln blickte Lucy zu Henrik auf, und er lächelte zurück und nahm ganz selbstverständlich ihre Hand.

»Das sind Dominiks und meine Eltern«, erklärte er, als eine perfekt zurechtgemachte blonde Frau unschätzbaren Alters und ein grauhaariger Mann, der Dominik enorm ähnelte, auf sie zukamen. Mit makellosen Manieren stellte Henrik erst Lucy vor und machte dann umgekehrt Lucy mit seinen Eltern bekannt.

»Ich bin sehr froh, dass Lucy mich begleitet«, fügte er hinzu, und seine Stimme klang dabei leicht gepresst.

»Mein guter, armer Junge«, begann seine Mutter und tätschelte Henriks linken Arm, der wie immer regungslos herunterhing. »Wie unendlich tapfer es von dir ist, in deinem Zustand herzukommen. Ella weiß gar nicht, wie gut sie es hat.«

»Wieso? Ich heirate sie doch nicht«, sagte Henrik mit hochgezogenen Augenbrauen.

»Nehmen Sie zurzeit an vielen Reitturnieren teil?«, erkundigte sich sein Vater bei Lucy, und sie blinzelte überrascht. Reiten? Sie?

»Äh nein«, antwortete sie.

»Das ist Matilda, die reitet«, erklärte Henrik seinem Vater, und seine Stimme klang noch gepresster.

»Ach, die gute Matilda. Ich habe gehört, dass sie heute auch da ist«, flüsterte Henriks Mutter ihrem Sohn mit einem Bühnenflüstern zu, und Lucy spürte zum ersten Mal, wie eine kleine Wolke vor die Sonne zog.

»Natürlich ist sie da«, gab Henrik kühl zurück, »schließlich ist sie Jaspers Cousine.« Seine Stimme klang so ablehnend wie bei Lucys erster Begegnung mit ihm, und sie sah überrascht zu ihm auf.

»Darf ich unterbrechen, das ist Bianca«, kam Dominik dazu und stellte seine Begleitung vor. Sie war groß und schlank und hatte ein energisches Kinn über einem engen, dunkelblauen Kleid.

»Sind Sie Stewardess?«, wollte die Mutter wissen.

»Nein, ich bin Pilotin«, gab Bianca zurück.

»Reiten Sie auch?«, fragte der Vater, und Lucy sah, wie Henrik und Dominik einen genervten Blick wechselten.

»Eher selten«, erwiderte die Pilotin ernsthaft.

»Ein schönes Fest euch noch«, wünschte Dominik und nahm Bianca am Arm.

»Bis später«, meinte auch Henrik und griff wieder nach Lucys Hand, die er kurz losgelassen hatte.

»Übernimm dich nicht, mein Junge. Am besten setzt du dich gleich hin und bleibst sitzen«, schlug seine Mutter vor.

»Ja, Mama«, antwortete er, aber es klang eindeutig wie »Nein, Mama«.

»Entschuldige«, sagte er zu Lucy, als seine Eltern außer Hörweite waren.

»Familie kann man sich nicht aussuchen«, erwiderte Lucy mit einem Lächeln. Besser ein Elternteil als zwei, wenn das die Alternative ist, überlegte sie im Stillen und dachte an ihren wunderbaren Vater.

Doch dann begann der offizielle Teil der Hochzeit, und Lucy blieb keine Zeit, sich weiter über Familie Gedanken zu machen, denn jetzt musste sie Ella und Jasper, die Brautjungfern in ihren Kleidern und außerdem Henriks blaue Augen, die im Sonnenlicht glänzten, bewundern.

Während ein Streichquartett musizierte, dachte Lucy, dass es trotz all des Pomps und der zweihundertfünfzig Gäste eine erstaunlich intime und unaufdringliche Trauung war.

Anschließend warf Ella ihren Brautstrauß einfach in die Menge, wo ihn ausgerechnet ihr neuer Schwiegervater fing und begeistert rief: »Jetzt wird gefeiert!«

Die Feier war ganz im Stil der Golden Twenties gehalten, und der große Saal in der imposanten alten Villa, in der gefeiert wurde, war passend dekoriert. Weiße Blumengebinde und goldene Art-déco-Kerzenleuchter auf anthrazitfarbenen Tischdecken schmückten die Tafeln, dazu gab es goldene Unterteller und schwarze Tischläufer. Zudem standen und lagen überall rote Rosen, die im Farbton perfekt zu Ellas Hut passten. Während das Brautpaar die Glückwünsche der Gratulanten entgegennahm, stand Lucy mit Henrik Hand in Hand an der Seite des Saals. Allein seine Hand in ihrer fühlte sich so angenehm an, und Lucy spürte das Glück wie ein warmes Gefühl im Bauch. Gelegentlich begrüßte Henrik jemanden, stellte Lucy vor und wechselte ein paar Worte mit Bekannten und Verwandten. Die meiste Zeit schlug Lucys Herz ruhig und gleichmäßig, nur wenn sie Henrik in die Augen sah, pochte und hüpfte es in ihrer Brust. Wie hatte sie so unbewegt neben ihm wohnen können, ohne zu bemerken, was für ein wunderbarer, charmanter und liebenswürdiger Mann er war? Dass er zudem so fantastisch aussah, empfand Lucy wie das sprichwörtliche i-Tüpfelchen, und sie konnte sich gar nicht an seinen blauen Augen, den markanten Gesichtszügen und seinem unglaublichen Lächeln sattsehen.

»Danke, dass du mitgekommen bist«, meinte er irgendwann.

»Das Vergnügen ist ganz auf meiner Seite«, antwortete sie und merkte, dass die altmodische Floskel diesmal tatsächlich perfekt passte.

Das Essen war spektakulär, und Lucy, die zwischen Henrik und einem alten Studienfreund von Jasper saß, schwelgte in üppigen Vorspeisen, einem delikaten Hauptgang und schließlich einem perfekten Nachtisch. Ihnen gegenüber saßen Dominik und Bianca, und je länger das Essen dauerte, desto gelöster wurde die Stimmung der Gesellschaft. Nach zwei Gläsern Champagner entpuppte sich Dominik als gewandter Unterhalter, Bianca konnte herrliche Geschichten als Frau in einer Männerwelt zum Besten geben, und Henrik war entspannt und lustig. Den Vogel aber schoss Jaspers Freund ab, der auch Stand-up-Comedian hätte sein können. Während seine Frau den ganzen Abend keinen Piep sagte, war er in der Lage, den ganzen Tisch im Alleingang zu unterhalten. Lucy kicherte, schmunzelte und lachte.

Nach dem Essen nahm ein Tanzorchester samt Sänger Aufstellung, das die Zwanzigerjahre auch musikalisch zu neuem Leben erweckte. Das Brautpaar tanzte einen langsamen Walzer zu *Ich tanze mit dir in den Himmel hinein,* doch dann wechselte das Tempo, und mit *Ja und Nein* ging es flott weiter, dann kam *Bei mir bist du schön,* gefolgt von *Du bist meine Greta Garbo.* Schon bei *Ja und Nein* war Bianca aufgesprungen und mit Dominik auf der Tanzfläche verschwunden, und man sah die beiden nur noch gelegentlich in der Menge auftauchen. Das Orchester heizte so richtig ein, und die Stimmung wurde immer gelöster. Lucy merkte, dass sie automatisch mitwippte, und bei *Was bin ich ohne Dich* war sie so weit, dass sie am liebsten auch aufgesprungen wäre. Aber sie wollte Henrik nicht alleine lassen und trank stattdessen mit ihm einen Espresso, der in kleinen Tassen mit dem Monogramm von Ella und Jasper serviert wurde. Gerade als sie ausgetrunken hatte, kam Dominik alleine an ihren Tisch zurück.

»Wo hast du die Bianca gelassen?«, erkundigte sich Henrik.

»Sie tanzt mit Onkel Franfran. Aber habt ihr beiden mal auf die Musik gehört? Das Lied heißt *Love thy Neighbour,* und da muss ich natürlich Lucy auffordern.«

Er grinste und zog Lucy einfach von ihrem Stuhl hoch. Lucy zögerte zunächst, aber sie hätte sich keinerlei Sorgen machen brauchen, denn Dominik tanzte absolut göttlich. Mit größter Sicherheit führte er sie über das Parkett, und nach einigen unbeholfenen Anfangsschritten ließ sich Lucy einfach in seine Arme fallen und genoss den Tanz. Die Kapelle spielte perfekt, die Musik war wunderschön, und Dominik war ein herausragender Tanzpartner. Nach dem Lied folgte *Cheek to Cheek,* und Lucy konnte nicht widerstehen, noch weiter mit ihm zu tanzen. Durch die Menge versuchte sie, Henrik zu erspähen, aber es gelang ihr nicht. Das Lied ging zu Ende, alle applaudierten, und der Sänger verbeugte sich. Dann wechselte das Orchester zu *I Won't Dance,* und noch ehe Lucy sich auch nur hätte besinnen können, tippte jemand Dominik auf die Schulter und fragte: »Darf ich abklatschen?« Zu jeder Tages- und Nachtzeit hätte Lucy die Stimme erkannt, und sie spürte, wie ihr Herz einen riesigen Satz machte.

»Aber natürlich, großer Bruder«, erwiderte Dominik, und Lucy hörte eine große Zufriedenheit in seiner Stimme. Doch sie hatte keine Zeit mehr, auf ihn zu achten, denn schon legte Henrik ihr den rechten Arm um den Rücken und zog sie sanft an sich. Vorsichtig legte sie ihre Hände neben sein Revers, und sie begannen miteinander zu tanzen. Ein- oder zweimal trat sie ihm auf den Fuß, und er humpelte zwar ein wenig, führte sie aber so locker weiter, dass es überhaupt keine Einschränkung bedeutete. Henrik tanzte, als habe er nie etwas anderes gemacht. Jede Unsicherheit schien verschwunden, jedes Unglück vergangen. Wenn Dominik ein herausragender Tanzpartner gewesen war, schien Henrik absolut perfekt. Obwohl er nur eine Hand zur Verfügung hatte, schaffte er es, sie so leicht übers Parkett zu führen, dass Lucy zunehmend das Gefühl hatte, zu schweben. Sie blickte ihm ins Gesicht und sah seinen aufmerksamen Gesichtsausdruck, mit dem er die kleinste Lücke in der Schar der Tanzenden ausmachte und sie sicher und ohne Rempler durch die Menge steuerte. Wäre ich nicht schon so verliebt, wäre es in diesem Augenblick passiert, überlegte Lucy, doch dann hörte sie auf nachzudenken und war einfach nur noch glücklich.

Am Ende des Liedes gab es einen tosenden Applaus, und als Lucy Henrik losließ, um auch zu klatschen, stellte sie fest, dass ein Großteil des Beifalls diesmal nicht der Band, sondern Henrik galt. Um ihn herum standen seine Verwandten und klatschten und johlten fröhlich. Besonders Ella und Jasper, die direkt neben ihnen standen, applaudierten. Als Antwort deutete Henrik eine kleine Verbeugung an, gab dann seiner Cousine einen Kuss auf die Wange und klopfte Jasper auf die Schulter, und Lucy sah, dass er dabei lächelte.

Das Tanzorchester, das bei dem ausdauernden Beifall einen Augenblick pausiert hatte, nahm das nächste Stück in Angriff, und sofort schwangen Jasper und Ella wieder das Tanzbein. Verzaubert hörte Lucy auf die Musik und den Text des Liedes. »Speak low«, sang der Sänger ganz sanft, und Lucy wusste augenblicklich, dass sie das Lied kannte, aber sie wusste nicht, woher.

»Möchtest du noch einmal tanzen?«, fragte Henrik, und Lucy nickte.

Ganz langsam begannen sie, sich zu drehen. Die Tanzfläche war noch voller geworden, und Lucy fühlte sich fast wie in einem Kokon. Sie spürte das Glück wie ein warmes, ausstrahlendes Gefühl, und ihr Herz schlug schnell. Unter ihren Händen spürte sie auch Henriks Herz schlagen, und gerade als das Stück auf seinem Höhepunkt ankam, beugte er sich zu ihr herunter und küsste sie. Lucy konnte sich nicht daran erinnern, je so geküsst worden zu sein, und sie erwiderte seinen Kuss. Sie küssten und küssten sich, als wäre die Zeit stehen geblieben. Erst als sie sich voneinander lösten, merkte Lucy, dass alle um sie herum bereits begonnen hatten, zu einem Charleston herumzuhüpfen.

»Oh Lucy«, murmelte Henrik, und seine Stimme klang so warm und bezaubernd, dass Lucy dachte, ihre Knie würden nachgeben. Aber das taten sie nicht, stattdessen küssten sie sich noch einmal und noch einmal.

Erst eine Ewigkeit später tanzten sie weiter. Das Lied war flott, und Lucy wurde vom Rhythmus erfasst, doch plötzlich kam eine ausnehmend schöne Frau in einem fantastischen Ballkleid und legte Henrik ihre Hand auf den Arm. Sie war deutlich größer als Lucy, wirkte fast so groß wie Henrik.

»Ich sehe, dass du zurück bist, Henrik«, sagte sie. »Das ist unser Lied, darf ich daher um diesen Tanz bitten?« Unwillkürlich ließ Lucy Henrik los und machte einen Schritt zur Seite.

»Aber ich habe nur einen Arm, Matilda«, erwiderte er ruhig.

»Damit bin ich einverstanden«, erwiderte die Frau. Ihre Stimme war tief und energisch, und Lucy wusste sofort, dass diese Frau Matilda von Elmsholm sein musste. Ihr Magen und ihr Herz zogen sich zusammen. Fast unbewusst machte sie noch zwei Schritte rückwärts und stieß auf der vollen Tanzfläche mit einem älteren Herrn mit schlohweißen Haaren zusammen.

»Oh, Sie sind doch Bonbons Begleitung«, sagte er erfreut zu ihr. »Tanzen Sie mit mir?«

Am liebsten hätte Lucy verneint, aber er sah sie mit seinen funkelnden blauen Augen so erwartungsvoll an, dass sie nicht ablehnen konnte. Außerdem hatte Henrik tatsächlich begonnen, mit Matilda zu tanzen.

Der ältere Herr, der sich als »Onkel Franfran« vorstellte, stieg Lucy in einem fort auf die Füße und ließ sie andauernd mit anderen Tänzern zusammenstoßen, während er vollkommen unbekümmert Konversation betrieb. Lucy gelang es nur mit einem Ohr zuzuhören, und sie sagte wie auf Autopilot »Ja« und »Nein« und versuchte, einen Blick auf Henrik und Matilda zu erhaschen. In einiger Entfernung tanzten die beiden, und Lucy sah an Matildas Hand einen Ring mit einem Saphir funkeln, der locker dreimal so groß war wie der Saphir an Lucys Kette. Irgendwie schüchterte sie das ein, und auf einmal kam ihr diese riesige Hochzeit abweisend und gigantisch vor. Als der Tanz mit Onkel Franfran endlich endete, bedankte sich Lucy schnell und floh zurück an ihren Tisch. Doch dort war niemand, da alle auf der Tanzfläche waren, und Lucy setzte sich, nur um Augenblicke später doch wieder aufzustehen. Mit schnellen Schritten ging sie hinüber zu der Toilette. Doch auch dort wurde es nicht besser. Im Spiegel sah sie, dass die kunstvoll aufgetragene Schminke verschmiert war und auf ihrer Stirn an einigen Stellen der Bluterguss durchzuschimmern begann. Neben ihr frischten zwei Frauen ihr Make-up auf, aber Lucy hatte nicht daran gedacht, selbst etwas mitzubringen. Also ging sie wieder zurück, aber ihr Tisch war immer noch verwaist. Als sie sich umblickte, sah sie auf der gegenüberliegenden Seite des Saals Henrik stehen und mit Matilda sprechen. Er hatte sich ihr zugeneigt und schien aufmerksam zuzuhören. Matilda erklärte ihm etwas, und Lucy konnte verstehen, was ihn so an ihr fasziniert haben musste. Matilda war eine Gewinnerin, und das war selbst quer durch den Saal zu spüren. Lucy schluckte und trank ihr Glas Wein aus, das schon leicht schal schmeckte. Dann ging sie langsam in Richtung der Tanzfläche, wo der Sänger auf einmal verkündete: »Zeit, sich vom Brautpaar zu verabschieden!« Die Bläser spielten einen Tusch, und Ella, bereits in einem eleganten Reisekostüm, und Jasper im Anzug winkten in die Menge. Alle klatschten, und es erschallten »Sie leben hoch«-Rufe genau wie »Viel Spaß« und »Eine tolle Hochzeitsreise!«.

Dann spielte die Band einen Abschiedswalzer, und unter Glückwünschen verließ das Brautpaar den Saal. Lucy blieb an der Seite stehen und erhaschte von dort einen Blick auf Henrik. Matilda hatte ihm die Hand auf die Schulter gelegt, und ihre Köpfe berührten sich fast.

»Das ist ein schöner Anblick«, meinte plötzlich eine Stimme neben Lucy, und sie drehte sich abrupt um. Neben ihr stand Henriks Mutter, und sie blickte in dieselbe Richtung wie Lucy.

»Henrik war so verzweifelt, als Matilda gegangen ist«, erklärte Henriks Mutter, »es hat mir fast das Herz gebrochen. Der arme Junge, und das nach allem, was er durchgemacht hat. Schön, wenn sie wieder zueinanderfinden, denn Matilda ist einfach eine großartige, erfolgreiche Frau.«

»Ja«, erwiderte Lucy, weil sie nicht wusste, was sie sonst sagen sollte. Ohne sich noch einmal umzusehen, drehte sie sich um und verließ hinter dem Brautpaar den Saal.

Das tue ich mir nicht an, dachte sie entschieden, während ihr die Tränen in die Augen stiegen. Vielleicht bin ich nicht großartig und erfolgreich, aber ich bin auch nicht nur zweite Wahl.

Zu Hause zog Lucy ihr Kleid und das Blumenarmband aus, das Henrik ihr geschenkt hatte, entfernte die Reste der Schminke aus ihrem Gesicht und kroch in ihr Bett.

»Ich bin nicht nur eine Lückenbüßerin«, sagte sie laut in die Dunkelheit hinein und spürte eine leichte Wut, weil Henrik sie einfach so stehen gelassen hatte. Doch neben der Wut lauerten auch eine dicke Enttäuschung und eine große Leere. Schließlich hatte sie Henrik ganz anders eingeschätzt, hatte ihm Substanz und Ehrlichkeit zugebilligt und gedacht, dass er schon wüsste, was er fühlte und tat. Aber anscheinend hatte sie sich getäuscht.

Bloß nicht wieder traurig sein, dachte Lucy. Doch sosehr sie sich auch dagegenstemmte, der Kummer kam trotzdem. Und schlimmer noch, die Erinnerung an Henriks Kuss weigerte sich schlicht und ergreifend, aus ihren Gedanken zu verschwinden.

Am nächsten Morgen klingelte es nicht nur einmal an der Tür, sondern mindestens fünfmal in rascher Folge. Lucy, die sich gerade eine erste Tasse Tee gekocht hatte, blickte auf. Vielleicht hatte Henrik gemerkt, dass er sie gestern nicht gut behandelt hatte, und wollte sich jetzt entschuldigen? Mit diesem Gedanken im Kopf rannte Lucy fast durch ihren Flur und riss die Wohnungstür auf. Doch davor stand nicht Henrik, sondern Robert. In der Hand hielt er einen riesigen Strauß roter Rosen.

»Du?«, fragte Lucy ungläubig.

»Hallo, Lucy«, erwiderte Robert, »du kannst dir gar nicht vorstellen, wie sehr ich mich freue, dich zu sehen!«

Ohne eine Antwort von ihr abzuwarten, ging er vor Lucy in die Knie, hielt ihr eine aufgeklappte Schachtel mit einem Diamantring hin und fragte: »Lucy, willst du meine Frau werden?«

Für eine Millisekunde schloss Lucy ihre Augen. Das musste ein Traum sein, dachte sie, aber sie war sich nicht sicher, ob es ein angenehmer Traum war. Langsam öffnete sie ihre Augen wieder, aber Robert kniete immer noch vor ihr, und der Diamantring und die Rosen waren ebenfalls noch da.

»Äh, ich weiß nicht«, antwortete Lucy unbestimmt.

Langsam stand Robert wieder auf. »Das ist ... nun ja ... nicht ganz die Reaktion, die ich erwartet habe.«

»Dieser Antrag war auch nicht genau das, was ich erwartet habe. Zumindest nicht jetzt«, meinte Lucy und dachte mit Schaudern an ihren letzten gemeinsamen Restaurantbesuch, als sie mit dem Antrag gerechnet hatte.

»Kann ich reinkommen?«, bat Robert.

»Ja, natürlich«, antwortete Lucy sofort.

»Oh, mein Sofa«, rief Robert glücklich, als er ins Wohnzimmer kam. »Aber was um Himmels willen hast du mit dem Bezug gemacht?«

»Ich?«, fragte Lucy perplex.

»Es war doch rotbraun«, meinte Robert kopfschüttelnd. »Aber, na gut, aber wenn es dir so besser gefällt, lassen wir es, ich finde es nur etwas krass.«

Lucy schüttelte ihren Kopf, als wolle sie sich selbst aufwecken. In welchen Film war sie da nur geraten?

»Das Sofa war von Anfang an so«, erklärte sie. »Aber warum machst du mir jetzt einen Antrag?«

»Weil ich erkannt habe, dass ich einen riesigen Fehler gemacht habe, indem ich dich habe gehen lassen. Lucy, du bist die einzige Frau, die mich glücklich machen kann, und ich kann mir ein Leben ohne dich schlicht nicht mehr vorstellen.«

Ich mir schon, dachte Lucy und merkte mit Schrecken, dass sie das laut ausgesprochen hatte.

»Was?«, fragte Robert irritiert.

Lucy winkte nur ab. »Aber was ist mit der Wohnung?«, fragte sie dann, als verberge sich hinter diesem Thema die brauchbare Erklärung.

»Ich habe etwas noch viel Besseres für uns gefunden«, meinte Robert und zog einen Flyer aus der Tasche seines Sakkos. »Dieses Wohnprojekt ist viel toller als die Wohnung, in die wir damals ziehen wollten.« Er hielt ihr den Flyer hin, aber Lucy schaute nicht darauf. »Damals, im Restaurant, hattest du gesagt, dass du dir ein Leben mit mir an deiner Seite nicht mehr vorstellen könntest, warum hast du es dir anders überlegt?«, fragte Lucy, die das Gefühl nicht loswurde, im falschen Film zu sein.

»Das war wirklich unglaublich dumm von mir«, antwortete Robert und sah reumütig aus, »und ich hoffe, dass du mir diese Dummheit irgendwann vergeben kannst.« Er ließ die Schultern hängen. »Damals steckte ich Hals über Kopf in diesem neuen Projekt«, er wies auf den Flyer, »und bei der stressigen Arbeit für das Werbekonzept hat mir eine andere Frau schöne Augen gemacht. Sie war absolut entschlossen und geradezu wild hinter mir her, und irgendwie habe ich mich emotional darauf eingelassen. Ich weiß auch nicht, wie ich so dämlich sein konnte. Aber das ist vorbei, und jetzt weiß ich, was ich an dir habe, und es wird auch nie, nie wieder vorkommen. Bitte glaube mir!«

Doch Lucy wusste überhaupt nicht, was sie glauben sollte. Das Einzige, was sie sicher wusste, war, dass gerade nebenan Musik angestellt worden war und ihr Herz beim Gedanken an Henrik automatisch einen Looping machte.

»Also gut«, antwortete sie langsam, »ich überlege es mir.«

»Was?« Nun war die Reihe an Robert, überrascht zu sein. »Aber ich dachte, du sagst Ja. Immerhin hast du stets betont, dass du nur mich liebst.«

»Das war, bevor du mich abserviert hast«, erinnerte Lucy ihn und versuchte, den Gedanken an Henrik aus dem Kopf zu bekommen. »Wer war die andere Frau?«

»Ach, niemand Wichtiges, nur so ein Vamp, der darauf aus ist, anderen den Kopf zu verdrehen.«

Als Vamp kann man Matilda nun wirklich nicht bezeichnen, überlegte Lucy und merkte, dass sie in Gedanken schon wieder abgeschweift war.

»Ich glaube nicht, dass es mit uns beiden so eine gute Idee wäre«, erklärte sie dann ehrlich.

»Wirklich nicht?«, fragte Robert und klang mit einem Mal sehr unsicher.

Lucy und er sahen sich an.

»Ich hatte mir das ganz anders vorgestellt«, erklärte Robert leise.

»Ich auch«, antwortete Lucy und wusste, dass das wenigstens mal die reine Wahrheit war. Wenn es nach ihr gegangen wäre, stünde sie jetzt mit Henrik hier in ihrem Wohnzimmer, oder Henrik wäre …

»Lucy?«, fragte Robert irritiert, und Lucy merkte, dass ihre Fantasie mit ihr durchgegangen war, und hob entschuldigend die Hände.

»Ich lasse dir den Flyer da«, schlug Robert vor. »Dann kannst du dir die Wohnung ansehen. Und vielleicht kannst du es dir mit uns beiden auch noch mal durch den Kopf gehen lassen. Wir hatten doch eine wirklich gute Beziehung und waren sehr glücklich miteinander.«

»Ja«, antwortete Lucy ehrlich.

»Du kannst mich jederzeit anrufen. Wirklich jederzeit.«

»Und du drückst mich dann nicht weg?« Ein kleines Lächeln trat in Lucys Gesicht.

»Nein, ich schwöre dir, das mache ich nie wieder. Du hast übrigens das schönste Lächeln der Welt, Lucy, bitte komm zu mir zurück!«

Da Lucy keinen besseren Plan hatte, setzte sie sich auf das scheußliche Sofa und strich über die schönen roten Rosen, die Robert dort neben dem Flyer hatte liegen lassen. Im Übrigen war es nicht nur ein Flyer, sondern eine aufwendig gestaltete Werbebroschüre für einen neu gebauten Apartmentkomplex in bester Lage in Mitte, wie Lucy bemerkte, als sie sie durchblätterte. Oben prangte das Logo von der Immobilienentwicklungsfirma, bei der Robert arbeitete, und daneben stand ein Werbeslogan. Aber Lucy las nur drüber, während sie die Bilder betrachtete. Die Wohnungen sahen großartig aus, waren enorm komfortabel gestaltet, und das Haus verfügte sogar über einen Concierge-Service rund um die Uhr.

Ein Leben mit Robert in einer fantastischen Wohnung, dachte Lucy und ahnte, dass das noch vor wenigen Wochen ihr absoluter Traum gewesen wäre. Und jetzt …

Nebenan wechselte die Musik, und *I Won't Dance* erklang.

Ich muss mit Henrik sprechen, dachte Lucy und hatte auf einmal das Gefühl, dass das wirklich das Beste war, was sie tun konnte.

Also ging sie hinüber und klingelte bei Hartensteins. Für einen Augenblick hatte sie Sorge, dass es noch zu früh war und alle außer Henrik noch schliefen, aber als Dominik die Tür öffnete, hörte sie Gelächter aus der Küche.

»Morgen, Lucy. Gut geschlafen?« Dominik hatte Schatten unter den Augen und Bartstoppeln im Gesicht, aber er wirkte ausgesprochen fidel.

»Ist Henrik da?«, fragte Lucy und hatte das Gefühl, dass vielleicht doch noch alles gut werden konnte, wenn sie ihn nur sah.

»Komm rein, er ist in der Küche.«

Eilends lief Lucy durch den Flur.

»Langsam, Lucy«, warnte Dominik, und unterbewusst nahm Lucy die Warnung wahr, aber da war es schon zu spät, und sie war bereits durch die Küchentür gegangen.

Wie erstarrt blieb sie stehen. An einem improvisierten Frühstückstisch saß Bianca leicht bekleidet mit einem Glas Bloody Mary in der einen und einer Tasse Kaffee in der anderen Hand und sah so aus, als kämpfe sie gegen einen fiesen Kater. Doch das war nicht das, was Lucys Aufmerksamkeit fesselte. Vielmehr war das die blonde Frau neben Henrik, die ebenfalls nur etwas trug, das wie ein Negligé aussah. Es war Matilda, und sie lachte sorgenfrei und hatte ihren Arm um Henriks Hals gelegt.

»Guten Morgen, wen haben wir denn da?«, fragte sie fröhlich.

Lucy fuhr zurück und knallte mit Dominik zusammen, der hinter ihr in die Küche gekommen war. Aus dem Augenwinkel sah sie, dass Henrik blass wurde.

»Hast du vergessen, dich zu schminken?«, fragte Matilda und lachte dabei ein unechtes Lachen.

»Lass Lucy in Ruhe«, fauchte Dominik sie postwendend an, aber Henrik schwieg. Doch Lucy achtete nicht auf sein Schweigen, sie achtete auf niemanden mehr, als sie sich umdrehte und, so schnell es ging, die Wohnung verließ.

Das ist ja noch schlimmer, als ich es mir hätte vorstellen können, dachte sie, als sie mit zitternden Fingern ihre Tür aufsperrte. In ihrem Wohnzimmer rutschte sie fast auf Roberts Flyer aus, den sie auf den Fußboden hatte fallen lassen, und konnte sich gerade noch so am Sofa festhalten. Genau in diesem Moment fiel das letzte Puzzleteil des Verstehens an seine passende Stelle. Was hatte Robert gesagt, wo er die andere Frau getroffen hatte? Bei der Arbeit für sein neues Projekt. »Wohnen wie im Himmel«, stand als Werbeslogan auf dem Flyer, und Lucy erinnerte sich, dass das Julias Idee gewesen war. Sie wusste sogar noch, wie Julia es in ihrem Beisein am Telefon gesagt hatte. Also hatte Julia mit Robert zusammengearbeitet, und deshalb hatte er auch in der Wort-Agentur angerufen. Natürlich hatte er sich nicht verwählt, sondern hatte mit Julia sprechen wollen, die er als »Vamp« beschrieben hatte. Und umgekehrt – was hatte wiederum Julia ihr erzählt? Dass sie am Anfang mit ihrer Zeit mit Laurenz noch mit jemand anders etwas laufen gehabt hatte? Das war dann wohl Robert gewesen. Ihr Robert.

Mit einem Aufschrei der Wut, des Kummers und der Verzweiflung holte Lucy ihren Koffer, stürzte in ihr Schlafzimmer und stopfte wahllos Klamotten hinein. Dann packte sie ihre Tasche und verließ mit dem Koffer in der Hand kurze Zeit später ihre Wohnung. Während sie die Wohnungstür abschloss, dachte sie, dass das Schlimmste eben nicht gewesen war, was Matilda so abfällig mit ihrem triumphierenden Lachen zu Lucy gesagt hatte. Das Schlimmste war Henrik gewesen – und die Tatsache, dass er nie zu ihr gehören würde.

Als wäre sie auf der Flucht, lief Lucy die Treppe aus dem zweiten Stock nach unten und verließ das Haus, das während der letzten Wochen zu ihrem Zuhause geworden war. Es war ein schöner, aber etwas kühlerer Tag, und am Himmel zeigten sich beeindruckende weiße Wolkenformationen, doch Lucy beachtete sie nicht. Das Einzige, was sie vor Augen hatte, war das Bild dieses gut aussehenden, ja geradezu perfekten Paares in der hartensteinschen Küche und Julias Betrug.

Beide Gedanken versuchte sie loszuwerden, als sie erst zum Savignyplatz stürmte und von dort mit der nächsten S-Bahn zum Hauptbahnhof fuhr. Die Strecke führte direkt an den größten Sehenswürdigkeiten Berlins vorbei, doch Lucy nahm nichts davon wahr. Nur noch weg wollte sie, möglichst weit weg von dem Ort, an dem ihr Herz so fürchterlich verletzt worden war.

Mit fahrigen Bewegungen kaufte sie sich am Automaten eine Fahrkarte nach München und stieg dann in den nächsten Zug, der dorthin fuhr. Nachdem sie ein leeres Abteil gefunden und ihren Koffer in die Ablage gewuchtet hatte, ließ sie sich auf den Sitz fallen und brach zusammen. Kummer kannte sie ja zur Genüge, aber dieser fühlte sich absolut überwältigend an.

Ungefähr bei Erfurt fiel ihr ein, dass sie vergessen hatte, ihren Vater über ihre bevorstehende Ankunft und Neni über ihre Abreise zu informieren. Doch es war ihr egal, genauso wie ihr alles andere auch gleichgültig war. Immerhin war ihr Vater zu Hause, als sie die Tür aufsperrte und ihren Koffer über die Schwelle wuchtete.

»Hallo, Papa«, rief sie, als er um die Ecke kam. Doch dann erschrak sie fürchterlich, denn er sah entsetzlich aus. Unter seinen Augen waren tiefdunkle Ringe, sein Gesicht sah abgekämpft aus, und er wirkte überhaupt nicht so fröhlich wie normalerweise.

»Was ist dir denn zugestoßen?«, fragte sie erschüttert.

»Das wollte ich dich auch gerade fragen«, erwiderte ihr Vater und blickte sie ebenso entsetzt an.

»Liebeskummer«, antwortete Lucy, fand aber, dass ihr Leben keinesfalls so schlimm sein konnte, wie ihr Vater aussah.

»Eigentlich meinte ich dein Gesicht.« Vorsichtig schloss ihr Vater sie in die Arme, und ihr fiel ein, dass sie ihm ja gar nichts von ihrem Fahrradunfall erzählt hatte. »Ich hatte einen kleinen Unfall, aber das sieht viel dramatischer aus, als es sich anfühlt. Und bei dir?«

»Jenny hat mir alles erzählt«, antwortete ihr Vater schlicht, und mehr war nicht nötig. Wie vor vielen Jahren hielten sie sich aneinander fest, nur dass Lucy diesmal das Gefühl hatte, ihren Vater zu stützen.

»Ich habe alles falsch gemacht«, flüsterte er irgendwann.

»Nein, das hast du bestimmt nicht!«

»Ach, Engelchen«, antwortete ihr Vater und sah so aus, als würde er gleich anfangen zu weinen.

»Aber ich hätte mir keinen besseren Vater wünschen können.« Lucy lehnte ihren Kopf an die Schulter ihres Vaters und fragte sich auf einmal, ob er immer schon so hager gewesen war.

»Manchmal wünschte ich, ich könnte die Vergangenheit ändern.« Ihr Vater seufzte, und Lucy überlegte, ob sie das auch wollte. Wenn sie vor ein paar Wochen die Fähigkeit dazu gehabt hätte, würde sie jetzt wie ursprünglich geplant mit Robert in einer schicken Wohnung in Mitte leben. Aber sie war sich nicht sicher, ob das besser wäre, denn dann hätte sie Henrik niemals kennengelernt. Beim bloßen Gedanken an ihn begann ihr Herz einen Sturzflug nach unten, und Lucy hatte das Gefühl, sich irgendwo festhalten zu müssen. Gleichzeitig entschied sie, dass sie keinesfalls ihrem Vater etwas vorjammern konnte, wo er sowieso schon derart elend aussah.

Daher riss sie sich mit aller Macht zusammen und meinte: »Auf alle Fälle bin ich zu Besuch gekommen, wie ich es versprochen hatte.«

Ihr Vater strich ihr über die Wange. »Etwas unverhofft, aber ich freue mich riesig.« Dann blickte er auf seine Uhr. »Leider muss ich ausgerechnet jetzt zu einer Probe. Wollen wir danach reden?«

»Muss die Probe wirklich sein? Du siehst so erschöpft aus«, erkundigte sich Lucy und schaute ihrem Vater besorgt in die Augen.

»Es ist wegen Jenny, morgen ist schon ihr erstes Konzert, und ich habe ihr versprochen, noch einige Passagen mit ihr durchzugehen.«

»Schaffst du das wirklich?«, fragte Lucy und meinte nicht nur die Probe.

»Meine Tochter ist ja jetzt da«, antwortete ihr Vater und lächelte zum ersten Mal, »da schaffe ich alles.«

»Weißt du was, ich begleite dich zur Probe«, entschied Lucy spontan, und ihr Vater drückte sie an sich.

»Für das Konzert morgen habe ich noch eine Zuhörerin mitgebracht«, erklärte Lucys Vater, als sie in den Probenraum kamen, in dem Jenny schon wartete.

»Oh, Lucy«, rief Jenny, legte ihr Cello beiseite und sprang auf, um Lucy zu umarmen. »Du kannst dir gar nicht vorstellen, wie sehr ich mich freue, dich zu sehen!«

Jenny wiederzusehen fühlte sich gleichzeitig gut und ungewohnt für Lucy an, aber sie musste lächeln, als sie die echte Freude in Jennys Gesicht entdeckte.

»Guten Tag, Herr Waldner«, sagte Jenny dann formell und warf durch ihre Brille einen vorsichtigen Blick zu Lucys Vater.

»Guten Tag, Frau Nokami«, erwiderte Lucys Vater ebenso höflich, und seine Stimme ließ nicht erkennen, was er dachte, und noch weniger, was er fühlte.

Fast als wäre sie zurückgewiesen worden, ging Jenny zu ihrem Cello zurück, und Lucy spürte eine Welle von Mitleid mit ihrer Halbschwester. Für sie war das alles bestimmt auch nicht leicht, und sie war so tapfer gewesen, von sich aus zu Lucy und ihrem Vater zu kommen und ihnen die Wahrheit zu sagen.

»Ich habe eine Nachricht für dich«, meinte sie daher zu Jenny und berichtete ihr in wenigen Sätzen mit vielen Adjektiven von Michaels gefühlvollem Geständnis.

»Oh«, seufzte Jenny und wurde ebenso rot, wie Michael auch geworden war. Lucy lächelte. Wenigstens war das mal eine Sache, die sich gut anließ. Sie diktierte Jenny die Nummer und sah zu, wie Jenny sie mit einem Bleistift direkt auf ihren Noten notierte.

Dann setzte sich Lucy an die Seite und hörte zu, wie ihr Vater und Jenny zunächst einiges besprachen und Jenny anschließend spielte. Dabei gingen Lucys Gedanken auf Wanderschaft, und sie entsann sich, wie sie mit Henrik getanzt und sich dabei so glücklich wie noch nie in ihrem Leben gefühlt hatte. Die Erinnerung an seinen Kuss wird mich immer begleiten, überlegte Lucy und spürte eine tiefe Traurigkeit in ihrem Bauch. Doch dann gesellte sich zusätzlich Wut dazu, als sie an Matilda dachte, die sich Henrik so überaus selbstverständlich zurückgeholt hatte, und an Henriks Mutter, die eindeutig klargemacht hatte, bei wem ihre Sympathie lag.

»Alles in Ordnung bei dir?«, fragte ihr Vater plötzlich, und Lucy sah, dass er und Jenny ihr Spiel unterbrochen hatten und beide besorgt zu ihr herübersahen.

»Alles bestens«, erwiderte Lucy und fragte sich, ob sie wohl noch häufiger würde lügen müssen.

Immerhin kann ich noch Robert heiraten, dachte sie grimmig, aber sie wusste, dass Henriks Tanz und sein Kuss Robert für immer auf den zweiten Platz verwiesen hatten. Tief seufzte sie, bevor sie sich zusammenriss, um die Probe nicht weiter zu stören.

»Haben Sie für alle Fälle ein kleines Stück als Zugabe vorbereitet?«, erkundigte sich Lucys Vater, als sie fertig waren und Jenny ihr Cello in seinem Kasten verstaute.

Jenny nickte und packte ihre Noten ein, und Lucy sah, dass sie sie so umgeschlagen hatte, dass sie auf den ersten Blick Michaels Telefonnummer sehen konnte.

Wie in Lucys Kindertagen bereitete ihr Vater Pfannkuchen am Herd zu, während Lucy auf einem Stuhl neben ihm saß. Während ihr Vater vor sich hin werkelte, erzählte Lucy ihm von Roberts unerwartetem Auftauchen nach seinem noch plötzlicheren Verschwinden. Sie berichtete ihm von ihrem Leben in der neuen Wohnung, von Herrn Schnitters und der Destillerie X, sie erzählte von Neni und Samir, Mindie und dem Ring, und sie erzählte von Julias Betrug – nur von Henrik erzählte sie nichts. Sie brachte es einfach nicht übers Herz.

Ihr Vater erzählte ihr von seinem Gespräch mit Jenny.

»Wirst du weiterhin ihr Mentor sein?«, fragte Lucy und biss in den ersten Pfannkuchen, der genau die richtige Konsistenz hatte, weich und zugleich ein wenig knusprig, und ihr trotzdem nicht so gut schmeckte wie sonst.

»Ich weiß es nicht«, gab ihr Vater zurück und goss neuen Teig in die Pfanne.

Lucy erinnerte sich daran, wie ablehnend ihre erste Reaktion gewesen war, als sie erfahren hatte, dass Jenny im Orchester ihres Vaters spielte. Aber dieses negative Gefühl war vergangen, und sie blickte ihren Vater an, der so müde und abgekämpft aussah.

»Bitte mach es genauso, wie du dich fühlst«, sagte sie daher.

Ihr Vater sah sie ernsthaft an. »Danke, Lucy«, erwiderte er ruhig. »Normalerweise hätte ich es sofort abgelehnt, aber …« Er sprach nicht gleich weiter, sondern wendete erst den Pfannkuchen, dann blickte er Lucy in die Augen. »Ich habe noch nie eine Musikerin mit einem so großen Talent erlebt wie Jenny. Sie spielt nahezu perfekt.«

»So wie du?«, fragte Lucy.

»Ich spiele nicht so gut«, gab ihr Vater leise zurück.

»Aber damals war es doch so.«

»Das war, bevor ich Vollzeit-Papa wurde. Nein, sie ist so musikalisch wie Marina.«

»Mama?« Lucy war derart schockiert, den Namen ihrer Mutter aus dem Mund ihres Vaters zu hören, dass sie fast vom Stuhl gefallen wäre. Nie mehr hatte ihr Vater den Namen ausgesprochen … bis heute.

»Marina war eine fantastische Sängerin, sie war nur nicht …« Ihr Vater schloss die Augen, und sein Kummer war auch nach all den Jahren fast noch greifbar. »Sie konnte sich nur nicht anpassen, sie wollte die Dinge nur so machen, wie sie es für richtig hielt, und ist damit immer wieder gescheitert.«

Lange Zeit sagte keiner von beiden etwas, bis Lucy plötzlich rief: »Der Pfannkuchen!«

Erschrocken riss Lucys Vater die Pfanne zur Seite, aber es war schon zu spät, und er war an der Unterseite verbrannt. Während Lucys Vater den Pfannkuchen entsorgte und die Pfanne mit Küchenkrepp auswischte, öffnete Lucy ein Fenster.

»Bei Jenny könnte ich wiedergutmachen, was ich bei Marina versäumt habe«, erklärte Lucys Vater irgendwann, und Lucy sah zu ihrem Entsetzen, dass ihr starker, unbesiegbarer Vater lautlos weinte.

Sanft legte sie ihm den Arm um die Schultern. Sie dachte an seine aufgegebene Karriere, die endlosen Gutenachtgeschichten an ihrem Bett, das Händchenhalten beim Zahnarzt, die entspannte Strenge bei schlechten Noten, seine Loyalität bei ihren ersten Versuchen, alleine durchs Leben zu gehen.

»Lucy, du warst und bist alles wert, was ich je getan habe«, sagte ihr Vater und wischte sich über die Augen. »Aber das ist ein Teil meiner Vergangenheit, und ich denke, ich sollte zu Ende bringen, was ich früher nicht geschafft habe.«

»Dann tu das«, antwortete Lucy schlicht, und mehr zu sagen war auch nicht nötig.

»Ich finde übrigens, du solltest Julia anrufen. Egal, was passiert ist, sie ist eine deiner besten Freundinnen und sollte die Chance erhalten, ihre Seite der Geschichte zu schildern.«

Lucy blickte auf. Bis eben war ihr der Frühstückstisch mit ihrem Vater als der sicherste Ort der Welt vorgekommen, und den Gedanken an Julia hatte sie in den hintersten Winkel ihres Gehirns verbannt.

»Und wenn sie mir etwas vorlügt?«, fragte Lucy und spürte einen inneren Widerstand, ausgerechnet die Frau anzurufen, die sie so übel hintergangen hatte.

»Das wäre schade«, erwiderte Lucys Vater nachdrücklich. »Aber ich denke, dass Julia das Recht haben muss, sich zumindest zu verteidigen.«

Unwillig dachte Lucy an Julias entspannten Umgang mit der Wahrheit bei den Männern in ihrem Leben und fragte sich, ob sich das wohl auch auf ihre Freundinnen erstreckte.

»Ich überlege es mir«, erklärte sie, aber eigentlich hatte sie es für sich schon abgelehnt.

Es wurde auch nicht besser, als Julia im Laufe des Vormittags mehrere Nachrichten schickte und fragte, wo Lucy denn bliebe und ob alles in Ordnung sei. Entschieden steckte Lucy den Kopf in den Sand und tat einfach so, als habe sie keine Arbeit und keine Verpflichtungen. Stattdessen zog sie eine Jacke über und ging hinunter zu den Isarauen. Sie liebte es, stundenlang auf das vorüberströmende Wasser zu schauen, das so unbeeindruckt schien von allem, was den Menschen schön und schrecklich war. Eine kühle Brise wehte, und Lucy zog ihre Jacke enger um sich. Am Ufer setzte sie sich auf einen großen Stein und schaute auf die kleinen Kräusel, die sich im Wasser bildeten.

Ich muss etwas in meinem Leben ändern, überlegte sie, mit Julia kann ich nicht länger zusammenarbeiten. Gleichzeitig wusste Lucy, dass sie nicht Nenis Abenteuerlust hatte und nie im Leben selbst etwas gründen würde, und eine andere Arbeitsstelle, die so schön wie die Wort-Agentur war, gab es einfach nicht. Lucys Handy klingelte, und sie sah, dass es Julia war, die anrief. Ihr erster Impuls war es, das Telefonat wegzudrücken, aber dann dachte sie an die Worte ihres Vaters und ging doch dran.

»Ich weiß alles«, sagte sie als Erstes und fand selbst, dass sich das albern anhörte.

»Das ist ja mal gut«, erwiderte Julia. »Mensch, Lucy, ich habe mir schon solche Sorgen gemacht. Gestern war ich bei dir, und du hast nicht aufgemacht, heute bist du nicht in die Arbeit gekommen.«

»Ich bin in München«, erwiderte Lucy kurz angebunden.

»Ist etwas passiert? Alles in Ordnung bei deinem Vater?«, fragte Julia sofort, und Lucy hasste sie für ihre Anteilnahme.

»Robert war bei mir und hat mir alles erzählt«, erklärte sie daher streng und betrachtete ein Blatt, das ins Wasser gefallen war.

»Was hat er dir erzählt?«, fragte Julia, und Lucy fragte sich prompt, ob Julia nicht etwas schuldbewusst klang.

»Das mit dir und ihm.«

»Mit mir und ihm? Hä?«, erwiderte Julia, und Lucy entschied, dass sie wirklich eine ausgezeichnete Lügnerin war.

»Nur das kleine Techtelmechtel zwischen euch, der eigentliche Grund, warum er mich nicht mehr heiraten wollte.« Diese Worte spie Lucy fast aus und spürte dabei eine ungeheure Wut auf Julia, auf Robert und auf die Ungerechtigkeit des Lebens.

»Was?«, fragte Julia und klang vollkommen entgeistert. »Du glaubst, dass ich etwas mit ihm hatte, obwohl er der Freund meiner besten Freundin war?« Ihre Stimme hörte sich so fassungslos an, dass Lucys Wut unmittelbar verrauchte.

»Du hattest nichts mit ihm?«, erkundigte sich Lucy daher wieder deutlich nüchterner.

»Spinnst du? Was denkst du eigentlich von mir? Ihn hätte ich niemals angefasst, und wenn er der tollste Mann auf Erden gewesen wäre.«

Prompt dachte Lucy an Henrik, bevor sie sich wieder auf Julias Worte konzentrierte.

»Aber er meinte …«, begann sie lahm.

»Lucy, Robert ist ein furchtbarer Lügner. Laurenz hat er vorgeflunkert, dass ich etwas mit ihm gehabt hätte, was nicht stimmte, jetzt erzählt er dir dieselbe Geschichte. Nein, ich hatte nichts mit ihm, es war genau umgekehrt, und er wollte die ganze Zeit etwas von mir. Eigentlich wollte ich dir das niemals erzählen, aber jetzt weißt du es. Von ihm war der riesige Rosenstrauß, die Geschenke, die ständigen Anrufe.«

Lucy spürte einen Kloß in ihrem Hals.

»Da war nichts, ehrlich. Hast du je an mir gezweifelt?« Julias Stimme – zuvor noch voller Energie – hörte sich auf einmal deutlich weniger froh an, und Lucy spürte, wie sich Erleichterung zeitgleich mit Scham in ihr ausbreiteten. Wie hatte sie sich nur so vertun können? Wie konnte sie ihre Freundin so furchtbar zu Unrecht verdächtigen?

»Oh, liebe Julia, es tut mir leid.« Am liebsten wäre Lucy im Boden versunken. »Wie kann ich das wiedergutmachen?«

Für einen Augenblick war es still in der Leitung, dann erwiderte Julia ernst: »Indem du für ein Jahr alle Dienstagskunden übernimmst und mir wöchentlich die Füße massierst.«

»Was?« Auf Lucys Stirn erschien eine Falte, aber Julia lachte nur. »Vergiss es, Lucy, und glaube nächstes Mal lieber mir als irgendeinem Mann.«

»Du bist mir also nicht böse?«, fragte Lucy, und es klang ganz kleinlaut.

»Nein, und nachdem wir das jetzt geklärt hätten, verrätst du mir bitte, was eigentlich los ist? Gerade ist außerdem ein riesiges Paket der Destillerie X geliefert worden, kann ich das aufmachen?«

Neni konnte all das, was sie da hörte, kaum glauben und machte ihrer Fassungslosigkeit am Telefon mit Lucy Luft.

»Lucy, Julia hat mich gerade angerufen. Was für ein Glück, dass du Robert los bist«, sagte sie mit Nachdruck und klang fast atemlos dabei. »Stellt Julia nach und lügt dich an. Puh, ich bin heilfroh, dass du nicht erwägst, ihm eine zweite Chance zu geben.«

»Ich auch«, sagte Lucy und spürte, dass es stimmte.

»Jetzt kannst du dir den perfekten Mann angeln«, sagte Neni im Brustton der Überzeugung. »Oder hast du ihn schon gefunden?«

»Gefunden vielleicht schon …«, begann Lucy und erzählte ihrer Freundin dann, was sich in den letzten achtundvierzig Stunden in ihrem Leben und in ihrem Herzen ereignet hatte. Mit der Szene in der Küche ihrer Nachbarn schloss sie und fühlte sich augenblicklich wieder klein und elend.

Doch statt Mitleid und Mitgefühl zu äußern, spuckte Neni auf einmal ganz andere Töne.

»Lucy, du musst kämpfen. Du kannst dich doch nicht von einer Person wie dieser Matilda in die Enge drängen lassen. Schließlich bist du Lucy Waldner, die beste Freundin der Welt und eine ganz tolle Frau!«

»Danke«, antwortete Lucy, obwohl sie eigentlich gefühlsmäßig ganz woanders stand.

»Was machst du denn hier?«, fragte Lucy überrascht, als sich ausgerechnet Michael im Konzertsaal neben sie setzte und mit einer etwas nervösen Bewegung sein Programmheft aufschlug.

»Jenny hat mir eine Karte angeboten, das konnte ich doch nicht ablehnen! Also habe ich auf der Stelle meinen Dienst getauscht, habe mich umgezogen, bin hergefahren, und hier bin ich«, lautete seine knappe Zusammenfassung, und sein strahlendes Gesicht ergänzte den Rest. Amüsiert sah Lucy ihn an.

»Heute Nacht muss ich auch wieder zurück, ich könnte dich also mitnehmen«, bot Michael an. »Ich fahre so, dass ich morgen früh um sieben Uhr meinen Dienst antreten kann.«

Dann suchte er im Programmheft das Foto von Jen Nokami heraus und starrte so lange drauf, bis Lucy meinte, er würde vornüberkippen.

Lucy lächelte, und sie lächelte noch breiter, als er wie verrückt zu applaudieren begann, als das Orchester den Konzertsaal betrat. Der Dirigent hob den Taktstock, und Lucy sah, wie fest Michael das Programmheft umklammerte.

Die Musik war wunderbar, und Lucy spürte, wie sie sich entspannte und langsam in die Klänge hineingezogen wurde. Auch Michael neben ihr war hingerissen, genau wie das restliche Publikum um sie herum. Das Konzert war sehr gut besucht und der Beifall wohlwollend. Im letzten Stück hatte Jenny ein längeres Solo, und sie spielte es wunderbar. Anschließend klatschte Michael begeistert und rief so laut »Bravo«, dass die ganze Umgebung angesteckt wurde und Jenny sich sogar zweimal verbeugen musste.

»Klatschen!« Michael stupste Lucy an, und pflichtschuldig applaudierte sie weiter. Der Beifall hielt so lange an, bis der Dirigent mit einem Lächeln Jenny aufforderte, eine Zugabe zu spielen. Abermals verbeugte sich Jenny.

»*Speak low* von Kurt Weill«, kündigte sie an und beugte sich dann über ihr Cello. Die Töne tanzten nur so durch die Luft, und Lucy hielt den Atem an. Das war das Stück, zu dem sie mit Henrik getanzt hatte und bei dem er sie geküsst hatte. Ganz sanft spielte Jenny es, aber gleichzeitig mit Rhythmusgefühl und Verve. Vollkommen überrumpelt packte Lucy Michaels Arm.

»Alles okay?«, flüsterte er, und Lucy konnte nur nicken. Sie schloss die Augen und fand sich in der Musik wieder, in der sie so glücklich und frei gewesen war, und wie schon auf der Hochzeit dachte sie, dass sie das Stück schon von früher kennen musste. Als es zu Ende war, brandete frenetischer Applaus auf, und Lucy blickte zu Jenny, die lächelte, und zu ihrem Vater, der neben Jenny saß und aschfahl im Gesicht geworden war.

»Papa«, sagte Lucy besorgt, aber natürlich hörte er sie nicht. »Papa.«

»Komm«, sagte sie entschieden zu Michael und zog ihn hinter sich her aus der Sitzreihe, noch bevor der Applaus geendet hatte. Sie verließen den Saal und gingen hinüber zur Künstlergarderobe.

»Im Auto habe ich noch Blumen für Jenny«, protestierte Michael.

»Später«, erwiderte Lucy, die schnellstmöglich zu ihrem Vater wollte.

Als Tochter eines Orchestermitglieds kannte sie sich perfekt aus, und so dauerte es nicht lange, bis Michael vor Jenny stand und Lucy ihren Vater gefunden hatte.

»Papa, was ist passiert?«, fragte sie ihn atemlos, als sie bei ihm ankam. »Du warst auf einmal so bleich.«

»Ach, Lucy«, sagte ihr Vater und strich ihr über die Haare, wie er es immer gemacht hatte, als sie noch ein kleines Mädchen gewesen war und nicht annähernd so groß wie er. »Es war die Musik.«

»Das Stück, das Jenny gespielt hat?«

Langsam nickte Lucys Vater. »Das war Marinas Lieblingslied«, sagte er, und auf einmal wusste Lucy, warum sie schon bei der Hochzeit gedacht hatte, dass sie es kannte.

»Oh, Papa«, sagte sie.

»Lucy, wir müssen reden«, entschied ihr Vater, und Lucy wusste, dass er recht hatte und es keine weiteren Ausflüchte mehr gab.

Wie in früheren Zeiten setzten sie sich in Lucys altem Zimmer auf den Teppich, wo sie schon immer alle wichtigen Gespräche geführt hatten.

»Ich habe dir nicht die ganze Wahrheit gesagt«, begann ihr Vater. »Bitte frag mich nicht, warum ich so gehandelt habe, ich habe einfach gedacht, es wäre besser so – besser für dich und besser für mich.«

Lucy sah die grauen Strähnen in den Haaren ihres Vaters und die Falten um seine müden Augen.

»Ich habe dich in dem Glauben gelassen, dass Marina – deine Mama – einfach so verschwunden ist, aber das stimmt nicht ganz. Wahr ist, dass sie sich nicht mehr gemeldet hat, aber ich …«, er schluckte, bevor er fortfuhr, »ich wusste immer, wo sie ist.«

»Ist das auch der Grund, warum sie ein Foto von mir hatte, auf dem ich schon sechs war?«, fragte Lucy und dachte an das Bild, das Jenny ihr gegeben hatte.

Langsam nickte ihr Vater. »Mit einem Brief wollte ich sie überzeugen, dass du es wert bist, zurückzukommen, aber als sie es nicht getan hat, habe ich einen riesigen Fehler gemacht.«

»Welchen denn?«, fragte Lucy, die sich gar nicht vorstellen konnte, wie ein solcher Fehler aussehen könnte.

»Ich habe nicht um sie gekämpft«, antwortete ihr Vater schlicht. »Ich habe sie gehen lassen, weil ich in dem Moment dachte, es wäre vielleicht wirklich besser so. Die Situation war damals verfahren und schwierig. Marina war unzufrieden mit der Art, wie auf der Welt kommerziell Musik gemacht wird, sie war unzufrieden mit mir und meinem Erfolg, der für sie auf inakzeptablen Kompromissen beruhte, und sie war unzufrieden mit ihrem Leben.«

»Und du?«

»Vielleicht als Einziger wusste ich, wie groß ihre musikalische Begabung wirklich war, aber ich konnte nicht mit den Schattenseiten dieser Begabung umgehen. Also ist sie gegangen, weil sie sich einsam und unverstanden fühlte, und ich habe ihr nicht geholfen, diese Gefühle zu überwinden. Jenny hat mir erzählt, dass Marina später oft unter langen Phasen von psychischer Krankheit litt. Wenn ich heute auf unser gemeinsames Leben zurückblicke, denke ich, dass es damals schon begonnen hatte und auch, dass ich es hätte erkennen müssen.«

Er schloss die Augen. »Doch egal, was der Grund für ihren Weggang war, ich hätte trotzdem um sie kämpfen sollen. Mit ihr habe ich die Liebe meines Lebens gehen lassen und bereue es bis heute.«

Lucy dachte an die vielen Gelegenheiten, bei denen sie sich gefragt hatte, warum ihr Vater keine Partnerin hatte. Natürlich hatte es Bekanntschaften und Freundinnen gegeben, aber niemanden, der dauerhaft das Leben mit ihrem Vater geteilt hatte. Als sie jetzt den Grund dafür erfuhr, spürte sie auf einmal eine unglaubliche Trauer.

»Marina konnte wunderbar singen, ihre Stimme war rein und perfekt«, erklärte ihr Vater. »Nie wieder habe ich jemanden getroffen, der ihr auch nur ansatzweise das Wasser reichen konnte.«

»Bis auf Jenny«, sagte Lucy leise.

Ihr Vater sah sie an, und Lucy sah in seinem Blick gleichermaßen eine unendliche Traurigkeit und einen Funken Hoffnung. Er griff nach ihrer Hand. »Mach nicht denselben Fehler wie ich, Lucy, kämpfe um die Dinge und die Menschen, die dir wichtig sind. Kämpfe darum, bevor es zu spät ist.«

Langsam, aber entschieden stand Lucy auf. »Du hast recht, ich habe etwas zu tun.«

»Aber es geht doch nicht um Robert?«, fragte ihr Vater und wirkte mit einem Mal wieder etwas lebendiger. Mit einem Lächeln schüttelte Lucy ihren Kopf. Sie umarmte ihren Vater lange und fest.

»Bis bald, Papa«, sagte sie.

»Bis bald, Tochter«, erwiderte er. »Ich wünsche dir viel Glück!«

Während sie noch ihre letzten Sachen in den Koffer warf, zog sie ihr Handy aus der Tasche. »Hallo, Michael, gibt es noch einen Platz in deinem Auto?«

Mit aller Macht zog es Lucy zurück nach Berlin. Michael schien es zu spüren und fuhr flott, aber ohne zu hetzen. Er selbst schien vor Glück zu schweben.

»Oh, Lucy, das Leben kann so wunderbar sein«, seufzte er aus vollem Herzen, und Lucy musste über seine Begeisterung einfach lächeln.

Doch dann überlegte sie, was sie zu Henrik sagen sollte. Was, wenn er ihr eine Absage erteilte? Schließlich war Matilda wie eine Siegesgöttin zurück in sein Leben gerauscht, und neben ihr fühlte sich Lucy wie eine geradezu banale Sterbliche. Angstvoll spürte sie ihr Herz schlagen, und ihr erster Impuls war, die ganze Sache aufzugeben.

Quer durch das dunkle Auto warf Michael ihr einen Blick zu. »Trau dich, Lucy«, sagte er. »Nur Mut.«

Lucy drehte sich zu ihm hin.

»Wer nicht wagt, der nicht gewinnt«, fügte er hinzu. »Das klingt zwar abgedroschen, ist aber wahr.«

Also gut, dachte Lucy und versuchte, all ihren Mut zusammenzukratzen, ich muss es wirklich versuchen. Ich fahre jetzt nach Berlin und spreche direkt mit Henrik.

Doch bei Dessau kamen sie in eine Totalsperrung der Autobahn.

»Oh, Mist«, sagte Michael, als er die endlos lange Schlange stehender Autos vor sich sah. »So schaffe ich es nie pünktlich zum Dienst.«

Lucy, die mit jedem Kilometer aufgeregter geworden war, spürte alle Sicherheit schwinden und fragte sich, ob die Straßensperrung ein Zeichen des Himmels war, das sie vor der nächsten Katastrophe bewahren sollte. Verunsichert blickte sie zu Michael, aber der legte nur den Kopf in den Nacken und schloss die Augen. »So bekomme ich wenigstens etwas Schlaf. Weckst du mich, wenn es weitergeht?«

Ganz allein saß Lucy mit ihrer Aufregung, Angst und Unsicherheit da und hatte mehr als genug Zeit, ihren Gedanken nachzuhängen, während draußen die Sonne aufging und den Himmel bunt färbte. Sie dachte an die Worte ihres Vaters und die wunderbare Stimme ihrer Mutter, die sie nie wieder hören würde. Sie dachte an Jenny mit ihrer liebenswürdigen Art und ihrem Talent, an Julia und Neni, die sie durch alle Höhen und Tiefen begleiteten, und an Henrik, an seine Augen, sein Lächeln, seinen Witz, seine Freundlichkeit und den unvergesslichen Kuss, den er ihr gegeben hatte.

Als die Sonne hell am Himmel stand und die Sperrung aufgehoben wurde, hatte Lucy sich entschieden. Ja, sie würde alles tun, was sie konnte, um Henrik für sich zu gewinnen. Er war es wert, und er war es auch wert, dass sie ein Scheitern in Kauf nahm.

♡♡♡

In Berlin gerieten sie als Erstes in den morgendlichen Berufsverkehr, und Michael war mehr als dankbar, Lucy einfach am Savignyplatz absetzen zu können. Mit dem Koffer in der Hand ging Lucy durch die ruhigen Straßen, sah die Sonnenstrahlen, die sich in den Schaufenstern spiegelten, und hörte die Vögel leise singen.

Ja, sagte ihr Herz, ja, sagte ihr Verstand, und dennoch hatte sie Angst.

»Ich werde mich nicht unterkriegen lassen«, versprach sie sich selbst, obwohl ihre Knie zitterten, als sie die Treppe in den zweiten Stock hinaufstieg. Die Wohnung der Hartensteins lag vollkommen still da, und Lucy spürte einen heftigen Anflug von Verzagtheit. Als wollte sie sich selbst versichern, sperrte sie rasch ihre eigene Wohnungstür auf und stellte ihren Koffer in dem schmalen Flur ab. Dann ging sie durch die kleinen, engen und dennoch vertrauten Räume, wo alles aussah wie immer, nur Roberts rote Rosen waren auf dem Sofa verwelkt, und der Flyer von seiner Traumwohnung lag zerknickt davor auf dem Fußboden.

Lucy holte tief Luft.

»Nicht aufgeben«, ermahnte sie sich streng.

Als Erstes lud sie eine Version von *Speak low* herunter und verband dann den Computer mit ihrer Stereoanlage. Als sie jedoch auf Abspielen drücken wollte, wurde ihre Angst auf einmal so groß, dass sie es nicht fertigbrachte. Fest biss sie sich auf die Unterlippe und ging dann in die Küche, wo sie sich aus lauter Gewohnheit einen Tee kochte. Während sie auf das Kochen des Wassers wartete, hatte sie auf einmal eine Idee. Sie ging ins Schlafzimmer und zog ihr absolutes Lieblingskleid an. Es war ein Geschenk von Neni, und Lucy hatte das Gefühl, alle Unterstützung brauchen zu können, selbst in Form dieses Freundschaftszeichens. Dann ging sie zurück ins Wohnzimmer und öffnete das Fenster und die Balkontür, anschließend riss sie auch noch die Fenster in ihrem Schlafzimmer und in der Küche auf. Schließlich war sie bereit.

»Jetzt«, sagte Lucy laut zu sich selbst, und ohne weiteres Zögern stellte sie die Musik an und drehte sie auf. Die Klänge erfüllten ihre Wohnung und breiteten sich überallhin aus. Das Lied klang genauso schön wie auf der Hochzeit, als Lucy mit Henrik getanzt hatte, so schön, wie Jenny es gespielt hatte, und so schön, wie es ihre Mutter vor vielen, vielen Jahren gesungen hatte. Jetzt, während die Musik durch den Raum schwebte, spürte Lucy auf einmal, dass sie frei war. Frei von der tief verwurzelten Unsicherheit und der ungreifbaren Sorge, die sie so lange Jahre begleitet hatten, frei von der übergroßen Furcht zu scheitern, frei von der erdrückenden Angst, nie mehr richtig geliebt zu werden.

Es klingelte an der Tür, und für einen Moment war Lucy so aufgeregt, dass sie sich nicht bewegen konnte, doch dann ging sie hinüber und öffnete. Davor stand eine Nachbarin, die Lucy nur vom Sehen kannte, und meinte: »Kommt die Musik von Ihnen? Es klingt so schön!«

»Ja, das ist bei mir.« Mit einem Lächeln öffnete Lucy ihre Tür weit. »Möchten Sie hereinkommen?«

»Eigentlich bin ich auf dem Weg zur Arbeit, aber für einen Augenblick gerne.«

Noch bevor Lucy die Tür wieder schließen konnte, kamen noch zwei weitere Nachbarn, die Lucy nicht kannte, dann Familie Walter aus dem vierten Stock und schließlich die Zugehfrau von Herrn Müller aus dem ersten Stock. Kurz entschlossen ließ Lucy die Wohnungstür einfach offen, und es wurde immer voller in Lucys winzigem Wohnzimmer, wo die Farbe des Sofas kommentiert, alte Bekannte erfreut begrüßt, Unterhaltungen angefangen, unterbrochene Gespräche von früher fortgesetzt wurden. Über allem wehte die Musik, die so sanft und angenehm wie eine Streicheleinheit war.

Gerade sprach Lucy mit einem weiteren Nachbarn aus dem obersten Stock, als sie plötzlich fühlte, dass sich etwas änderte. Langsam drehte sie sich um und sah, dass Henrik hereinkam. Sie bemerkte sein leichtes Hinken und sah seine Gesichtszüge, die so markant wie immer waren, und seine Augen, die so blau strahlten, dass sich Lucy am liebsten hätte hineinfallen lassen.

»Du bist wieder da«, sagte er leise, als spräche er nur zu ihr, und seine warme Stimme trug die Worte mühelos zu ihr.

»Das bin ich«, erwiderte sie und fühlte sich gleichzeitig atemlos, aufgeregt und ganz, ganz sicher.

»Ich habe dich so vermisst, verrückt, dass man jemanden in wenigen Stunden fast wie in Jahren vermissen kann«, sagte er und machte zwei Schritte auf sie zu.

»Ich bin bereit, um dich zu kämpfen«, erklärte Lucy ernsthaft, aber dann musste sie doch lächeln und ging auch einen Schritt auf ihn zu.

»Das ist nicht mehr nötig, du hast längst gewonnen«, antwortete er und überbrückte die letzten beiden Schritte, die sie noch trennten. Dann stand er vor ihr, groß, eindrucksvoll und gleichzeitig so wohltuend vertraut. Während die Musik von Liebe flüsterte, beugte sich Henrik zu Lucy hinunter und küsste sie. Es war der Kuss aller Küsse, ein Kuss wie ein Versprechen, ein Kuss wie ein Anfang.

»Lucy«, flüsterte er so leise, dass nur sie ihn hören konnte, und statt einer Antwort legte sie ihm die Arme um den Hals, wofür sie sich strecken musste, und küsste ihn zurück.

»Entschuldigung, gibt es hier eigentlich auch etwas zu trinken?«, unterbrach sie einer der Nachbarn.

»In der Küche«, antwortete Lucy, ohne Henrik loszulassen.

»Ich könnte schnell beim Bäcker ein paar Johannisbeer-Streuselschnecken für alle holen«, bot eine Nachbarin an.

»Das wäre sehr nett«, erwiderte Lucy.

Henrik lächelte, und als habe er nie etwas anderes gemacht, legte er ihr den Arm um die Schultern. »Dominik hat recht, meine Liebe wohnt im zweiten Stock.«

In seiner Umarmung konnte Lucy ihr Glück förmlich spüren. »Meine auch«, erwiderte sie und wusste, dass sie endlich und endgültig angekommen war.

Wellness für die Seele
von Spiegel-Bestseller-Autorin Gabriella Engelmann:

Gabriella Engelmann

Zauberblüten-zeit

Roman

Mädels-Wochenenden in der Hamburger »Villa zum Verlieben« ist für die Freundinnen Leonie, Nina und Stella die Gelegenheit, einander ihr Herz auszuschütten: Nina muss verkraften, dass ihr Freund Alexander sich in eine andere verliebt hat. Leonie ist überglücklich mit Markus, doch ihre Pension »Apfelparadies« im Alten Land läuft nach dem teuren Umbau längst nicht so gut wie erhofft. Und für Stella wird es immer schwieriger, ihren Job als Innenarchitektin und die Patchwork-Familie mit drei Kindern unter einen Hut zu bekommen.
Da ist es ein wahrer Segen, dass die drei Freundinnen einander haben – dass im Alten Land Herzen heilen können und sich ganz unerwartet neue Chancen auftun.

Nach der Ehe
fängt das Leben an …

Christine Ziegler

Sauer macht listig

Roman

Bisher glaubte Elenor, 46, eine glückliche Ehe zu führen. Bisher, denn als Paul ihr im Ehebett eine Affäre beichtet, fällt sie völlig ungebremst aus den Wolken auf die harte Realität der Kaltschaummatratze. Sie muss erkennen, dass sie sich selbst und ihre Wünsche irgendwo zwischen Kinderbetreuung und haushaltsnahen Dienstleistungen verloren hat. Ihre beste Freundin rät ihr, bei Paul zu bleiben, denn was soll sie schon tun als Hausfrau ohne Job und Berufsabschluss? Doch Elenors Enttäuschung wandelt sich in Kampfgeist. Sie ist nicht nur sauer, sondern auch ziemlich listig!

»Du, ich habe eine Affäre« – Todesstoß für so manche Ehe, für die Protagonistin dieses Romans aber der Start in ein neues Leben!

KNAUR